战后世界进程与外国文学进程研究

全球化·多样性·新趋势

当代外国文学研究

国家社会科学基金重大项目

王守仁
主编

译林出版社

图书在版编目(CIP)数据

全球化·多样性·新趋势：当代外国文学研究 / 王守仁主编. —南京：译林出版社，2014.7
（战后世界进程与外国文学进程研究）
ISBN 978-7-5447-4795-0

Ⅰ. ①全… Ⅱ. ①王… Ⅲ. ①外国文学-现代文学-文学研究-文集 Ⅳ. ①I106-53

中国版本图书馆CIP数据核字（2014）第117642号

书　　名	全球化·多样性·新趋势：当代外国文学研究
主　　编	王守仁
责任编辑	方　芳
出版发行	凤凰出版传媒股份有限公司 译林出版社
出版社地址	南京市湖南路1号A楼，邮编：210009
电子邮箱	yilin@yilin.com
出版社网址	http://www.yilin.com
经　　销	凤凰出版传媒股份有限公司
印　　刷	江苏凤凰扬州鑫华印刷有限公司
开　　本	652毫米×960毫米　1/16
印　　张	23.75
插　　页	2
字　　数	316千
版　　次	2014年7月第1版　2014年7月第1次印刷
书　　号	ISBN 978-7-5447-4795-0
定　　价	62.00元

译林版图书若有印装错误可向出版社调换
（电话：025-83658316）

国家社会科学基金重大项目

江苏高校哲学社会科学重点研究基地基金资助项目

目录

关于21世纪外国文学发展趋势研究的几点认识（代序）

21世纪以来，外国文学研究势头劲猛，已呈多样化趋势。越来越多的学者认识到，观点的不同，很多时候只是因为立场不同，意识形态不同。因此，采用不同视点审视文学作品和文化现象成为当下外国文学研究的主流趋势。近年来，文学伦理学批评和环境生态批评的结合，以及相关概念和批评视角的运用受到了广泛关注，一大批学者把理论应用于各类文学作品的批评实践中，并进一步发展理论内涵。同样，以移民为主体的跨国、跨文化现象在新世纪外国文学创作中表现突出，不断演绎新的文学命题，并丰富了跨国界理论内涵，拓展了研究的视野。跨国界研究理论（transnational studies）在最近十多年间获得了快速发展，已成为外国文学批评中的热点问题。热点问题的出现，体现了当代研究者的人文关怀和不断进取的探索精神。研究热点问题，把握当前外国文学研究的最新发展趋势，不仅可以帮助我国读者以更多、更新的视角来解读新世纪外国文学作家、作品，而且有利于文学批评的健康发展。

新世纪外国文学依然用艺术方式追寻与审视历史进程、表达思想，其中美学和政治争论的中心常常又是语言跟世界的关系。作家们大都在感悟人类文明智慧的同时，对这一文明本身又抱有矛盾的态度，或加以正面表现，或加以拒斥反省。由于身处不同历史文化语境，他们在叙事视角、审美追求、呈现方式和行文品格上又各有千秋，但都不同程度地积极回应、参与或批判全球化进程，并在对20世纪文学传统的继承中展现人类新的自我与心路历程。正如土耳其作家帕慕克所言，作家在追求故乡忧郁的灵魂的同时，又发现文明冲突和交错的新象征。新世纪外国文学的发展趋势研究可以概括为以下几个方面：

一、后现代主义之后的文学

进入21世纪以来，世界文坛的基本格局是一方面继承传统，另一方面显示了一些创新特点。作家们运用具有后现代标志的多种创作手法描写现实，表现出较为鲜明的时代特色与开阔的文化视野。我们不妨可以从新世纪外国文学思潮动向和流派纷呈的特点入手，考察其经历了后现代主义洗礼之后所呈现的不同发展新趋势，重点分析作家审美取向、创作观念、创作手法的变化和艺术新特征及其形成的历史文化背景，力图揭示新世纪外国作家如何运用后现代艺术的各种元素并在历史与现实的交汇中进一步拓展写作空间的艺术实践轨迹。美国的品钦（Thomas Pynchon），英国的巴恩斯（Julian Barnes）、莱辛（Doris Lessing）和品特（Harold Pinter），澳大利亚的卡斯特罗（Brian Castro），俄罗斯的索罗金（Vladimir Sorokin）和秘鲁的略萨（Mario Vargas Llosa）等作家都以各自不同的方式继承后现代主义美学风格并开拓创新，其演绎的文学世界就是一个富有迷彩的多元文化符号系统。

二、历史拟写与历史题材文学的复兴

新世纪外国文学对历史题材情有独钟，创作的重心大都是在历史的时空隧道中穿梭。作家们在观照历史时特别注重反思，同时又不忘表现当下现实中的生存状态，他们在回望历史的同时充分地感受生活的重负，从容面对各种人生挑战，并以亦庄亦谐的笔触向世人揭示因人而异的文化纷争、身份焦虑与生命真谛，开启了历史题材文学的新局面。这就要求研究者深入探讨当代外国文学如何观照现实历史，并在某种程度上参与或推动历史的发展，具体包括文学怎样反应和再现社会历史现实等命题，进而思考作为创作语境的社会历史现实如何构筑宏观的创作背景以及如何影响一个作家的创作。英国的克雷斯（Jim Crace）、麦克尤恩（Ian McEwan）、马丁·艾米斯（Martin Amis），土耳其的帕慕克（Orhan Pamuk），奥地利的耶里内克（Georg Jellinek），德国的穆勒（Herta Muller），爱尔兰的希尼（Seamus Heaney）、多伊尔（Roddy Doyle），美国的奥斯特（Paul Auster）、多克托罗（E. L. Doctorow），法国的让-克里斯托夫·吕芬（Jean-Christophe Rufin）和俄罗斯的叶利扎罗夫（Aleksandr Matveyevich Yelizarov）等作家对历史所做的反思和拟写都值得深入研究。

三、科技文明反思与生态文学新走向

21世纪克隆、网络虚拟空间、开发太空的进程日益加快，人类因过于迷恋科技而有自我迷失之虞；日趋膨胀的人类中心主义被视为生态危机和精神危机的主要根源之一，受到不同程度的质疑。新世纪以来，相当多的外国作家都对此做出了回应，表达了各自的反思和生态意识。日裔英国作家石黑一雄（Kazuo Ishiguro）、加拿大的阿特伍德（Margaret Atwood）、美国的德里罗（Don DeLillo）、爱尔兰的班维尔（John Banville）、澳大利亚的凯里（Peter Carey）、英国移民作家拉什迪（Salman Rushdie）及日本的诺贝尔文学奖得主大江健三郎等在21世纪创作的新作都从不同侧面表达了对科技文明的反思及其生态意识。

四、消费文化与都市文学创作

21世纪城市化进程加快，传统的生存方式和交往理念在不断发生变化。都市生活在消费文化的庇护下生长，于是都市这一概念在新世纪变得格外显眼。作家们透过城市"更美好"的表象，敏感地捕捉生活的瞬间，看到繁华、便捷背后的不可控因素，展现了当代人迷失、衰败和无奈的情形；同时在新的历史时期表达了对女性生存的思考和不同性别思想。最具代表性的作家有法国的图森（Jean-Philippe Toussaint），英国的德拉布尔（Margaret Drabble）、史密斯（Zadie Smith）、库莱希（Hanif Kureishi）和日本的村上春树等。

五、后“9·11”文学的源起与发展

美国“9·11”恐怖袭击事件之后，全球性的反恐和后冷战思维逐步催生了一种具有反思生命意义、深度观照历史，并使历史与现实交融的文学文本，或称之为后“9·11”文学。当代作家将“9·11”事件从一场悲剧转化为景观，在创作中巧妙地处理文学创作与民族文化心理建构、文学创作与历史叙事、文学创作与意识形态等诸多关系。后“9·11”文学集想象与反思于一体，具有宽广的全球化意识，揭示了遭受恐怖袭击后普通美国人的创伤记忆、心理承受和救赎轨迹。作为生命意识表现形式的人之生存境遇也是作家们乐于书写的题材。主要代表作家有罗斯（Philip Roth）、厄普代克（John Updike）及其他新兴作家如福厄（Jonathan Safran Foer）、奥尼尔（Joseph O'Neill）、麦凯恩（Colum McCann）等。研究后“9·11”文学应着眼于如何审视其创作中的人文思想以及族裔差异、文类差异和政治立场差异，并探讨全球化、文明冲突、历史记忆以及民族身份建构等相关课题。

六、创作形式转型与审美追踪

新世纪外国文学在创作形式上也有所革新与转型，一方面秉承了后现代主义文学的传统，继续采用杂糅、戏仿、拼贴和历史拟写等手段；另一方面又不同程度地拓展现实主义和新现实主义的艺术手法，从创作形式、叙事格调等方面审慎地表达美学观念和审美情趣。这就要求研究者不应束缚于文学政治意识形态解读模式，而是把文学的主题研究和审美追踪结合起来，进一步探讨和挖掘文学的审美价值。

目前，我国对21世纪外国文学的研究还处于起步阶段，个案的作品分析居多，深入而系统的整体研究尚少，缺乏对新世纪外国文学发展趋势

的总体观照。针对21世纪外国文学的发展趋势，我想就研究谈几点认识：

第一，研究21世纪外国文学创作依然要从文本细读入手，一方面发现作家在创作题材上的可能转向，看看作品是否在叙事格调上发生多重线路的变化；另一方面，在挖掘具体文本意义的同时，还要关注其中人物的性格、命运，进一步审视作家的立场和审美品格。

第二，由于每部作品中的人物具有现实生活的特征，有时我们并没认识到，但作家独具慧眼，能把这一切表现出来，所以我们研究时要关注作品可能潜在的民族精神、个人品德和道义精神。对这一问题的探讨，往往又是仁者见仁，智者见智，在我们用道德化眼光观照时，可能引发不同的争议，但这又是文学赐予我们的魅力，不断给我们以新的启示。

第三，研究的视点不同，但作品本身的视角也各不相同，作家如何采用创作手法以至多种角色粉墨登场，以及交叉运用叙事和人称演绎错综复杂的人际关系，编织别开生面的、充满各种矛盾的精彩故事，都是我们讨论的极好话题。我们不妨巡视一下21世纪外国文坛，无论成名的老作家，还是正在成长中的优秀中青年作家，他们怎样用独特的视角造就了精彩的故事。

第四，加强理论反思，从理论概念原点出发探讨21世纪外国文学所内蕴的地域特征和跨国界文化交融等命题，延展跨国界理论的批评视野，融合多学科研究方法，并以地域、时间与空间、族群与性属等为着眼点，多层次、多维度探讨新世纪外国文学发展趋势。

第五，新世纪外国文坛上不断涌现出很有探索意味的作品，它们对现代人的精神和心理病症的解剖，不仅进一步探索了伦理关系，而且使社会情感关系复杂化，从而彰显作品的思想内涵，以及对现实的穿透力和批判性，这就需要我们进一步加以辩证思考，确切地领悟作家作品中人性的精神穿透力与批判性。

为此，期待外国文学界以敏锐的感受力、精细的文本阅读、开阔的理论视野，不断探索21世纪外国文学的新奥秘。

杨金才

南京大学外国文学研究所

全球化与文学:视角、立场与方法

何成洲

内容提要:随着当代全球意识的崛起,一些普遍出现的问题和现象成为不同民族文学共同关注和反思的对象。这些反映不同主题和思潮的文学在全球流通过程中得到彰显,并在不同文化语境下产生本土化的流变。这种世界文学的新形态,改变了跨文化交流的路径和方式,既反映世界历史进程,同时也对于世界历史进程产生深远的影响。本文在讨论全球化历史进程与文学之间的关系时强调以下几点:文学作品反映全球化的场景、进程和问题;文学作品能够生产和修正全球化的话语叙事;文学研究有助于理解和阐释全球化,同时全球化的理论和概念也为文本分析提供新的视角;文学的生产和传播过程越来越受到全球化的影响。

关键词:全球化　当代文学　文化身份　世界文学

20世纪80年代以来,随着世界范围内全球化进程的加快,经济与文化交流日趋频繁,各国文学的关系更为密切。与此同时,全球化带来若干问题,不仅受到本土化的抵制,甚至引发"反全球化"的浪潮。全球化与文化的关系错综复杂,随着全球意识的崛起,一些普遍出现的问题和现象成为不同民族文学共同关注和反思的对象,其中主要包括:生态与环境危机、历史记忆与民族认同、少数族裔的身份和权力、女性主义等。这些反映不同主题和思潮的文学在全球流通过程中得到彰显,并在不同文化语境下产生本土化的流变,一些普世的命题被批判性接受和反思。这种世界文学的新形态,改变了跨文化交流的路径和方式,既反映世界历史进程,同时也对于世界历史进程产生深远的影响。

全球化语境下的文学研究需要理解和解释一些比较宏观一点的问题,比如:全球化概念的复杂性和矛盾性对于文化政治和文学创作产生什么样的影响？文化全球化与经济全球化之间存在什么样的关系？文化产品，包括文学作品，在生产和流通过程中对全球资本和市场起到什么样的作用？西方的理论概念，比如性别、族裔、流散、生态、后殖民等如何传播并本土化，是强化了还是削弱了文化上的西方中心主义？我们如何在跨文化语境下批评反思诸如主体性、他者性、世界主义等一系列问题？当代文学呈现了什么样的全球化主题？文学研究的跨国民族主义转向与传统的民族文学研究范式是什么关系？我们不可能一下子回答所有这些问题，但是我们可以从视角、立场和方法等不同角度来思考全球化与文学和文学研究之间的关系。首先，有必要梳理一下全球化的概念以及全球化与文化的关系。

一、全球化的文化纬度

如何理解全球化？这方面争议颇大。有一种观点认为：全球化首先是指上世纪70年代初以来的社会和经济变化；其次，它指针对全球化话题而不断涌现的跨学科知识体系；再有，它是指有关的话语、叙事和图像。（Connel and Marsh xiv-xvi）虽然全球联系和全球视野早就在人类历史上出现，但"全球化"这个术语在20世纪50年代开始使用，直至80年代后开始流行。约翰·汤姆林森说："可以确信的是全球化，虽然是个使人恼火的术语，却抓住了一个有着重大意义的过程，可以毫不夸张地说，它界定了我们时代的文化状况。"（Tomlinson 148—149）

当代世界的全球化具有一些显著的特点，需要加以理解。首先，全球化是一种不可逆转的大趋势。推动全球化、全球意识和全球联系的历史进程是一些结构性的力量，比如数字技术、市场化等。虽然去全球化或者抵制全球化很困难，但是我们可以选择全球化的类型，进而影响全球化的形态，比如：以市场为主导还是以官方为主导，以欧洲为中心还是多元文化的全球化，等等。 其次，全球化不只是推动同一性，而且也催生差异性和多样性。全球化在不同地区、不同社会的发展程度不一样，对不同社会中不同人群的影响程度不一样。全球化没有终止文化的多样化。当文化相遇时，产生了众多新的文化形式，比如世界音乐、混合烹饪。再次，全球化不排斥本土化、区域化，它们是可以相互促进的。纯粹的本土化也是有问题的。最后，就学术而言，全球化是跨学科的，具有多面性。全球化不属于哪一个领域，而是多元重合，在不同学科中的内部产生关联。与全球化相关的每一个概念都要综合不同领域的知识，比如生态、环境、流散、混杂等。

全球化是一种多维度的进程，同时产生于经济、政治、环境、文化以及技术制度化等各个领域。但是人们通常认为全球资本主义市场机制是全球连接的重要因素和必要条件，这样的后果是忽视了每一种维度之相对重要性。就文化来说，人们倾向于强调全球化对文化的“影响”，认为全球市场的发展，比如消费品的分配，具有决定性的作用。有鉴于此，文化全球化被理解为“美国化”或“西化”，文化的相对独立性以及它内在的复杂性被轻视了。法兰西斯·福山（Francis Fukuyama）在《历史的终结及最后之人》（1992）中提出的西方民主的普世性是一个例子。他认为西方式自由民主的全球融合正在进行，未来可能出现政治、社会、文化的全球同一化，而这实际上可能成为历史的终结。二十年过去了，福山的预言似乎并没有成为现实。

对于全球化进程中经济和文化的关系，保罗·杰的观点值得我们关注。首先，他认为经济和文化的纬度同样重要。“尽管我一直强调我们要区别文化和经济条件及其进程——一方面是符号、再现和想象，另一方面是物质和经济关系现实——但斯蒂格利茨最后指出，如果我们不认可全球化的经济及文化纬度的同时性，那么就无法理解或者控制全球化。”（Jay, *Global Matters* 9）与此同时，他也强调经济和文化的全球化有时相互关联、密不可分。“我们必须意识到经济和文化领域之间的互动关系，意识到文化是伴随商品交换而进行交换的。人文学科中全球化研究的核心观点之一就是文化形式（文学叙事、电影、电视、舞台表演等）是商品，从而颠覆了文学属于纯美学范畴且超越商品、经济甚至历史世界的旧观念。我们已无法明确区分纯物质的、发生在商品经济中的交换和纯象征性的、发生在文化经济中的交换。的确，两种形式的交换总是互相重叠（它们变得越来越难以区分），这应该成为全球化综合研究的重要组成部分。”（Jay, *Global Matters* 9）经济和文化的相互渗透和相互影响是当代全球化的一个特征,也是我们在人文社科领域认识和分析文化全球化的一个重要条件。

全球化时代一个重要的文化现象是身份认同的变化。"文化身份"主要包括性别、阶级、宗教、种族和民族以及国籍。一般认为,全球化消解了文化认同,可是全球化也许是制造和扩散文化身份最重要的力量。"身份远非是被全球化蹂躏的那朵脆弱的花儿,相反被看作是可以与资本主义全球化的向心力相抗衡的本土文化不断上升的活力。"(Tomlinson 161)一个典型的例子是流散的问题。全球化时代移民数量不断增长,他们的身份认同却更加多元。由于电子媒体的快速发展,流散群体与母国之间的交流频繁且深入,他们与母国的联系与以前的移民比更加紧密。"遍及欧美的多元文化主义争论风波证明,国家无法阻止其少数人口与更为广泛的宗教或种族之间的联系。这些以及其他例子表明,认为独立的公共领域必然是民族的,这种时代应该结束了。流散的公共领域本身就是多样的,它们是后国家秩序的大熔炉。"(Tomlinson 22)

全球化与世界主义有着复杂的关系:全球化对于普世主义有积极的推动作用,但是全球化不一定带来普世的价值,而且可能因为推广某一种具有霸权地位的文化价值观,比如美国的价值观,从而引起冲突和抵抗。西亚和中东地区的动荡与此有莫大的关系。刘康在《全球化/民族化》一书中说,"挥之不去的民族主义、文化、宗教的冲突,在全球化时代将始终是一个核心问题"(3)。世界主义需要有批判性,一方面消除偏见和自我中心主义,另一方面要重视处于边缘地位的文化和声音。

长期以来,文化全球化的概念本身就是一个有争议的命题。文化全球化被认为具有三个层次:与物品在全球扩散同步,观念也在全球传播;来自不同区域和文化中的人在交往当中形成新的规范和知识;以全球作为认识参照的新的思维方式。在这些基础上形成一种世界文化,影响和作用于任何地区和民族的文化。(Lechner 258)学术界对于文化全球化有几种不同的解读:一是马克思主义的立场,反对西方霸权;二是社会学的视角,讨论全球政策和治理的挑战和机遇;三是文化研究的视角,认为一方面不同文化碰撞、交流会带来相似性，另一方面不同文化在与世界其他文化的交流和互动中形成自己“独特”的文化，在全球的相互依存中形成文化多样性。“文化全球化包含多重流动的意思。由于这些流动有不同的速度，在具体的社区当中以一些独特的‘混杂’或者‘融合’的方式交汇，它们因而产生全球文学差异的新形式。在‘全球人文’的多样化当中，文化失去了自己的疆界，在不同程度上卷入流动的漩涡和全球联系的网络。”（Lechner 261）正是在这种联系和互动当中，不同民族的文化建构自己的特色。杨义在《现代中国学术方法通论》中系统梳理和总结了在中西文化碰撞和交流当中中国学术是如何形成自己传统的。“对于现代中国学术而言，世界视野敞开的是天，文化还原落实的是地。天地交泰乃是超越文化霸权和狭隘民族主义的文化态度，由此可以引申出现代化中国学术在应对全球化中的基本立场和方法。”（杨义 8）

全球化在文化等不同领域的探讨对于文学研究都是十分有意义的。但是，究竟如何思考和辨析全球化与文学的关系？在这一方面，西方的学者从上世纪90年代以来有过持续的探讨，对于我们有一定的借鉴意义。

二、全球化进程与文学

在英语世界，关注全球化与文学关系的相关研究也是上世纪90年代之后的事情。迈克尔·摩西斯在《小说与文化全球化》（1995）中讨论欧洲和第三世界的小说创作如何反映了欧洲的现代性历史进程以及现代性的全球扩张在非洲和拉美产生的影响。但是该书对于全球化的界定是非常宽泛的，没有针对上世纪80年代以来的全球化历史进程。

关于文学与全球化进程之间的关系，当代一种比较普遍的看法是它们之间是相互关联和相互影响的。其中最主要的观点是：文学不仅反映全球化的历史进程，而且深化对于全球化的认识和知识建构；同时，全球化影响文学的创作、流通和接受。此外，文学研究本身也受到全球化进程的影响。全球化正在改变文学的学科边界、知识结构和理论方法。

2001年，美国《南大西洋季刊》出版特刊《小说的全球化/全球化的小说》,这是严格意义上关于全球化与文学关系比较早的论述之一。"[本特刊]试图理解……文学与全球化的现象之间错综复杂的本质关系…… 不仅仅要思考例如全球化主题如何在小说中得到反映这样的问题,而且要思考文学在无数全球化的'小说'话语的叙述建构中的作用。"(O' Brien and Szeman 604)尼科·伊思瑞尔在《全球化与当代文学》(2004)一文中也认为"当代文学中全球化的主题无处不在,这一点也不奇怪"(Israel 4)。文章举了《撒旦的诗篇》的例子,指出该作品在出版后在全世界引起的轩然大波表明了文学在内容、传播和接受等不同方面与全球化紧密相关。

詹姆斯·安尼斯莱的著作《全球化的小说》(2006)肯定了小说对于认识和理解全球化的积极意义。"本书的目的不是通过阅读这些小说来证明全球化的存在,或者认为它们关于全球化真实物质状况的细节做出如实表达,而是利用分析各种文本来提炼认知全球化话语的方法…… 对近期美国小说的研读和对全球化进程的种种再现方式的考察让我们深刻理解了所关心问题的形态和特征,这与对当代社会、政治生活的阐释密切相关。从这个意义上说,我们的目的既不是颂扬也不是指责全球化,而是找到一些途径,或许通过它们去阅读当代小说,能增加对全球化话语的认知和理解。"(Annesley 6)文学始终是社会生活的忠实记录者和阐释者,阅读当代文学能加深我们对于全球化时代社会变迁的理解和把握。

苏曼·古普塔著的《全球化与文学》(2009)是迄今为止对全球化与文学的关系做出了最系统研究的一部著作。 该书对于全球化语境下的文学研究有如下比较全面的界定:"一、某种实践 ……关于小说如何反映全球化主题。二、有时,文学文本及对它们的阐释被用来支持或阐述政治和社会理论家们在全球化方面的观念立场。三、试图在文学研究和全球化研究的术语与表述(如文本、文化、身份)之间找到能相互贯通的可能性。四、很多学术研究努力使全球化观点适应已发展完备并被人熟知的文学研究领域。尤其是,后殖民和后现代文学及文艺理论已经证明,文学学者在寻求拥护和介入全球化的讨论中能够取得丰硕的成果和空间。五、人们已经投入值得关注的努力,从而将全球化理解为一个表明文学研究自身体制或学科追求的过程。六、也即最后一点，一些学术目光也投向了文学的产业化，即学术研究之外的文学的生产、流通和消费；或者更宽泛一点，世界上书籍的买卖。”（Gupta 65）由此看来，关于全球化与文学的讨论不仅仅是后者可能再现前者也不是前者影响和决定后者，而是两者交织在一起，形成文学的全球化和全球化的文学性。

前面提到文学的产业化，这是一个颇具争议的话题。苏曼·古普塔认为“显而易见，全球化影响了文学的‘生意’——商业化的‘生产’…… 与此同时，英特网（网上书店，比如亚马逊网）也为人们获取文学作品提供方便，在世界边远地区的购买者也能得到各种各样的作品…… 拿英美的大学来看，在过去的十五年中，文学方向的学生所阅读的当代书籍来自更加广阔的地域范围，尽管那些书大体上还是由一小群受过西方教育、用英文写作的作者所发表的”（Gupta 3—4）。确实，全球化给文学的阅读和研究带来便利。但是，全球化对于传统的文学阅读产生冲击，比如电子图书的流行。J. H.米勒对于这种变化有一种悲观的态度，他认为网络空间里文学作品产生一些问题，比如作品与历史语境的分离。至于网络上将文学作品与形形色色围绕这些作品的视觉和听觉素材并置在一起，米勒觉得这样做会误导读者，而由于作品与图书文化的割裂可能会导致“文学的终结”。（参见 Gupta 76）

商业化对于文学，尤其是纯文学的负面影响已经到了一个关键时刻。刚去世不久的英国作家多丽丝·莱辛曾谈过她的一些经历。在她成名后，很多出版社找她，希望能出版她的作品。为了试探出版界是否唯“名”是从，目的是获得高额回报，莱辛将自己的新作品用一个伪造的名字投稿，结果屡被出版商拒绝。在全球化时代，出版行业跨国公司奉行利益驱动原理，这意味着所有出版业的发展——包括文学出版——相应地导致了某些纯文学的萎缩，如创新实验文学。谢弗林在《图书的商业》一书中说：“新观点和新作家被接受需要时间。对于一个作家而言，可能要等上若干年才能拥有相当数量的读者，从而让出版商觉得出版他的书是有利可图的。甚至从长远来看，市场也不能给一个观点所具有的价值做出合适的评价。显而易见，有过成千上万本伟大的书从没有取得商业利润。因此，这种新的办法——决定只是出版那些能马上带来经济回报的书——会轻易导致巨大数量的重要著作的消失。”

（Schiffrin 104）

如何着手研究全球化与文学的关系是令人困惑的，利阿姆·康耐尔和尼克·马什在他们主编的《文学与全球化读本》（2011）一书的导言中提出他们的建议："首先，从一系列试图理解全球化的学科中选择理论书籍；其次，了解一些试图运用这些视角从事文学批评的研究成果；再次，阅读一系列应用这些视角作为批评实践的文学文本。"（Connel and Marsh X）这个建议的要点仍然是要将理论探索和文本批评结合起来，相互启发，深化我们对于全球化与文学关系的理解和把握。其中，近年来一个引起广泛关注的议题是世界文学以及它与全球化的联系。

三、全球化与世界文学

全球化的一个特点是传统的地域和文化上的疆界被打破。南斯特尔·噶希·坎克里尼说过，解域就是"文化与地理领域和社会地域之间的那种'自然'关系的丧失"（转引自 Tomlinson 153）。在全球化语境下，文化体验不再那么依赖于场所，因为场所逐渐为"距离"所渗透，即为全球化关联结构之融合所渗透。全球化与文化的生产和传播的方式紧密相联，全球化时代"文化符号能够在任何地点、任何时间被生产，对其生产和再生产几乎没有什么资源限制"（Jay, *Global Matters* 9）。全球化时代的世界文学具有了全新的特点，世界文学不仅在内容和形式上，而且在生产与传播方式上更加趋同。然而，世界文学的丰富性并没有消减。世界文学仍然是文化普遍性与特殊性的结合，这一点没有改变。[①] 相对于狭义文化全球化的单一向度，有中国学者提出"复数的世界文学"，指的是不同民族和不同文化对于世界文学的解读可以是不同的。（高建平 26）

弗兰克·马勒蒂在《世界文学猜想》一文中提出世界文学是"一体的但又是不平等的"（one and unequal），也就是说世界文学是一个体系，但是不同文

① 关于文化普遍性与特殊性的论述，参见张旭东著，《全球化时代的文化认同——西方普遍主义话语的历史批判》，第3—7页。

学之间的影响和互动是"不对称的"。（Moretti 55—56）他同时指出，研究世界文学需要有不同的视角和方法。"我认为是我们重新回到世界文学这一古老追求上的时候了：毕竟，当前我们周围的文学毫无疑问是个全球体系。实际上，问题不是我们应该做什么，而是怎么做。它对于研究世界文学意味着什么呢？我们怎么做呢？"（Moretti 54—55）通过对文学进行历史的考察，他发现一个规律性的东西，那就是普遍的文学形式（通常是欧洲）与地方经验和现实的复杂结合。他说："世界文学确实是个体系，但却是个变动的体系…… 如果说1750年以后小说在世界各地的兴起是西方欧洲模式与当地现实的妥协，那么，本土现实在各地是不同的，就像西方影响在各地也非常不均衡一样。"（64）马勒蒂的"世界文学猜想"给我们的启发是，全球化时代世界文学的关联性迅速得到加强，但是地方的特色也能够更加显现。

全球化时代，我们如何阅读世界文学，认识世界文学，以及如何从事世界文学的研究引起学术界的高度关注。在这一方面，美国学者大卫·达姆拉什在世纪初以来出版了自己的著作，分别是《世界文学是什么》、《如何阅读世界文学》等。大卫·达姆拉什在《世界文学是什么》一书中提出，世界文学包括"所有超出源文化界限而在其他文化流传的文学作品，无论是以翻译形式还是源语言形式"（Damrosch 4）。他认为世界文学的经典作品数量众多，难以把握，其研究的重点因而转向对于"流通和阅读方式"的关注。当一部作品在外国文化中传播的时候，不可避免地会导致一些接受上的偏差，但是其他文化中的不同视角也会丰富我们对于文学作品的理解和解释。不同文学的交流是文学保持活力的一个前提。达姆拉什引用歌德的话说："如果没有其他文学的滋养，任何一种文学都会有枯竭的那一天。"（转引自Damrosch 5）

英语和英语文学在全球化时代的特点有比较大的代表性。保罗·杰在《超越学科?：全球化与英语的未来》（2001）一文中说："流散英语的扩张极大地加强一种感觉，当代书写是在一个后民族的、全球的潮流中创造的，是在全世界被改编、翻译和再传播的去疆界化的文化产品。"（Jay, "Beyond" 44）他还认为全球化时代英语文学的内容、边界和形态也会产生变化。他在《全球事务:文学研究的跨国民族主义转向》一书中探讨了英文书写将不可避免地具有一种混杂性。“这一过程的确在英语的全球生产中发挥了作用,越来越多地受到南亚及拉丁美洲书写(一种形成于美国和墨西哥边境的拉丁传统)、美国黑人文学以及美国流散社区(亚洲人、波多黎各人、多米尼加人、南亚人、非洲人等)特有文化传统的影响。我们所谓的‘英语’文化完全是一种混合物,它建基于不同文化传统之间错综复杂的交流之上,从而越来越难以找到一种不受来自英美之外的资源和话语快速融合的控制和影响的主流西方话语。”(Jay, *Global Matters* 66)这解释了为什么时下人们会用复数的英语(global Englishes)来描述英语和英语文学在全球的状况。

全球化对于世界文学的挑战还体现在西方的文学研究理论被普适化这一问题上。文学研究在全球化的过程中被同一化,这与西方批评理论、术语及实践被广泛运用有着紧密的联系。不同地区和文化的文学研究都被西方批评话语所笼罩。英语在文学研究中的统治地位在全球化进程中得到加强。“卡普兰以女性主义对本土的重视反驳了这一欧洲中心主义倾向,旨在颠覆全球化理论家所谓的中心与边缘之间的权力关系。(她与斯蒂格利茨之间的一致性是惊人的,后者强调在经济事务中将主权归还给地方和国家,使之从全球化中获益。)对卡普兰来说,阿德里安娜·里奇和钱德拉·莫汉蒂等批评家所说的‘地方优先’要求我们将地方文化视为抵制全球化的场所,并强调在西方学术消费中,全球化的文学研究通过自身规范化词汇的疏导,使世界文学避免被殖民的危险。”(Jay, *Global Matters* 68)中国的文学研究现状也不容乐观,不仅外国文学研究在消费西方的学术理论,中国文学和比较文学也基本如此。理论概念常常决定我们的思考方式和认识模式,完全西化的文学研究体系对于我们的创新思考和民族文学的传承产生复杂的影响。

对于全球化历史进程与文学进程的关系,本文强调了以下几点:文学作品反映全球化的场景、进程和问题;文学作品能够生产和修正全球化的话语叙事;文学研究有助于阐释全球化的理论和概念,同时全球化的理论和概念也为文本分析提供新的视角;文学的生产和传播过程越来越受到全球化的影响。对于从事全球化与文学研究的学者,我们认为需要关注和积累一些相关知识,比如:全球化的理论著作,全球化与文化的研究成果,文化研究的诸概念如他者性、生态批评、性别身份、后殖民、流散、世界主义等,以及全球化与文学的专题研究成果。

全球化视野下的文学研究,包括外国文学研究,要有中国学者自身的批评立场,这就要求我们对于西方中心主义、文化霸权主义、殖民主义心态、西方文化理论的普世主义提出批评,结合中国文化的经验,吸收中国思想的成果,坚持中国学者的文化立场。在理论方法的运用上,我们既要借鉴西方理论的成果,比如后殖民主义批评,同时也要保持距离,尤其不可以不加以辨析地应用西方理论。全球化时代,西方理论的传播加快,我们需要警惕西方理论话语的新殖民。

引用文献

Annesley, James. *Fictions of Globalization*. London and New York: Continuum, 2006.

Connell, Liam, and Nicky Marsh. *Literature and Globalization: A Reader*. London: Routledge, 2011.

Damrosch, David. *What Is World Literature*. Princeton: Princeton University Press, 2003.

Fukuyama, Francis. *The End of History and the Last Man*. New York: Free Press, 2006[1992].

Gupta, Suman. *Globalization and Literature*. Cambridge, UK: Polity Press, 2009.

Israel, Nico. "Globalization and Contemporary Literature." *Literature Compass* 1 (2004): 1-4.

Jay, Paul. "Beyond Discipline?: Globalization and the Future of English." *PMLA* 116 (2001): 32-47.

---. *Global Matters: The Transnational Turn in Literary Studies*. Ithaca: Cornell University Press, 2010.

Lechner, Frank J. "Cultural Globalization." *Encyclopedia of Globalization*. Eds. Roland Robertson and Jan Aart Scholte. New York: Routledge, 2006. 258-263.

Moretti, Franco. "Conjectures on World Literature." *New Left Review* 1 (2000): 25-64.

Moses, Michael Valdez. *The Novel and the Globalization of Culture*. Oxford: Oxford University Press, 1995.

O'Brien, Susie, and Imre Szeman. "Introduction: The Globalization of Fiction/

The Fiction of Globalization." Special Issue of *The South Atlantic Quarterly* 100.3 (2001): 603-626.

Schiffrin, Andre. *The Business of Books*. London and New York: Verso, 2001.

Tomlinson, John. "Globalization and Cultural Analysis." *Globalization Theory: Approaches and Controversies*. Eds. David Held and Anthony McGrew. Oxford: Polity, 2007. 148-168.

高建平:《全球化与中国艺术》,济南:山东教育出版社,2011年。

刘康:《全球化/民族化》,天津:天津人民出版社,2002年。

杨义:《"格局观"的全球化与"建设论"的人文学》,严平编,《全球化与文学》,济南:山东教育出版社,2007年,第1—15页。

张旭东:《全球化时代的文化认同——西方普遍主义话语的历史批判》,北京:北京大学出版社,2006年。

作者单位:南京大学外国语学院英语系

全球化时代的跨界旅行
——当代德语文学中的漫游主题浅析

李双志

内容提要：自20世纪70和80年代以来方兴未艾的全球化以前所未有的流动性为核心特征，深刻改变了人类个体对时空距离和身份归属的感知和体验。以跨界旅行为主题的一系列当代德语文学作品可以被看作对这一全球化后果的复杂反映，既映现了人群迁移和文化碰撞等现象，又透露出对全球化的疏离与批判姿态。漫游作为德语文学史中的一个传统母题，在全球化时代获得了新的现实意义和美学特征。本文以文学史为参照，通过分析20世纪80年代至21世纪初的德语文学中具有典型意义的三部作品，初步梳理全球化对当代德语文学创作的影响。

关键词：当代德语文学　全球化　跨界旅行

一、全球化的文学叙事及其跨界想象

在简述全球化的牛津通识读本中，该书作者曼弗雷德·斯蒂格（Manfred Steger）在前言中写道："全球化不只是一个客观的进程，而且还是众多定义、描述和分析这一进程的叙事。"（斯蒂格 ii）的确，自20世纪70和80年代以来，信息技术的革新和跨国资本体系的扩展日益推动人类社会进入一个在科技、政治、经济、媒体、文化乃至社会安全等方面都紧密相连的全球网络时代，这无疑是人们在日常生活中随时随地可以感受到的生活现实。但全球化的另一层关键含义则是一种新的全球意识的形成，也即对"世界是如何被结构化为一个整体"（罗伯逊 7）的体认、表述和反思；其表现形式既包括定义和探讨"全球化"的学术话语，也包括以新自由主义为主导的全球主义意识形态宣传，还包括各式各样的反全球化运动提出的否定性口号。作为一个仍在

持续强化的发展进程,全球化的复杂面目和内部矛盾正是通过众多的全球化叙事而得以呈现,供人反思。这其中,文学作品是地位极其特殊的一种叙事方式。与其他全球化话语相比,它往往并不直接参与对全球化的定义和分析,但又更为全面地折射出全球化对人类的精神世界造成的种种后果:"进入文学视野的包括国际化和跨文化交流的形式与后果,生活世界的巨大转变,空间与时间秩序模式的转型,带有冲突性质的与异者的交锋,以及总体上对'诸种根基'——也即那些能够让人类的存在、思考和行为具有合理性的普适性理念、观念和法则——的丧失的反思。"(Schmitz-Emans 287)

全球化的文学叙事因而是从个人体验的角度来实现一种对全球化了的世界的美学想象,其丰富的层面和多样的视角始终围绕着全球化进程对人感知自我和世界的方式的重新塑造而展开。而一个以资本、生产、商品、劳力、信息、象征体系的自由流通为标志的全球体系首先改变的便是人对空间和距离的体验,并由此引发了身份认同的难题。一方面,这个体系造成了"时空压缩"(斯蒂格 9),也即时空间隔在发达的交通技术和即时传送信息的网络媒体前失去了意义。在此基础上,频繁的跨国贸易和人口流动以及虚拟空间内的国际交往则让地域和国界都不再成为人的行动边界。世界由此成为一个可以让人自由快速移动的空间。然而,这种快速迁移的可能性并不一定是一种积极后果,因为它并不等同于惠及全球所有人的个体自由。正如齐格蒙特·鲍曼(Zygmunt Bauman)所言,"由于技术因素而导致的时间/空间距离的消失并没有使人类状况向单一化发展,反而使之趋向两极分化。它把一些人从地域束缚中解放出来,使某些社区生成的意义延伸到疆界以外——而同时它剥夺了继续限制另外一些人的领土的意义和赋予同一性的能力"(鲍曼 17)。这正是全球化释放出的流动性的另一面:距离的消失带来了身份的迷失。迁移者对自己在世界中的定位失去了稳定感。而实际上,不论迁移与否,原本定居于各个文化圈并以此为归属的人在全球化时代都被卷入了各种文化及其价值观和行为规范的交错混杂。如果说各族群和民族国家在此之前就曾接受过异族文化和外来影响,本就具有一定的杂合性质,那么"当代加速的全球化意味着杂交文化的杂合"(皮特斯 113)。这一杂合态势又深刻改变了人对“自我”和“他者”的体认，“趋同”和“求异”之间形成了持续变动的张力关系。

就文学叙事而言，对全球化的言说有很大一部分就是对人的迁移可能性及其身份重构的想象式表述。尤其是以跨越文化、国别和族群边界的旅行为主题的文学作品更是集中展示了地理与文化界限在个人对自我和他者身份的感知中的意义转变。“旅行者、游客、移民和难民在物理意义上持续穿行整个地球，他们随身携带了自己的文化，影响了其他文化和人群，造就了新的文化模式和身份。”（Biendarra 150）众多作家对如此一种旅行过程的描绘既呈现了全球化了的世界和个人，又在字里行间寄寓了对全球化的批判性思考，从而形成了对全球化的双重观照。在当代德语文学中，自上世纪80年代起至21世纪初，记述跨界旅行的优秀作品层出不穷，风格各异，为探究全球化的美学表达提供了极好的研究材料。

值得注意的是，“旅行书写本身拥有一个漫长而丰富的素材历史和理论历史”（Biendarra 148），全球化时代的旅行书写所包含的跨界想象和身份叙事则是这个漫长历史中的崭新内容，其突破性意义尤其在比照文学史既有谱系时可以看得格外分明。对于向来以“漫游”（Wanderung）主题为重要文学传统的现代德语文学，这样的历史考察显然更有必要。

二、德语文学史中的“漫游”传统

整个欧洲文学史在1500年左右进入了以各民族文学的兴盛为标志的新时期，这一时间节点对应着地理大发现和商业资本主义兴起，也即早期现代的全球化形态。随之而来的殖民扩张本身即是一种大规模的人口迁移，它刺激了欧洲本土学者文人对异族/他者文化的想象。诸如《鲁滨逊漂流记》、《格列佛游记》之类的虚构作品[①]便是以跨界旅行为契机，书写了文明碰撞的经历并对欧洲自身形象进行了想象式建构。而不论是在海外殖民还是在民族

① 有鉴于本文讨论的文学叙事框架，此处的游记文学仅限于虚构类作品，因而并不纳入众多纪实类或半纪实类的游记，比如《马可·波罗游记》。

文学方面都显得落后一步的德意志诸邦，在虚构类游记文学方面则长期以模仿英国文学为主，并未形成具有自身特色的文学潮流。唯一可称得上例外的是出自17世纪的德语巴洛克文学名作《痴儿西木传》。在这部借鉴了西班牙流浪汉小说的叙事框架的长篇小说中，主人公西木在一生中四处冒险流浪，足迹遍布整个欧亚大陆。他在德意志各地和巴黎经历了最初的人生起落之后，一度远游俄国，供职于莫斯科的沙皇宫廷，随后又一路经朝鲜、日本、中国的澳门、埃及、奥斯曼土耳其的君士坦丁堡、意大利的罗马而重返故里。在小说的最后，他隐居在了靠近西班牙的海岛上。如此一场具有超常的空间跨度的人生漫游虽然饱含了巴洛克文学特有的异国情调，但并未让这个在不同文化中穿行的西木感受到身份上的冲击，产生对自我的重新认识，他代表了“一个确实从底部观看世界而自己并不愿在这世界中成长的局外人”（Schnell 132）。笔调恢弘的世界描写最终归结为一种遁世的宗教情怀。

着重渲染异国风情和探险奇遇的旅行故事在18世纪末19世纪初逐渐让位于包含了漫游主题的教育成长小说（Bildungsroman），后者迅速成为最具范式意义和影响力的现代德语文学主流，承载了不同时期和不同文学流派的象征意味与美学诉求。为该小说类型提供范本的是歌德的《威廉·麦斯特的学习时代》。年轻男子麦斯特离开自己的市民家庭，随戏班子四处巡游，并在此过程中经历爱情、友情、世态炎凉的考验，逐渐成长，最后在塔社这样的贵族团体中找到了自己的社会定位和人生理想，并成为了父亲，从而完成了自己作为成熟的社会人的身份塑造。作为续集的《威廉·麦斯特的漫游时代》虽然在标题中突出了“漫游”，但情节不如前作集中凝练。麦斯特与儿子菲利克斯继续在世界上漫游，接触到了形形色色的人物。麦斯特放弃了成为教师的愿望，改学医术。菲利克斯则经历了爱情及失恋。最终麦斯特凭借自己的医术拯救了掉下悬崖的菲利克斯。浪漫派理论家施莱格尔（F. Schlegel）曾将歌德的《麦斯特》与法国大革命以及费希特的《知识论》并列为“这个时代最伟大的倾向”（89）。因为麦斯特代表了一种新的人性观，他的成长经历展示了人类不断改善自身的进步理念和调和个人与社会矛盾的人文理想，他的外出漫游同时也是对自我和世界的不懈探索，是对人生价值的持续探寻和重塑。

成长与漫游的结合从此形成了一种固定的文学想象模式，一个青年的自我修养必得在一个迁徙的状态，在一个变动的地理空间里逐步增长。浪漫派作家便深受这个模式吸引。诺瓦利斯的《海因里希·冯·奥夫特丁根》、路德维希·提克（Ludwig Tieck）的《弗兰茨·施特纳巴尔德的漫游》和约瑟夫·冯·艾辛多尔夫（Joseph von Eichendorff）的《一个无用人的生涯》无不是让年轻男主人公在漫游途中体验人生，追寻生命的意义所在，其中也融入了浪漫派对诗化人生的审美构想，强调了对艺术与爱情的强烈渴望这一漫游动机。

在歌德代表的魏玛古典主义和浪漫派文学逐渐衰落后，这一文学模式并没有随之消失。在19世纪下半叶的市民文学时代，诗意现实主义最杰出的代表作品——戈特弗里德·凯勒（Gottfried Keller）的《绿衣亨利》就融合了教育成长小说和艺术家小说的因素，让青年亨利从瑞士的故乡出发，赴慕尼黑学画，历经七年的客居生活后才返乡。该小说先后有过结局截然不同的两个版本。在第二版中，出行和返乡构成了一个完整的人生段落，亨利在回到家乡后也回归了市民生活，找到了一个清闲的工作，重获了昔日恋人，从而实现了个人与社会的相对和谐。漫游便成为一段与青春骚动和艺术梦幻相结合的试错经历，但也正因此，它依然是个人认识自我、体验自我的关键途径。

在德语文学史的一百多年时间里，以成长发展小说为主要框架，漫游成为个人寻找自我并建构自我的一个重要叙事模式。地域空间中的移动对应于个人心理的发展，而世界图景的扩展则意味着个人视野的拓展与社会意识的增强。但这个地域却是有着清晰边界的。正如瑞士学者亚历山大·霍诺尔德观察到的，“德语文学由于历史原因长期以来都局限在中欧的文化空间里”（Honold 6）。相对同质的文化空间保证了一个相对稳定统一的身份的塑造成形。而进入全球化时代以后，文化界限与地域边界的跨越也就导致了稳定身份的瓦解和自我异化的体验。对漫游的书写便包含了全球化的流动性的多重象征。

三、旅行与流浪中的他者体验

作为西方资本系统中极具竞争力和影响力的经济体，德国、奥地利、瑞士这些德语国家自20世纪70和80年代起便是全球化浪潮中的重要参与者。全球化包含的各种形式的跨界迁移也都日益成为德语国家中不容忽视的社会现实。在此背景下，众多文学作品在沿袭18和19世纪的漫游题材这一文学遗产的同时，又改写了其中的空间想象与身份表述。之前固定的欧洲内部文化地域疆界被完全打破，身份的塑造也随之转变为身份的游离乃至混杂。尤其是之前处于边缘地位的文化他者此时成为了一个核心要素。

瑞士德语区的文坛宿将，出生于1934年的著名作家阿多尔夫·穆西格（Adolf Muschg）发表于1980年的小说《白云或友好协会》便是一个记述跨界旅行的经典例子。原文标题"Baiyun oder die Freundschaftsgesellschaft"本身就体现了一种跨界的混杂性。"白云"的汉语拼音既暗示小说情节的发生场地为中国，又制造了一种让西方读者感到陌生的异国风情。实际上这是一种中国香烟的品牌名，象征着西方对云烟缭绕的中国的神秘化书写。而德语名词"友好协会"也是一语双关，既指示了中国东道主的身份：中国人民对外友好协会；也讽刺了这场跨界旅行的主体：成员之间彼此并不友好的一个瑞士旅游团。他们的组合看似怪异，但恰恰体现出全球化时代的西方旅行者的多种面向。团长施塔彭是农业学家，也是中国通。他将"我们的旅行当作一种探险考察"（Muschg 14），时时处处在搜集中国农业最新发展的数据而毫不顾及本地人与同行者的感受。他刚愎自用，自视甚高，号称"他在欧洲出版的书为那些重要人物树立中国形象起着重要作用"（Muschg 39）。他代表的毋宁说是一种源自西方强权的全球化驱动力，要将遥远国度也纳入自己的全球知识体系中，让文化他者失去不可知的神秘性从而抹平差异。对这类暴露出征服姿态的全球精英，作者的态度体现在了他的情节布局中：施塔彭在第一章中意外猝死，而其他成员对他的回忆都表达出一种反感和揶揄。旅行团中另一个成员，一家大型化工企业的前总经理贾鲁斯则代表了另一种全球旅行者：他寻找的是作为欧洲工业文明的反面的他者，他在中国看到的都是他对一个仍然有着“纯净的自然理性”（Muschg 153）的古老文明的想象。但实际上，他们面对的是在文革结束之后进入新时期的中国，也正是逐渐融入全球经济体系的中国，正如书中所写：“中国的产品……畅销到了美国。”（Muschg 74）贾鲁斯却对此视而不见，执意追寻前工业化的中国，其目的是树立一个用以反观自我的他者：“我们不是中国人，我们属于截然不同的另一个文化，我们对正义和非正义的概念从本质上来说就是完全不同于中国的，是基督教西方传统。”（Muschg 250）

就德语文学史的传统而言，漫游途中自我和他人之间的接触往来正是一种自我建构的方式。而在全球化时代，这种建构则从单纯的个人层面转移到了文化身份层面。从广州经成都至大同、沈阳、鞍山，瑞士旅行团在陌生的中国大地上漫游，发现和体验得更多的其实是危机四伏的西方文化这一集体自我。“中国……对于这个团体来说，越来越成为一面聚焦镜：照出了他们自己的问题，他们自己的社会关系，欧洲—西方—资本主义文化及文明在晚期市民时代的破碎及堕落形式。”（Lüdke 173）这一点在小说的第一人称叙事者，心理顾问伯恩哈特身上表现得尤为明显。在中国的旅行不断刺激他反思自己与妻子和家人的情感危机；另一方面，当他向中国随团翻译解释自己的职业时，则发现，所谓高度发达的瑞士社会包括他自己却更加深陷抑郁绝望和情感失衡的心理疾病中。而小说也在结尾处表明，施塔彭是被团中唯一的女性嘉比出于婚姻问题和自卑情结而用抗抑郁药误杀的。隐藏在欧洲人内部的心理问题在中国的土地上得到了彰显，正如伯恩哈特在旅途中所承认的：“我现在在中国看到了我在家视而不见的东西。”（Muschg 162）

穆西格的这部小说以瑞士人的中国之旅展现了一个具有全球化特征的群体在与他者相遇时体验自我的历程。他们在他者的镜照中重新认识了自我。同样出自1980年代的另一部德语小说，诺贝尔奖获得者赫塔·米勒的《独腿旅行的人》则表达了跨界旅行中的另一种身份感知：自我的他者化。实际上，这正是全球迁移的正反两面。鲍曼指出：“今日被誉为‘全球化’的东西是迎合旅游者的梦想和欲望的。它的第二个效应，即无可避免的副效应是把许多其他人变成了流浪者。流浪者其实是被剥夺了成为旅游者权利的旅人。”“旅游者踏上游览之路，那是因为他们内心的向往；流浪者四海为家是因为他们没有其他可容忍的选择。”（鲍曼 90）米勒这部带有一定自传色彩的作品描述的正是这样一个流浪者形象：出生在罗马尼亚的德裔女子伊莲娜因为无法认同该国的社会体制而奔赴当时的西德。但在她的族裔母国里，她并没有找到心灵归宿，而是在柏林或者马堡的街头毫无目的地漫游。她既摆脱不了原有生活的阴影，又无法融入西德的社会，始终处在两种文化的边缘，沦为了永远的他者。

渗透在全球化都市中的资本自由主义一开始确实催生出了这位漫游者的消费欲望：“伊莲娜希望自己能多几个身体，可以试穿橱窗里的衣服；再多点钱，能买得起那些衣服，还希望不必非买不可，只要借一下，狠穿几天，穿腻了为止。”（米勒 179）但是很快这种消费文化就显示出了虚幻的本质，它的同质化倾向无法为个体提供真正的独立身份。“当伊莲娜在这座城市三个不同的地方，见到三个戴着同样飞机形状发夹的女人，她却很庆幸自己没有钱。”（米勒 179）而全球化的另一面——劳力的被动迁徙造成的地域与文化身份之间的分离，则映照了伊莲娜自身的身份困境。她在酒馆里遇到的服务员告诉她：“我无家可归。意大利人。生在瑞士。是第二代外国人。”（米勒 164）对此，伊莲娜回应说：“我不是无家可归。我只不过在国外。”但旋即她又补充说：“在外国的外国人。”（米勒 164）换言之，不论是在罗马尼亚还是德国，她都是一个被主流社会另眼相看的“外国人”。与此相应，她不断在三个男人弗兰茨、史蒂凡和托马斯之间游离，却无法与任何一个结成长久的伴侣关系，被迫在感情关系中持续漂泊。遭到这些外界冷遇和情感波折之后，她对自己的感知也充满了陌生感和不稳定感。她面对自己时，在镜中看到，“这张脸的后面总藏着另一个人”（米勒 219）。她面对人来人往却冰冷孤寂的世界时，辨认出自己的形象：“一条腿上是旅行的人，另一条腿上是迷途的人。”（米勒 196）

《独腿旅行的人》依然是通过漫游来书写自我寻找的历程。但是跨越了国家、族裔、文化界限的女主角却无法抵达一个确定的文化身份，漫游和寻找这一流动状态本身成为了她的新身份。这是全球化造就的一种“游牧主体”（nomadic subject）身份：“游牧状态并不代表无家可归或者强制位移；它更多地是一个放弃了所有理想、欲望或者对归宿的怀念的主体形态。这一形态追求的是由过渡、持续转换和协调变化构成的身份，缺乏或反对有固定本质的统一体。”（Littler 39）不过，正如伊莲娜的自我感受所透露的，这种游牧状态包含了不安、孤独、迷失、异化等消极体验，而并非全球化的自由幻想。正是在这个意义上，米勒的全球化叙事隐含了特定的全球化批判。

四、空间与身份的双重转换

米勒笔下这个移居德国之后感到身份迷失的漫游者在近三十年的当代德语文学中并非孤例。发展势头日益迅猛的全球化推动德国在统一之后逐渐向着移民社会转变。早期的土耳其裔和意大利裔客居劳工的后代，即第二代移民对自己的混杂身份有着特殊的敏感和表达的欲望。而冷战期间及之后从东南欧迁移至德国、瑞士和奥地利的众多移民家庭也改变了这些德语国家的文化版图。自1990年代开始，不少具有移民背景的优秀作家便逐渐在德语文坛上崭露头角；进入21世纪，记述家庭迁徙异地和个体身份重建的文学作品已蔚为大观，折射出三个德语国家中趋于成形的文化多元景观。不论是较早成名的土耳其后裔艾敏娜·赛维·约莰达玛（Emine Sevgi Özdamar）和菲力顿·蔡墨格鲁（Feridun Zaimoglu），还是新兴作家如1978年出生于波黑的沙夏·斯坦尼斯奇（Saša Stanišić），都将自己的移民经验转化为具有独特魅力的文学精品。出生于前南斯拉夫，随家人移居瑞士的年轻女作家梅琳达·纳吉·阿波尼（Melinda Nadj Abonji）更是凭借具有自传色彩的移民小说《鸽子飞起了》获得了2010年的德语图书奖。

在德语国家方兴未艾的移民文学无疑也是一种特殊类型的全球化叙事。全球流动性在这里集中体现为移民群体的“族裔散居经验”（diaspora experience）。从原有文化属地迁出，进入新的文化混杂社会，这一空间转移必然推动身份认同的转变。后殖民理论家斯图亚特·霍尔便认为，固定、单一的族裔身份的瓦解“首先是一个全球化过程”（霍尔 4）。但大多数移民文学经常将文化空间的转换作为故事发生的前提，而将移居地作为叙事展开的主要场所。真正以漫游作为主要叙事路径而展示文化身份的变换的，反而是一部貌似与移民后代的现实并无关系的历史小说，被视为“指涉当前全球化危机与文化差异的寓言”（Streim 80）的《收集世界的人》。

小说的作者伊利亚·特罗亚诺夫（Ilija Trojanow）本人是全球化散居族裔的一个经典代表，他出生在保加利亚，先后在德国、肯尼亚生活过，在慕尼黑上完大学后又先后迁居至孟买和开普敦，最终落脚在维也纳，一直用德语写作。他曾以记者的身份，通过大量游记和报告文学展示了一个各种文化交错碰撞的全球化世界。在这部小说中，他却追溯了早期形态的全球化历史：具有传奇色彩的英国探险家和翻译家理查德·弗朗西斯·波顿（Richard Francis Burton）于19世纪晚期在印度、阿拉伯半岛和中非进行的冒险之旅。但波顿并不是作为一个肩负英帝国征服世界的使命的殖民者出现的。他作为年轻军官到达各族裔混杂居住的孟买时，便已表现出了对自己既有文化身份的叛逆和对异族身份的好奇。他不愿与其他在浑浑噩噩中度日的军官为伍，而是在迁居巴罗达市后努力学习当地的印地语、古吉拉特语和马来语。最令人称奇的是，他屡屡乔装打扮成当地人，随自己的印度仆人瑙卡拉姆混进了欧洲人不可能深入其中的城区，体验异族生活。如此一种变装行为表明，他不仅仅是一个迷恋表面上的异国风情的旅行者，而且是一个渴望跨越身份界限的文化漫游者。正如瑙卡拉姆所言，“他开始相信，他不是在假扮自己，而是在转变自己”（Trojanow 102）。这种身份转变又始终与文化空间的转换环环相扣，与瑙卡拉姆对话的书记员便说，“地点转变决定了信仰转变”（Trojanow 107）。波顿在接触了伊斯兰教之后，便萌生了去麦加朝圣的愿望。在朝圣之旅中，他似乎便融入了阿拉伯穆斯林这一新的身份。身份变换与文化交汇在全书第三部分达到了一个高潮。波顿与他的黑人导游席迪·穆巴拉克·孟买在中非发现了坦噶尼喀湖，他们认为这便是尼罗河的源头，也即亚非文明的源头。此时席迪发出这样的感叹：“第一次也是最后一次，我的兄弟，我们所有人都分享了唯一的、同一的幸福。”（Trojanow 456）这个探索之旅演化为一场融合了欧亚非文化的新身份的探寻之旅。

从叙事方式上，特罗亚诺夫也有意展示了一种全球化的“众声喧哗”。以全能视角展开的对波顿旅行的叙述穿插了印度人瑙卡拉姆和黑人席迪对故事的讲述、奥斯曼土耳其官员的通信及其与普通平民的对话。在某种程度上，这种复调式写作打破了西方人对亚非世界的单向观看视角和话语霸权，让非西方的多样族群成为了叙述主体，而波顿本人反而成为被观看和被言说的文化他者。波顿跨越不同空间并转换不同身份的整个历程，在叙事者层面也成为一种不断转换视角的混杂过程。

然而，波顿试图自由变换身份的冒险尝试并未真正实现后殖民理论家心目中理想化的“世界主义：‘一种引用、引证、重新定位、重复及修订文化风格、传统和身份的能力’”（生安峰 33）。波顿以伪装（masquerade）的方式对他者身份的引用实际上正是以各种文化之间的隔阂和敌意为前提的，正如他自己所说：“只要他还是个异族，他能知道的就很少，而如果他被看作异族，他就永远是异族。只有一个解决办法：……他要自己去除这种异质……他要装作是他们中的一员。”（Trojanow 80）这个“收集世界的人”感受到的依旧是彼此分隔的复数世界，而不是不同文化自由流通交织的一个新世界。而小说以波顿去世的凄凉景象作为整个故事的框架，也暗示出了如此一种跨文化、换身份的漫游是以其挫败为边界的。

因此，特罗亚诺夫的这部“全球化的寓言”本身是一种对跨界生存可能性的探索之旅，既包含了对多元文化平等共存的希望，又透露出对文化冲突的不安。流动的身份是否是全球化的积极特征，依然是值得质疑的。

五、结语

在18和19世纪的经典德语文学中，漫游经历曾经一度在小说主人公的成长发展和身份建构过程中发挥着重要作用。进入全球化时代，不同作家从不同角度对跨界旅行的书写则革新了这一文学传统，在空间的跨越与身份的重塑之间建立起了新的关联。这些文学文本也就构成了对全球化流动性的象征，并充分展示出全球化之于人类个体的双重性。在自愿或被迫的迁移运动中，全球化生存带来了关于自我和他者的新感受和新观念，而这一过程伴随着多样复杂的心理体验。正如斯蒂格所总结的："当代跨越文化界限的生存和行为经验既意味着传统意义的丧失，也意味着新的象征表现方式的产生。重新建构的归属感与一种流动不居的感觉不安地共存。"（62）对这种经历和体验的记述，也就传递出作家群体对全球化的审视与忧思。

引用文献

Biendarra, Anke S. *Germans Going Global: Contemporary Literature and Cultural Globalization*. Berlin/Boston: Walter de Gruyter, 2012.

Honold, Alexander. "Literatur in der Globalisierung—Globalisierung in der Literatur." 20 Februar 2014 <http://www.germanistik.ch/publikation.php?id=Literatur_in_der_Globalisierung>.

Littler, Margaret. "Beyond Alienation: The City in the Novels of Herta Müller and Libuše Moníková." *Herta Müller*. Ed. Brigid Haines. Cardiff: University of Wales Press, 1998. 36-56.

Lüdke, W. Martin. "Die kleinen Chinesen, mitten in uns. " *Adolf Muschg*. Ed. Manfred Dierks. Frankfurt a. M.: Suhrkamp, 1989. 169-173.

Muschg, Adolf. *Baiyun oder die Freundschaftsgesellschaft*. Frankfurt a. M.: Suhrkamp, 1983.

Schmitz-Emans, Monika. "Globalisierung im Spiegel literarischer Reaktionen und Prozesse." *Literatur im Zeitalter der Globalisierung*. Ed. Manfred Schmeling, Monika Schmitz-Emans and Kerst Walstra. Würzburg: Königshausen & Neumann, 2000. 285-315.

Schnell, Ralf. *Deutsche Literatur von der Reformation bis zur Gegenwart*. Reinbeck bei Hamburg: Rowohlt, 2011.

Streim, Gregor. "Differente Welt oder diverse Welten? Zur historischen Perspektivierung der Globalisierung in Ilija Trojanow's Roman *Der Weltensammler*." *Globalisierung und Gegenwartsliteratur: Konstellation-Konzepte-Perspektiven*. Ed. Wilhelm Amann, Georg Mein and Rolf Parr. Heidelberg: Synchron, 2010. 73-89.

Trojanow, Ilija. *Der Weltensammler*. München: dtv, 2013.

弗里德里希·施莱格尔:《雅典娜神庙断片集》,见菲利普·拉库–拉巴尔特、让–吕克·南希著《文学的绝对:德国浪漫派文学理论》,张小鲁等译,南京:译林出版社,2012年。

赫塔·米勒:《独腿旅行的人》,安尼译,见米勒著《人是世上的大野鸡》,南京:江苏人民出版社,2010年,第105—273页。

罗兰·罗伯逊:《为全球化定位:全球化作为中心概念》,见梁展编选《全球化话语》,上海:三联书店,2002年,第1—15页。

曼弗雷德·B. 斯蒂格:《全球化面面观》,丁兆国译,南京:译林出版社,2013年。

齐格蒙特·鲍曼:《全球化:人类的后果》,郭国良、徐建华译,北京:商务印书馆,2013年。

让·内德文·皮特斯:《作为杂合的全球化》,见梁展编选《全球化话语》,上海:三联书店,2002年。

生安峰:《霍米·巴巴的后殖民理论研究》,北京:北京大学出版社,2011年。

斯图亚特·霍尔:《导言:是谁需要“身份”?》,见斯图亚特·霍尔主编《文化身份问题研究》,郑州:河南大学出版社,2010年,第4—21页。

作者单位:南京大学外国语学院德语系

全球化进程中的非裔美国文学研究

王玉括

内容提要:在全球化进程中,非裔美国文学研究利用现代性话语,反思种族与族裔的社会建构,并通过非裔美国文学教育与文学考古,构建非裔美国文学传统,彰显非裔美国文学特征,体现了与主流美国文学研究的差异和联系,丰富了多元的全球化话语。

关键词:全球化　非裔美国文学传统　文学教育　文学考古

虽然直到20世纪80年代末,即使在学术界,人们也很少使用“全球化”这个词(埃里克森 5),但是16世纪以来欧洲的殖民拓展,19世纪以来欧美工业化浪潮推动世界经济市场的重新划分,特别是20世纪以来以美国为首的发达国家在科技、军事、金融、贸易、通讯等领域的全球扩张,使得世界仿佛变得越来越小,成为所谓的“地球村”。人们普遍认为,“全球化意味着信息和通讯技术爆炸,市场经济迅速扩张,人口急剧变化,全球范围内的都市化和向更加开放社会发展的基本趋向”(杜维明 76)。仿佛世界已经变得“标准化、现代化和去边界化”,但由于全球化进程的加剧,人们的本地意识也逐渐提高,特别矛盾的是,“只有经过全球化,地方的公民才能痴迷于自己当地的独特性”。(埃里克森 19—20)

欧美学术界从“西方化”,到“现代化”再到“全球化”的话语生产与阐释,预示着过去强势的“西方霸权”话语慢慢柔化为突出西方文明的“现代化”话语,并已经逐渐过渡到“更加包容”的“全球化”表述。杜维明教授指出,20世纪50年代出现在美国的现代化理论断言,肇始于现代西方的“现代化”进程在其转型潜力中实际上蕴涵着“全球化”主题,认为“这种从空间性的西方化观念向历时性的现代化观念的转换是耐人寻味的,它意味着我们不能把最早出现在西欧的发展进程,如工业化,仅仅视为‘西方的’东西,因为这个进程在其发展中卷入了日本、俄罗斯、中国、土耳其、印度、肯尼亚、巴西和伊朗等地区。出于这个理由，我们最好以那种非地缘的、历时性的现代化观念来取代全球化转型过程中出现的鲜明的西方化特征”（杜维明 78）。杜教授明确反对现代化理论“必然会朝着一个共同进步方向发展”的假定，即“从长远观点来看，世界将汇合为一个单一文明。既然这个进程是由发达国家尤其是美国引导的，因此，从根本上来说，现代化就是西方化，特别是美国化”。杜教授认为，这种说法只具有表面上的说服力，因为正如一些思想家所说，现代性的特征和成就绝不仅仅是西方或美国的发明。“市场经济、民主政治、公民社会和个人权利是否代表了人类的普遍愿望，尚是一个有待论证的事情。”（杜维明 78）

作为20世纪世界经济的领跑者，科技发展的主力军，以及西方文明与西方文化霸权的代表，美国成为全球化进程中的主要推动力。但是在美国国内，欧美主流意识形态所宣扬的价值观与文明观，映衬着约占美国人口15%的黑人所遭遇的种族偏见与歧视。著名非裔美国小说家赖特认为美国黑人的国内经历类似于受西方殖民压迫与奴役的其他民族。伴随着西方列强在非洲的殖民及奴隶贸易，以及启蒙运动以来对非洲文化以及非洲黑人偏见与歧视的加深，美国的黑人也经历了从遭受奴役到争取自由，从作为3/5的人到成为完整的自由公民，从显性的奴役与迫害到隐性的歧视等阶段；美国黑人的文学创作也经历了模仿、证明、表征、文化认同等诸多阶段。而非裔美国文学研究也经过哈莱姆文艺复兴以及黑人艺术运动等的洗礼，到1970年代，已在尝试认同非洲文明与非裔美国文化传统，构建非裔美国文学传统，挖掘被埋没的黑人作家（特别是女作家），彰显非裔美国文学特征，体现与主流美国文学研究的差异和联系，为全球化进程中种族与族裔性研究提供丰富的语境与资料。

一、构建非裔美国文学传统

对于文学研究来说，全球化孕育了一个新的时机。“历史、政治和理论发展的结合，迫使人们从新的角度观察迄今为止模糊不清的文学理论（史）的特性，全面重申文学和文学批评的角色与功能。"（格洛登、克雷斯沃思、济曼 711）本文借鉴《霍普金斯文学理论和批评指南》对非裔美国文学批评进行的简要勾勒，即（1）20世纪70年代以前，"对早期美国黑人文学批评最好的介绍是作者们自身的主张，而不是试图'诠释'美国黑人文学的批评"，以及"美国黑人文学批评本质的问题或许是黑人文学本质概念的演变与文学艺术之间的关系"（格洛登、克雷斯沃思、济曼 14—15）；（2）1977至1990年，非裔美国文学批评越来越有意识地以文学性及理论为分析依据，"对美国黑人文学作品进行更有理论依据的批评方法"，以及"出现了强有力的美国黑人女性文学理论与批评"（格洛登、克雷斯沃思、济曼 23）；（3）1990年之后通过拓展《非裔美国文学：课程的重构》，再现"文化研究、女性主义、心理分析和酷儿理论所产生的广泛影响"（格洛登、克雷斯沃思、济曼 32）。在此大批评框架内，重点强调目前国内学术界较少关注的"非裔美国文学教育"与"非裔美国文学考古"。

非裔美国文学教育。自1773年黑人女奴惠特丽（Phillis Wheatley）出版诗作（她也是当时出版文学作品的第二位美国女性）以来，美国黑人出版了许多独具美国本土特色的奴隶叙事作品，并几乎与19世纪上半叶勃发的新英格兰文艺复兴同时出现一个小的高潮；20世纪以来，他们在诗歌、小说与戏剧创作等方面都取得了不俗的成绩，非裔美国文学研究成果也相继问世。1971年，黑人学者特纳指出，尽管非裔美国文学研究不像非裔美国文学创作那么悠久，但是也并不比正规的美国文学研究年轻多少，后者也不过到1890年代以后才在美国获得学术声望。（Turner and Stanford 4—5）而美国内战结束前两年，奴隶布朗（William Wells Brown）就在《黑人：其先辈、天才与成就》（*The Black Man: His Antecedents, His Genius, and His Achievements*）中描写了早期非裔美国作家的成就；到1915年，黑人作家的语言就在被隔离的黑人学校中被黑人学生们阅读、记忆、背诵、研究、推崇，因为黑人大众需要发展对自己作为人所具有的价值的自信与自豪。三个半世纪以来，被隔离的生活处境造成他们的心理创伤：黑人民族普遍自惭形秽，觉得自己不是美国人，甚至不是人。（Turner and Stanford 6）客观地说，在大部分学校，非裔美国文学可能依然是黑人历史学、社会学以及政治学使用的材料，历史学家与社会科学家仿佛只是在使用文学来解释自己的学科，“对他们来说，文学只是教学策略的一部分”（Fisher and Stepto 9）。因此，费希尔和斯坦普多在1979年出版的《非裔美国文学：课程的重构》中开门见山地指出，在“过去二十年出版的许多非裔美国文学与批评选集中，很少有专门对文学进行严肃讨论的，更没有专门强调与非裔美国文学课程设置直接相关的问题”（Fisher and Stepto 1）。

非裔美国文学教育的普遍缺失与发展的相对滞后也可以从盖茨教授对非裔美国文学的回顾中得到印证。盖茨指出，1920年代初，著名黑人大学（霍华德大学）的英语系主任伯奇（Charles Eaton Burch）首次把《黑人生活的诗歌与散文》引入课程；1930年代中期，著名黑人学者约翰逊（James Weldon Johnson）成为第一位在白人大学（纽约大学）教授黑人文学的黑人学者。盖茨认为，如果说在1960年代末以及整个70年代，非洲或非裔美国文学还需要自我辩护，如果说1970年代盖茨在英国剑桥大学读书时想以“黑人文学”为对象撰写自己的博士论文，而导师竟然不屑一顾地反问“告诉我，先生，啥是黑人文学呀？”，那么到了1990年代，非裔美国文学研究即便不说是从边缘走向了中心，至少可以说走向了被广为接受的领地，因为1985年以来，《现代语言学会》的求职信息告诉我们，美国很多英语系都在提供非裔美国文学、非洲文学，或后殖民文学的教授岗位。（Gates and Wolf 169—170）盖茨牵头编写《诺顿非裔美国文学选集》（1996）的重要原因之一，就是要让那些借口没有合适黑人文学选集，不愿开设非裔美国文学课程的学校或老师没有借口，有所选择。

尽管人们对非裔美国文学传统的认识不一，但是大都会同意作家埃利森表述的下列主题，即“对奴隶制的记忆，解放的希望，被盟友出卖与复仇，南部重建后我们以前的主人强加的蔑视，为出卖辩护而流传的北方和南方的种种神话，做一个美国黑人都必须牵涉到这些”（贝尔 15）。非裔美国文学大都反映了上述主题。费希尔和斯坦普多认为，所有重要的非裔美国作品都反映了美国黑人对自由与读书识字能力的追求，最典型的文本当推道格拉斯的《道格拉斯自述》（*Narrative of the Life of Frederick Douglass, an American Slave*）与杜波伊斯的《黑人的灵魂》（*The Souls of Black Folk*）。他们明确指出：“如果真有非裔美国文学传统存在，那不是因为有一长串可观的作者与作品的名字，而是因为那些作者与作品都在共同寻求自己的文学形式——混合了不同的文类——在历史与语言方向指向一种共享的难以现有类型归类的神话。”（Fisher and Stepto 18—19）

非裔美国文学考古。伴随着全球化时代各民族对自身文化传统的重视与族裔因素的强调，与许多受压抑被埋没的第三世界国家的作家与作品重新进入读者的视线，成为经典一样，在非裔美国文学内部，对黑人女作家的文学考古也是成绩斐然，最具代表性的当推沃克（Alice Walker）对赫斯顿的“重新发现”。作为哈莱姆文艺复兴时期的重要代表作家，佐拉·赫斯顿出版了四部小说、两部民俗、一部自传，是美国最重要的非裔美国民俗收集者，也是黑人妇女主义思想的重要先驱。在著名诗人休斯笔下，赫斯顿是聪明、可爱的代名词，能做许多其他人类学家无法做到的事情，是美国优秀的民俗收集者，对许多青睐她的富裕的白人朋友而言，她是完美的“黑鬼”（darkie）：天真、单纯、甜美、幽默，而且很黑。（Walker, “Looking for Zora” 436）但是哈莱姆文艺复兴之后，她很快淡出人们的视线，晚景凄凉。沃克的采访者告诉她说，赫斯顿最后贫病交加，死于营养不良，人们筹钱安葬了她，连块墓碑都没有；也有采访者说她得了中风，死于福利院。

1973年8月15日，为了更好地接近那些熟悉赫斯顿生活的人，沃克冒充赫斯顿的侄女，首先来到她的出生地佛罗里达州的伊顿维尔探访，问当地学校是否教授赫斯顿的作品，当地市政厅的工作人员回答说自己读了她的所有作品，但是这儿大部分人对赫斯顿一无所知，对她的伟大成就也是一无所知。与沃克同行，研究赫斯顿作品的白人女性夏洛特·亨特说，这儿的宗教信徒认为赫斯顿私人生活不够检点，觉得他们不会读赫斯顿描写他们的作品。（Walker, “Looking for Zora” 433）来到伊顿维尔，与当地唯一了解赫斯顿的默斯丽夫人交谈之后，她们才得知赫斯顿在佛罗里达的南部小镇去世，后来移葬自己的家乡。为了找到赫斯顿最初的安葬之处，沃克与亨特一起来到南部，从当地殡仪馆了解到赫斯顿墓地的大致方位，最后在一片杂草丛生，毒蛇出没，毫无标记的地方找到了可能是赫斯顿墓地的地方。非常神奇的是，由于无法确定具体方位，沃克不得不向苍天呼吁，大声地一遍又一遍地喊着"佐拉"、"佐拉"的名字，喊得同行者毛骨悚然。可能是苍天显灵，后来居然发现了尺寸大小最像墓坑的地方，从而推测这可能就是赫斯顿当年的安葬之处。为了铭记这位文学先辈、黑人妇女主义的先驱，沃克不惜花重金请人竖起一座墓碑，上面刻着"佐拉·尼尔·赫斯顿，'南方天才的小说家、民俗学家、人类学家'，生于1901，卒于1960"的碑文。

作为赫斯顿的"侄女"进行此次文学考古的沃克确实从心里把赫斯顿作为自己的文学前辈，也认为她是所有非裔美国女性的前辈。通过实地采访，沃克真正认识到，为什么赫斯顿对学校的种族融合政策一点也不感兴趣，因为赫斯顿自己的家乡伊顿维尔是个全部由黑人组织的高度自治的社区，根本就不需要什么黑白种族融合。有人撰文攻击赫斯顿，说她对学校的种族融合没有热情完全是无知之举，因为在她自己的家乡伊顿维尔，说什么黑人自豪感等等一点也不新鲜。（Walker, "Looking for Zora" 436）此外，沃克也梳理了其他研究者对赫斯顿的评价，他们对赫斯顿的艺术天赋高度赞赏或扼腕叹息，比如邦坦普斯（Arna Bontemps）认为，早在许多趣闻逸事在赫斯顿的《骡子与人》以及其他作品中发表之前，她妙趣横生的小说就成为当地的传奇，在不同环境下可能会流布更广，人们的关注点如果略有变化，这些故事就可能十分畅销；海铭威（Robert Hemenway）指出，赫斯顿对自己的民俗学价值被拒绝，特别是在黑人社区被拒绝非常伤心，对自己无法将非裔美国世界观转换成小说形式非常沮丧，最后不得不放弃。（Walker, "Looking for Zora" 440）沃克对赫斯顿的遭遇也感同身受，认为"即便是今天，作为艺术家与黑人妇女也在很多方面降低而非提升我们的身份；但是，我们还是要做艺术家"（Walker, "In Search of Our Mother's Gardens" 405）。

1977年以后，新一代美国黑人学者，如盖茨、贝克等人提出借用西方文艺理论与批评成果，研究黑人文学文本，构建黑人文学传统；巴巴拉·克里斯汀、巴巴拉·史密斯、霍滕丝·斯皮勒斯,以及沃克与莫里森等学者与作家,以黑人女性主义为武器,重新阅读美国黑人文学文本,对性别与性属的关注渐趋深入,从早期关心被遮蔽的黑人女作家如赫斯顿、关注黑人男性作家对女性的忽视,发展到研究黑人女作家对性/倾向的表达,开拓了一个新的领域。史密斯(Barbara Smith)认为,黑人批评家应该:(1)在黑人妇女写作中探索性与种族政治;(2)假定有可以证明的文学传统;(3)解码源于作家的政治、社会与经济经历的黑人女性文学中常见的主题、母题与概念;(4)审视这个文学中特殊的黑人女性语言;(5)证明这一现存传统不会把白人/男性文学思想的观点或方法嫁接到黑人女性艺术的宝贵材料上;(6)尝试创新,并勇敢地追寻黑人女性文学模式;(7)坚持文学作品的政治含义及其与黑人女性状况相连。(Leitch 2300—2301)当然史密斯的这种立场也被批评为具有本质主义的局限,没有认识到无论是民族、性别还是种族身份都不是由生理本质决定,而是文化差异造成的。

盖茨教授做了一件更大的文学考古工程与发现之旅,在为《19世纪黑人女作家朔姆堡的图书馆系列丛书》(*The Schomburg Library of Nineteenth-Century Black Women Writers*)所作的序言中,他回顾了1773年惠特丽出版第一部诗集以来非裔美国文学的发展,认为她不仅开创了非裔美国文学(与批评)传统:"对惠特丽诗歌接受的历史即非裔美国文学批评的历史",而且开启了黑人女性文学传统,因为在19世纪,惠特丽与黑人文学传统合二为一,成为黑人文学传统的代称。(Gates and Wolf 121—123)在为《我们的黑鬼》(*Our Nig; or, Sketches from the Life of a Free Black*)所作的序言中,盖茨指出,该书描述了内战前作为契约仆人的自由黑人在北方遭遇的白人种族主义,与当时白人废奴主义者以及自由黑人揭露南方奴隶制暴行的"主流"价值观背道而驰。在为《女奴叙事》(*The Bondwoman's Narrative: A Novel*)所写的引言中,盖茨详细分析了这部作品的作者、出版时间,以及作品主题,认为它与绝大多数出版于内战前,由废奴运动成员编辑、出版、发行的奴隶叙事不同的是,此书是黑人女性逃奴独立完成的第一部黑人小说,"有助于年轻一代学者前所未有地更好地接近奴隶更加本真的内心深处"(Gates and

Wolf 91)。这些细致的文学考古与梳理工作，为确立非裔美国文学传统与阐释框架奠定了坚实的基础。

二、种族形成

非裔美国文学创作与批评始终关注种族与族裔因素，对种族问题的看法也大致体现创作者与研究者基本的价值趋向。杜波伊斯基于自己的思考与研究，早在1900年7月，就在题为"致世界各民族"("To the Nations of the World")的演讲中提出，20世纪美国的问题是种族分界线问题，(Edwards 1)因为"无论将种族看成是生理意义上还是社会建构的范畴，想要理解和阐明它在文化形成中的表现，就必须理解种族在美国是如何出现的"(格洛登、克雷斯沃思、济曼 1223)。他在《种族的保护》("The Conservation of Races", 1897)中详细指出："人类历史表明，包括肤色、毛发和骨骼在内的这些纯粹的体质差异，在解释不同群体的人在人类进步中所起的不同作用时，只能起到些微的说明作用。"(格洛登、克雷斯沃思、济曼 1089)杜波伊斯用社会学和历史学术语来界定种族，避免同时代的种族主义者的生理决定论，预示了20世纪后半叶勇于向种族的科学依据发起挑战的研究工作。但是，安东尼·阿皮亚在《未完成的论辩》("The Uncompleted Argument")中指出，杜波伊斯从未成功超越种族的生理学，而只是将其掩盖在他的社会学和历史学构架之下。不过，他的努力依然为我们指出了20世纪早期的民族范式向生理决定论者发起的挑战。(格洛登、克雷斯沃思、济曼 1226)

加利福尼亚大学伯克利分校著名的社会学家迈克尔·奥米(Michael Omi)和霍华德·怀南特(Howard Winant)在《美国的种族形成》(*Racial Formation in the United States*, 1986)一书中突出强调种族的社会、经济和政治建构，代表了一个多元的种族批评理论家群体，包括阿皮亚、盖茨和戴维·西奥·戈德堡等人。20世纪90年代中期以来，他们共同强调种族的社会建构，认为"种族一词的含义在全社会范围内——包括在集体行为和个体实践中——得到界定和经受考验。在这一过程中，种族的种类自身得以形成、变形、毁灭和再生。我们用‘种族生成’这一术语来指称这一过程。在这一过程中，社会、经济和政治力量决定了种族类别的内容和重要性，反过来种族的意义又影响了这些类别。这一界定表述的关键在于，将种族当作各种社会关系的‘中轴线’，而不能将其归于或缩减为某一更广泛的类别或概念”（格洛登、克雷斯沃思、济曼 1227）。奥米和怀南特还详细描述了族性（ethnicity）理论的三个不同阶段，即20世纪30年代之前为第一阶段：民族—族群的思想观点被看作是对生理种族主义者的直接挑战；第二阶段为自由式阶段，从20世纪30年代到1965年，以社会同化主义和文化多元主义为中心；第三阶段为1965年之后，出现了集体抵制争取种族权利的新保守主义。（格洛登、克雷斯沃思、济曼 1226—1227）他们最终放弃了这一范式，因为它将种族缩减为族性的一个元素，他们想要将种族作为一个独立的中心范畴来对待，因为仅仅把它当作族性的一个特征，就无法把握少数种族群体的具体特征。

正是由于欧美主流学术界对种族问题所采取的新保守主义倾向，1987年马丁·波纳尔（Martin Bernal）出版的《黑色雅典娜：古典文明的亚非源泉》（*Black Athena: The Afroasiatic Roots of Classical Civilization*, Vol. I）才会在学术界引起轩然大波，因为该书通过认真比对希腊历史与文明研究中的“古典模式”与“雅利安模式”，颠覆了19世纪30至40年代以来欧洲中心主义所营造的话语范式，引发人们对种族的知识生产与话语权力的反思，是主流学术界内部实践后殖民主义理论的一次内爆。波纳尔追溯希腊源头时惊讶地发现，古希腊真的相信公元前1500年被埃及与腓尼基殖民，而且希腊文化的形成有赖于埃及、腓尼基等亚非地区文化的滋养；这种“古典模式”在希腊文化的古典时期与希腊化时期非常流行，直到19世纪初才被推翻。他坦言自己所学的希腊历史远非像希腊自身那么古老，而是在1840年代和1850年代才形成，而且与对埃及的排斥及19世纪北欧爆发的种族主义有着密切的联系。（Bernal xv）而19世纪初视希腊本质上是欧洲或雅利安的“雅利安模式”才开始形成，此模式否认、质疑埃及与腓尼基殖民希腊的历史事实；“极端的雅利安”模式在1890年代以及1920年代与1930年代两次反犹高峰时蓬勃发展，达到高潮，（Bernal 1—2）19世纪的进步与科学话语范式也发展、巩固了这种模式。反对“古典模式”的学者竭力抹杀埃及与迦南对古希腊文明形成的贡献，他们认为，希腊文明的起源始于公元前14至前13世纪之间印欧语系的白人种族由北方的迁入，而不是早期非洲和亚洲文明的流变。

为了更加有力地批驳“雅利安模式”的卫道者，波纳尔出版《黑色雅典娜》的第二卷，用大量翔实的资料，如语言、建筑、科技、艺术等方面的大量证据，指出希腊文明发展时期所受亚非文化的影响。刘禾教授于1992年在《读书》杂志撰文介绍这场关于西方文明起源的论争，认为波纳尔对希腊文明源头的探寻一方面融入了1970年代末以来赛义德等人对欧洲中心主义与文化霸权的强烈批判，另一方面也是对黑人人类学的学者所发起的黑人中心运动的呼应。陈恒在《中华读书报》（2001年5月9日）撰文《黑色雅典娜的挑战》，尝试客观地评价波纳尔的成就。他引用了著名西方学者如伟大的科学史专家乔治·萨顿的观点：“希腊科学的基础完全是东方的，不论希腊的天才多么深刻，没有这些基础，它并不一定能够创立任何可与其实际成就相比的东西。……我们没有权利无视希腊天才的埃及父亲和美索不达米亚母亲。”他还引证怀特海的话说：“我们从闪族人那里继承了道德和宗教，从埃及人那里继承了实践。”陈恒认为波纳尔尽管有“修正历史”之功，但是也有矫枉过正之处，如单方面地强调了亚非文化对希腊文明的影响，却忽略了希腊文明对东方文化的反哺与贡献等。

尽管批评者甚众，但是波纳尔关于种族的知识生产与建构说，进一步提醒读者增强对西方话语霸权的认识，为非裔美国文学研究进一步关注种族构成与族裔特征提供了思想武器。1989年莫里森（Toni Morrison）发表《不可言说之不被言说：美国文学中的非裔存在》一文，指出“非裔美国文学的在场及其对非裔美国文化的意识既复兴了美国的文学研究，也提升了其研究标准”（18）。在1992年结集出版的《在黑暗中嬉戏：白人性与文学想象》一书中，莫里森指出，黑人被泛非主义他者化的处理体现在以下四个方面。首先，关注作为替身与实现者的泛非主义角色。因为泛非主义的存在，美国白人知道自己自由，而非遭受奴役；自由、强大，而非无助；具有历史，而非无历史；清白无辜而非令人诅咒；能够逐步实现命运而非盲目进化。（Morrison, *Playing in the Dark* 51—52）其次，对泛非主义习语的差异化处理。莫里森指出，通过不规范的拼写故意把它弄得很生疏，从而把黑人的对话解释成陌生、疏离的方言，故意让读者莫名其妙，从而“成为违法的性行为、疯狂的恐惧、排斥与自我厌恶的标志与工具”（Morrison, *Playing in the Dark* 52）。再次，利用泛非主义角色来发明白人性，并强化其寓意。“从战略性的高度利用黑人角色来定义白人角色，并提升白人角色的质量。”（Morrison, *Playing in the Dark* 52—53）最后，把泛非主义叙述（即讲述某个黑人的故事，其被束缚及/或被拒绝的经历）变成冥想自己人性的手段。莫里森特别强调指出，“需要分析泛非主义叙述如何被用于论述伦理道德、社会及普世的行为准则，主张并定义文明与理性。这种类型的批评表明，泛非主义叙述被白人用于为黑人的无历史（history-lessness）与无语境（context-lessness）提供历史语境”（Morrison, *Playing in the Dark* 53）。

1993年，英国著名黑人学者保罗·吉尔罗伊（Paul Gilroy）出版《黑色大西洋：现代性与双重意识》（*The Black Atlantic: Modernity and Double Consciousness*）一书，在宏观层面关注当代关于现代性的书写忽略了对种族与族裔性的关注，在微观层面关注具体作家与作品的分析，旨在批判流行于黑人政治内外对种族纯洁性的危险迷恋。但是到了2000年，吉尔罗伊出版《反对种族：超越种族分界线的政治文化成像》（*Against Race: Imaging Political Culture beyond the Color Line*）一书，回顾了法西斯主义者和超民族主义者以种族的名义实施的残暴行为，建议宣布放弃种族，因为这种宣布放弃“似乎正代表了对于种族学继续犯下和容忍显而易见的错误的最好的民族式回应”（格洛登、克雷斯沃思、济曼 1227）。吉尔罗伊难以认同族性和文化比种族更能精确地在人们当中做出社会区分这一判定，他不像奥米和怀南特那样由于族性容纳了种族的重要性而拒斥族性，吉尔罗伊认为族性和种族本身一样是一个无用而虚假的范畴，认为“我们可以从这一事实中获取额外一份勇气，即种族思想的支持者比以往任何时候都更难以回答种族学产生以来就使他们困惑不解的基本问题：如果种族是一种对人们进行分类的有效方式，那么究竟有多少种族呢？”（格洛登、克雷斯沃思、济曼 1227—1228）

吉尔罗伊“反对种族”的新观点与当下的所谓“后种族”都引起学术界的广泛争论,但是问题在于,在种族主义依然存在的社会氛围中,“反对种族”不仅在学术研究方面失去方向,而且在社会、政治、经济方面无助于改变种族歧视之实。“种族可能是一种虚构的幻象,但种族歧视却是强有力的事实。我们生活在一个种族主义的世界里,种族歧视以各种实质的形式影响我们的生活——在街区内划定特殊区域,公共教育的质量,公平待遇与就业机会,等等。”(格洛登、克雷斯沃思、济曼 1228)在为2001年版《种族的重要性》(*Race Matters*)所写的序言中,韦斯特特别强调,没有哪个民族像黑人民族那样在心理与生理两个方面遭受系统的控制:学会恨自己;美国恐怖主义的野蛮行径(吉姆·克劳法与私刑)见证了美国对黑人人性与众不同的摧残。(West xiii)

三、结语

全球化进程加深了各民族的本土化意识,催生了文化多元主义,反映在文学研究方面,为人们提供了新的视角与方法,帮助人们重新审视自己的文学传统。非裔美国文学研究在对话“种族”的同时,关注性别与性征,建构自己的文学传统,丰富了全球化话语,为建设中国主体的外国文学研究提供了参照。

引用文献

Bernal, Martin. *Black Athena: The Afroasiatic Roots of Classical Civilization*, Vol. I. New Brunswick: Rutgers University Press, 1987.

Edwards, Brent Hayes. *The Practice of Diaspora: Literature, Translation, and the Rise of Black Internationalism*. Cambridge: Harvard University Press, 2003.

Fisher, Dexter, and Robert B. Stepto. *Afro-American Literature: The Reconstruction of Instruction*. New York: The Modern Language Association, 1979.

Gates, Henry Louis, and Abby Wolf, eds. *The Henry Louis Gates, Jr. Reader*. New York: Basic Civitas, 2012.

Gilroy, Paul. *The Black Atlantic: Modernity and Double Consciousness*. Cambridge, Massachusetts: Harvard University Press, 1993.

Leitch, Vincent B., ed. *The Norton Anthology of Theory and Criticism*. New York: W. W. Norton & Company, 2001.

Morrison, Toni. *Playing in the Dark: Whiteness and the Literary Imagination*. Cambridge: Harvard University Press, 1992.

---. "Unspeakable Things Unspoken: The Afro-American Presence in American Literature." *Criticism and the Color Line*. Ed. Henry B. Wonham. New Brunswick: Rutgers University Press, 1996. 16-29.

Turner, Darwin T., and Barbara Dodds Stanford. *Theory and Practice in the Teaching of Literature by Afro-Americans*. Urbana: National Council of Teachers of English, 1971.

Walker, Alice. "Looking for Zora." *Between Women: Biographers, Novelists,*

Critics, Teachers, and Artists Write about Their Work on Women. Eds. Carol Ascher, Louise DeSalvo and Sara Ruddick. Boston: Beacon Press, 1984. 431-447.

---. "In Search of Our Mother's Gardens." *Within the Circle: An Anthology of African American Literary Criticism from the Harlem Renaissance to the Present*. Ed. Angelyn Mitchell. Durham and London: Duke University Press, 1994. 401-409.

West, Cornel. *Race Matters*. New York: Vintage Books, 2001.

埃里克森:《全球化的关键概念》,周云水等译,南京:译林出版社,2012年。

贝尔:《非洲裔美国黑人小说及其传统》,刘捷等译,成都:四川人民出版社,2000年。

陈恒:《黑色雅典娜的挑战》,《中华读书报》2001年5月9日,第23版。

杜维明:《全球化与多样性》,哈佛燕京学社编,《全球化与文明对话》,南京:江苏教育出版社,2004年。

格洛登、克雷斯沃思、济曼主编:《霍普金斯文学理论和批评指南》(第2版),王逢振等译,北京:外语教学与研究出版社,2011年。

刘禾:《黑色的雅典娜——最近关于西方文明起源的论争》,《读书》1992年第10期,第3—10页。

作者单位:南京邮电大学外国语学院英语系

从赛义德到巴巴:后殖民研究的一种谱系

赵建红

内容提要:作为后殖民研究的奠基者,赛义德与斯皮瓦克和巴巴共同构成了后殖民理论家中具有后结构主义倾向的“神圣三位一体”。后殖民研究包括两个方面,一是后殖民批评(包括对“英联邦”文学的研究),二是后殖民理论。评价赛义德的学术成就必须考虑其著述,尤其是《东方主义》对后殖民研究领域的形成和发展所产生的影响。对于后殖民理论而言,赛义德的著作得到其他学者,特别是斯皮瓦克和巴巴的著作的继承和发展,同时也受到他们的著作的挑战与修正,从而形成了一种起始于赛义德,中经斯皮瓦克,最终在巴巴的著述中达到极致的一种后殖民研究谱系,这一谱系为人们认识殖民话语以及再现“他者”这些后殖民研究领域之中至关重要的问题的本质提供了一种较为清晰的路径,同时也为在中国这一特殊的语境下反思后殖民理论提供了一种独特的视角。

关键词:赛义德　斯皮瓦克　巴巴　后殖民研究

一、“后殖民研究”的界定

根据阿什克罗夫特(Bill Ashcroft)、格瑞费思(Gareth Griffiths)和蒂芬(Helen Tiffin)的观点,“后殖民”并不意味着“独立之后”或“殖民主义之后”(Ashcroft, et al., *The Post-colonial Studies Reader* 117),它包括“从殖民活动之际到当今所有受到帝国主义进程影响的文化”(Ashcroft, et al., *The Empire Writes Back* 2)。“后殖民研究”这一术语通常被用来指一个跨学科和跨文化的研究领域,这被阿里夫·德里克看作“包罗万象”的领域包括了各种各样的分析。(Dirlik 58)而对帝国的过去、帝国结构中不同形式的殖民主义以及帝国的过去与后殖民状况的联系的关注使得这些分析相互联系。后殖民研究主要是在赛义德的《东方主义》(1978),一部揭示西方看待“东方”的意识形态偏见的著作的基础上发展而成的一个研究领域。(Iskandar and Rustom 280, 390)正如罗伯特·扬(Robert Young)在《后殖民主义:一种历史性的介绍》一书中所指出的,"赛义德在《东方主义》中对学术知识的文化政治的批评有效地将后殖民研究作为一个学科建立起来"(383)。后殖民研究的视角多种多样,包括女权主义、解构主义、精神分析、少数人话语(minority discourse)以及文化研究等。后殖民研究领域呈现出殖民阶段与后殖民阶段之间的一种连续性,并且关注帝国中心或后殖民中心(或宗主国)与殖民的或后殖民边缘地区的多方面的关系。由于后殖民研究的著作种类繁多,分析视角各异,因此,对于"后殖民"这一术语的含义存在不同的看法和一定程度上的不满情绪就不足为奇了。阿里夫·德里克就明确指出:"后殖民所涉及的领域如此之广,而且又显得那样的内在不一致,因而连那些赋予它以理论地位的学者们也无法解释清楚这种理论究竟是何模样,于是他们对这个术语阐述完毕后就随即对它敬而远之。"(德里克 19)麦克林托克(Anne McClintock)、休哈(Ella Shohat)、米什拉(Vijay Mishra)、霍吉(Bob Hodge)、威廉斯和克里斯曼(Laura Chrisman)等批评家在三个方面对"后殖民"这一术语提出了批评。第一,它错误地表明西方主宰和剥削非西方国家的时代已经结束。但是,正如威廉斯和克里斯曼所说,尽管殖民主义可能已被废除,西方资本的全球帝国主义还在继续。第二,这一术语使得人们难以辨别移民殖民地的历史和情景与那些非移民殖民地的历史和情景之间的差异以及多个非移民殖民地之间的差别。如果"后殖民"这一术语被用来指所有经历了帝国主宰和殖民化的国家,那么,移民殖民地的历史和情景与那些非移民殖民地的历史和情景之间的差别就不明显。在澳大利亚、新西兰、加拿大和南非这样的移民殖民地,就其人口、与帝国中心的关系以及它们获得独立的方式而言,与非移民殖民地无法相比。而就这些移民殖民地自身来说,它们之间也存在着差异。"后殖民"这一术语也使得非移民殖民地之间的差异变得不明显,尽管它们的历史、发展轨迹以及为独立而进行的斗争采取了各不相同的形式。第三,《逆写帝国》的三位作者阿什克罗夫特、格瑞费思和蒂芬同时用移民殖民地、非移民殖民地和美国的有色人种作家来对后殖民领域进行界定，也给人们的理解造成了一定的困难。

赛义德对后殖民理论或后殖民话语研究产生了至关重要的影响。其著作，尤其是《东方主义》的重要性得到普遍的承认。在《东方主义》中，赛义德用福柯的话语观念将文化与政治相联系，对"文本态度"这一观念进行详细的阐述，并且对隐蔽的和明显的东方主义进行区分。此外，受到严格批评和考察的东方主义的多个方面也颇具启发性，从而激发了更多填补空白和从不同方面挑战《东方主义》一书理论框架的著作的产生。同时，赛义德对东方主义不断变化的、前后矛盾的界定，对异质性和变化因素缺乏强调，对西方人文主义与福柯和葛兰西观念之间的矛盾以及性别问题的忽视，都已对后殖民理论和后殖民话语分析的发展产生了巨大的影响。

依吉尔伯特之见，福柯关于权力/话语的论述和葛兰西的霸权理论，对于赛义德来说都非常重要，这些理论具有强烈的"欧洲中心主义"倾向，因为在殖民世界中，权力常常继续发挥作用。福柯的论点是，在18世纪从独裁的政体向较为民主的政体的转变意味着权力仍以压制的，但却不明显的方式在实施。在殖民地的情境中，专制的和公开的惩罚仍然占主导地位。吉尔伯特还强调说葛兰西的霸权概念并不真正地适用于殖民情境。然而，威廉斯和克里斯曼认为正是赛义德"通过福柯和葛兰西使两个明显不同的领域，即后结构主义和西方马克思主义相结合"（Williams and Chrisman 6）。这种结合使得东方主义具有很大的用途和很强的生产性。赛义德的著述，尤其是《东方主义》，一部改变全世界思考西方与其"他者"之间关系的著作，是后殖民研究领域中必不可少的一个重要内容。（Iskandar and Rustom 291）然而，为后殖民研究领域内新著作的产生提供推动力的不仅仅是《东方主义》。赛义德对"现世性"、"世俗批评"和"理论旅行"等观念的阐述对后殖民研究也产生了很大的影响。[①]他对后结构主义理论的某些成分的论述在斯皮瓦克和巴巴的著作中得到进一步的扩展。在《文化与帝国主义》一书中，他对"驶入的航

① 关于赛义德文学和文化批评理论中的这些核心观念的详细阐述，请参见笔者分别发表于《文艺理论研究》（2010年第5期）、《外国文学》（2008年第2期）和《当代外国文学》（2008年第1期）等刊物上的论文。

行”、“想象的地理”、“重叠与交织的历史和经验”和“谴责的政治”等观念的阐述也在后殖民研究领域产生了一定的影响。他对法侬的思想和抵抗帝国主义的观念的运用也非常重要。他对文学和政治再现、宗主国中心与殖民地边缘的对立以及流亡者（或移民）形象和作家在与读者大众和诉求者的关系中所处的位置的分析都有助于将后殖民研究领域作为一个整体来加以界定。

二、殖民话语分析

赛义德对后殖民研究的主要贡献在于他在《东方主义》中开创了殖民话语分析这一新的研究领域。（Williams and Chrisman 5）而巴巴在后殖民研究领域的重要性体现在三个方面：一是他对殖民和后殖民经验的异质性（heterogeneity）的强调；二是他提出的殖民和后殖民社会的混杂性概念；三是他的模拟（mimicry）概念。其异质性、混杂性和模拟这三个概念可以被看作是对赛义德在《东方主义》中所开创的殖民话语分析的拓展和挑战。巴巴从《东方主义》中相对来说并不重要的，也就是他所说的“未得到充分展开”的观点开始论述，并且几乎完全改变了原来的观点。（Bhabha 73）他承认赛义德的理论具有“开拓性”，认为其理论可以“被扩展，从而论述东方主义话语的他异性（alterity）和矛盾状态”（4）。“矛盾状态”是巴巴著作中的关键词，因为其著作依赖于对殖民权力和殖民话语不是大一统的这一观点的一系列不同的表述。他认为殖民权力和殖民话语是分裂的，因为一种基本的矛盾状态存在于殖民者与被殖民者的关系之中，因而也存在于用来表述这种关系的语言和话语之中。一般说来，巴巴对后现代主义和后结构主义理论的同情程度要远大于赛义德，尽管他也认为后现代主义是“非常偏狭的”，如果它将自身局限于“称颂后启蒙理性主义的‘宏大叙事’的碎片化”（4）。他声称试图“从后殖民立场来重新命名后现代”（175）。但吉尔伯特认为，巴巴实际上是从后现代的视野去重新命名后殖民，或者是将后殖民纳入后现代的范畴。（Moore-Gilbert 128）

巴巴对殖民和后殖民情景的分析常常集中于对单个的或集体的殖民者

或被殖民者，或对两者，即他所说的“殖民主体”（colonial subjects），而不是对物质层面上政治的和社会的现象所做的思索上。与赛义德不同，巴巴重视殖民权力和话语中的矛盾和冲突，并且认为这些矛盾和冲突最终将导致殖民或新殖民权威的颠覆。他在《差异、区分和殖民主义话语》（1982）中首次讨论了赛义德的观点。在该文中，他认为赛义德关于殖民权力是大一统的和统一的这一观点与福柯并未明确表述的异质性话语观是相矛盾的。然后，他用赛义德在《东方主义》之中创造的一个“新的居中的范畴”（new median category）来作为他对殖民权威和话语的本质、殖民主义的刻板形象以及殖民主体的心理进行理论化阐述的出发点。（Bhabha 73）他专门挑出东方主义话语中的矛盾来讨论。在他看来，对于赛义德来说，东方主义是受到“历史和叙事的历时形式和不稳定标志”威胁的“共时本质主义”的“一个静态系统”。东方主义既是一个官方的政策，也是一系列的幻想和形象等东西。最后，东方主义既是“一种无意识的肯定性（隐蔽的东方主义），也是一系列陈述出来的、有关东方的、被赛义德称作明显的东方主义的知识和观点”（Bhabha 71）。巴巴强调在赛义德的著作中，这些对立被转变成“政治—意识形态的意图，这一意图，用他的话来说，能使欧洲在东方的基础上牢固地和非比喻意义上前进”（Bhabha 71）。巴巴看重东方主义话语的对立和矛盾状态。他提出的“中间”者（the “in-between”）这一非常重要的观念就来自于《东方主义》中一个“未得到充分阐述的段落”，在那个段落中，赛义德将东方描写成在西方对熟悉的东西的蔑视和西方对新奇的东西的高兴或害怕的颤抖之间摇摆。赛义德将这一摇摆的情况称作“新的居中的范畴”，这一范畴使人们“将新事物，即第一次被理解的事物理解为一个先前已知的事物的变化形式”。巴巴发问：“围绕‘居中的范畴’，殖民话语的这种其他的情景扮演何种角色？”（71—73）他对弗洛伊德的“恋物癖”这一概念进行了部分的改动，并将这一改动的概念用于解读殖民话语中的刻板形象。在其他的一些论文中，他通过混杂性、矛盾状态、模拟、中间者和“第三空间”（the third space）等一系列概念来阐述类似的观点。所有这些概念清楚地表述了在殖民者和被殖民者之间，以及在处于支配地位的阶级和地位低下的、受支配的阶级之间的关系中，对分裂的自我和话语的见解。正是这种对差异的强调成为巴巴对后殖民研究的主要贡献以及他与赛义德的分歧之所在。巴巴对被表达成“中间者”、“并不完全/并非白人”、“第三空间”等居中的范畴的强调使他比赛义德能更加广泛和更加有效地集中探讨对殖民主义和帝国主义的抵抗话题，同时这种强调也使他更加重视那些抵抗者的声音，不管这些抵抗者是19世纪的印度殖民主体，还是非西方的作家和艺术家。

在赛义德对殖民话语所做的分析中，冲突和矛盾这些概念未受到应有的重视，而巴巴意欲对这些概念做出明确阐述。例如，在《论模拟与人》（1985）中，在他分析将殖民支配看作是不变的那样一种观点和强调时间和变化的一种历史发展的视角之间的对立时，他提到了“赛义德描述的那种冲突的殖民话语系统”（85—86）。当然，《东方主义》并未重视这种冲突的系统，而它重视的是长期以来殖民话语的统一特征。因此，不难看出，正是巴巴，而不是赛义德，强调冲突和矛盾这些概念。在《被看作奇迹的符号》（1985）、《撒播民族》（1990）和《后殖民与后现代》（1992）这几篇被收录于其论文集《文化的定位》的论文中，巴巴为了强调差异和矛盾状态而阐述了赛义德的一些观点。例如，在《被看作奇迹的符号》一文中，在涉及书本中具体表现为欧洲的文化和帝国权力护身符的英国文化权威时，巴巴援引了赛义德的观点。（105）他说：“对英国书本的发现在康拉德和奈保尔的小说中确立了模仿的办法和国家的权威和秩序的形式。”然而，巴巴对19世纪印度皈依基督教者解读《圣经》的方式的分析刻写了一个更加模棱两可的权威文本，他通过模拟的策略创造了颠覆由文本体现的文化权威的可能性。（107）另外，赛义德的“现世性”、“世俗解释”和“理论旅行”的观念也被巴巴在《撒播民族》中引用来作为探讨“作为叙事策略的民族的矛盾状态”的起点。在最明确地表述了巴巴的后殖民主义观点的论文《后殖民与后现代》中，巴巴援引赛义德的著作来说明第三世界知识分子对宗主国权威的挑战，并将这种挑战作为出发点来阐述他自己有关殖民和后殖民时期话语中的分裂状况的观点。巴巴首先以赛义德有关殖民和后殖民时期的非西方作家“驶入的航行”的观念为例证来解释后殖民世界特有的“文化的转变和重新评价”现象。（174）在《文化与帝国主义》中，赛义德集中论述了C. L. R. 詹姆斯、安东尼斯、古哈和阿拉塔斯的著作的文本的和历史—政治的语境，而巴巴则几乎完全从文化的层面来分析这四位作家的著作。

表现为“混杂性”和“模拟”这两种形式的话语的矛盾状态是巴巴在理论上阐述殖民和后殖民经验的异质性最为重要的形式，尤其在论及对西方霸权话语的抵抗时，情况更是如此。在《诡秘的文明》（“Sly Civility”）（1985）一文中，巴巴指出，他所讨论的殖民话语“不仅仅是一个强有力的民族的暴力正在书写另一个民族的历史”，而且是“一种矛盾的话语形式，这种话语形式在不同的权力关系中矛盾性地重新刻写殖民者和被殖民者”。（95—96）通过巴巴对其混杂性这一概念的阐述，我们不难看出巴巴与赛义德在殖民话语这一问题上的差异。前者将殖民话语看作是矛盾的、充斥着冲突的；而后者将其描述成本质上是一种统一的和主导性的系统，这种系统有效地压制了它所统治的对象。在《文化与帝国主义》中，赛义德用混杂性来表述殖民文化和被殖民文化在各个领域的重叠以及在这种情境中所生产的文学作品的特点；而巴巴在阐述这一概念时更加强调对殖民权力的反抗与颠覆。在《被看作奇迹的符号》中，他解释道：“混杂性是殖民表征和殖民个性形成中的一大问题，它彻底改变拒不接受殖民主义所产生的结果，因而其他‘被否认’的知识就进入了主导性话语，并且疏离了主导性话语的权威的基础，即那些已得到承认的主导性话语的规则。”（114）在相同词语的不同含义导致两种文化和再现系统相互冲突时，以及在被殖民者的语言与殖民者的语言相交叉时，殖民话语就变成混杂性的了。因为开始时作为主导性话语一部分的某些东西转变成了一种不适当的，因而是一种挑战性的回应，这种回应至少可能导致一种颠覆过程的出现。由此看来，对抵抗和颠覆过程的重视是巴巴在殖民话语分析上的一个重要特征，也是他与赛义德的不同之处。在《文化与帝国主义》的第三章《抵抗与反对》中，赛义德谈论抵抗的文学，阐述对位阅读的模式，并且将这一模式看作是公正地评价抵抗文学和说明西方作家的作品与帝国主义共谋的一种策略。但赛义德并未说明对殖民话语的抵抗如何发挥了实际的作用，而巴巴在论述印度皈依基督教者的情况时却做到了。而不无反讽意味的是，巴巴根据赛义德在《东方主义》中所描绘的“对主宰的共时的、全景式的看法，即对同一性和静止的要求”与“历史的历时性的反压力，即变化和差异”的对立来描述模拟这一导致颠覆产生的策略。（86）

当模拟这一策略被殖民者使用时，巴巴将其看作一种促进帝国权力运作的方法，而当模拟为被殖民者使用时，巴巴将其看成抵抗帝国权力运作的一种手段。巴巴对赛义德的一些观点所做的改动有助于他阐明话语的抵抗和颠覆作用。但是在论述能动性（agency）、意图和历史这些概念时，巴巴就感到有较大的难度。正如吉尔伯特所言，从来都无法弄清楚殖民主体是否意识到其话语的矛盾性和模拟特征。如果模拟对被殖民者一方来说是无意识的，那么它就不能有意识地造成话语的颠覆。另一方面，殖民者话语中的矛盾性也不会减少作为帝国压制工具的话语的有效性。巴巴对历史抑或对物质的社会、政治、经济和军事的状况（话语是这些状况的一部分，同时，这些状况也是话语的一部分）的忽视常常遭到批评。原因在于他对弗洛伊德和拉康的精神分析理论的依赖，另外也在于在他们影响之下他对法侬著作所做的非历史性的和精神分析式的解读。

这种解读使法侬的观点成为巴巴自身理论的一部分，并且“模糊了被法侬作为无法缓和的土著与入侵者的敌对这种殖民状况的范例，而这种敌对使武装的对立成为一种既具有陶冶作用又讲究实效的必然行为”（Kennedy 123）。巴巴很少讨论法侬的《世界上不幸的人》，而他关注较多的是法侬的《黑皮肤，白面具》（1952）。他认为法侬将“文化种族主义（cultural racialism）的焦点从民族主义政治转向自恋政治”（Bhabha 63），因而忽视了《黑皮肤，白面具》对其自身历史语境的思考。赛义德在运用法侬的思想方面与巴巴有着完全不同的着重点。在赛义德看来，《世界上不幸的人》是一个非常重要的文本，争取民族解放和表达民族意识的斗争的历史和文化方面的议题是值得讨论的重要议题。

三、再现“他者”

再现这一议题（the issue of representation）是后殖民主义理论中的一个重要议题，也是赛义德、斯皮瓦克和巴巴共同关注的焦点。对赛义德和斯皮瓦克来说，再现这一议题对于知识分子的角色来说至关重要。赛义德将知识分子看作必然是对抗性的人物，其主要作用是提供替代性的东西：替代性的来源、阅读以及对于证据的描述。而提供替代性的东西又必然涉及位置性这一问题（the issue of positionality）。在探讨再现议题以及由其导致的“位置性”和“共谋”这两个方面的问题时，赛义德与斯皮瓦克有一些共同点。两人都相当明确地讨论了后殖民知识分子再现那些社会与经济地位低下者和受排斥者（即“他者”，亦即赛义德笔下的巴勒斯坦人和斯皮瓦克笔下的印度妇女）的命运之必要性。两人也都承认知识分子总是受到他们的体制的角色和位置的影响，并且都意识到使用复杂的理论模式可能会限制他们的言论对广大读者大众产生的影响。

在赛义德看来，如果知识分子必须对权力讲真话，拒绝被收买，坚持批判和怀疑的立场，那就预先假设了一个边缘的位置。在1988年接受布鲁斯·罗宾斯的一次访谈中，赛义德认为知识分子不应该成为一个局外人，“在边缘徘徊”（薇思瓦纳珊 442）。多年之后，在发表于1997年的文章《从沉默到声音，再到沉默——音乐、文学与历史》中，赛义德为后殖民知识分子描述了两种替代性方案。一是选择“沉默、流亡和狡诈”等举动和表现形式，而这种方案赛义德本人是坚决拒绝的；二是接受再现的责任并设法影响容易受到再现压制的那些人的公共政策。赛义德说“这个方案错误严重，并且过于受到忽视”，但一定要实施，因为尽管“非正义和权力使贫困者、地位低下者和被剥夺应有权利者遭受的不幸和痛苦”不能得到充分的表达，但应该尽可能真实地得到再现。（Said 526）赛义德认为知识分子应该积极和主动地承担起再现他者的政治权利和人权这一责任。

与赛义德或巴巴相比，斯皮瓦克更清楚地认识到位置性这一问题的重要性。她不时地警觉到批评家与其所批评的系统之间的共谋现象，因此，时常强调其自身的复杂身份和位置。她将所讨论的理论问题与美国、印度和澳大利亚的教育情境相联系，偶尔也认识到有必要以更加明白易懂的风格从事写作。她承认解构主义在提出批评家的位置这一问题以及在表明任何位置都不可能绝对合理这一点上都是一个关键的因素。她将自己描述成一个无根的人或者是一个属于两种文化而又不完全融入其中一种文化的人，这种情景类似赛义德，但她评论自己作为一个声名显赫的美国学院人士所享有的权威的方法却不同于赛义德。在1987年的一次访谈中，斯皮瓦克将自己描述为是属于"两种文化的"，但她接着解释说这意味着她在所居住的两个地方都"没有在家的舒适之感"（Harasym 83）。与赛义德一样，她将这种情景看成一种优势，因为她认为"重要的一点在于人们不想有在一个地方生根的感觉"（Harasym 37）。她对身份的标签表示怀疑，因为"人们必须占据的主体位置有许多个，而不仅限于一个"（Harasym 60）。就其本身而言，她拒绝接受"第三世界妇女"这一标签，因为这一标签无法反映"一个在40年代出生于加尔各答的一个大都市中产阶级职业家庭的人"（Harasym 114）的具体情况。当她为自己辩解时，她将自己描绘成"贵族出身，属于上层阶级，美国资深学院人士，获取高额薪金的杰出教授"，然后，她不无讽刺地补充说："你需要什么呢？"（Harasym 86）而更为严肃的是，她断言"成为一个没有民族主义的印度人以及成为一个没有地区主义的人"对她来说是最大的问题。与赛义德一样，斯皮瓦克拒绝接受以民族身份或地区身份为基础的身份观念。在知识分子有责任探讨教育体系之外的问题这一点上斯皮瓦克接受了赛义德的观点，但是她对于社会变化并没有做出任何乌托邦式的断言。在收于其讨论文化与政治的文集《在他者的世界》（1987）的论文《女权主义与批评理论》中，她认为她考虑更多的问题是过去，而不是"改变世界"。她教导一小部分的经典拥有者（无论男性或女性，女权主义者或男权主义者）如何尽可能有效地阅读他们自己的文本。（Spivak 92）她试图向美国学生解释灌输信仰这种现象并不仅仅局限于苏联和伊斯兰世界，并且告诉那些美国学生，如果谁说出"我只是一个资产阶级的男性，我不能说话"这样的话，那就是一个懒惰和名声不佳的标志，在智性上无法被人接受。（Harasym 62）

巴巴探讨“位置性”和“共谋”这两个问题的方式不同于赛义德与斯皮瓦克。其大部分著述关注再现和定位，尤其是主体在混杂的后殖民世界中的位置。然而，他却从来没有明确地讨论后殖民知识分子再现“他者”（即为“他者”代言或谈论“他者”）的问题，也没有考虑自己模棱两可的立场。此外，“后殖民混杂性”这一模式来自于他对理论和实践这两个不同领域之间不可避免的相互联系和相互依赖的看法，他用这一模式来描述如何从理论转向实践（或政治）这一问题。在其论文《撒播民族》中，巴巴对民族与民族主义重新进行界定，将它们定义为异质的、模棱两可的叙事策略和位置，即话语和地点。在这些话语中，并且在这些地点，许多不同的文化相互交叉并发生冲突。他论辩说，一个民族的视角，不管是精英的或者是低贱的，永远都不能获得“再现的权威”（Bhabha 144）。因为这种视角一直专注于否定内部的差异，以便获得预期的同质性和一致性。他专注于探讨作为话语的一部分，而不是作为一种政治行为的再现，尽管他承认做这种区分并非有效。巴巴认为作为一种空间的民族（the nation as a space）主要来自于它的少数人种及其话语。由于民族是异质的，并且是处于矛盾状态的，因此，对于民族的任何再现就必须反映其特征。与赛义德和斯皮瓦克一样，巴巴对仅仅被界定为殖民主义对立面的民族主义进行挑战。他认为这种民族主义已经走到了它的尽头。但是，他对这一问题的讨论仅限于抽象的理论层面，往往只涉及文化问题，与政治或经济问题无关。

在论述“位置性”和“共谋”这些问题时，巴巴并没有像赛义德与斯皮瓦克那样来突出其自身位置存在的问题及可能产生的矛盾。有时，他简单地提及自己的多种经历，但并没有对其做较多的阐述。譬如，在《撒播民族》的开始部分，当他再现资产阶级或多或少是自愿的流亡和强制性的流散（diaspora）或位移（dislocation）这两种20世纪的移居（migration）类型时，他有意地提到了“自己的移居经历”（139）。然而，他没有详细地讨论自己的移居经历以及流亡的两种形式。以类似的方法，在作为《文化的定位》一书的结尾的那篇论文中，他一开始就引用了几个符合种族主义行为的传统程式的例子。接下来，他陈述道：“无论何时何地，当我听到一个种族主义者说话，或注意到他的目光，我都会想起法侬的那篇激发回忆的文章《黑色的事实》以及其开头的那几行令人难忘的文字。”（236）但是，巴巴只是简短地提及个人的经历，并未将其发展成对自己的种族主义经历的一种反思。因此，巴巴可能会问：“后殖民主体的位置何在？”针对这一主体，他回答说对种族、历史和性别等方面的差异的清晰表达从来都不是单一的、二元的或总体化的。然而，他却从来都没有问自己作为一个后殖民主体的位置何在这样的问题，也从来不关心异质性的具体表现这一他自己经常谈论的问题。他认为自己使用后结构主义理论是合理的，因为在他看来，后结构主义理论产生于“后殖民反现代性”（postcolonial contramodernity）（175）。

巴巴认为当代批评理论及其实践者能够从遭受被征服、被统治及流散和位移之苦的人的经验中获取有益的成分。他指出那些人的经验能够为后殖民理论家提供一次学习的经历和一种分析工具，以至于后殖民理论家能“修正已知的东西”，并能“从后殖民的立场重新命名后现代”，从而实现文化的再“定位”。尽管这种修正和重新命名的工作只是在抽象的理论层面，而不是在专门的或具体的实践的层面上进行，但是这种工作有着不可置疑的重要性。他在自己的写作中的位置可以被看作他经常描绘的“居中的”状态的一个范例。他最喜欢的策略是“不合常规地”阅读（to read “against the grain”）。这种阅读可以被理解为多种自由改写的一种形式或者是词语误用地（catachrestically，即用一种不恰当的方式）阅读的一种形式。举例来说，有一次，巴巴说：“我自由地改写了本雅明的一些用语，并且将现代性的问题插入他关于叙事剧（Epic theater）的议论之中。”（Kennedy 137）而在描述艺术评论家兼散文家约翰·伯杰（John Berger）的论点时，巴巴承认自己将分散于整篇文章中的陈述编辑成了一段已经被人引用的文字。（Bhabha 268）此外，巴巴还说他对巴赫金和古哈的解读是“词语误用的：通过这种旨在理解词语隐含意义的阅读，既不吃透他用的词语的意思，也不充分理解我用的词语的含义”（188）。这些阅读策略明显是巴巴所说的“后殖民知识分子的历史和文学工程”的一部分，但他并未对这一偶尔提到的工程做出明确的界定。

四、结语

赛义德在后殖民研究领域占据举足轻重的地位。尽管《东方主义》存在着理论、方法论等方面的问题，但这并不影响其价值，因为它具有广阔的学术视野，不仅打破了学科的界限，而且将话语理论与真实的社会斗争、政治斗争联系起来，探讨了文学、文化、历史和政治等多方面的问题。（塞尔登等 268）巴巴和斯皮瓦克等理论家发展了后殖民理论，他们的研究既是对赛义德的著作的补充，也是对其著作的挑战和修正。正如批评家阿里夫·德里克在其《关于后殖民问题的思考》一文中所说，"起始于爱德华·赛义德的《东方主义》的那种后殖民主义谱系，后来通过佳亚特理·斯皮瓦克（有时也包括斯图亚特·霍尔及文化研究）的著作得到了进一步发展，到霍米·巴巴那里达到了极致"（德里克 21）。此后，许多理论家和批评家延续并扩展了赛义德在《东方主义》、《文化与帝国主义》和其他著述中对殖民话语的分析以及对再现"他者"、"位置性"等后殖民研究领域中一些重要问题的讨论。

引用文献

Ashcroft, et al. *The Empire Writes Back: Theory and Practice in Post-colonial Literatures*. London and New York: Routledge, 1989.

---. *The Post-colonial Studies Reader*. London and New York: Routledge, 1995.

Bhabha, Homi K. *The Location of Culture*. London and New York: Routledge, 1994.

Dirlik, Arif. *The Postcolonial Aura: Third World Criticism in the Age of Global Capitalism*. Boulder, Colorado: Westview Press, 1997.

Harasym, Sarah, ed. *The Post-colonial Critic*. New York and London: Routledge, 1990.

Iskandar, Adel, and Hakem Rustom, eds. *Edward Said: A Legacy of Emancipation and Representation.* Berkeley and Los Angeles, California: University of California Press, 2010.

Kennedy, Valerie. *Edward Said: A Critical Introduction*. Malden, MA: Blackwell Publishers, 2000.

Moore-Gilbert, Bart. *Postcolonial Theory: Contexts, Practices, Politics*. London and New York: Verso, 1997.

Said, Edward W. *Reflections on Exile and Other Essays*. Cambridge, MA: Harvard University Press, 2000.

Spivak, Gayatri Chakravorty. *In Other Worlds: Essays in Cultural Politics*. New York and London: Routledge, 1987.

Williams, Patrick, and Laura Chrisman, eds. *Colonial Discourse and Post-colonial Theory: A Reader*. New York: Harvester Wheatsheaf, 1994.

Young, Robert. *Postcolonialism: A Historical Introduction*. Oxford, UK and

Malden, MA: Blackwell Publishers, 2001.
阿里夫·德里克:《跨国资本时代的后殖民批评》,王宁等译,北京大学出版社,2004年。
拉曼·塞尔登等:《当代文学理论导读》,刘象愚译,北京大学出版社,2006年。
薇思瓦纳珊编:《权力、政治与文化——萨义德访谈录》,单德兴译,北京:三联书店,2006年。

作者单位:东南大学外国语学院英语系

论日本现代女性作家的文学创作

叶 琳

内容提要：随着时代变化、社会发展进程的不断推进，日本的社会文化以及日本人的文化价值观受到了审视。女性的社会地位和女性的独立自主权都比以往更加受到了重视。家庭、伦理成为越来越多活跃在日本现当代文坛的女性作家所关注的焦点。她们以一种开放式的、多元化的文学理念诉说自己的时代，大胆地表述自己的身体和个人意志，将女性的话语言说提升到了意识形态领域，浓墨重彩地构建了女性话语的空间，从而打破了传统日本文学的语言体系，解构了男性主义或男权思想的话语体系。

关键词：日本　女性作家　家庭　伦理

2001年初，在日本纯文学期刊《昴》举办的一次文学座谈会上，当被问及日本的小说今后将会是一种什么状态时，日本著名作家大江健三郎先生随即回答道："不远的将来，在日本，能够构建新小说思想或思想性小说这种文学世界的，惟有（日本的）年轻女性们……"（大江健三郎 4）如果我们将目光上溯至上世纪的下半叶，便可以发现女性文学热潮早有暗涌之趋势。

80年代，随着日本泡沫经济的一路高歌，昭和时代[①]向平成时代[②]的转化，社会发展进程的不断推进，日本的社会文化以及日本人的文化价值观受到了重新审视。随之而来，"经济大国"背景下女性的社会地位和女性的独立自主权都比以往更加受到了重视。"女性时代"成了日本这一时期最惯用的词语。到了90年代，随着日本泡沫经济的破灭，一下子陷入战后尤为严重的经济衰退期，人们对现行政府和社会表现出强烈的不满，"自我"意识逐步形成，在新的社会伦理中开始对传统的道德进行承继的同时更多地表达了一

① 昭和时代指昭和天皇在位时的年代，即1925年12月25日至1989年1月7日。
② 平成时代指当今平成天皇在位的时期，即1989年1月8日至今。

种对峙和反叛。更多的日本女性已经彻底从传统的生活伦理中解放了出来，更加自信地向日本男权社会发起了挑战，自由地选择属于个人的新生活，宣扬个体的感受性。因此，家庭、伦理道德也就自然成为越来越多活跃在日本现代文坛的女性作家们所关注的焦点。这一时期的日本文坛可谓群星璀璨，杰出的女性作家有大庭美奈子、平岩弓枝、三枝和子、村田喜代子、林京子、富冈多惠子、小川洋子，等等。特别是那些战后出生的"新生代"日本女作家，像高树信子、津岛佑子、金井美惠子、中泽惠、林真理子、山田咏美、松浦理英子、荻野安娜、吉本芭娜娜等更是成绩斐然。

处于新时代的女性作家们绝大多数深受美国文化的影响，爱读美国小说，喜看好莱坞大片，好听美国流行音乐，接受了西方近代文艺思潮和文艺理念，在审美创造上尝试着以一种开放式的、多元化的文学理念诉说自己的时代，大胆地表述自己的故事和个人意志，将女性的话语言说提升到了意识形态领域，浓墨重彩地构建了女性话语的空间，从而打破了传统日本文学的语言体系，解构了男性主义或男权思想的话语体系。她们用独特的文体和叙事方式将单亲家庭、女同性恋、未婚妈妈、异域婚恋、女性犯罪、男性缺场等反映社会时代的题材纳入自己的文学创作中，由此可以见出她们的创作审美。可以毫不夸张地说，女性作家们对传统的"男主外，女主内"、"贤妻良母"、"相夫教子"、"贤德忍让"的家庭观进行了多角度、多层面的剖析和反思。这种剖析和反思一方面客观上繁荣了日本现代女性文学，另一方面也对在新世纪反对乃至消除封建残余思想起到了一定的社会影响和积极作用。

下面本文就以日本现代女性作家的文学创作为研究对象，主要从对制度内女性分工的反叛、对家庭观念的颠覆与重建、对传统伦理的否定与摒弃这三个方面探讨现代女性作家在自己的文学创作中是如何描述并折射出笔下女性人物的家庭、伦理道德的。

一、对制度内女性分工的反叛

所谓制度内的女性分工就是指日本父权或男权社会"男主外，女主内"

的性别角色分工。作为日本女性要以贤妻良母为自身奋斗目标，遵守"三从四德"的古训。她们在家是温顺的女儿，找夫婿时是浪漫而有魅力的女性，结婚后则放弃自己原有的生活和工作，成为相夫教子的楷模，安于在优越舒适的家庭里当一名风度雍容的贵妇。她们视婚姻、家庭为幸福的归宿，把在家照顾老人、生儿育女、顺从丈夫当作自己分内的本职工作。在上个世纪70年代以前，绝大多数的日本女性并不对传统的"男尊女卑"思想产生抱怨，而以当一名贤妻良母为荣。这主要是因为日本女性与中国女性在第二次世界大战前所处的境遇是不一样的，"日本女性在事实上得到了比中国女性略好的照顾和对待。她们尽管不得不面对'男尊女卑'的事实，却不比中国女子更像男子的奴隶；她们也被教导着要做贤妻良母，却并没被禁锢在深宫内院；她们同样需奉贞操为德行，却远不及中国女子所面对的'饿死事小失节事大'那样残酷和非人；她们在社会上确实毫无地位，但作为妻子和母亲却得到一定的肯定和尊敬"（徐敏 93）。了解这一点有助于把握70年代以前日本女性所处的社会地位及日本女性文学所关注的焦点。

此外，美国著名历史学家和外交家赖肖尔在其《当今日本人》一书中，对古今日本妇女在家庭内外所处的地位做了精辟的分析："日本起初可能曾是一个母系社会，这种母系制的因素一直贯串了整个历史，尽管存在着封建主义和儒家学说所造成的男子至上的重压；……现代日本的家庭，毫无疑问是以母亲，而不是以父亲为中心的；母亲支配着一切。事实上，父亲虽然是经济支柱，但在处理家务方面可能是个很不重要的角色，家庭的财务几乎由母亲独揽；……在家庭里，妻子可能是主宰一切的重要人物，但在范围更大的社会上，女人仍然处于绝对从属的地位。"（赖肖尔、詹森 179—180）另外，在对待性的态度上，"日本人没有西方那种把性关系视为有罪的观念。对他们来说，饮食男女是一种自然现象，在生活中应当有它适当的位置。男女乱交本身并不比同性恋更成为问题，因此，他们对待这类事情一向采取的是纵容的态度"（赖肖尔、詹森 175）。故在这种被周作人称为"活泼泼的男尊女卑"（徐敏 93）的社会制度及日本民族自古以来形成的对待性的宽容态度下，日本女性的天性和活力并没遭到全盘的抹杀，总能以某种形式表达出来。

然而，这毕竟是男权社会一统天下对制度内女性的一种行为范式。进入70年代以后，随着以反对性别歧视为主旨的美国第二次妇女解放运动在全球范围内的波及，女性解放运动开始登上了日本的历史舞台。此时的日本，经济得到了飞速发展，人们的物质生活越来越丰裕。处于转型期的日本社会给了女性越来越多的自由和发展空间。女性的社会意识和价值观发生了根本性的转变。她们在性别权利上要求真正意义上的平等与解放。1985年，随着《男女雇用机会均等法》的颁布，日本女性的话语权力、主体性的确立、性别权利的实践等"女性主义"意识日益增强。由此，日本女性在社会、家庭中的地位不断提高。她们不再安分守己地遵从传统上的制度内女性分工，打破了"男主外，女主内"的定式，开始追求制度外女性的独立自主，不赞成结婚后为家庭成员牺牲自己的自由，甚至不要孩子。

到了90年代之后，在全球化、后现代、网络等新思想、新体系的冲击下，自由地表达自我、张扬个性、强调自我完善的"女性主义"意识更加强烈。因此，自80年代和90年代起，解放了的女性作家们，以其敏锐的洞察力，从夫妻关系、伦理道德、家庭问题等方面入手，对现实生活中反制度内女性分工的女性人物进行了剖析，用女性特有的话语和细腻的情感，表达了众多男性作家无法创作的文学主题，创作出了一批荣获"芥川奖"和"直木奖"的优秀作品，从而迎来了日本现代女性文学的创作高潮。为此，日本的各大书店里专门开辟了女性作家的书架，从而证明女作家的作品深受广大读者层的青睐。

早在60年代末、70年代，大庭美奈子就以《三只蟹》(1968)、《山中女妖的微笑》(1976)等系列小说试图否定制度内女性分工，向"贤妻良母"、"生儿育女"、"做好贤内助"这一女性生存价值的唯一标准展开了猛烈批判。

《三只蟹》的女主人公由梨是一位旅居美国的家庭主妇。她同丈夫、女儿生活在一起，时常为丈夫的美国朋友聚会而应酬，过着外人看上去很幸福的生活。但实际上，不论是夫妇之间还是朋友之间根本没有什么心灵上的交流，聚会时说话也仅是一些客套话。她厌倦了这种无聊的聚会，不顾丈夫的劝阻，一个人离开了家，在海边一个名叫"三只蟹"的旅店里同一个素不相识的男人发生了一夜情。该作品一问世就得到了"芥川奖"评委们的高度赞誉，川端康成说:“这种小说,在世界的每个地方都能见到,然而如此表现形式的小说,在日本还不多见。”(“当选作品评委专栏” 128)

《山中女妖的微笑》中的女妖从小就具备了读懂别人内心活动的能力。做姑娘时,她就知道母亲对自己有什么要求,不等母亲说出来就会照其心意行事,婚后与丈夫的关系更是如此。她能完全洞察丈夫内心的需求与想法,以不伤其自尊心的形式将这种想法付诸实施。然而就是这样看似温顺、柔弱的女性也最终以强者的姿态,将所有与自己处于相对关系的人玩弄于股掌之中。临死前她面露微笑,仿佛已看透丈夫和孩子的心思,在向他们宣布自己彻底解放的喜讯。可以说大庭美奈子笔下的女性具有强烈的制度内女性分工的反叛意识,也正如2007年5月24日《读卖新闻》在大庭去世的当天所发表的评论那样,“她小说中的主人公多为女性,她们不安于做主妇、做母亲的角色,带有强烈的自我不满足感和空虚感”。

如果说大庭美奈子拉开了反制度内女性分工文学主题的序幕,那么随之而来描写不安于社会制度长期强加给女性一些传统美德标签的作品如雨后春笋般涌出,如津岛佑子通过《阳光照射下的空间》(1979)、《奔跑在山中的女人》(1980)竭力摆脱婚姻制度对女性的束缚,大胆地追求自己的生育权;笙野赖子在《大祭》(1981)中以半自传的形式表现主人公努力逃脱现实生活中长辈的严格管教;富冈多惠子则是通过小说《起伏的山地》(1983)、《水上庭园》(1991)描写女性对日本传统女性行为规范的决裂;山田咏美的《做爱时的眼神》(1985),增田瑞子的《单细胞》(1986),仓桥由美子的《交欢》(1988—1989),中泽惠的《感受大海的时候》(1989),小川洋子的《妊娠日记》(1991),多和田叶子的《狗女婿》(1992),高树信子的《我那拥抱光明的朋友》(1989)、《水脉》(1994),三枝和子的《响子》系列《响子爱染》(1991)、《响子恶趣》(1993)、《响子不生》(1994),留美里的《家庭电影》(1996)等都从不同的角度、多元化地展示了现代都市女性对传统婚姻、家庭的动摇,表达了现代人所拥有的家庭观。她们在思想上、行动上拒绝做一个贤妻良母,不断追求自我独立的生活,厌恶墨守成规、毫无新鲜感的生活方式。新时代的日本女性对传统的这些反叛又必然集中表现在她们对家庭观念、传统伦理方面的种种忤逆。

二、对家庭观念的颠覆与重建

战后，由于日本经济的高速腾飞，既往的、传统的家庭生活模式发生了根本改变，以“父权”为中心的大家庭人员关系开始松散，以夫妇为核心带着孩子一起生活的“小家庭”应运而生，做妻子、做母亲的角色基本上还保持着一种传统的品质。到了60和70年代，日本进入中产阶级社会之后，女性愈发意识到自己社会地位的低下，“开始对建立在性别角色分工基础上的婚姻家庭进行审视，并做出一系列回避乃至叛逆的反应”（田晓红 60）。于是，现代日本女性作家开始以自己独特的审美创作重新审视现代日本家庭，向世人诠释日本现代女性的家庭观念。她们在文学主题上主要从以下三个方面来充分展示现代日本女性对家庭观念的颠覆与重建。

1. 反母性

女性在性别上是作为异于男性的人而存在的。作为社会属性的女性，被视为孕育生命之母、哺育后代之母、繁衍生息之母。女性往往是母性的代名词。在人类历史上最早出现的母系社会里，女性被尊为女神。在日本始于伊邪那歧和伊邪那美两兄妹的神话中，伊邪那美历经磨难生下了女神——天照大神。由此，日本的历代天皇都是这位女神的后裔、子孙。女神在人们的观念意识中早已根深蒂固。男性对女性的爱恋、孩子对母亲的眷恋均出自对女性（母性）的思慕，获得女性（母性）的爱抚。作为一个成熟的女性，结婚生子，身为人母，展示博大胸怀的母爱是非常高尚，值得赞美的。“母亲”的形象之所以伟大，就在于“她”充满慈爱，是“爱”的无私奉献者。然而，在日本现代女性作家的笔下，这一亘古不变的“母性”受到了挑战，表现出了一种“反母性”的文学基调。

高桥多佳子在其短篇小说《相似形》（1971）中就塑造了一位生活在传统家庭的专职家庭主妇“我”，在生下女儿以后不仅没有对自己作为母亲这一角色改变感到特别地兴奋，反而随着女儿的一天天长大而深深陷入了一种自责、烦躁、厌恶的情绪中。在日常生活中，她对女儿在生活习惯上和自己有很多的相似之处而感到失望。女儿的发育、女儿的体香都没有唤醒母亲"我"的体贴和关注。在"我"看来，女儿只不过是另一个与自己相似的女性而已，是一个承受传统家庭束缚的另一个自我。"我"从心里感到极为厌恶，对女儿的存在充满了憎恶和逃避。作为"母亲"甚至有杀死自己女儿的冲动："我拿的这根铅笔，挨着笔尖的木头削得很长，笔头削得细而尖且锋利无比……我用拇指和食指捏住笔的中间，将笔的末端举到右眼前，闭上左眼，将笔尖丝毫不差地向初子指去，这样一来，我就好像用枪瞄准一样。"（水田宗子 99）

同样，三枝和子在短篇小说《幼稚歌声般色彩的血液》（1972）中，同样塑造了一位憎恶母性的女主人公。当她看到自己诞下的婴儿时，竟然愤恨地说："我闭上了眼睛。出于一种憎恶，无论如何我也得将这个孩子杀掉。出于一种憎恶，出于一种对生命渐次形成的恐惧。人生人，世上没有比这种行为更丑恶的了！"（转引自孙树林 101）

显然，社会要求女性在家庭里具备女儿、妻子、母亲的自然属性，这一点在女作家高桥和三枝的笔下得到了彻底否定和颠覆。在日本当今社会，女性的天职、母亲的天性受到了强烈的质疑。

2．单亲家庭

据2001年3月5日《中国青年报》报道，日本劳动厚生省公布了对1998年底单亲家庭的一项调查，全国母子单亲家庭总数有95.4万户，比五年前增加了20.9%。自1973年以来，日本单亲家庭的数量始终呈上升趋势，单亲家庭反映了日本社会的一种特殊现象。而且，调查分析，单亲家庭增加的原因主要有两个：一是家庭离异增多；另一个是不愿放弃生育权利的未婚妈妈的人数在增加。因此，"单身妈妈"在日本社会中已经成了一个司空见惯的现象了。这种题材也就自然成为日本女性作家捕捉的对象了。

津岛佑子以"未婚母亲"和与孩子共同生活的"母子家庭"为素材自70年代末到80年代先后创作出了一系列优秀作品，如《光的领地》（1979）、《奔跑在山中的女人》（1980）、《水府》（1982）、《默市》（1984）等。在这些作品中，"单身母亲"所具备的共同特点是：自立自强，富有判断力和行动力，有个人的价值观和生活准则，有自由选择、自主决定自己行为的权利，不听命于或服从于男性，不唯唯诺诺，敢于抗争社会强加于自己的不公，不为命运所屈服，是生活的强者。

可以说在津岛佑子的小说创作中，“父亲”往往是缺失的，或死亡，或离异。“父亲”在家庭中是一个无关紧要的人，而“母亲”则是家庭的依托，从而否定了日本社会长期以来以父权、男权为中心的传统家庭观，重塑了“母亲”独立自主、坚强不息的新形象，构建了以“母亲”为主体的新型家庭模式。在这种新型家庭模式中，“单身母亲”无论在精神上还是在物质上都是完全依靠个人的坚强意志和独立的生活意识来完成养育孩子的任务。

3．无血缘家庭

家庭成员的离家出走、单亲家庭的出现、亲情的缺失等等必然导致血缘关系的完整家庭走向解体。不以婚姻、血缘关系为纽带的重组家庭在日本女性作家的笔下便成了一个圆满的家庭。

1995年当韩裔日籍女作家柳美里在《文学界》5月号上发表新作《客满新居》之后，旋即获得当年度上半年第113届“芥川奖”候补奖提名，1996年又连续获得第24届“泉镜花文学奖”和第18届“野间文艺新人奖”。小说描写的是一个“虚拟家庭”的故事。作为一家之长的父亲，花了一笔巨额资金建起了一座二层楼的新居。房间里添置了很多新买的生活用品，就是为了使原本有婚姻、血缘关系的妻子和两个女儿能回来一起生活。然而，与人私奔的妻子和两个已经长大成人、独立生活的女儿并没有接纳这位“家长”的好意。她们拒绝与“家长”共同生活在一个屋檐下。于是，这位“家长”为了维系“家族”和“家庭”的温情，硬是从车站“拣来”了一家四口无家可归的人，并让他们同自己一起居住在新居里，由此组成了一个“虚拟家庭”。

接着，2000年与2001年柳美里又分别创作出了新的“虚拟家庭”小说《命》和《魂》。这次的“虚拟家庭”不是以男性希望家庭重组获得温暖为题材。它更像是作者本人的“自传体”的“私小说”。在小说《命》中，作者自述从怀孕到未婚妈妈的艰难历程。小说《魂》可以视为《命》的续篇。人物、事件、情节一脉相承。未婚妈妈柳美里、母亲梁荣姬、未婚妈妈同有妇之夫的日本人所生的婴儿柳丈阳和一个比未婚妈妈年长二十三岁、名叫东由多加的男子共同组建了一个没有婚姻、没有血缘关系的“虚拟家庭”。作者从小在家里就不受欢迎,听不懂韩语,无法和父母、兄弟姐妹沟通,与他们分居二十多年。如此血缘关系的家族成员和“家庭”在未婚妈妈柳美里身上是分崩离析的。而没有婚姻关系的东由多加对作者而言,既是父亲,又是兄长,既是师长,又是朋友。她深深感到东由多加比和自己有血缘关系的家人还要亲切、温暖。这个不是婴儿父亲的东由多加主动担负起“父亲”的角色和未婚妈妈共同承担抚养婴儿的责任。在小说《魂》中,当“父亲”东由多加被查出癌症晚期,面临死亡威胁的时候,这个虚拟的“父亲”居然为了照顾这个没有血缘关系的“儿子”而努力顽强地活下去。没有血缘纽带的紧密家庭冲破了血缘的情感,用灵魂铸造了新型家庭的亲情关系。

无独有偶,这种虚构的家庭模式早在吉本芭娜娜的出世作《厨房》(1987)、《满月》(1987)、《TUGIMI》(1989)等初期小说中就有所出现。《厨房》的主人公名叫樱井美影,是一个尚未踏入社会、正在大学读书的少女。她很小就相继失去了父母,由祖父母带大,刚升入中学时,祖父又撒手人寰,此后只好和祖母二人相依为命。令人感到悲哀的是,上大学时,她的祖母也离开了这个世界,原本家庭生活的温馨荡然无存。她突然变得孑然一身而不知所措。她开始不断寻觅一个让她感到安心、其乐融融、如家庭般温馨的“厨房”。最终,她被曾经受祖母照顾的大学生田边雄一的“家”所收留。然而,这个“家”是“一个由儿子与身着女装作为‘母亲’的‘父亲’所组成的家庭,而孤儿——主人公则作为这个家族的一员加入了这个家庭”(川村凑 65)。

这种不以血缘、亲属、婚姻等关系为纽带的“家族关系”尽管是一种非现实的“虚拟”存在,但对年轻的现代女性来说少了一些精神上的沉重负担,多了一些家庭般、亲人般的温情和关爱。这也许就是“她们最为舒适的共同体”(川村凑 65),是她们欲重构的现代家庭观念。

三、对传统伦理的否定与摒弃

日本自古以来就引进了中国的儒家妇道伦理。早在公元9世纪，作为中国最早宣扬儒家妇道伦理的训诫书《列女传》就传入日本，男尊女卑的思想从此融入日本的律令中。在男性统治的社会里，女性必须恪守"三从""四德"的妇道。到了江户时期，尊崇儒家女性道德观的《女大学》又被奉为日本女性必读的"圣经"。它在肯定"三从""四德"的基础上，又明确要求女性要"柔顺、贞洁、仁慈、端庄、娴静"，并提出"七去法"①，女性完全失去了家庭、社会地位，受男性所支配。这种传统的伦理道德思想长期禁锢着日本女性的行为。

19世纪末20世纪初，随着女性自我意识的觉醒，一部分女性作家开始向儒家妇道伦理宣战。到了战后，特别是60年代末期，随着女性基本权利的扩大、教育程度的提高，女性不断打破"性"的禁锢，大胆追求个人的"性爱"享受，要求从传统的妇道伦理中解脱出来。进入80年代以后，越来越多的女性对现实中男女性别上的歧视感到强烈不满，女性作家们开始关注和聚焦当代日本女性的婚外情、同性恋问题，将身体叙事纳入文学创作，多层面地否定和摒弃了传统伦理。

1．婚外情

恩格斯指出，真正人的爱情包含性爱、义务等要素。爱情一方面离不开性，另一方面又需要在接受社会道德规范中超越性而获得自己的属人品性。爱情必须是双方在感情上的相互取悦，在互爱的前提下本能的性才得以升华。（张应杭 230）一旦双方感情失衡，生活乏味，夫妻双方缺乏沟通和理解，就必然导致超出社会道德约束的婚外情。

婚外情是日本作家笔下常见的题材，渡边淳一由于创作了《失乐园》等反映婚外情的小说一跃而为畅销作家，甚至在中国也大大走红。这个题材在当今日益喧嚣的社会中，已经成为作家们的杀手锏，甚至呈现出独占恋爱小说主要份额的势头。森瑶子和林真理子就是很擅长描述婚外情的女作家。

---

① 即妻子出现以下任何一种情况就被休掉：淫乱、忌妒、不孕、不顺从婆婆、善辩、偷盗、恶习。

1979年森瑶子的短篇小说《情事》就“堪称日本第一部主妇偷情小说”（周萍萍 22）。作者通过描写已婚女性婚外情的行为，揭示出传统道德伦理在当今日本女性身上已经瓦解的趋势。特别是林真理子，发表了很多反映女性婚外情主题的作品。由于她本人描写情爱场面的笔触过于大胆而露骨，故又被称作“女渡边淳一”。

1996年，林真理子发表了短篇小说《青涩的果实》。这是她的一部反映婚外情的都市情感小说的代表作品，该书出版后成为日本超级畅销书，不久即被拍成电视剧、电影，轰动一时。

小说描写女主人公麻也子与三个男人的情感纠葛以及精神方面的空虚失落，塑造了一位不满足于生活现状，执着追求女性灵与肉的完美统一，最终深感真爱难觅的现代女性形象。东京白领丽人麻也子拥有过人的姿色、安定的工作和美满安稳的家庭，可是丈夫航一由于工作压力大，缺乏生活情趣，再加上被六年的婚姻生活磨光了激情，他甚至连妻子的生日礼物都无暇顾及，取出信用卡让她自己去购买喜爱的物品。所有这一切令原本对爱情生活充满期待的麻也子感到空虚乏味，百无聊赖的她红杏出墙，主动与九年前的恋人野村联系，旧情复燃后的热吻令她心醉神迷。作者通过这个热吻细腻地描述了婚外恋带给偷情者那种令人心悸的感受：“与男人接吻不下几百次，以前和野村的接吻也是数不胜数。……但这个吻却有着一种特别的空间和时间流逝的感触，这种感受不亚于自己十五岁时和一个男孩的初吻。麻也子深深感叹为人妻这一立场的不可思议之处，……有夫之妇这副心灵的枷锁居然令自己和其他男人之间的接吻变得如此销魂。”（林真理子 57）

于是，她便开始定期和情人幽会，但这种刺激虽能获一时欢娱，却无法彻底消除内心的空虚。后来她偶识一位英俊风流的艺术家工藤通彦，两人之间迅速燃起的激情令她以为找到真爱，便毅然与丈夫离婚，与其走进了婚姻殿堂。然而随着时光的流逝，她对第二任丈夫的热度亦日渐消退，生活又重归孤寂。和通彦结婚才一年零两个月，她又和前情人野村钻进了情人旅馆。爱就像一枚青涩的果实，酸涩乏味。文章结尾处写道，躺在宾馆的床上，麻也子用男人听不到的声音小声嘀咕着：“根本没有多少令人开心的事情，开初虽

愉悦，却会以无趣告终，总是这种循环反复。”（林真理子 306）

对于精力过剩、百无聊赖的中年女性而言，一次红杏出墙可能会成为一味生活调味剂，但它也无异于一包鸦片，为了追求更多的快感，深陷其中的人们会不知不觉地加大剂量，可生理方面获得暂时满足之后接踵而至的却是心灵更深的空虚。小说的女主人公对于自己的婚外恋丝毫不怀愧疚之感，从未受到心灵谴责，她认为丈夫乏味而日益减少的爱抚已经令她感受不到自己的存在价值。作者并未从道德层面来谴责这种畸形的恋情，而是通过细致的描述，揭示了婚外恋“开初虽愉悦，却以无趣告终”的心理感受。

2．同性恋

同性恋又称同性爱。它同异性恋、双性恋一样存在于现实人群中。西格蒙德·弗洛伊德早在八十年前就明确指出：同性恋不是病。在现代发达的西方国家里，人们对同性恋人群已经抱有一种比较宽容的态度，但是由于国度、文化、种族、宗教信仰等各种因素，同性恋一直是一个备受争议的现象。特别是在封建、保守的东方，同性恋至今并不为大家所接受，“由于历史原因，女同性恋比男同性恋遭受到更多的诘难”（黄华 173）。

以女同性恋为文学创作主题深受日本文坛推崇的是松浦理英子。她在《本色女人》（1988）、《拇指P的修业时代》（1993）中，运用新颖的构思和大胆的想象力，赤裸裸地描写了女同性恋之间的种种性爱和真实情感的纠葛。

《本色女人》的故事情节并不复杂，主要登场人物几乎是清一色的女性。小说描写的是同人杂志的职业漫画家村田容子和她的恋人、同人杂志时代的同事诸凪花世，国际航班的空姐夕记子以及打工的助手森泽由梨子之间的爱情故事。它分别由三个小故事组成，即冠以标题的“本色女人”、“最漫长的午后”和“低烧休假”。在“本色女人”中，作者主要描述的是大学生容子和花世之间的纯真恋情与分手；“最漫长的午后”则讲述容子和花世的重逢，她同夕记子之间的爱情和离别以及预感和由梨子之间的新恋情；“低烧休假”叙述的是容子同由梨子一同旅行的故事，其中穿插了很多“性”话题。这些看似平淡的情节，反映出日常生活中的女同性恋者，对男性具有一种强烈的排斥感和抵触感，是对男性的一种精神上的反叛。女主人公容子和花世都极为厌恶异性间的情欲与性爱，甚至认为那是肮脏而丑恶的行为。她们大胆而显性地、愉悦地追求同性间的缠绵之情。作者所描写的同性间的性行为在世俗眼里是极为“异常”的、“反人类”伦理的。

尽管这部小说在当时受到了很多批评甚至抨击，但是它的表现张力和现实意义都远远地超越了诸种批评，对反抗主宰当代日本社会的男性中心主义，对呼吁全社会同情、宽容和理解女同性恋者有着一种积极意义。也正因为如此，该小说曾两度分别于1994年和2010年被拍成了电影，搬上了银幕。

小说《拇指P的修业时代》讲述的是一个名叫一实的女大学生，一天早上醒来时，突然发现自己的大脚指头变成了男人的阴茎。面对自己的变身，她接受了这一事实，结束了同未婚夫正夫之间的异性恋关系，从此开始了寻找适合自己的包括女性同性恋者在内的多种多样的身体紧密接触和带来快感的性行为尝试。该作品一经问世即刻引起了日本文坛的瞩目，被称为日本90年代具有划时代意义的文学名作，并被搬上了银幕。作者本人也因此获得了1994年度第33届“女性文学奖”。

当同性恋在人们的思想观念中被冠以“变态”、“病态”、“有失伦理道德”等标签时，松浦理英子已经清醒地认识到同性恋特别是女同性恋在当今社会作为一种特殊的群体，已经成为一种不可忽视的社会现象。她们和异性恋一样有权享受同性世界的欢愉，追求属于“同一性”的自由和幸福。她们应该享有平等的社会权益和社会地位，应该得到人们的理解和关心。这也是作者通过《本色女人》和《拇指P的修业时代》所要呼吁的心声之一吧。另外，可以说，反映女同性恋的文学主题实际上就是从根本上彻底否定了具有“男根主义”的男性。在小说中，主宰日本社会的男性被彻底颠覆了。作者通过作品为女同性恋者在父权制社会中争取一席之地的同时，对僭越传统性别身份的女同性恋者予以极大的同情、理解和高度重视。

3. 身体叙事

长期以来，无论是在西方还是在东方，女性用“身体写作”或用“身体叙事”是受到排斥、压抑和忽视的。在20世纪下半叶，随着女性身份的认同、社会地位的提升和话语主体权力的确立，女性主义者越来越重视创建女性的文化，努力追求“性别的对话”，特别是在“性”诉求方面向整个男性社会发起抗争，将女性受压迫、受歧视的根源归结为“父权制”、“性阶级体制”。她们努力实现与男性拥有一样的权力，包括拥有管理和操作自己行为的权力。因此，女性们开始摆脱男性的“他者”身份，摆脱男性强加于自身既定的秩序。女性作家们开始用女性的语言、女性的身体表达女性的思想。正如法国著名的文学批评家、理论家和作家埃莱娜·西苏在《美杜莎的笑》中向女性提出“书写自我”那样：“写你自己。必须让别人听到你的身体。”（黄华 119）而这女性的语言恰恰是建立在女性身体和性欲基础上的书写语言。到了90年代，女作家的“个人化写作”更趋向关注个人生活的私密性，通过主人公一段奇特的经历，来展示个体女性的成长经历或某种奇特的体验。

1985年，山田咏美推出自己的处女作《做爱时的眼神》，第一次尝试着在作品中描绘青年男女，具体说就是日本女青年与美军基地的士兵之间的爱情或性爱，反映出那个特定历史时期的一种特定状态。作者借由主角“我”与黑人斯彭、“我”的挚友玛莉业大姐三人之间纠结的关系，铺陈了由性爱开始的“真情”。其中，她对女性欲望的心理描写是日本文坛不曾多见的。“在我和斯彭四目交汇的瞬间，我觉得自己的心思仿佛已经被他一眼看破，不由得低下了头来。当我再度抬起头来的时候，他捕捉住我的视线，将它牵引到出口的方向。我就像被魇住了似的站起身来，告诉结伴而来的男人说自己要上洗手间，随即便走出了游戏室。”（山田咏美 4）

该小说刚一出版，就引起了文坛的一阵骚动，毁誉参半。这在讲究含蓄暧昧表现、追求余韵为主流的日本文化中，确实对当时日本社会的道德理念造成很大的冲击。特别是文中影射作者本身的不少经验，使作家、作品两者都遭到强烈的揣测与批评。她对男女情欲直接而露骨的官能描述，也是引人议论的主因之一。文学评论家竹田青嗣说：“山田咏美总是以一种不可思议的方式，在小说中将徘徊在每个人心中最低层次且未经诠释的素材重新加以呈现。我个人在无意识之中，也不禁要驻足思考每个人心中所谓‘Crazy about you’的含意。”（320）辅仁大学日文系主任林水福在看完小说后这样评价：“山田咏美笔下的男女主角借着性爱从内部了解自己的恋爱体验，有利于强调精神重要性的恋爱，反过来让我们思考以精神为主的恋爱究竟有何意义。在这一点上，《做爱时的眼神》显现出新意与特色。”（45）

1987年山田咏美出版了包括八篇精彩短篇小说的小说集《恋人才听得见的灵魂乐》，一举获得第97届“直木奖”。小说充斥着对作者本人最熟悉的黑人世界及男女情欲的描写。在她的意识中，肉体的结合如精神的眷恋一样重要、一样美丽，前者甚至是后者的基础与充要条件。正如村上龙所说：“美丽的东西永远是美丽的，不管别人怎么说，美好的事物永远是美好的；不会因为别人说了什么而损及它的美好。就是这种简单而坚定的信念贯穿了这本小说集。”（山田咏美 2）

1988年，山田咏美又出版了半自传式的小说《跪下来舔我的脚》。作者通过主角“我”与阿忍姐——这两个SM俱乐部“女王”相知相惜的友情与互动，借由这种“非常态”的性交易形式，将其戏剧化、常态化。女性用自己的身体，对社会规范下的伦理道德发起了攻击。

此外，小川洋子在《怀孕日记》（1990）里用女性的语言书写了女性妊娠的身体，一举获得第104届“芥川奖”。作者在作品中是以身为大学生的妹妹“我”为视点，采用了日记体的方式记述了姐姐经历了妊娠期生理反应的全过程以及去医院待产、生产和迎接新生婴儿。怀孕的姐姐由于妊娠初期的反应而胃不纳食。她“无论如何也无法理解自个儿不断膨胀的小生物将会是自己的婴儿。害怕见到这个婴儿”（宫内淳子 41）。

通过性而妊娠作为女性“个性化写作”原本应该让读者读到身为女性怀孕生子的期盼、喜悦之情，令人感到激动不已才对。然而，由女性作家直截了当地描写女性妊娠、生产、面对新生命的故事并没有给读者特别是女性读者带来什么愉悦和赞美之词。相反，更多地是让读者通过阅读感受到了一种不安、恐慌。小川洋子说：“我想要在小说中创造出现实的社会或家庭的场合，人们认为是正常或异常、正确或不正确等等价值标准被全部推翻的新的现实。”（小川洋子 73）这种被推翻的新现实就是作者“极具冷嘲热讽地描述女性性行为所不得不担负的身体的负面性——妊娠”（长谷川泉 174）。妊娠的女性既没有母性的幻想，也没有对新生命的渴望。用女性叙述自身的语言将日常加以异化，本身就冲破了传统的社会伦理价值观。

总之，随着时代变化、社会发展进程的不断推进，日本的社会文化以及日本人的文化价值观受到了审视。女性的社会地位和女性的独立自主权都比以往更加受到了重视。家庭、伦理成为越来越多活跃在日本现当代文坛的女性作家所关注的焦点。她们以一种开放式的、多元化的文学理念诉说自己的时代，大胆地表述自己的身体和个人意志，将女性的话语言说提升到了意识形态领域，浓墨重彩地构建了女性话语的空间，从而打破了传统日本文学的语言体系，解构了男性主义或男权思想的话语体系。

引用文献

埃德温·O. 赖肖尔、马里厄斯·B. 詹森:《当今日本人》,孟胜德、刘文涛、汪绍麟译,上海:上海译文出版社,1998年。

长谷川泉主编:《女性作家的新潮流》,东京:至文堂,1991年。

川村凑:《日本现代女性与“家庭”》,许金龙译,《世界文学》2001年第9期。

大江健三郎:《大江健三郎的文学——从作家前夜到〈被偷换的孩子〉》,《昴》2001年3月号。

“当选作品评委专栏”,《群像》,1968年6月特刊号。

宫内淳子:《小川洋子》,《国文学》第44卷3号,1999年。

黄华:《权力,身体与自我——福柯与女性主义文学批评》,北京:北京大学出版社,2005年。

林水福:《日本女作家研究——山田咏美》,《国文学》第45卷,2000年。

林真理子:《青涩的果实》,东京:文艺春秋出版社,2001年。

山田咏美:《做爱时的眼神》,东京:河出书房新社,1985年。

---:《恋人才听得见的灵魂乐》,东京:角川书店出版社,1987年。

水田宗子主编:《日本现代女性文学集 作品卷》,上海:上海译文出版社,2001年。

孙树林:《当代日本女性文学中的“反母性”问题及其他》,《日本学刊》1994年第1期。

田晓红:《战后日本婚姻关系的整合和冲突》,《日本研究》2001年第1期。

小川洋子:《妊娠日记》,李强译,北京:中国文联出版社,2001年。

徐敏:《论日本文化对周作人女性思想的影响》,《外国文学研究》2001年第2期。

张应杭:《伦理学概论》,杭州:浙江大学出版社,2009年。

周萍萍:《承传与摒弃:论日本女性文学中的道德观衍变》,《外国语文》2012年第4期。

竹田青嗣:《山田咏美论——至近的眼睛》,《新锐作家论特辑》,东京:河出书房新社,1986年。

作者单位:南京大学外国语学院日语系

文化·民族·地域
——加拿大英语文学后现代的模式与话语分析

赵晶辉

内容提要:加拿大的历史沿革与文化多元性为后现代主义的发展提供了一方沃土。文章在全球化的视野下考察加拿大后现代主义文学的发展,归纳后现代主义文学的表现形态与特征。文章认为文学的民族性是加拿大后现代主义的主要话题。加拿大文学的民族特性在后现代主义文学多样化的演进发展中将进一步形成。

关键词:加拿大后现代主义　多元文化　地域文学　民族性

后现代主义与现代主义有着密切的联系,对于后现代文学的解读通常是基于后现代主义和现代主义的关系上进行的。无论是源远流长的英国文学还是对世界文学影响巨大的美国文学,二者的后现代主义文学在文艺思想和创作技巧上都是现代主义文学的延续和发展。然而就加拿大文学而言,情况却不尽然。加拿大文学的发展中没有经历完全成熟的现代主义运动这一阶段,没有太多既定的文学传统与规范。现代派文学在20世纪初的加拿大难以找到成长的土壤。狄佛克(Marta Dvorak)在谈及加拿大小说创作情况时发表了这样的观点:"作为《双钩》(*The Double Hook*)的作者,沃森(Sheila Watson)是第一位真正意义上的现代主义加拿大作家。"(162)这个观点已被学界广为接受。但是加拿大的文学远没有发展到充满精神危机的"荒原"阶段,许多加拿大先锋派诗人包括最受喜爱的诗人曼德尔(Eli Mandel)和韦伯(Phyllis Webb),他们发现无法效仿战后美国诗人庞德(Ezra Pound)和艾略特(T. S. Eliot)表达西方一代人精神上的幻灭,他们创作的现代派作品也得不到自己民众的共鸣。基于文学现代性的缺失,后现代主义能否被视为完整统一、自成体系的文学流派,不是一个没有争议的问题。"像马特·科恩

(Matt Cohen)这样的小说家就坚持认为后现代主义只能作为一种理论而存在,而不能成为小说中的现实。”(Hutcheon 20)不过,争议并没有影响后现代主义思潮的迅速传播与扩散。上个世纪60年代,摇滚乐、性解放、群居、“放荡生活”,所有这些文化形式深刻地影响着加拿大社会的各个方面,而加拿大人则把这些归之于一种回归“自然”的表现。“后现代主义所做的就是展示这些所谓的‘自然的’东西是如何‘组建’、如何形成乃至如何成为社会所接受的特征。”(Hutcheon 12)加拿大作家试图寻找将支离破碎的世界与艺术创作紧密结合的途径,而后现代主义作为一种探索方式势必影响着作家的心理机制和创作模式。20世纪70年代后现代主义思潮对加拿大小说的冲击最为强烈。这段时期的加拿大小说在诸如“后现代主义”、“后结构主义”、“女权主义”的标签下展现了一股向现代传统挑战的倾向。

据加拿大文论家斯泰西(Robert David Stacey)的考证,加拿大出版界对“后现代主义”一词最早的使用是在1974年。1974年,戴维(Frank Davey)在他的著作《从那里到这里》(*From There to Here*)中区分了后现代主义写作与现代主义写作,他写道:“近来我们加拿大文学确认现代主义的消亡和去中心时代的来临,‘后带电的’后现代,非权力的时代。”(19)1976年,巴伯(Douglas Barbour)在《沿着历史:理解〈大大方方的失败者〉的一些评论》(“Down with History: Some Notes Towards an Understanding of *Beautiful Losers*”)中评论莱昂纳德·科恩(Leonard Cohen)的小说写作技巧时再次使用了这一术语:“如此地违反我们的‘正常’感觉,用到了每一个技巧,包括文学的戏仿,由他任意支配,我们不得已在阅读的过程中颠覆了已有的阅读经验。这个就是最当代的后现代作品。”(146)加拿大后现代性研究作为20世纪后期最主要的话语事件是围绕着琳达·哈琴(Linda Hutcheon)于1988年出版的《加拿大的后现代主义》(*The Canadian Postmodern*)、《后现代主义诗学》(*The Poetics of Postmodernism*)以及1989年出版的《后现代主义的政治》(*The Politics of Postmodernism*)所引发的争论而凝聚起来的,这场争论使得后现代问题成了现代性问题反思的基本话语机制。哈琴指出加拿大的后现代主义与现代主义之间的区分是“后现代中的艺术作为艺术本身的自我意识自相矛盾地使得方式成为一种新的参与社会和历史世界的方式，这种方式来挑战（而不是毁坏）我们的关于社会中艺术的功能的传统人文主义信仰”（Hutcheon 1—2）。利奥塔（Jean-Francois Lyotard）研究现代性与后现代主义的关系，他认为后现代是“在现实中寻找缺乏的现实”（12）。史蒂芬·斯科比（Stephen Scobei）认为“后现代的‘后’并不仅仅意味着时间的顺序，而是德里达所称的解构”（69）。后现代主义不像现代性那样是一个确定的“历史时期”，不是在现代性之后发生的一个全新的社会形式或价值体系，而以独特方式对原本隐含在文学、文化和历史文本中的话语权力关系进行解码和重新编码。新旧世纪之交，后现代主义思潮已经越出人文学科的范围，开始向整个政治、文化生活领域扩张，加拿大的后现代主义文学潮流已不再是一场纯粹的文学运动，它是加拿人社会文化中不可分割的一部分。在学术界，“加拿大后现代主义”因涉及学科之广、观点冲突之大，很难对其做出统一的界定。但是有一点是不容置疑的，加拿大后现代主义最初的产生源于对加拿大文化危机的反思和批判。“加拿大有着不同的历史，这段历史中不仅有革命，有独立战争，还有作为殖民地的封闭时期。就是这段历史使得官方有更多的诉求，更加需要保持一个有别于美国或者英国的独立的文化身份。”（Hutcheon 3）加拿大后现代主义的践行者把知识和意义变成一堆能指的碎片实现他们发展民族文学的意图。文学的民族性是“后现代主义”的主要话题。加拿大的后现代主义文学在着意构建民族文学的发展道路上彰显着独有的表现形态与特征。

一、魔幻现实中后殖民与本土性的文化逻辑之争

从历史上看，加拿大是一个古老而又年轻的国家。加拿大的土著居民主要是印第安人和因纽特人。1497年意大利人卡波特（John Cabot）为英格兰探索了加拿大大西洋沿岸。直到16世纪法国人和英国人相继在加拿大开辟了殖民地。1867年加拿大建立了联邦政府，成为英国的自治领。加拿大文化经历了殖民与后殖民的过程。加拿大的文学与文化产生自宗主国的语言文

化,加拿大英语文学思想继承的是英国的文学观念,在促成自己民族文学文化的繁荣和发展过程中势必与宗主国文学文化产生一定的张力。在去殖民化的民族主义文化策略中,首先一个问题就是解码殖民者编码在文化和文学作品中的文化殖民主义,但与第三世界后殖民国家不一样的地方是,加拿大的文学文化声音并不是由土著居民为他们的民族独立与文化发展所展开的对抗帝国中心而发出的声音。探究其历史原因,加拿大的土著居民印第安人和因纽特人对本民族的文化的继承和发扬相对微弱,相反是由定居加拿大的帝国后裔白种人所发出的声音。这些白人既是殖民者又是被殖民者,但本土知识分子发现再也不可能回到原初的本土文化,欧洲殖民主义文化已积淀为该民族文化的新传统。加拿大人在后殖民时期对加拿大文学的探讨更多的不是去恢复或重建某种在殖民地时期被废弃了的原有文化,而是要发明出自己的本土文化,要确立自己的本土性。

在与欧洲文学文化的对抗中,作家罗伯特·克罗耶奇(Robert Kroetsch)和杰克·霍金斯(Jack Hodgins)远离多伦多、渥太华、魁北克等东部城市,他们绕过欧洲文学中心的统治,接触到拉丁美洲魔幻现实主义。加拿大和拉美国家相似的文化背景以及文学中相似的审美取向和旨趣,使加拿大的作家倍感亲切。克罗耶奇和霍金斯提出了后现代后殖民魔幻现实主义观点。克罗耶奇经过反复斟酌在其小说《乌鸦的声音》(*What the Crow Said*, 1978)中采用现实主义模式,以证明本土文化的漫长历史和丰富蕴藏,并提出本土文化有一套殖民者根本无法理解的深层结构。作品中的叙述者讲述了一位名叫薇拉的女孩在大印第安镇受孕于蜜蜂的神奇经历,这件过去的、似乎毫无关联的事件将接下来发生的整个故事串联在因果关系的链条上,追溯了印第安镇二十五年来发生的历史事件。在克罗耶奇等人的影响下,杰克·霍金斯创作的《世界的发明》(*The Invention of the World*, 1977)、苏珊·斯旺(Susan Swan)的《世界最大的现代女人》(*The Biggest Modern Woman of the World*, 1983)相继使用魔幻现实主义手法表现出对现实主义内在原则的挑战,表达了一种或更多与主流思维不一致的观点。汉考克(Geoff Hancock)在他的文章《魔幻现实主义:加拿大小说中的神奇之处》("Magic or Realism: The

Marvelous in Canadian Fiction"）中谈道："加拿大小说，作为对一个自成体系文化的表达方式，是名副其实的。小说的神奇性可能会回答我们长期以来对自己身份的困惑，帮助我们更准确地为自身定位。小说高度强调了淹没于理性之下的品质，帮助我们揭示新的历史真实。魔幻现实主义能够把加拿大的现实和幻想融合在一起。"（44）扎根于悠久的加拿大现实主义文学传统，与北美魔幻现实主义传统相糅合，成为一种能够很好地表达同主流思维方式相悖之观点的叙述手段，在创作手法上采用"混杂"、"模拟"等"非对抗性"写作策略，为独立民族文化观念的表达留出余地。

加拿大后工业社会"后殖民与民族性"的文化逻辑之争扩散到加拿大文学内部的殖民中心对被殖民者的后现代主义思潮。加拿大作家的魔幻现实主义的民族文化特色逐步形成、展演，并穿透时间和空间的维度拆毁帝国中心话语，成为一种抗争意识的表达。在后现代的语境中，当我们再次讨论加拿大的后殖民主义理论对文学的影响时，已有可能摆脱上个世纪40年代人们那种孤独、隔离式赞成/反对式的简单化的话语模式，而进入一种更深层的探讨。真正有成就的加拿大作家像伦纳德·科恩（Leonard Cohen）、蒂莫西·芬德利（Timothy Findley）、鲁迪·威伯（Rudy Wiebe）都不是单纯模仿英美作家的写作技巧和风格，而是借鉴英美文学的传统作品，将后现代小说的很多技巧呈现在后殖民的作品中。《大大方方的失败者》（*Beautiful Losers*, 1966）是70年代和80年代后现代主义小说的先声。小说植根于加拿大60年代的社会和政治现实之中，人物故事化作碎片散落在语无伦次的叙述中，从民族和性别的角度突出表现了反对权威的、中心的意识。在《大熊的诱惑》（*The Temptation of Big Bear*, 1973）中，威伯毫不隐晦地采取虚构手法，淡化了历史文本与小说文本传统的界限，提供各种不同的历史视角。威伯把英国人书面记载的空洞、枯燥的内容，与"大熊"口语中意韵深长的表现力对立起来，瓦解以强势权力话语为特征的历史统一性。后现代主义文学的创作手法和写作策略没有将后殖民文学带到民族主义的对抗中，而是持非本质主义的态度，强调混杂的现状，寓反抗于挪用之中，颠覆英国殖民主义宗主国的政治和文化霸权，解构英国殖民主义的殖民版图，描摹出新的加拿大民族文学蓝本。

二、多元文化的碰撞与少数族裔话语表达

加拿大是一个主要使用英语和法语的国家,英裔和法裔群体无论在人口规模还是社会政治利益方面都居于相对优势的地位。与英语密切联系的文化和与法语密切联系的文化是加拿大两种主要文化。第二次世界大战之后,移民人数增多使加拿大民族成分越发呈现出多样化的特点,南欧人、亚洲人、南美人及加勒比群岛人相继移入。进入加拿大的许多移民社团都在不同程度上保留了他们原来的文化习俗和语言。以语言划分的加拿大法语文学和英语文学泾渭分明,互相保持相对独立。根据加拿大官方的划分,这些非英裔和法裔主流作家均被划入"少数族裔"作家行列。加拿大文学中的内利冈现象最能体现加拿大多元文化冲突中民族文学发展的困惑。加拿大政府开始对长期以来的民族同化政策进行深刻反思,1971年加拿大政府通过《双语框架内的多元文化政策实施宣言》,1988年加拿大正式颁布《加拿大多元文化法案》,多元文化成为加拿大的国家象征。实行多元文化主义政策标志着加拿大的文化发展进入了一个新的历史时期,一个统一的国家文学形象正在为地域间文学的差异性和多样性所消解。

多种民族、多种风俗习惯使加拿大文化变得丰富多彩。民族性和身份意识通过多元文化的碰撞和地区中心的语意表达进行构想和表述,它既包含有那种世界主义的乌托邦理想,同时又是一种对霸权话语的消解。很多著名的加拿大作家的作品是多元文化撞击的结果。加拿大第一位享有世界声誉的作家斯蒂芬·巴特勒·里柯克(Stephen Butler Leacock)揭露社会弊病和丑恶现象的犀利的笔锋明显受马克·吐温(Mark Twain)的影响,他对"小人物"所倾注的同情有英国作家狄更斯的影响,而其作品所体现出的孤独感又有加拿大的地域文化特征。被誉为加拿大最具创造性的当代作家玛格丽特·劳伦斯(Margaret Laurence, 1926—1987)的代表作《潜鸟》(*The Loons*, 1970)立足于加拿大本土,描写了多元文化下土著民族梅蒂斯人的边缘生存状态。她的"马纳瓦卡小说"追溯了社会发展的线索,探索苏格兰人与英格兰人之间、欧洲移民与亚洲移民之间和解的途径以及在多元文化中女性所处的

特殊地位和扮演的角色。1982年任加拿大作协主席的玛格丽特·阿特伍德（Margaret Atwood），对美国文化有较深刻的理解，其作品中主人公的双重倾向性体现了美国文化的影响。从总体上概括来讲，多元文化碰撞中产生的倡导多元性和无主导性的文学作品多以结构主义为理论基础，张扬一种文化批评的精神，力图打破中心性和整体叙事。

加拿大文学中民族性的流变与传承一定程度上预示了加拿大文学创作的价值取向。少数族裔书写为处于多元文化语境下的加拿大文学构建一个多样性的文学传统，他们遭受来自主流文化和种族的压迫和边缘化过程，但是他们的边缘性没有完全消解他们的主体性。他们围绕着文化认同、对多维文化的协商和抗争、文化的变迁等视角，坚守着祖先文化，在加拿大文化中成功地嵌入了各自祖先文化的元素，消解了欧洲的中心话语，解构和重构了权力话语。处于文化边缘地位的少数族裔的生存状态，即"边缘生存"成为他们创作的一大主题。日裔小说家乔伊·小川（Joy Kogawa）的《欧巴桑》（*Obasan*, 1981）是一部再现加拿大籍日本人命运的充满诗意的作品。小说中的人物在第二次世界大战期间为寻求同化和经济保障遭到日本政府的扣留和驱逐。莫迪凯·里奇勒（Mordecai Richler）对犹太人作为一种少数民族生活在加拿大这一多民族地区有较深刻的感受，他的作品生动地反映了犹太人的生活和感情。非裔黑人作家奥斯丁·克拉克（Austin Clarke）的作品曾获吉勒文学奖，其创作引起较多研究者的关注。加拿大籍斯里兰卡裔作家迈克尔·翁达吉（Michael Ondaatje）的《菩萨凝视的岛屿》（*Anil's Ghost*, 2000）关注移民的现实境遇和身份认同，也表现出对边缘与中心等固有界限的质疑。此外，还有布莱斯（Clark Blaise）的《外籍居留者》（*Resident Alien*, 1986），马勒克（Lee Maracle）的《旅居者的真实情况和其他故事》（*Sojourner's Truth and Other Stories*, 1990），马拉特（Daphne Marlatt）的《安娜的历史》（*Ana Historic*, 1988）。这些典型的后现代实验性小说都是试图从边缘的、弱势的立场出发对社会主流文化展开批评。少数族裔作家的小说在形式、语气、主题方面所涉及的领域是相当广阔的。他们的作品在某种程度上发挥了文学改变社会族群观念的实践功能，"自我/他者以及他者/边缘的关系已经发生改变，由于多个主体位置的产生和中心与边缘边界的消融，取而代之的是自我/中心的关系”（Eva 127）。

三、从边缘化的欢庆到神秘性表现

加拿大幅员辽阔，而适宜人类居住的栖息地却只占其中的一小部分。让人无奈的是，即使是这小部分也大多被山川与河流分割成孤立的区域。加拿大的民族特色是通过区域的特点体现的，比如魁北克省、沿海诸省和西部地区各自迥异的特点。加拿大人“根本不相信任何向心的倾向，无论在民族意识、政治或文化上都不存在中心的概念”（Hutcheon 3）。他们把地域分割看成是加拿大生活中长期存在的现象，“他们有的认为势力的分野以南北为对垒，而另一些人则认为以东西为对垒”（Mandel 15）。

加拿大文学与地域有着极为密切的关系，文学的发展在很大程度上有赖于地域文化的丰富多样性。早期作家对地理环境有着天然的感受力和敏锐的观察力，特别是对加拿大的自然景观、气候、风物、建筑、环境的描述，很大程度上丰富了加拿大小说的美学表现力。雄伟的落基山脉和前寒武纪的冰盾给加拿大诗人和画家留下的不仅是粗犷的色彩和棱角分明的节奏，还是不可或缺的美学特征。在殖民地时期，加拿大拓荒者开始寻求一条独立的加拿大文学之路，他们对地域文化的认识不仅仅停留在撷取那些表浅的人情风貌，更多的是在与故国的比较之后对“地方性的基本内容”和“地方性表达”的发掘与观察。加拿大文学地域性集中在安大略、南部、西部等地区，作品地域主题为喧闹的都市小镇或自然的农村荒野。文学地域主义在1867年加拿大自治领成立之后的高潮是一种自觉的知识分子运动，作家将加拿大的各个地域看成是独特的地理、文化和经济实体，着力确立和颂扬加拿大品质，并从加拿大地区的自然和历史中挖掘构成加拿大品质的源泉。

第二次世界大战后文化全球化浪潮日益汹涌澎湃，既凸显又消解着地域文化与文学。无论加拿大地域文学的走向如何，它的表达内容由于地域文学包含的文化特性远远大于文学作品所表现的内容，在后现代语境中地域文学所凸显的文化属性和民族、时代特征仍然处在不断地向前发展的过程之中。加拿大地域文学是一种解构形式的诗学，是多种多样的对地域景致的张扬，表达不同和他性。地域主义文学强调差异性，描写局部碎片性经历，它打乱了传统权力和中心的元叙事模式。地域主义文学弘扬边缘性，注重地方艺术表现媒介，作品中常常编织进方言、传说、传奇等地方元素，着重描写对该地方本土风情的眷恋。威伯的《焦林中的人们》（*The Scorched-Wood People*, 1977）和大卫·威廉斯（David Williams）的《河上骑马人》（*The River Horsemen*, 1981）都表现出对地理和地域的关注。这种关注是他们的精神依托，是对传统价值观念的固守。这些作品充分通过所处地域独立的话语方式和精神系统表现出对中心话语的抵抗。

在所有无所不包的"区域性"文学中，出现了两种倾向，一是集中表现在都市和乡村两个明显的叙述背景上，另一个非常明显的表现形式就是将位于乡村与城市中间的地带作为叙述背景。空间上的"边缘感"成为加拿大人文化身份最具代表性的关键词。以英格兰为代表的商业传统，以苏格兰、爱尔兰、法国为代表的农业传统，很难严丝合缝地将行政区划的每一个角落整合进新的现代性秩序中，西方的主流思想和文化模式始终贯穿着一种强烈的民族优越感，必然要残留出许多无法被整合的中间地带，这个地带既指小镇又指家庭农场，或指加拿大的荒野。对中间地带风景的重构体现出对中心空间逻辑的藐视。处于英美文化与地域划分夹缝之间的人物归属的边缘性是自我身份认同危机的根源，也是加拿大文学秩序重构的主要力量。一个多民族国家，一直为自身的认同而苦恼，其民族特色主要通过区域特点来体现。加拿大作家明白只有中间状态的人物才最能体现民族文化的真实面貌，因此在这类人物身上着墨最多。从里柯克的《小镇艳阳录》（*Sunshine Sketches of A Little Town*, 1912）到劳伦斯的《石头天使》（*The Stone Angel*, 1964），作家设计了一个没有权威、没有中心与边缘、不存在任何特权位置的小镇，突出体现了在夹缝中寻求身份认同的加拿大人的集体意识。另外，描写中间地带的地域主义文学着力表现被人们遗忘或漠视的街区和社区的艺术，推翻了大都市叙事模式。翁达吉的《身着狮皮》（*In the Skin of the Lion*, 1987）就是对多伦多历史的一个颠覆和崭新解释。他向读者展示了被排斥在城市边缘的多伦多移民建筑工人的历史，把焦点集中在城市中艰苦又危险的几个角落，讲述黑暗边缘那些没有盎格鲁–凯尔特或法兰西血统的移民的生活故事。小说表现了鲜明的后现代主义特色，将被阶级和性别的概念排挤在历史以外的外来者和边缘人物推到了中心位置，强调事件的偶发性，消解和颠覆了官方的"正史"。

从20世纪70年代后期开始，越来越多的作家摆脱了地理划分的地域限制，他们的艺术视野开始投向城市生活中人的孤独和异化。孤独、异化的内心感受与作家的文风在精神上相互照应。加拿大地域文学在后现代的语境下发生了从外在化到内在化的主题嬗变。其中最能回应时代问题的一种便是"神秘的地域主义"观照下的人生世态。神秘地域主义理论把地域的形成归于作家的思维创作，忽略了现实的决定意义，作家不急于追求近距离的及时反映与真切把握，将事实和原因安于一种含糊的、不确定的、神秘的境界中，因此使地域的概念变得模糊而不可捉摸。在后现代话语语境中，加拿大正在分裂为许多意义不同的区域，地域既是一个具有特殊意义的地理概念，同时又脱离了它本来的意义而上升到一个更高层次。神秘地域主义打乱了人们对地域认知的因果关系，从人类想象活动的结果而不是现实的地方或地域出发，把地域的切实存在解释为人脑的抽象元素，成了人物心灵世界的艺术外化。文学文本对个人内心世界的关照导致了影像和影像所指喻的现实之间的滑移、现实主义小说的程式与后现代主义元小说的自我观照之间的对抗，以及虚构的地名和地理空间形式与现实之间的矛盾冲突。"女性作家的写作在探索（和否定）新的地理范围和界线时起到了引领作用。"（Hutcheon 78）阿特伍德的《浮现》（*Surfacing*, 1972）以没有姓名的叙述者讲述女主人公"我"回魁北克省的故乡寻找失踪的父亲为线索。阿特伍德对虚构的、模糊的充满文学色彩和象征意义的岛上风光的涉足，就是一位艺术家在异化的工业文明中自我找寻的远航。

后现代语境下的边缘化使得地域主义在加拿大摆脱了局部意义，加拿大文学从自然书写、边缘化的欢庆到神秘主义一直在寻求恰当的表现形式表达地域文化所表现的内容。地域文学所凸显的文化属性和民族、时代特征在新与旧的对立统一中依然处在不断地向前发展的过程之中。

四、结语

后现代的总体特征是复杂的，后现代性在思想家的构建中不断完善。在后现代主义语境下发轫于20世纪40年代末的后现代主义文学经历了多向度的衍化，直到当今的一种国际化的艺术形态和样式，因其形成历史、文学运动和文学思潮而形成了不同国度独特的表现方式和叙事策略。加拿大的文学发展在沿着为后学代表和侵染的学术思潮的轨迹上发生显著的变迁，挑战文学研究中以欧美中心论为旨归的文学定式，将对加拿大文化、加拿大民族前途的思考融入其中，在具有民族印记的后现代文学之路上披荆斩棘，把追求民族自由和真实解放作为一以贯之的批评旨趣。尽管其写作规约与审美范式带有叙事游戏和实验的性质，或许对其功能的追问也有悖于后现代主义精神实质，但我们仍然可以看到，加拿大的后现代主义文学演绎了时代演化的精神逻辑，是现代工业文明和理性主义发展的危机解救和自我反思的必然结果。加拿大文学所体现出的后现代特点则是解构与重构、多元与民族、殖民与反殖民、本土与世界、边缘与中心的结合，更多的是更新和蜕变，在“去中心”的多元创作体系中蕴含了深刻的加拿大文学的民族性。基于这层意义，它并不仅仅是狭义后现代主义精神的审美载体，它还承载着“民族文学”形式表达的叙事功能。民族意识的发展使加拿大人意识到自身的存在和潜在影响，文学的实践向我们表明，在这种存在和影响下，上个世纪60年代以来，玛格丽特·劳伦斯、玛格丽特·阿特伍德、韦德·戴维斯（Wade Davis）、迈克尔·翁达吉、梅维斯·加兰特（Mavis Gallant）等享有国际声誉的优秀作家让加拿大文学跻身世界文学之林。2013年诺贝尔文学奖授予加拿大“当代短篇小说大师”艾丽丝·门罗（Alice Munro），她的获奖是对加拿大文学的充分肯定和赞赏。前瞻未来，跨入21世纪的加拿大社会必将是全面实现后工业化的社会，后现代主义对认识加拿大政治实践所带来的人的现实困境具有重要的意义，后现代思潮在民族文学发展中仍具有其存在的现实条件。

引用文献

Barbour, Douglas. "Down with History: Some Notes Towards an Understanding of *Beautiful Losers*." *Leonard Cohen and his Critics*. Ed. Michael Gnarowski. Toronto: McGraw-Hill Ryerson, 1976. 136-149.

Davey, Frank. *From There to Here: A Guide to English Canadian Literature Since 1960*. Erin: Porcepic, 1974.

Dvorak, Marta. "Fiction." *The Cambridge Companion to Canadian Literature*. Ed. Eva-Marie Kröller. New York: Cambridge University Press, 2004. 155-176.

Eva, Darias-Beautell. *Contemporary Theories and Canadian Fiction.* Lewiston and Queenston and Lampeter: The Edwin Mellen Press, 2000.

Hancock, Geoff. "Magic or Realism: The Marvelous in Canadian Fiction." *Magic Realism and Canadian Literatue: Essays and Stories*. Eds. Peter Hichcliffe and Ed Jewinski. Ontario: University of Waterloo Press, 1986. 30-48.

Hutcheon, Linda. *The Canadian Postmodern: A Study of Contemporary English-Canadian Fiction*. Toronto and New York and Oxford: Oxford University Press, 1988.

Lyotard, Jean-Francois. *The Postmodern Condition: A Report on Knowledge*. Trans. Geoff Bennington and Brian Massumi. Minneapolis: University of Innesota Press, 1984.

Mandel, Eli. *The Family Romance*. Winnipeg: Turnstone Press, 1986.

Scobie, Stephen. "Leonard Cohen, Phyllis Webb, and the End(s) of Modernism." *Canadian Canons: Essays in Literary Value*. Ed. Robert Lecker. Toronto: University of Toronto Press, 1991. 57-70.

作者单位:淮海工学院外国语学院英语系

雾里看花花更花

——谈后现代主义小说的文类混用

胡全生

内容提要：后现代主义小说家在创作中喜好文类混用，如品钦、莫里森、阿克，他们把一部小说做成了“既……又……（还……）”的模样。本文就文类混用这一“后现代主义的典型特点”，从三方面作了探讨：1）为什么文类能够混用；2）文类混用的类型；3）后现代主义小说家何以喜好文类混用。本文认为，文类混用做成的小说就像那雾中的花，模糊着，却更加艳丽，因为它更加吸引读者的注意力。如果读者阅读小说是个实现期待的过程，如果期待因文类而生，那么不同文类混合就意味着多元的文类带来了多元的期待，读者也就愈加兴趣盎然，而这大概就是后现代主义“什么都行”的政治效应。

关键词：文类　文类混用　后现代主义小说

谁能说得清品钦（Thomas Pynchon）的《万有引力之虹》（*Gravity's Rainbow*, 1973）是部什么样的小说，莫里森（Toni Morrison）的《宠儿》（*Beloved*, 1987）是部什么样的小说，阿克（Kathy Acker）的《远大前程》（*Great Expectations*, 1983）是部什么样的小说？即是说，它们属于哪一文类？在回答这些问题之前，我们不妨先来看看三位评论家是怎么说的。

三年前，辛丁（Michael Sinding）撰文讨论《万有引力之虹》的文类问题，首先提到评论家对此小说的文类有多种说法，而他只“想谈谈《万有引力之虹》的三种有影响的文类划分”，一是布克（M. Keith Booker）视它为“小说”，二是门德尔松（Edward Mendelson）将它命名为“百科全书式叙事”（encyclopedic narrative），三是卡珀天（Theodore Khapertian）视它为“梅尼普斯式讽刺”（Menippean satire）[①]。三者中，“最明显的类别是将它归属于‘小

① 以古希腊犬儒主义哲学家梅尼普斯建立的模式为基础的讽刺。这类讽刺作品采用散文体，常穿插一些诗文，形式混杂，常由结构松散的叙述构成（见艾布拉姆斯《文学术语词典》第555页）。

说’,但与小说不同的,是它具有史诗的抱负和品质,但与史诗不同的,是它又具有非常理智、怪异和讽刺的品质”。辛丁认为,“门德尔松使用‘百科全书式叙事’这一名称,实则提出了一种新的文类,……卡珀天使用‘梅尼普斯式讽刺’这一术语,是寻回了一种主要为专家所熟悉的亚文类,而布克使用‘小说’这一术语则拓展了大家熟悉的、非常普通的(大)(superordinate)文类”。辛丁特别指出,“寻找一种真正的文类,有点像小说中的主人公斯洛思罗普那样‘寻找圣杯’,即寻找00000火箭的秘密装置:你越努力寻找,它就越是隐入深处”(482)。

就莫里森的《宠儿》,马尔姆格伦(Car Malmgren)早在1995年就讨论过其文类混用问题:“初读托尼·莫里森的《宠儿》,印象中觉得它是部不同寻常的杂交文本(hybridized text)——部分像鬼怪小说,部分像历史小说,部分像黑奴叙事,部分像爱情小说。的确,其文类形态有的相互摩擦艰难共存,虽未成仇敌却关系紧张。”(96)

四年后,麦克布赖德(Sam McBride)讨论阿克的《远大前程》的文类归属问题,他称《远大前程》为文本,称其为“小说”(novel)时却用了引号。他认为《远大前程》“这文本结合了(说‘扔进了’或许更准确地描述了阿克的技巧)叙事、自传、小说(fiction)、戏剧、书信体小说、历史、文学批评、诗歌”(344)等多种文类。

三位评论家所评论的作者与作品,都是当代的,都是后现代主义的,都展示了一个共同的东西:文类混用。

文类混用是指挪用、模糊、超越和混合现存文类。依照霍兰-托尔(Holland-Toll)的说法,这是种“跨文类策略”(662)。这一跨文类策略,除了上述三位作家,还有冯内古特(Kurt Vonnegut)、德里罗(Don DeLillo)、拜厄特(A. S. Byatt)、孔茨(Dean R. Koontz)、希尔兹(Carol Shields)等许多后现代主义作家喜欢采用。他们使用这一策略的结果,是很难将其作品“‘放’在什么地方”(Holland-Toll 662),以至有人问“是否存在后现代文类?”(Cohen 241)

文类混用作为一种技法,并非只为当代作家或后现代主义作家所用。荷马的史诗里就有。(Cohen 242)在乔叟那里和莎士比亚身上,我们也能看到,如乔叟的《修女的牧师故事》(*Nun's Priest's Tale*),"以其整体形态和明显的道德目的而言,是一则动物寓言,但很快就变成了一部讽刺史诗(mock-epic),而至末尾,则已混合了史诗、滑稽讽刺作品(burlesque)、戏仿(parody)、梦幻体(dream vision)、辩论、罗曼史和寓言"(Finlayson 493)。在莎翁身上,我们也看到了文类混用。他的所谓的"悲喜剧"恐怕就是文类混用的结果。他的《皆大欢喜》就是一个文类混用的典型。[①]

文类之所以可以混用,除了作者的主观原因——愿意、乐意使用——之外,还有文类本身的原因。

其一,文类并非僵化不变。"文类即过程"(genre as process),尼尔(Steve Neale)如是说。他认为,"乍看,重复和相似好像是文类的主要标志,因而文类好像生来就是静态的。但是姚斯(Hans Robert Jauss)和科恩(Ralph Cohen)(还有我本人)都主张,文类最好理解为过程。这些过程必定会被充实所支配,然而从根本上说,它们也有差异、不同和变化的标志"(56)。尼尔还进一步指出,"文类过程式的本质(process-like nature)表现为三个层面上的互动:期待层面,文类库层面,以及支配这两个层面的'规则'(rules)或'准则'(norms)层面"(56)。列举了一些例子后,他说:"这些例子不只是表明文类即过程的本质,而且还表明这么一个程度:单个文类不仅仅构成文类王国的一部分,而且它们自身也变化,也发展,也因相互借用、重叠而不同。"(57)

主张"文类即过程"的还有其他批评家。如威廉斯(Carolyn Williams),她认为"文类问题从来就不是一个界定或分类问题,而是个动态形成问题"(295)。又如克鲁(Hillary Crew),她说:"正如安妮·克兰尼-弗朗西斯(Anne Cranny-Francis)写的那样,文类习俗在不断地进化。它们是'社会构造物',由'社会赞同'来操作,'受制于社会压力和社会调解。社会变了,先前被接受的习俗变为不可接受或被修正'。"(77)再如迪莫克(Wai Chee Dimock),

① 这方面可参阅Barbara J. Bono's "Mixed Gender, Mixed Genre in Shakespeare's *As You Like It*"。

他则借用解构大师德里达的文类理论，提出不宜将文类视为“法规”（law）。他认为，“文类与之打交道的，是种易变物体，依然在发展，依然处于变化之中，随时准备逃逸，朝着不可知和不可预测的方向”（86）。

其二，文类推陈出新。持这种观点的典型人物当属托多洛夫。他说：“一种新文类向来是一种或几种旧文类变换而来，方法是或逆转，或取代，或组合。”（转引自Swales 36）早在1971年，他在《散文诗学》中就提到，“人们可能会说，每一部优秀的作品，都证实了存有两种文类，确有两种规范：一种是曾经主宰过先前文学的、如今却被其超越的文类，另一种是其创造的文类”（Todorov 43）。托多洛夫的这种文类观影响了不少批评家，如钱德勒（Daniel Chandler）和斯韦尔斯（John Swales）。钱德勒依据托多洛夫的“推陈出新”说，认为文类的变化带来新的文类。他说：“传统上，文类（尤其是文学文类）倾向于被认为是固定的形式，但现代理论强调，文类的形式和功能都是动态的。……随着文类库的不断增大，文类（以及各文类之间的关系）也随着时间的推移而变化；每一文类的习俗在变动，新的文类和亚文类出现，其他文类被‘中断’（尽管我们注意到某些文类似乎特别长命）。……某一文类的新作品，每部都有潜力影响该文类的变化，或影响新的亚文类的出现（这亚文类有可能后来开花，结果为一种成熟的文类）。”（Chandler 3）斯韦尔斯虽是从语言学的角度来探讨文类，但他也引用了托多洛夫的“推陈出新”说。斯韦尔斯依据托多洛夫的文类理论，提出文类具有社会属性，属于交际事件类别，与一套共同分享的交际目的联系在一起。他说：“整个文类习俗问题，以及文类习俗的重联合（realignment），对创作艺术——电影、音乐、艺术和文学——的进化至关重要。”（Swales 37）他也认为“文类变化是内部压力的结果”（Swales 38）。

另一位著名文类学家菲谢洛夫（David Fishelov）也持有文类推陈出新的观点。他说：“新文类诞生的解释之一，是每当一个新的、原创性的作品——一个不符合现存文类种类的作品——出版时，就得有一个新的种类为它而敞开，于是新的文类就诞生了。”（Fishelov 52）在讨论文类的诞生时，菲谢洛夫提出“文类生育力”（generic productivity）这一概念。他解释道：“文类生育力是指有些作品给它们的读者脑海中留下一种印象,引导他们创作'像'或'模仿'他们读过的作品。"他"提议区分两种文类生育力",一种是"原始的"(primary),一种是"附加的"(secondary)。菲谢洛夫认为,"新文类的诞生标记通常是附加文类生育力形式"(56)。在菲谢洛夫所举的附加文类生育力形式的例子中,有我们更熟悉的英国十四行诗。意大利十四行诗被引入英国时,在怀亚特(Sir Thomas Wyatt)和萨里(Henry Howard, Earl of Surrey)手里"仅小有变化","只在后来,它在英国变成了一种可辨文类后,原始文类生育力形式才在西德尼、斯潘塞尤其是莎士比亚手里开始突显出来"(Fishelov 61)。菲谢洛夫以十四行诗歌为例,来说明"文类的诞生首先表现出附加文类生育力形式特征"。他说:"附加文类生育力形式在新文类的形成中起了重要和必要的作用,没有它们就没有原始文类生育力形式。因此说,它们为原始文类生育力形式'打下了基础', …… 肥沃了原始文类生育力形式的土壤。"(63)菲谢洛夫的这些理论,不仅说明了文类推陈出新,而且还解释了文类推陈出新之道。

其三,文类因其时时处于发展、变化之中,故而具有不稳定性和多元性。这里,小说即是最好的例证。小说被视为文学的三大文类之一,但小说的诞生远远晚于诗歌和戏剧。以英国文学史而论,从严格的小说意义上说,它诞生于17世纪末和18世纪初,18世纪之前尚没有novel一词。况且,小说一开始就是杂文类。威廉斯就认为,"小说不仅仅是种混合文类,它还是种现代化混合物。通过包容、嘲讽和扬弃,小说使其他文类和世界观臣服于自己,考量它们,将它们降为陈旧、破烂或不完整、破碎之物,放入自己既贪婪又全面的新秩序里"(295)。"小说这一文类最易使自己适应新的环境,也最乐意跨越自己的界限。"(Hatchard 120)在巴赫金那里,小说是种"狂欢化"的东西,与"多声部"(polyphony)、"杂语变异"(heteroglossia)联系在一起。(Hassan 171)从小说的历史看,小说的诞生可谓诗歌和/或戏剧的变异。(比如中国的古典小说就保留了诗歌里的东西——几乎所有的中国古典小说都有"诗曰"之类。)后来小说又分出亚文类,比如言情小说(sensation novel)和侦探小说。言情小说在英国出现于19世纪,到20世纪下半叶,它已经变了种,变成了"新言情小说"(neo-sensation novel)[①]。玛格丽特·德拉布尔(Margaret Drabble)的《光辉灿烂的道路》(*The Radiant Way*),及其姐姐拜厄特的《占有》(*Possession: A Romance*),就是其中的两例。而侦探小说,从爱伦·坡的奠基,到英国的温柔派和美国的硬汉派,再到反侦探小说(或说玄学侦探小说),其间发生的变化真可谓沧海桑田了。

其四,不仅文类处在变化之中,而且研究、解读文类的方法和对待文类的态度也会发生变化。文类的历史告诉我们,文类在浪漫主义出现之前是相当固定的,但之后,文类这一概念就受到了挑战。罗斯马里(Adena Rosmarin)认为"文类的淡化始于浪漫派","此后便一直如此"(7)。达夫(David Duff)注意到,在歌德等人那里,"亚里士多德式文类划分学说——文艺复兴和新古典主义诗学的奠基石——首次受到了严肃质疑,文类这个概念也首次受到了细究"(3)。或许是受了达夫的影响,辛丁也认为,"浪漫主义时期之后,文类被视为'方便却武断的划分文学类别的方式'。20世纪看到偶尔有人企图复活古典主义的文类界定,但通常是在努力进一步详述其不足,并对它加以超越"(Sinding 477)。到了20世纪下半叶,人类进入后现代时期,研究文类的方法和对待文类的态度更是大有改变。阿尔瓦罗(del Río Álvaro)就认为,"20世纪70和80年代,文类的形式与结构研究和意识形态研究共存,但至80年代末和90年代,它们又让步给文类的历史性研究";另一方面,"文类这一概念本身也发生突变,脱离了先前新古典主义的文类观,即认为文类具有牢固、稳定的文本肌质。而如今,文类被看成了后现代主义的多维度现象,表现出易变、具有弹性和异质的特征"。(61)阿尔瓦罗的讨论虽然主要立足于电影文类,但其描述同样也适用于文学文类研究。我们知道,从70年代到90年代,西方盛行的是结构主义、解构主义、新历史主义、文化研究等,这些文学批评理论必然影响文类研究,影响对待文类的态度。德里达即是一典型例子。他在《文类之法》(1981)一文中,就表现出他质疑(纯)文类的解构主义态度:"文本不归属于任何文类……每一个文本都参与一种或几种文类,不存在无

① 关于"新言情小说"的讨论,请参见Kelly A. Marsh's "The Neo-sensation Novel: A Contemporary Genre in the Victorian Tradition"。

文类的文本；一向有一种文类或几种文类，但这样的参与向来不等于归属。”（Derrida 65）这里，我们看到德里达亲近的是文本而不是文类。巴尔特在他的著述中也是只谈文本不讲文类的。正如科恩所观察到的，“后现代主义批评家企图不要文类理论。像‘文本’和‘书写’（écriture）这样的术语避免了文类级别划分。这个中的理由，是企图废除文类所引入的等级，避免想象中的文类固定性，避免这些局限施加的社会和文学权威，抛弃类别划分中的社会因素和主观因素”（Cohen 244）。

既然文类不是僵化不变的而是推陈出新的，既然文类具有不稳定性和多元性，而研究它的方法以及对待它的态度又一直在变，那么文类的混用就是必定的和不可避免的。在小说家的种种文类混用中，我们大致可以看出有两大类：一种是跨媒体混用，一种是文学文类混用。

顾名思义，跨媒体混用是指同时使用不同的媒体，比如文学与音乐间的混用，文学与绘画间的混用。科恩就认为，“在我们的时代，文类混合的性质移向了媒体混合，移向我们生活其中的电子世界导致的混合。电影、电视文类，大学教育大纲，还有我们身份的解释和话语，都暗示出相互之间的混合”（Cohen 247—248）。而麦克布赖德甚至举了不少例子来说明，“本世纪许多艺术家都试验文类越界和文类划分”，如科普兰（Aaron Copland）等为管弦乐队和叙述者（一个说话人而不是一位歌手）作曲，勋伯格（Schoenberg）撰写“说唱”（Sprechstimme）类作品，伯恩斯坦（Leonard Bernstein）的《第二交响曲》是一钢琴协奏曲，劳申贝格（Robert Rauschenberg）和戴恩（Jim Dine）将绘画糅进雕塑里，表演艺术家如安德森（Laurie Anderson）将视觉艺术、音乐、舞蹈、叙事、诗歌、单人戏剧糅合在一起。（McBride 345）

文学文类混用可以分为三种：一种是大文类（arch-genre）混用，一种是小文类或说亚文类（subgenre）混用，还有一种是前二者的混合体即大小文类混用。大文类混用是指文学中的三大类即诗歌、戏剧、小说间的混用。[①]比如纳博科夫的《灰火》，基本上是一半诗歌一半小说了，德里罗的《美国文

① 可以说，arch-genre是哈查德借用热奈特的概念。在哈查德的借用中，arch-genre只指文学中的三大文类，即诗歌、戏剧和叙事。本文采用通常划分的三大类，即诗歌、戏剧和小说。

物》(*Americana*)则有点儿像自传又有些像成长小说。小文类混用是指文学文类再划分的亚文类间的混用,比如诗歌当中的叙事诗和抒情诗等混用,戏剧中悲剧、喜剧、滑稽剧等混用,小说中历史小说、侦探小说、言情小说等混用。这种混用似乎更为广泛,例子也更为多见,如前面提到的莫里森的《宠儿》既像鬼怪小说又像爱情小说,巴思的《羊孩贾尔斯》(*Giles Goat-Boy*)既像校园小说又像科幻小说,德里罗的《白色噪音》既像校园小说又像灾难小说。另一种用得较广、较多的是大小文类混用。顾名思义,大小文类混用是指混用中既有大的文类又有小的文类,比较典型的例子有加拿大小说家希尔兹的《斯通家史札记》(*The Stone Diaries*),它是部小说,却又像部自传,有照片,有书信,文类形态"令人晕眩";[①]还有里德(Ishmael Reed)的《芒博–琼博》(*Mumbo-Jumbo*)和阿克的《远大前程》。

文类混用由来已久,但是后现代主义小说家似乎乐此不疲。纽宁指出有批评家认为,模糊文类特征是"后现代主义的典型特点"(Nünning 232)。何以如此呢?究其原因,主要有如下几种。

一、文类与生产和发行有联系,因此关乎作家的名与利。约翰·里德曾撰文讨论确立文类所带来的影响,他说:"正如我们所讨论的,建立文类类别首先是干预文本接受——其出版、其发行、其解读、其学术评价和批评。"(Rieder xv)这方面,《女勇士》即是一很好的例子。"关于《女勇士》的文类,中美评论界却众说纷纭,莫衷一是。"(姚君伟 57)据说,汤亭亭把《女勇士》作为小说交给出版社,然而出版社却建议她以"自传"之名出版,因为小说难卖,评论家也不愿撰文评论年轻作家的第一部小说,但非小说类却有吸引力。汤亭亭接受了此建议,结果《女勇士》成了畅销书,获得了非小说类大奖,而汤亭亭则一夜成名。汤亭亭的这一事件并非个别现象。曾经有人就作家的收入作了调查,得到的结论是,"文类小说是最能赚钱的写作,这类小说的作者,有20%年收入超过50000美元——这大约是成人非小说作家收入的三倍,而成人非小说写作是第二能赚钱的写作"(转引自胡全生,《文类》

① 关于《斯通家史札记》的文类问题,可参阅卢红芳、胡全生的《〈斯通家史札记〉的文类属性和叙述策略》。

306—307）。

二、文类混用是巴思说的一种“补充”。巴思（John Barth）认为后现代主义小说是在“文学枯竭”之后的“文学补充”。在《枯竭的文学》一文中，他开篇就声明自己“要讨论三件事”，第一件便是“新的‘综合’艺术（‘intermedia’ arts）[①]所提出的问题”（Barth, “Exhaustion” 64）。讨论中，他用“mixed-means”（混合手段）来解释“intermedia”一词。由此可见，所谓“综合”其实就是在混合中“综合”。就“综合艺术”，巴思解释道：“我想说，综合艺术也倾向于居间（intermediary），处于美学的传统领域与艺术创新这两方面之间。”（66）巴思认为，“博杰斯可用来说明三者间的差异：技术陈旧的艺术家，技术新潮的非艺术家，以及技术新潮的艺术家”（66）。这无疑是说，博杰斯是“综合艺术”的大师，因为他身上同时兼有这三种艺术家的东西，混合着“陈旧”与“新潮”、“艺术家”与“非艺术家”。正是这种“混合着”的东西做成了“补充的文学”。巴思视小说这一文类的历史根源在中产阶级（——又是一“居间”之物——）通俗文化。在《补充的文学》一文中，他指出，“理想的后现代主义小说将超越现实主义与超现实主义（irrealism）、形式主义与‘内容主义’（contentism）、纯文学与应承文学（committed literature）、小圈子小说（coterie fiction）与廉价小说（junk fiction）之争”（Barth, “Replenishment” 203）。因此，文类混用不仅仅模糊文类界线，而且还模糊了高雅与通俗之分；它“跨越界线，填平鸿沟”。

三、文类混用体现了后现代主义“什么都行”（anything goes）的精神。文类混用的直接结果是导致“杂质文本”，而“异质性”是后现代主义小说所热衷、追求的东西。文类混用本身也是种试验，是达到“篇篇怪”（make it strange）的策略之一。文类混用无定数、无规矩，混用多少文类，混用什么样的文类，这些全都由小说家说了算；小说家想怎么做就怎么做。阿克自己就说过：“一切都扔进了我的写作里。”（Acker 117）她的《远大前程》，就“扔

① Intermedia arts通常译为“跨媒体艺术”，但笔者在这里译为“综合艺术”。从巴思在文中对intermedia的解释来看，intermedia还是指intermediary（居间的）。再者，中文中的“跨媒体”让人想到的是媒体之间如电影、电视、（纸质）小说之间的跨越，而这并非巴思的唯一所指。

进了叙事、自传、小说、戏剧、书信体小说、历史、文学批评和诗歌”（McBride 344），就是这种“什么都行”的精神使得《远大前程》“怪”兮兮的。

另一部奉行“什么都行”以求“怪”的小说是霍克斯（John Hawkes）的《枣红马》（*Whistlejacket*）。书中的主人公迈克尔是哈罗德收养的，哈罗德莫名其妙地死了，迈克尔去调查，调查中与三个女人卷在一起，即哈罗德的妻子亚历克丝、哈罗德的女儿弗吉和哈罗德的情妇布斯。故事情节至此像部侦探小说。但最后，迈克尔竟然成了亚历克丝、弗吉和布斯的情人。这么一来，《枣红马》又不像传统的侦探小说了；它有点“怪”了。其实，“因其作为文本性质之使然，《枣红马》不能包含于任何特定文类之中，它实际就是一部由不同文类‘编织而成的语录’”（kainulainen 297）。“由不同文类编织而成”实际上就是奉行“什么都行”的宗旨。承如凯奴莱南所言，“盛行于《枣红马》中的不确定性，说到底是其文类的不确定。它至少有八种不同文类的痕迹”（Kainulainen 297）。

四、文类混用是种能指滑动。文类实际上就是种符号：说某部小说属于什么类小说只是给它贴上一个标签而已，只说到了作品（work），而未指明其世界（world），其内在含义依然不可确定。半个世纪前的侦探小说和半个世纪后的侦探小说不是一回事，因为如前所述，文类本身会随着时间的推移而变化，批评家与读者对待文类的态度也会有变化。文类自身带有不确定性和多元性，再加上混用，其所指就更难出场。此时要去寻找其所指，确立文类混用的小说是部什么样的小说，寻找得到的不会是所指——明确是部什么样的小说，而是能指的滑行。文类混用的效果有点像拼贴画。有些批评家“将拼贴画看作可供游戏的符号。这种看法的依据是拼贴画本身所带有的互文性：它是被捡来的（或称被移用的）现成物，因此它带有互文性，由于它被置于一个新的语境里，故而产生新、旧文本的‘对话’，在这种对话中，写作失去了指涉功能，拼贴画成了没有所指的能指”（胡全生，《拼贴画》128）。文类混用也涉及“被捡来的（或称被移用的）现成物”，因为被混用的文类就是现存的文类，因此文类混用也带有互文性，被混用的文类也进行“对话”。正如约翰斯顿评论德里罗用文类混用做成的小说那样，用文类混用做成的小说，“并非真正的、如奥尔德斯·赫胥黎说的‘思想小说’,而是‘语言小说’,在这样的语言里,话语种类,尤其是行话,碰撞着进入对话和竞赛”(Johnston 265)。约翰斯顿认为德里罗用文类混用做成的小说“图解”了巴赫金的“杂语变异”。

五、文类混用带来独特的叙事功能。文类与作者和读者,与习俗和期待,关系非常密切。这一点,笔者曾在《文类、读者与后现代小说》一文中作过讨论。前面已经提到,尼尔认为文类涉及三个层面,即期待层面、文类库层面,和支配这两个层面的“规则”或“准则”层面。笔者依据尼尔这一理论以及文类与作者和读者的关系,提出它们的关系可图示如下(胡全生,《文类》302):

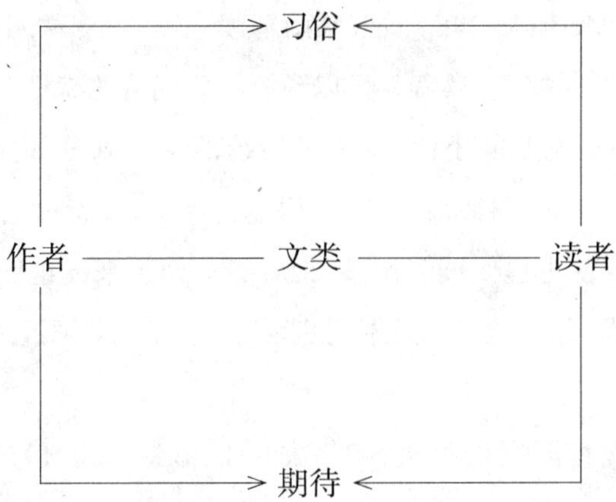

图中,我们看到习俗层面“高高在上”,“支配其他两个层面”,因此“最为重要”。然而,文类习俗“不是法律”,所以作家创作时就可以抛弃某些习俗而增加一些新的东西,使这一文类发生一些变化,甚至产生出该文类的亚文类,即推陈出新,如由侦探小说到“反侦探小说”或“玄学侦探小说”,由言情小说到“新言情小说”,由历史小说到“后现代历史小说”。

由于“文类建立在习俗的基础之上”(Puschmann-Nalenz 30),而文类习俗又“在不断地进化”(Crew 77),所以,当习俗发生变化时,文类也就发生了变化,那么读者的期待就必定也有变化。一方面,由于作者抛弃了一些旧的文类习俗,增加了一些新的东西,使作品的文类发生了变化,作者所期待于读者的,也就有了变化,比如作者若是写了部玄学侦探小说(如艾柯的《玫瑰之名》，或奥斯特的《纽约三部曲》)，就不希望读者将它读成传统的侦探小说了。另一方面，由于文类发生了变化，读者的期待也必定有所调整，因为他或她若是抱着对传统的侦探小说的期待来读，多半是读不成的。比如，读者若是期待“穷凶”后的释然，他或她是期待不成的，因为在反侦探小说或玄学侦探小说那里，释然已经不重要了；它或许根本就没有。这种情景，麦克布赖德在解读阿克的《远大前程》时有过描述，说：“阿克大肆混用文类，这使得读者不能舒舒服服地将《远大前程》置于预先确定的类别，读者因而被迫面对数种选择，其中之一便是要重新界定已存的文类。…… 阿克[对自己作品]的界定是建立在读者的作为之上，而不是作者的作为(即作品形式或内容)之上。”(McBride 346)凯奴莱南解读《枣红马》时，也有过类似的评论：“将作品放入某一文类，读者就可以预测某些期待的满足。但是后现代小说，尤其是约翰·霍克斯的小说，颠覆了传统的文类划分并挫败读者的期待。”(Kainulainen 289)期待被挫败，或说期待不成，读者就会调整自己的期待，而且文类的改变也迫使读者调整，抱着新的期待来读这作品。而期待在，读者的兴趣就在，作品也就吸引住了读者。此可谓文类混用带来的独特叙事功能。

美国著名批评家玛乔瑞·帕洛夫(Marjorie Perloff)就后现代小说中的文类混用现象曾说过这样的话：“后现代文类的特征是挪用其他文类，既有阳春白雪的，又有下里巴人的，办法是渴望既有又有而不是非此即彼。”(8)她明确地指出后现代文类是个“悖论”：“越是淡化文类界线，文类这一概念性就越重要。”(4)纽宁认为帕洛夫这一见解“正确”，并赞同地说：“文类界线跨越得越多，习惯性的类别就越不稳定，确立某作品所采用、转换和颠覆的文类习俗就越重要。”(Nünning 233)

回到本文开头提出的问题。应该说没有人说得清它们是什么样的小说。然而正因为如此，读者读这样的小说时就有自己的选择，有积极参与的更大空间。一部小说读起来既像部浪漫史诗又像则寓言还像部哥特式小说(如品钦的《万有引力之虹》)，既像部鬼怪小说又像部历史小说还像部黑奴叙事

（如莫里森的《宠儿》），既像部罗曼史又像部侦探小说还像部书信体小说（如拜厄特的《占有》），既像部成长小说又像部色情小说还像部自传（如阿克的《远大前程》）。这种"既……又……（还……）"的样式使得文类混用做成的小说像那雾中的花，模糊着，却更加艳丽，因为它更加吸引读者的注意力。如果读者阅读小说是个实现期待的过程，如果期待因文类而生，那么不同的文类混合就意味着多元的文类带来了多元的期待，读者也就愈加兴趣盎然，而这大概就是后现代主义"什么都行"的政治效应吧。

引用文献

Acker, Kathy. "A Few Notes on Two of My Books." *Review of Contemporary Fiction* 9.3 (Fall 1989): 117-122.

Barth, John. "The Literature of Exhaustion." *The Friday Book: Essays and Other Non-Fiction*. London: The John Hopkins University Press, 1984a. 62-76.

---. "The Literature of Replenishment: Postmodernist Fiction." *The Friday Book: Essays and Other Non-Fiction*. London: The John Hopkins University Press, 1984b. 193-206.

Bono, Barbara J. "Mixed Gender, Mixed Genre in Shakespeare's *As You Like It*." *Renaissance Genres: Essays on Theory, History, and Interpretation*. Ed. Barbara Kiefer Lewalski. Harvard University Press, 1986. 189-212.

Chandler, Daniel. "An Introduction to Genre Theory." 1997. 8 July 2013 <http://www.aber.ac.uk/media/Documents/intgenre/intgenre.html>.

Cohen, Ralph. "Do Postmodern Genres Exist?" *Genre* 20.3-4 (Fall-Winter 1987): 241-258.

Crew, Hilary S. "Spinning New Tales from Traditional Texts: Donna Jo Napoli and the Rewriting of Fairy Tale." *Children's Literature in Education* 33.2 (June 2002): 77-95.

del Río Álvaro, Constanza. "Genre and Fantasy: Melodrama, Horror, and the Gothic in Martin Scorsese's *Cape Fear*." *Atlantis, revista de la Asociación Española de Estudios Anglo-Norteamericanos* 26.1 (June 2004): 61-71.

Derrida, Jacques. "The Law of Genre." Trans. Avital Ronell. *Critical Inquiry* 7.1 (Autumn 1980): 55-81.

Dimock, Wai Chee. "Genre as World System: Epic and Novel on Four

Continents." *Narrative* 14.1 (January 2006): 85-101.

Duff, David, ed. *Modern Genre Theory*. London and New York: Longman, 2000.

Finlayson, John. "Reading Chaucer's *Nun's Priest's Tale*: Mixed Genres and Multi-Layered Worlds of Illusion." *English Studies* 86.6 (December 2005): 493-510.

Fishelov, David. "The Birth of a Genre." *European Journal of English Studies* 3.1 (1999): 51-63.

Hassan, Ihab. *The Postmodern Turn: Essays in Postmodern Theory and Culture*. The Ohio State University Press, 1987.

Hatchard, Luis de Juan. "Generic Multiplicity in Alasdair Gray's *Lanark: A Life in 4 Books*." *Revista Alicantina de Estudios Ingleses* 15 (2002): 109-122.

Holland-Toll, Linda J. "From Disturbance to Comfort Zone: Cross-Generic Strategies in Dean R. Koontz." *The Journal of Popular Culture* 37.4 (2004): 662-682.

Johnston, John. "Generic Difficulties in the Novels of Don DeLillo." *Critique* 30.4 (Summer 1989): 261-275.

Kainulainen, Teppo. "Deconstruction of Genre in John Hawkes's *Whistlejacket*." *Critique* 37.4 (Summer 1996): 289-299.

Malmgren, Carl D. "Mixed Genres and the Logic of Slavery in Toni Morrison's *Beloved*." *Critique* 36.2 (Winter 1995): 96-106.

Marsh, Kelly A. "The Neo-Sensation Novel: A Contemporary Genre in the Victorian Tradition." *Philological Quarterly* 74.1 (Winter 1995): 99-121.

McBride, Sam. "Un-Reason and the Ex-Centric Text: Methods of Madness in Kathy Acker's *Great Expectations*." *Critique* 40.4 (Summer 1999): 342-354.

Neale, Steve. "Questions of Genre." *Screen* 31.1 (Spring 1990): 45-66.

Nünning, Anssgar. "Crossing Borders and Blurring Genres: Towards a Typology and Poetics of Postmodernist Historical Fiction in England since the 1960s." *European Journal of English Studies* 1.2 (1997): 217-238.

Perloff, Marjorie, ed. *Postmodern Genres*. Norman and London: University of Oklahoma Press, 1989.

Puschmann-Nalenz, Barbara. *Science Fiction and Postmodern Fiction: A Genre Study*. New York: Peter Lang, 1992.

Rieder, John. "Life Writing and Science Fiction: Constructing Identities and Constructing Genres." *Biography* 30.1 (Winter 2007): v-xvii.

Rosmarin, Adena. *The Power of Genre*. Minneapolis: University of Minnesota Press, 1985.

Sinding, Michael. "Framing Monsters: Multiple and Mixed Genres, Cognitive Category Theory, and *Gravity's Rainbow*." *Poetics Today* 31.3 (Fall 2010): 465-505.

Swales, John M. *Genre Analysis—English in Academic and Research Settings*. Cambridge: Cambridge University Press, 1990.

Todorov, Tzvetan. *The Poetics of Prose*. Trans. Richard Howard. Oxford: Basil Blackwell, 1977.

Williams, Carolyn. "Genre Matters: Response." *Victorian Studies* 48.2 (Winter 2006): 295-304.

艾布拉姆斯:《文学术语词典》(中英对照),北京:北京大学出版社,2009年。

胡全生:《拼贴画在后现代主义小说中的运用》,《外国文学评论》1998年第4期,第122—129页。

---:《文类、读者与后现代小说》,《英美文学研究论丛》2008年秋第9辑,第295—311页。

卢红芳、胡全生:《〈斯通家史札记〉的文类属性和叙述策略》,《解放军外国语学院学报》2011年第4期,第96—100页。

姚君伟:《小说,抑或传记?——〈女勇士〉文类之辨析》,《外国语》2001年第4期,第56—60页。

作者单位:上海交通大学外国语学院英语系

当代俄罗斯生态文学中的宗教哲学因素
——以拉斯普京、阿斯塔菲耶夫、艾特玛托夫作品为例

赵 杨

内容提要：作为一个全球性的文化母题，"人与自然"主题一直贯穿整个俄罗斯文学的历史。但到了20世纪后半期，当代俄罗斯文学对于人与自然关系的关注便不再限于此前静态的"田园牧歌"式的书写，而是针对人类中心主义的现代工业文明问题明确表达了作家深刻的生态哲思。综观这些作品，我们发现，宗教哲学对于作家生态思想的生发或影响始终是不可忽视的。本论文试以最具代表意义的拉斯普京、阿斯塔菲耶夫和艾特玛托夫的作品为例予以阐释，当代俄罗斯生态文学的一个整体艺术特质便是与宗教哲学具有千丝万缕的联系，宗教对于生态危机时代"人类中心主义"者或可具有规训或救赎意义。

关键词：人与自然　人类中心主义　生态意识　宗教哲学因素

"人类不是宇宙的局外人，也不是超自然的漂泊者，而是自然整体的一部分"（王诺 32），19世纪德国科学家赫克尔（Ernst Haeckel）首次提出"生态学"概念并由此得出结论。不管这一概念后来衍生出多少复杂的流变和分支，毫无疑问，生态学首先探讨的是人与自然的关系。

作为一个全球性的文化母题，"人与自然"主题一直贯穿整个俄罗斯文学的历史。无论是阿克萨科夫、托尔斯泰、契诃夫、屠格涅夫、新时期农民诗人，还是20世纪许多经典作家都或隐蔽或纯粹地表现了乡土文化中农民与土地、人与自然之间的亲缘联系。但到了20世纪后半期，当代俄罗斯文学对于土地、人与自然关系的关注便不再停留于此前静态的"田园牧歌"式的书写，而是随着历史的变迁具有了更多新的历史特征和意义。愈加严重的生态

问题使人们意识到家园存在的危机。自卡森（Rachel Carson）因《寂静的春天》获得"20世纪最著名生态文学作家"称号之后，世界文坛便开始了大规模生态文学作品问世的繁荣时代。而当代俄罗斯文学是不可能置身于这一全球性思潮之外的。继列昂诺夫的《俄罗斯森林》之后，20世纪70至80年代苏联生态文学进入了高潮阶段。这一时期拉斯普京的《告别马焦拉》、《火灾》、《贝加尔湖》、《最后的期限》，艾特玛托夫的《白轮船》、《断头台》以及阿斯塔菲耶夫的《鱼王》等等都紧绕"人与自然"的关系问题明确表达了作家深刻的生态哲思。综观以上及90年代以后出现的生态文学作品，我们发现，宗教哲学思想对于作家生态理念的生发或影响始终是不可忽视的。这一点完全符合俄国文学发展的内在规律和传统，正如有学者所言，"所有伟大的俄国文学家都同时又是宗教思想家或寻神论者"（弗兰克 31）。如今，我们再从宗教哲学的视角去观照和挖掘当代俄罗斯文学中的生态意识，可以发现，这里不仅与基督教、东正教、古代多神教有关，也与别尔嘉耶夫、索洛维约夫、老庄哲学，甚至民间宗教信仰有很大联系。本论文试以最具代表意义的拉斯普京（1937— ）、阿斯塔菲耶夫（1924—2001）和艾特玛托夫（1928—2008）的作品为例予以阐释，俄罗斯生态文学的一个整体艺术特质便是与宗教哲学具有千丝万缕的联系，宗教对于生态危机时代"人类中心主义"者或可具有规训或救赎意义。

一、对神话的书写

神话作为一个民族自我认同的标志，历来与民族古老的宗教信仰不无关联。因此，俄罗斯作家对于神话的书写多源起于东斯拉夫人的一种古老的思维方式，当时"人没有将自己从周围环境中区分开来"，而是"将自身的特性转移到自然客体上，赋予它们生命和人类的感情"（Мелетинский 12）。恰如学者梅列金斯基所说，因原始东斯拉夫人对自然界和人类自身缺乏理性认识，只能借助于想象力来解释一切，久而久之，人们形成了这样一种观念：天地之间，除了人以外，还有许多神主宰着万事万物，譬如雷神、天神、火神、太阳神、家神等等。在漫长的认识世界的过程中，他们逐渐形成了独具民族特色的多神教。公元988年俄罗斯接受基督教，但多神教的影响从未消失，它与东正教一起在民族信仰的进程中历经一千多年的历史。作为俄罗斯民族文化中的一个重要部分，它一方面体现了民族传统文化的积淀、远古人类淳厚本性以及人与自然的和谐关系；另一方面，当工业文明的幻象试图掩盖各种生态危机，从而使"人类中心主义"大行其道，继而破坏了人与自然的和谐时，大自然的诸神便会运用神权对破坏者予以警示和惩罚。而作家们正是基于对这种古老宗教观念的信仰，才将自然万物书写成种种"神话"，以期实现对现代文明的审视与反拨。因此，通过对"神话"的表现去领悟和理解自然便成了他们对人与自然的关系以及生态问题思考过程中的一个普适特征。

拉斯普京曾在文章中说道："对于大自然以及我们周围的自然界来说，我们是多神教教徒。它们存在于我们的血液中：我们向树墩子鞠躬，因为可怜被砍断的树干，就像可怜死去的生命；我们为家畜的死而落泪，就像哭自己的亲人……非理性地对待我们的自然，将会给我们带来更加严重的后果。在思考受侵害的自然环境时，我们应该首先想想受侵害的心灵。"（Распутин 319）显然，作为俄罗斯"农村散文"作家的代表，拉斯普京在作品中表达的不只是浓郁的乡土意识，更有深厚的历史文化意识以及对现代工业文明的抗拒。因此便不难理解，在作家笔下，无论是花草树木，还是鸟兽虫鱼，都是有灵性的。它们似乎与神相通，具有某种无法解释的神秘力量，因此须受到人类的珍爱与敬畏。

小说《告别马焦拉》便处处体现了这种大自然的"威严"与"神性"。为了建水电站，需要清理马焦拉岛，人们烧光了岛上的树木，只有一棵千年"树王"砍不断，烧不掉，"如此永恒、雄壮而威严地矗立在村外半俄里远的一处高岗上"（拉斯普京 412）。传说，正是这棵"树王"将马焦拉岛固定在河底，因而很久以前它就作为神被村民供奉着。它显然象征着自然界的强大，象征着非理性的、生命中自然之根的根深蒂固，也警示着人类在自然之神面前固守"人定胜天"的思想多么荒谬可笑。这一点似乎正契合了生态文学研究者乔纳森·贝特所强调的"生态文学及其研究要探讨导致生态灾难的社会原因，找出人类的文明究竟从哪里开始走错了路”（王诺 9）。另外，对于祖先的崇拜、对家神的祭祀在俄罗斯多神教神话中具有较重要的意义和地位，这类神话与古俄罗斯人对彼岸世界及死亡的认识不无关联。一方面，在多神教信仰中，逝去的祖先到达彼岸世界后便“进入了统治自然力和人的命运的万能神祇的宫殿”（Забияко 46），因此子孙如违背先祖遗训将受到神祇的责罚；另一方面，逝去祖先的灵魂会变成家神保佑亲人，所以当人们搬家时，要邀请家神跟随主人一起乔迁，同时还要与木屋、家什告别。《告别马焦拉》中的老太太达丽娅在马焦拉岛被淹之前三次来到祖先坟墓前请求宽恕；人们在搬迁前像庆贺盛大节日般地打扫房屋，达丽娅像对待最亲爱的死者那样为难以割舍的家业举行祭奠仪式，为它哭泣，整夜地与其作祈祷式的告别，因为在她的世界观里，“真理活在记忆中。谁失去了记忆，谁也就失去了生命”（拉斯普京 411）。正如达丽娅针对孙子安德烈征服自然时的狂妄自负所说的：“人变骄傲了，啊，变骄傲啦。你骄傲吗？你就要倒霉了。那骑着树杈砍树杈满不在乎的人，别自以为了不起呀。”（拉斯普京 334）由此，我们不仅看到了小说中的家族、亲缘意识，也深深体会到了作家隐含在民族神话背后的一种生态关怀，即“人对自然的责任”之价值取向。劳伦斯·布伊尔在其被称为“生态批评里程碑”的著作《环境的想象：梭罗，自然书写和美国文化的构成》中指出，“环境取向的作品”所具有的特征之一是“人类对这种环境的责任是文本的主要伦理取向之一”（Buell 7）。显然，拉斯普京的《告别马焦拉》正体现了这样一种审视工业文明、保护生态自然的美学选择。

同是俄罗斯“农村散文”作家的阿斯塔菲耶夫对“人与自然”的书写同样离不开民族神话的烘托，只是他的“神话”更透着些许哲学色彩。小说《鱼王》塑造了一个品格高尚，对自然心存敬畏的游子形象，并通过他重游故乡时所思所感将“生命之河”和“生命之树”两个具有神话色彩的形象描述为：“它们是一切存在机制，一切开端与结局，一切地上、天上和地下的，亦即整个‘宇宙志’的直观体现。”显然，阿斯塔菲耶夫对于自然界神话的理解与索洛维约夫的宗教哲学思想的核心——“万物统一论”有很大关联，万物于统一之中构成一个和谐、有机的整体，而人与自然的关系当然也应该是和谐统一的。然而，人类中心主义导致人对自然的过分占有与统治，从而使人与自然的关系渐趋对立。主人公伊格纳齐依奇在一次非法捕鱼时被鱼王攻击几近丧命，可见《鱼王》所表达的正是"万物统一"与"工业文明"间的悲剧性矛盾与悖论。

作为民族历史和文化的积淀，神话的意义与价值在学者们的著述中一再被提及。别尔嘉耶夫曾指出，"神话就是历史的奥秘本身，一个民族的精神、传统、它对于自己历史的记忆，就蕴涵在神话中，神话就是历史的内在的真理"（《历史的意义》15）。当代俄罗斯重要生态思想家莫伊谢耶夫也说过，"历史需要神话，因为这是现实幻象的缩影，是启示人类思维本质的阐释。……神话的性质反映着人的精神世界、他的民族、他生长的时代的性质"（Моисеев, *Судьба цивилизации* 120）。尽管两位学者对神话功能的阐释惊人地相似，但后者面临的是人类生态危机大爆发的时代，因而更具忧患意识和时代责任感。在这方面，共同的时代特征与危机感使艾特玛托夫对于神话的理解与莫伊谢耶夫的神话观更近，因而我们看到，艾特玛托夫的小说本身就是一则则美丽忧伤的现代神话，其中的生态意识因融合了吉尔吉斯和俄罗斯两种民族神话传统特质而最具神秘性、哲理性魅力。小说《断头台》塑造了一个月亮上的神灵——狼神比尤丽的形象，小说描述了因为人类的暴行而连失三窝幼崽的母狼阿克巴拉对狼神进行哭诉，从而昭示人类破坏大自然的结局必将使自己走向"断头台"的哲理性感悟；《白轮船》以吉尔吉斯民族神话长角鹿妈妈的故事为背景展开了一系列关于人与自然关系的生态伦理道德的较量，尽管最终七岁小男孩跳入冰冷的河水，游向心目中的"神话"白轮船，但孩子的死恰是向大自然的回归，作家试图以悲剧和哲理的力量向世俗提出更高的抗拒。

二、人与自然相融合的思想

如前述及，当代俄罗斯文学在20世纪60年代以后，伴随着全球生态危机的日益加重，对自然的思索不是单纯地表现人的精神、情感诉求，而是同时将大自然看成应当理解、尊重和与之和谐相处的对象。所以，很多生态文学作品，首先是从人类对自然的伤害情形而开始反思和自省起来的，是真正在全球视角下对于地球人类的思考和关怀。作家们呼唤和追求的是一种地球人类的和谐发展哲学，这种哲学的核心理念，就是人与自然相生共长。对此，中国古代已经有老子“道法自然”这样的哲学观点。在道家哲学中，“道”作为天地万物存在的原则，其实也就是自然的法则。无论老庄两位先哲如何追求自由和逍遥，他们都非常强调人必须顺从自然的法则。所谓“人只有‘让’‘世界’‘自然’才有自身的‘自由’……”（叶秀山 140）。其实自上个世纪80年代以来，关于道教的生态思想便已引起西方学者的广泛关注。英国学者汤因比曾赞叹道家的“人要征服宇宙就要遭到失败”的认识是一种宝贵的直觉；美国科学家弗·卡普拉认为，“在东方传统文化中，道家提供了最深刻并且最完善的生态智慧”（陈霞 37）。马夏尔在其著作中写道：“在公元前6世纪，中国道家已经表达了最早的、清晰的生态思想……道家提供了最深刻、最雄辩的自然哲学，首次启发了人们的生态意识。”（Marshall 413）显然，道家的生态哲学早已获得学界普遍认可，如今我们将之与当代俄罗斯生态文学中的审美体验联系起来考察，也颇有收获。

道教历来强调人面对养育自己的土地、自然和社会应持感恩心态，常将人与自然的关系喻为子女与父母的关系，以此要求人们敬重天地，譬如《庄子·达生》说：“天地者，万物之父母也。”这种“天父地母”的环境伦理观强调的核心是，在人与自然的和谐中探索生命奥秘，以期求得最高层次上与自然的融合，即“天人合一”。这种思想在当代俄罗斯生态文学作家那里同样获得了积极的审美体认。

首先，作家们对人与自然关系的审美关注从根本上说是落实到对人的心灵铸造上的。作家认为心灵与大自然的情感交流过程乃是人以内心的艺术气质将自然世界艺术情感化和大自然以外在的美感涤荡人的灵魂的过程。人只有感受到了大自然的神奇和美，人的整个生存状态才进入了真正自由的境界并与大自然融为了一体。这种理想精神势必影响他们对人物的塑造。在作品中，他们所喜爱的人物总是与大自然十分亲近，他们对大自然的态度在很大程度上也就是衡量他们人格的标准。在这些理想化了的主人公身上，正体现了作家的理想寄托，因为“生态文学家清楚地知道，人类发展到今天，已经不可能返回到中世纪甚至原始时代同样的生存状态中，但他们还要执着地写出他们的理想，因为只有这样才可能激发人们不懈地探索在当今的发展阶段如何最大限度地做到与自然和谐相处”（王诺 10）。

因此我们看到，《最后的期限》中的老太太安娜，她那金子般的心灵世界的魅力正是在与土地、大自然的情感交流中表现出来的。她一辈子生活在农村，不停地劳动、养育孩子，她把大自然视作自己生命的依托并始终对大自然怀有感恩之情；面对死亡，老太太无所畏惧，因为她明白，人作为自然之子，不管是活着还是死去，都将与大自然融合在一起。在《农家木屋》中，女主人公阿加菲娅对家乡的木屋怀有深厚的感情，所以在迁居时费尽千辛万苦将木屋移到了新的住处。作品中呈现出了人与自然和谐交融的画面，带有令人回味无穷的象征意蕴，它象征着人与自然、人与土地的高度融合，这种融合对于所有心灵世界丰富的人来说，即使伴随时代的变迁也具有着震撼人心的力量。

其实，《鱼王》中的阿基姆、《白轮船》中的七岁小男孩、《断头台》中的阿夫季、《花狗崖》中的基里斯克、《一日长于百年》中的叶吉盖等很多主人公们都各自有一颗单纯得不见一星半点市侩、庸俗、世故、功利习气，但却丰富得能感受大自然中每一丝气息的心灵。作家试图告诉我们，人的善良纯真的天性只有在同大自然的心心相印中才会得以保存，大自然具有涤荡人的灵魂的作用。

其次，这种人与自然相融合的思想在作家们笔下除了表现在人与自然的精神交融中，也表现在人与土地的真切接触中，以及对土地的耕耘和劳作中。在20世纪60和70年代的西伯利亚这片广袤的土地上，古老的宗法制社会的传统生活方式依然在延续，人们日出而作，日落而息，春播秋收，自给自足，无时无刻不在与大自然进行着交流与沟通。作家叶·伊萨耶夫说过，“唯有在田野上，也许再也没有别的地方，人才能感到和意识到自己不仅仅是自然界的生物，而且是自然界的体现者，是创造者……他把自己的生命力赋予土地，然后又从土地上取回三倍于此的生命力”（59）。作家们正是通过自己的作品使我们明白了人在劳动中与大自然融为一体是多么快乐。

在拉斯普京的《最后的期限》中,对于老太太安娜来说,使内心世界重获光明的最好办法就是劳动,就是要明白,她的生活应该融入到共同的合乎自然规律的次序之中去,与所有的一切和谐共处;《活着,可要记住》中的纳斯焦娜在命运即将接受审判之前,依然对劳动充满了无限怀念,她多么希望能再在劳动中找回自己,体验堂堂正正做人的感觉;在《告别马焦拉》中,作家描述了人们聚集在一起最后一次割草的场面,村民们在热烈、愉快的劳动中完成了与土地和家园的最后诀别:从割草场回来,人们唱着"永别的葬歌",像是"齐声绝望的哀求",听来令人感到"连心都滴血了"(328)。而阿斯塔菲耶夫的《俄罗斯田园颂》不仅以活泼风趣的笔触描绘了家家都有的普通菜园的绚丽风光,更将民族的缩影——俄罗斯农民穿梭于小黄瓜、向日葵和马铃薯间的劳动身影真实呈现,不难体会,作家真正赞颂和怀念的是乡野劳作中人与自然的和谐画面:"时时处处都需要爱意。田地里的活儿尤其需要悉心关怀。田园里的美好、舒适、明智会转化成整个家业的兴旺和安康。……衣装、鞋帽、人们的尊敬是怎样得来的呢?靠热心关怀!靠诚实劳动!井然有序的田园劳作使人生活得有信心,有气派!"(246)

显然,在作家们笔下,这种人与自然相融合的思想无论是基于精神方面的还是具体的劳作,都与中国古老的生命哲学——"天人合一"思想有异曲同工之妙。"天人合一",是中国古代思想家的一个基本哲学命题,也是中华文化奉献给全人类的生态智慧,其核心在于"人与自然和谐共处"。在中国人的传统观念中,"天"指宇宙自然中阴阳相合、五行流衍、昼夜更替、四季轮回的和谐秩序,作为个体生命的"人"应该投入到这微妙的大生命秩序中去,在与自然共同的发展中求取心灵的自由超脱和生命的光大永恒。而道教作为中国传统宗教,"在人与自然的关系问题上,也是力倡'天人合一'说的"(陈霞 140)。美国耶鲁大学教授、哲学博士、地球能源协会代表玛丽·伊芙琳·塔柯尔女士曾经指出,"中国的道家在自然生态学和社会生态学方面有特殊贡献,即重视人与自然的和谐相处"(Tucker 72)。如今,我们在当代俄罗斯生态作家的作品里,也看到了同样的思想光芒。

三、末日论和弥赛亚意识

自“俄罗斯受洗”以来，基督教的教义精神便根植于俄罗斯的宗教思想和社会生活的方方面面，经久不衰。而《圣经》作为世界文学的创作灵感和源泉，对于俄罗斯文学的蓬勃发展也同样意义非凡。典型的例证便是，来源于《圣经·启示录》的“末日论”思想和“弥赛亚意识”（一种拯救精神或神圣的使命感）一直蔓延于俄罗斯古典文学到当代文学的整个发展轨迹。从《塔拉斯布尔巴》、《战争与和平》、《罪与罚》、《群魔》，到《静静的顿河》……生与死，毁灭与重生，审判与拯救等等类似的主题随处可见。末日论思想和弥赛亚意识作为宗教文化因素已然成为一种俄罗斯文学传统的叙事模式。综观整个俄罗斯文学历史，多数俄罗斯知识分子都带着末日论情绪和神圣的使命感在思考着拯救民族乃至全人类的出路。

当历史进入20世纪中叶，面对土地荒芜、道德堕落、环境污染、资源枯竭等众多自然生态与精神生态的双重危机，当代生态问题研究专家莫伊谢耶夫院士就曾说过，“21世纪恐怕不是完整的世纪，而是毁灭的世纪。其中，可能会发生为很多人所深信不疑的世界观的崩溃，因为他们所接受教育的文明背景是建立在人对自然的无限权力之上的”（Моисеев, *Быть или небыть* 284）。而当代俄罗斯生态作家们同样也不可避免地表露出这种末日倾向，于是《圣经·启示录》中关于末日降临的灾难性图景以家园毁灭、人类死亡等悲剧情节的形式在作家的文本中屡屡再现。譬如《旧约·创世记》对于末日洪水的记载在拉斯普京的《告别马焦拉》中便可找到相关意象；而拉斯普京的《火灾》则是对《新约·启示录》关于末日火灾图景的再现：“仿佛有一支异国侵略军经过，所到之处一切都被蹂躏了，毁坏了，过去的安定生活只剩下了一股呛人的浓烟、几片碎砖烂瓦和奇形怪状的残骸。”（221）阿斯塔菲耶夫则在《鱼王》中将末日景象转化为人对动物的残酷杀戮：大河中布满了偷鱼的排钩；到处是风干的野禽；游客烧毁树木，炸死河鱼，所到之处都是污七八糟。在《黑羽翻飞》中作家将被人类捕杀后的雷鸟羽毛喻为“送葬的花圈”，景象极为惨烈悲凉。艾特玛托夫的《白轮船》和《断头台》则以孩子的死亡作为象征，诠释了人类终极性的悲惨命运。《白轮船》中的七岁小男孩因对现实世界的憎恶游向了心中的神话——白轮船；《断头台》中的牧民鲍斯顿的三岁儿子唤起了母狼阿克巴拉的母性，终因被救子心切的父亲误杀而死。

尽管这些作品处处体现了沉重的灾难感，然而俄罗斯作家与生俱来的强烈的弥赛亚意识令他们在表现生态末世的危机时，都不约而同地表达了拯救世界的愿望和信心。作为虔诚的东正教徒，拉斯普京竭力将救世的出路引向东正教的回归，正如有学者所说，“拉斯普京的思想急剧地向宗教靠拢，宗教的思想和情绪在许多场合下变成拉斯普京作品的思想契机和主人公的精神归宿”（任光宣，《拉斯普京近年小说创作述评》24）。在小说《下葬》中，许多苏维埃政权时代出生的老人逐渐步入教堂的大门，皈依宗教使他们在道德堕落的精神生态危机时代找到了精神寄托；小说《在医院》中，苦苦探寻俄罗斯未来出路的诺索夫在宗教歌曲中找到了心灵慰藉；在《农家木屋》中，女主人公阿加菲娅是按照东正教的习俗下葬的，半年后，人们把她抬到了乡村墓地，还为她立起了一个沉重的落叶松木十字架。这里，作家有意强调了人与信仰的密切联系，这种联系就是在生命结束后也不能中断。拉斯普京自己承认，“除了东正教，我尚未发现如今有别的力量能够将俄罗斯人民凝聚在一起，帮助人民经受住苦难。……最重要的是，宗教从精神上拯救人，赋予人生活的意义，使之成为非‘市场’的，而是历史的俄罗斯的公民”（夏宗宪 60）。

这段对东正教救赎意义的经典阐释与作家阿斯塔菲耶夫的宗教观具有内在的一致性。苏联解体后，作家终于坦承了从前不便明言的基督教理念：“我们一再使上帝愤怒，他却时时向我们显露慈悲的面容，宽恕我们的罪孽，拯救并治疗我们。”因此我们看到，《鱼王》中的阿基姆是个典型的“基督耶稣”的化身，他真诚、善良而坚忍，在给予他人的无私帮助中感受着人生快乐。在作家笔下，即使没有信仰的人在危急时刻也会不禁呼唤上帝。《白色群山的梦》中少女艾丽雅死里逃生时首先想起的是教堂里的祷词：“上帝啊，垂怜我有罪的人，我们在天的父啊……宽恕我们吧！”《鲍加尼达村的鱼汤》中阿基姆的母亲本不信教，但在生命垂危时却虔诚地乞求上帝。《鱼王》中的伊格纳齐依奇在将与鱼王同归于尽时也开始了对上帝的祷告，内心升起了对大自然的忏悔之意。显然,当人与自然的和谐关系面临危机时,作家看到了人性的堕落和信仰的力量,并指出,唯有向上帝忏悔,完善自身道德才能赎罪和获救。

艾特玛托夫自称无神论者,然而他并非否定宗教意义,只不过他认为,世界是一个和谐统一体,各宗教应在消除差别后统一起来,建立起新的一致信仰并使之具有普遍意义。作家说过,"我不相信具体的安拉或耶稣,我相信理性及其与宇宙的联系。每一个生命物,无论仙人掌还是人,都与宇宙相联系着"(任光宣,《论艾特玛托夫的宗教观》97)。因此,无论是《断头台》中的新基督阿夫季的形象,还是《卡桑德拉印记》中宣扬的宇宙宗教,其中都渗透着作家对于宇宙的独特理解以及救世的热忱。别尔嘉耶夫认为:"俄罗斯的救世主说首先依赖于俄罗斯人的云游、漂泊和寻觅活动,依赖俄罗斯人忍辱负重和一往无前的精神。"(《俄罗斯思想》280)而《断头台》中的阿夫季恰是沿着前辈足迹寻找真理的云游者,他面对人类围猎羚羊的恶行不顾生命安危坚持劝阻,结果命丧偷猎者之手,然而他所表现出的隐忍和无畏精神正体现了作家生态危机时代的救赎理想,它恰似一盏明灯执着地指引着人类寻求出路的方向。

四、结语

从以上分析可见,以三位作家为代表的当代俄罗斯文学对于"人与自然"关系的思索,都明确体现了深刻的生态思想,只是与西方学者不同的是,他们的生态哲学都带有鲜明的民族所特有的乡土意识和宗教哲学因素,其中既饱含悲剧意识,又充满了理想精神和救世热忱。作家们过于珍视人的自然生存状态且与这个迅猛发展的时代显得格格不入,但他们却是最值得我们珍惜和记忆的。

引用文献

Buell, Lawrence. *The Environmental Imagination: Thoreau, Nature Writing, and the Formation of American Culture.* Boston: Harvord University Press, 1995.

Marshall, Peter. *Nature's Web: Rethinking Our Place on Earth*. New York: Paragon House, 1992.

Tucker, Mary. "Religious Values Derived from Other Traditions: The Ecological Dimensions of Taoism and Confucianism." *Dialogue and Alliance* 2 (1993): 2-7.

Забияко, Андрей. *История культуры древней Руси.* Москва: Интерплакс, 1995.

Мелетинский, Елеазар. *Мифы народов мира.* Москва: Советская Энциклопедия, 1992.

Моисеев, Никита. *Быть или небыть…человечеству?* Москва: Издательство МНЭПУ, 1999.

---. *Судьба цивилизации. Путь разума.* Москва: Языки русской культуры, 2000.

Распутин, Валентин. *Крик коростеля*. Москва: Молодая гвардия, 1982.

陈霞主编:《道教生态思想研究》,成都:四川出版集团巴蜀书社,2010年。

拉斯普京:《火灾》,徐振亚译,《芙蓉》1986年第4期,第221—225页。

---:《告别马焦拉》,王乃倬等译,北京:外国文学出版社,1999年。

尼·别尔嘉耶夫:《历史的意义》,张雅平译,上海:学林出版社,2002年。

---:《俄罗斯思想》,雷永生、邱守娟译,北京:三联书店,2004年。

任光宣:《从〈断头台〉到〈卡桑德拉印记〉——论艾特玛托夫的宗教观》,《当

代外国文学》1995年第4期，第97—102页。
---:《“一个新的拉斯普京出现了”——拉斯普京近年小说创作述评》，《俄罗斯文艺》2001年第1期，第24—28页。
王诺：《欧美生态文学》，北京：北京大学出版社，2003年。
维·阿斯塔菲耶夫：《阿斯塔菲耶夫散文选——俄罗斯田园颂》，陈淑贤、张大本译，天津：百花文艺出版社，1995年。
夏宗宪：《拉斯普京访谈录》，《俄罗斯文艺》2001年第3期，第59—60页。
谢·弗兰克：《俄国知识人与精神偶像》，徐凤林译，上海：学林出版社，1999年。
叶秀山：《漫谈庄子的“自由”观》，陈鼓应主编，《道家文化研究》（第八辑），上海：上海古籍出版社，1995年。
叶·伊萨耶夫：《土地，我们的生命之源》，沈灿星译，《苏联文学》1992年第2期，第58—60页。

作者单位：南京大学外国语学院俄语系

新世纪韩国先锋诗歌与“主体分裂”

崔昌笏

内容提要:新世纪韩国先锋诗歌以其前卫和反抒情的创作手法,彻底冲破了诗歌体裁的本体界线,并引发了一场持久的“未来派”文艺争鸣。新锐诗人能以全新的想象力进行大胆的诗歌实验,在于他们发现和认同“主体分裂”的景象。本文将以“他者视线下的主体转移”和“时间割裂”两个路径分析主体分裂的外化过程,从怪诞与杂糅两个层面探讨主体分裂的双重景象,还将阐释语言的零散化现象和“根茎美学”等创作手法上的革新,力图以此把握新世纪韩国先锋诗歌的美学特征,并揭示这一征候产生背后的根本原因。

关键词:韩国文学　先锋诗歌　“未来派”　主体分裂　根茎

2005年,韩国评论家权赫雄在《文艺中央》夏季刊发表的评论文章《未来派—— 2005年,年轻的诗人们》意外引发了一场持续两年多的文艺论争,数十名评论家围绕先锋诗歌的解释权展开了激烈的话语权争夺战。他们讨论的对象是一群被权赫雄命名为“未来派”的新锐诗人,其中黄秉承、金经株、陈恩英、李旻河、金敃廷等人尤为突出。“未来派”文艺争鸣作为新世纪唯一一场以当代作品为对象的美学论战,触及了有关诗歌现代性审美本质和未来走向的核心问题,甚至在一定程度上影响了文坛的重组。而随着论战的深入和舆论的推动,更多的新锐诗人被划分为“未来派”,创作实验性诗歌之风愈演愈烈,先锋诗歌逐渐成为韩国新世纪诗歌创作的主流倾向。

新世纪先锋诗歌的美学特质丰富而奇特,游离而分散,“幻象、亚文化、反抒情、主体分裂、隔断、自闭、怪诞、杂糅、语言游戏、晦涩”等评论界给予的标签式解读层出不穷,难以一言蔽之。尽管如此,在其诸多的美学特征中,“主体分裂”的征候及其带来的反抒情创作方法最值得重视,它不断冲破诗歌体裁的边界,促使人们反思诗歌的本体意义。可以说,“主体分裂”所带出的一系列美学内涵和崭新的诗歌创作手法极大地拓展了诗歌的审美疆域。

为了更全面深入地阐述先锋诗歌“主体分裂”的美学特质，本文将先从“抒情与反抒情”的争鸣焦点入手，揭示“抒情自我”的消解和主体分裂的多重性特点。接着以实际作品为例，探讨诗人如何凭借“他者视线下的主体转移”和“时间割裂”两个外化路径来暗示主体的分裂过程；在分裂状态下，诗歌的具体景象又是怎样的“怪诞”和“杂糅”。以此为基础，本文还将进一步阐释先锋诗歌的语言零散化现象和带有“根茎美学”色彩的崭新创作手法。在结论部分，笔者将从韩国社会文化环境和创作主体的代际身份出发，试图诠释主体分裂征候产生的根本原因。

一、争鸣焦点：反抒情与主体的多重性

新世纪韩国先锋诗歌与抒情主义传统之所以背道而驰，在于他们不断打破诗歌的内在有机秩序和舍弃以抒发自我情感为主的传统表现手法。“反抒情”或“去抒情”成为了界定“未来派”诗歌属性的重要尺度，“尽管未来派诗人表现出多样的差异性，但‘去抒情’倾向可以看作是他们这一群体的共同诗歌特征”（金洪宗、沈普善 118）。

在文艺季刊《文艺中央》的大力支持下，新世纪先锋诗歌逐渐引起人们的关注。“未来派”拥护者权赫雄、李长旭、金寿伊等20世纪60年代末出生的少壮派评论家均是《文艺中央》的编委，他们一再强调和肯定先锋诗歌的“反抒情”走向。李长旭第一个站出来宣称“如今不再是抒情的时代，通过以往的抒情言说方式是无法捉摸、听清以及看清当下生活和世界的”（《花儿在丢弃这个世界》70）。他认为以往的抒情诗歌为了建构事物的意义和秩序，人为地忽视了诸多差异性，所以诗歌应该去探索“另一种抒情”。接着金寿伊主张“抒情也在进化”，诗人要“通过主体和语言的微观分化、抽离以及重构等方法创造出新的诗性空间”（13）。而拥护者中最为年轻的评论家申亨澈则更为激进和敏锐地指出，拉康意义上的“主体”原本就是分裂和解构的，诗歌的“抒情自我”只是一个虚构的概念。他认为先锋诗歌应“停止不过是在世

界各个角落再一次重新确认‘我’而已的抒情旅行，要走向探寻‘我’之真实性的非抒情乃至去抒情的旅程”，并断言“通过这一旅程诗人将发现叫作‘主体’的惨不忍睹的废墟”。(114)

这些拥护者所否定的并不是“抒情”的价值和意义，他们否定的是诗歌构建自身世界的有机统一性机理，以及启动并运行这一机理的“自我”的功能和意义。他们宁愿冒着舍弃“抒情”的风险，也要通过以“主体”来代替“自我”，寻觅拉康意义上的“分裂的主体”及其真实。因此从本质上来讲，先锋诗歌倡导的是一种反浪漫、反本质、反逻各斯中心主义和反理性的创作理念。

先锋诗歌及其颠覆性的创作理念招致了多方面的批判。人们认为抒情性不可全盘否定，并警惕若“主体分裂”成为一种修辞方式，先锋诗歌的晦涩和激进的实验性将得以合法化。在“主体分裂”的情境中，没有任何可以依照的客观审美尺度，诗人尽是在自己封闭的主观世界中创造出他人无法走进和知晓的世界。河相一就此坦言，“未来派”诗歌“沉浸于自我封闭的游戏之中，连起码的语言沟通都拒绝参与，又或者说，它们是在试图用费解的密码来组织非逻辑的世界”(45)。除此之外，更有人指责先锋诗歌仅仰仗个人尺度，陷进自闭的利己主义和文学的自恋中不能自拔；(高奉准，《所谓个人的尺度》144—166)也有人劝诫先锋诗歌在表现“感觉”的同时，不应该忘记把“理念”置于作品当中。(朴秀渊 264—274)

不管怎么说，围绕先锋诗歌反抒情特征和“主体分裂”景象而展开的论战引发了一种本体论意义上对现代诗歌体裁的根源性反思，即它启发人们重新思考“诗歌是什么”。通常情况下，“抒情自我”作为叙述主体统御语言、意象、情感、行为、故事等一切意义单位，有机整合诗歌的各种因素，令诗歌指向统一的主题或意境。然而在先锋诗歌里，“抒情自我”相对稳固的同一性视线不复存在，新锐诗人“并不认为必须统合自我的分散状态，在某种意义上，他们接受人的内在分裂现状，并把它视为自然的事情表现在诗歌中”(金南锡 201)。

“主体分裂”的状态在先锋诗歌中可谓随处可见，比如“我在走廊/在自动售货机旁/在公交车上/像喷泉那样散开/散开后/随处渗入”(李长旭，《闲聊》56)。仔细剖析下去,我们还会发现新锐诗人首先发现的是“自我”的虚幻性,而后才逐步认识到主体的多重性和分裂现实。

李昊河的诗歌清晰呈现了这种诗性思维的延伸轨迹。在诗歌《假面游戏》中,诗人表白道:“在他们漫不经心掠过的棺材里/殓藏着我九十九副假面具。//……/**我不过是暂留于此而已。**”(77)如果说假面象征的是人格和自我,那么这一隐喻映射的“自我”只是一种假象。同时,“九十九副假面具”表明“自我”并不是单一的统一体,而是多重的复数集合体。在李昊河的诗歌中,“‘我’像物件那样散落在各处”(高奉准,《一生二,二化多维》58)。正如一个人的表情和人格态度会不断变化一样,我们的自我也在瞬息万变,因此自我只是“暂留于此而已”的瞬间性存在。它并不真实和完整,也并非永远一成不变。

瞬间的和多重的自我,让诗人联想到隐藏在自我背后主体的分裂状态。诗人的佳句“你转身的一瞬间,我射杀了你的一个影子。//你该会变得更加轻盈。”(李昊河,《话题之作》59),通过“影子”的意象指涉出主体的多重性。“影子”不同于“假面”,它象征的并不是人格的外化(自我),而是隐藏在人形背后若隐若现的本体性存在(主体)。影子是多层位的,因此同样地,主体亦具有多层位的特质,并且会因自身带有多重性和难以捕捉的差异性而经常遭到抹杀和消解。另一位先锋诗人金经株同样热衷于探索影子与主体之间的奥秘。

> 嗖的一声!影子掉落了
> 影子里的降雨量,那是生活
> 影子安居在我的生活之外
> 那儿可是水库
> 好想把内窥镜
> 探伸进影子深处(金经株,《水库》112)

在金经株的诗歌中,“影子(主体)”和“我(生活实体)”之间的关系是颠倒的。

对他来说，“我”只是从“影子中分居”出来的分身而已，“在影子的暗角里，我曾是影子的风俗”(《水库》112)。即诗人把实际人生视为是“影子的影子”，却把影子奉为本体的和深不可测的实际存在。而且，诗人要拔起船锚，在意念汹涌的大海上驾驶诗歌的航船投身于主体的探寻之旅中：“生活在影子的岸边/并非是非要哭泣的事情/那不过是在外留宿罢了”，“如果累了，现在/应该解下衣衫，走进影子中去”。(《水库》113)

二、路径：他者视线下的主体转移与时间割裂

主体的多重性不言自明，新锐诗人力图再现主体分裂的实际过程。然而主体本身是无形和无法捕捉的，因此他们退而选择对主体分裂的两个外化路径进行摹写。首先，在暴露于他者视线下，被人任意解读的过程中，主体经常被转移和遗失。李长旭的多首诗歌都揭示了在人与人的交互过程中，主体是如何被他者化，意义是如何被消解的。

我点点滴滴地被传达到你那里
我诞生在我的外部
尽管什么也没有回想
我却消失得分毫不差
走在路上
不知是谁的记忆
掀动我的发丝
行人在围观
我双脚离地的风景。(李长旭，《失踪》83)

很显然诗人意识到所谓完整形象和意义的载体——“我”只存在于他人的视线下，我的意义在视线中不断被他者化和外在化，因此“我诞生在我的外部”。并且在他人视线下的我只能是某个瞬间的我，他人的记忆之所以能够“掀动

我的发丝”是因为曾经的我在他人记忆中留下的影像是头发扬起来的样子。主体的意义被诸多的他者——行人的视线抽空后,当下的我最终“离地”,渐渐在人间蒸发消失。

诗人的另一首诗《扩散》更为细腻地描绘了主体在他人视线下消失的情景。

他飞快地
蒸发了。
尽管无人回望
但就在你和他闲聊之际
他的手腕被擦掉了。
你看着他的手臂消失的一幕
谈起了韩日足球赛最后的点球大战。(李长旭,《扩散》118)

在李长旭的笔下,人与人之间的对话并非是一种沟通,而是“我”从我这里转移到你那里,“你”从你那里转移到我这里的主体转移过程。在他人的视线下,“主体”的内涵和意义都变得无关紧要,主体的所指和能指均消失在“谈话”这一外化行为当中。而且,人们对主体的外在异化和流离已习以为常,能“熟练地扔掉自己的形态”(118)。

其次,先锋诗歌还通过对时间割裂的认知,探索主体分裂的过程。比如,金经株诗歌中的“影像”最能呈现时间对主体的割裂和分化。

若胶卷浸入水中,所有的影像都将会脱落
留存在胶卷中的时间、空间与事物都将飘死在水面
当光线进入胶卷,时间像吸血鬼那般碎散
而当水漫过胶卷,采集在其中的光线将会全部溺亡
在那样的夜里,我梦见相机如恐龙般吞噬胶卷
胶卷鲜血淋漓,慢慢死去
再也不愿拍照,也不愿被拍

因我与以太之间的回忆已遭水灾摧毁

我早已溺亡在与她的合照中

（金经株，《关于莉莉周的一切场域1》93—94）

拍照能留住的只是一个瞬间，因此诗人说“时间在碎散”；而水洗胶卷的时候，能留住的只是那一瞬间中作为场景存在的外在形象，因而时间、空间，以及事物都飘死在其中。相机更是像摄魂的怪物那样，吸走主体的某个时间维度，并抽走其所有的内在性，因此主体被割裂，“鲜血淋漓”。这就难怪诗歌宣告主体的意义“早已溺亡”在曾经的瞬间性外化中。

在金根的《踩影子》里，主体被分裂为十个不同的时间身份——诗人出生时的1973年的“我”、正在写这首诗歌的2005年的“我”、遥远未来的2040年的“我”等。“1973年的我，悄悄地抚摸2000年我的耳根。那还不会伸开的幼指，把2000年的我吓得猛一激灵，赶忙逃奔到1995年的我。”（39）这些不同时间维度上的主体交错在一起，有时相互安慰，有时又相互冲撞，但终归只能都是些不完整的“早产儿”，是走向“墓穴”的逝去中的存在。诗人通过“2005年的我”这一创作主体，暗示诗歌创作只不过是一种“把散落一地的胳膊和腿收拾起来，而后掩埋在自己身上”的自我建构行为，由此诗歌揭示出了自我的虚假性和主体分裂的本真性。

另一方面，黄秉承的诗歌《死产的两颗心》描绘了在不同时间维度上的“我”骨肉相残的冲突场面，内里蕴含着诗人对主体分裂的敏锐见解，即主体分裂必将导致自身意义分解。

在黑暗中，时间像小偷那样

根儿喽、根儿喽，一点一点地消亡

麻雀在饶有兴趣地旁观

直到三十六岁的恶魔走过来指认十二岁的我

（边打嗝）

直到恶魔手持黑刀砍下十二岁的颈脖(黄秉承,《死产的两颗心》108)

时间是偷走瞬间层面上"主体"的小偷,反过来瞬间主体的逝去也导致时间内涵的消亡。随着主体不断在时间维度上流变,三十六岁的我遗忘和背离十二岁的我,这被诗人比喻成一个时间层面上的主体对另一个时间层面上的主体施刑。这是一种双重的抹杀,即不仅抹杀了过去的"主体",而且还因自身历史踪迹的消亡导致当下"主体"的空壳化。

三、主体分裂的景象:怪诞与杂糅

先锋诗歌通过他者视线下的主体转移和时间维度对主体的割裂等两个外化路径,模拟主体分裂的真实过程,其所呈现的景象光怪陆离,是一个充满怪诞和杂糅的世界。

首先,其怪诞性主要体现在身体分解的血腥场景中。

嗞啦嗞啦 当我在烤制我自己的肉香飘起来 众多骸骨和不知部位的骨头争先恐后地凑上前来 铁架上的积血已经烤熟 像颗颗圆匀的血豆腐 肉质变得更有嚼劲的我 用大剪刀将自己一块一块地剪成片来烤制 嘎达嘎达 骸骨下颚张得快要裂开 我把已焦脆熟透的烤肉喂进他们口中 骨头如同抹上精油的象牙般亮滑 我把我自己剪成片烤制的肉块像膏贴一样贴在他们身上 围坐在火堆旁的骸骨和骨头 有的埋首大啖 有的穿戴起我把我自己切成片烤制的肉块 渐渐变胖 长成七岁的、十四岁的、二十岁的、二十七岁的我 他们一个个瞧着我 挥手招呼 是我啊 是我 待以我把我自己剪成片烤制的肉块果腹后 你们打着饱嗝 长成了我 并走进每个房间的相框里 咔嚓咔嚓 留影纪念

(金欧廷,《夜里我把我自己剪成片烤制的风景》88—89)

在这首诗中，主体不仅被时间割裂为“七岁的、十四岁的、二十岁的、二十七岁的”等多个自我，并且还被还原为更加赤裸裸的原形——一堆支离破碎的骸骨和骨头。诗歌描绘的自虐式场景血腥而残忍，“我”手拿大剪刀把自己剪成片，并烧制成烤肉喂养围坐在火堆旁的自身骸骨。尽管这一幕惨不忍睹，但它却象征着一股主体不容他人释义的尊严。在主体分裂的世界中，身体由于不再是“自我”的延伸，身体的统一性和自我的同一性也随之被彻底瓦解，骸骨所象征的只是主体的碎片。身体不再具有人性特点，因此诗人才能够像谈起平常夜晚一道普通不过的风景那样，淡淡地描述身体被分解、食用的场景。同时，诗歌中的“自我”也仅作为“相框里的留影”存在，这意味着“自我”只存在于他者的视线下，身体及其影像成为他者能够把“自我”视线化的有效工具。当我的“身体”被认知为完整的影像时，被赋予情感和意义的他者化过程自然而然地发生。为摆脱他者强加于自身的意象化和意义化，金欧廷通过对主体的物化和分解，使自己的身体零散化为一堆骸骨，并借此拒绝他人对自身的释义，避免成为欲望他者和虚假影像。“去身体化”成为一种有效的策略，尤其是当作为女诗人的她“颠覆人们普遍对女性身体持有的性别幻想”，“摧垮视线的象征秩序”时，她成功“摆脱了他者刻印在自己身体时间维度上的视线”。（李光镐，《诗歌的无政府主义》135）

先锋诗歌普遍通过物化和分解身体来表达主体的非同一性和非人格性特点。李旲河的《幻肢》也以物化了的身体——人体模型为主角，刻画了它在血水四溅的街道上行走的怪诞景象。

> 人体模型转过拐角。空空两袖在飘荡。嘎达嘎达，膝盖骨碰到人行道的地砖时，两侧边角总是应声滑落。路过的行人撕下嫩红的血肉，补贴在人体模型的膝盖骨上。[略]雨丝像藤蔓般扑向了人体模型。人体模型举起双手，想扯去伏贴在脸上的树叶。一双手臂从额头长出，飞散在空中。望着双臂在烟雾般裂解幻化，人体模型转过第三十个拐角。[略]车轮在疾驰，路上血水四溅。人体模

型扭过颈脖回望。众多长着人的正面的人体模型正步伐匆匆。嘎达嘎达，骨头碰击的声音长长地拖曳着地面转过拐角。

（李昊河，《幻肢》110—111）

在诗歌中，行走在街上的人们被设定为“长着人的正面的人体模型”，喻指失去身体感觉、变得像模型那样麻木困倦的现代人。人体模型的双臂从额头伸出并在空中散开，这是物化了的身体在分解的场景。正如李光镐所指出的，《幻肢》中的人体模型没有性别暗示，它是第三人称他者，这象征物化了的身体不再具有性别身份和人格特征，它代言的只是异化的主体。另一方面，诗歌标题“幻肢”喻指主体的虚构性，即“主体在身体上的同一性并不能代表作为实体的本质属性，它只不过是一种（病理上的——引用者）症状而已”（李光镐，《诗歌的无政府主义》137）。先锋诗歌由于认定主体的非实体性，才得以直面主体的分裂，以至于毫无忌惮地演绎如“撕下嫩红的血肉，补贴在人体模型的膝盖骨上”、“双臂在烟雾般裂解幻化”等血淋淋的肢解场面。

事实上，身体在这些诗歌中从来只是作为一种假想的同一性影像被诗人肆意剪接和组合。基于对主体不完整性和分裂现实的确切认知，他们希望借此表明主体的本体景象只不过是分裂后的一些碎片，是意义消解后的某处断墙残瓦而已。先锋诗人热衷于描绘血腥场景，只是意在通过颠覆人们习以为常的阅读习惯和审美标准，冲击人们的伦理和心理底线，向人们呼喊“自我”的虚假性，渴望能借助冲击心灵的诗意去刺激每个个体追寻自我裂缝中隐现的主体的真实。

其次，主体分裂景象也呈现出了身份认同上的杂糅特征。在黄秉承的诗歌中，主体的身份不停地在转移和变化。

我的另一个真身是肛门
但你全然厌恶我的肛门
为了多一点地了解你
我打算撕下嘴唇

叭哒叭哒，用肛门说出，“疼爱我吧”

“羞死人了”，如我这般羞怯的动物
你那里也有一大把
在你的口袋里，你的抽屉深处

恨透羞怯的感觉，因此每当羞怯时
你把明信片写了又改，改了又写
把手腕切去又接上，接上又切去
时而化作仙逝百年的老爷爷，时而又变成姑祖母……
（黄秉承，《出柜》18—19）

“把手腕切去又接上，接上又切去”的血腥自虐行为，其实只是喻指一个人写了又改，改了又写的书写行为。在诗人的认知系统中，书写行为是一种主体的转移过程，即每当写下一行文字，这行文字蕴含的主体内涵也被转移到“一行”当中。同理，抹掉一行文字，等于抹杀这“一行”中包含的那已被外化转移了的主体内涵。主体不断被已发生的行为和时间所割裂，主体的转瞬即逝获得了更加物质化的表现形式——被切掉的手腕。除了书写和涂改过程中的主体转移，这首诗还表达了主体的性倒错现象。正如题目《出柜》所指涉的那样，“我”是一个放弃正面样貌，以“后脑勺”和“肛门”等背面体征来代表自我身份的男同性恋者。这种倒错现象并不止于性别身份，“自我”以同一个主体为宿主，不断被转移为不同身份。“我”不仅从男性身份转换到女性身份，还会在爷爷、姑祖母等身份链上流变切换。更具冲击力的是，诗人指出所有人都深藏着“如我这般羞怯的动物”，并且是“一大把”。这首诗突出了主体内在不稳定的特性，无法以秩序观念来把握的帕托斯（pathos）存在其中。杂糅性是所有主体在身份认同上的普遍特征。

动物性和植物性在主体内部杂糅混居的特性一直是诗人金经株积极探索的诗歌主题。在他的诗歌中，“无论是谁都因与自己最相像的一只动物/而纠结，直到离世”；同时，“植物却在吐出自己内部的动物，直到离世”。（《无论是吐出动物后死去的植物，还是吐出植物后死去的动物》14）对此，姜桂淑指出“任何事物都不能作为完整的植物或完整的动物存在。所有事物既是植物又是动物，是一种杂糅性存在”（166）。细读金经株的诗歌就不难发现“动物”和“植物”均具有特定的含义，从诗句“注视空间所有的动物移民到时间的植物上”（金经株，《使用五个物体囊的自然课堂》47）可以看出，“动物”指涉的是空间维度上的存在，即“此在”的本体，象征主体蕴含的帕托斯、无目的性、原始欲望等分裂性特征；相反，“植物”指涉的是存在的时间维度，即统御和贯通主体的线性“自我”，它一方面象征在成长、变化等时间链上“自我”蕴含的多重性，另一方面其非移动性又象征着“自我”的相对同一性。金经株对主体的认识远比其他诗人更为细腻，他积极探索原本处在分裂和无秩序状态下的主体如何被时间编织为看似同一却又多重的杂糅性存在。在诗人眼里，“这一趟，作为动物来到世上，却拥有自己的墓穴——如同以残缺的哭声来换取植物的帐篷”（《有一天，我们除了哭，无所事事》81）。主体是平铺在空间维度上的动物性存在，但经历时间的旅程后，主体被编织为“自我”——一个同一性存在。“墓穴”让人联想起墓志铭，它是个体历史的标识，指涉生命的最终归宿，更浓缩了主体被命名化、书写化为完整人生的人为建构过程，即获得外在身份的过程。在时间旅程中，主体为了维系自身的完整性，每一刻都要调整自我使其达至稳定的统一状态，主体做出的这一努力和挣扎被诗人比喻成哭泣行为。然而在时间维度上建起的“自我”不断被瞬间割裂和冲散，它是未能完整映射主体的“残缺”成分。由“残缺的哭声”建构起来的自我并非完整的自我，而是由时间维度上肆意滋长的多重主体搭起的神秘帐篷而已。如果说“墓穴”代表的是一个意义外在化的所指世界，那么“帐篷”所象征的则是极其不稳固和不确定的能指世界。

在同一个主体中，男性性与女性性、动物性与植物性、过去与未来混杂在一起，身份认同的杂糅性不断干扰象征价值体系和表意秩序的正常运行。可以说，新世纪韩国先锋诗歌通过怪诞与杂糅的主体景象，向象征域——既定现实世界提出了直接而大胆的挑战，这种干扰和挑战，作为一种文学精神有其积极的一面，其伦理意义值得日后我们再做深入的研究和探讨。

四、美学实验：语言的零散化与根茎美学

先锋诗歌大胆丢弃了“抒情自我”的同一性视角，为揭示主体分裂的现实，在诗歌形式和艺术手法上进行了激进多样的实验。其中直接冲击诗歌传统的实验模式主要有两种，一是诗歌语言组织上的扩散模式，二是叙事结构上的多元模式。

首先，先锋诗人基于对主体分裂的认同，拒绝表意结构上的统一性原理，其诗歌语言呈现出零散化特征，即“年轻诗人的诗歌语言拖沓，对情景的描述甚为冗长。在某种意义上，这种相似语言的重复生产扩展了诗歌的宽度和长度，增加了诗歌的信息容量，使其无限膨胀”（金南锡 194）。

黄秉承、金经株、金敃廷等的诗歌大部分趋于散文化和长篇化。如金经株的诗歌《咕咕噜咕咕咕咕咕咕噜咕咕咕咕》全文五百余字，只由一段长文来组成，连句号也没有；黄秉承的诗歌《跑道与原野上的星星》也长达十页，均由大段长句组成。先锋诗歌的语言模式彻底挣脱了以韵律、含蓄等因素来节制和凝练抒情世界的传统表意系统的牢固束缚，以松散、无节制、直白等因素营造了恣意游纵的诗歌世界。

另一方面，先锋诗歌大都摒弃传统诗歌常用的隐喻性意象，把目光转向了发掘诗句的转喻功能上。一般来讲，隐喻性意象具有高度凝练的象征意义和造境功能，因而有利于诗人建构有机统一的抒情世界。然而先锋诗歌无意将特定意象中心化，也抗拒凝练特定内涵的表意系统。他们倾向的是通过转喻和意象的铺陈，使词汇和语句在诗歌中无限增殖。

> 直到蔷薇的刺划破某个女子的脸腮后晃动 妈妈还没有出生 当有个无所事事的男子走过来轻抚她渗血的伤口时 妈妈出生了 那曾抚摸伤口的手早已不知所踪 但不管怎样 妈妈的名字还是“铭记着某个男子轻抚的手泽、曾被蔷薇的刺划破的某个女子的伤口”我一

些朋友的名字比这还长

（黄秉承，《跑道与原野上的星星》94）

在这首《跑道与原野上的星星》中，“妈妈”只是作为“叔叔、姐姐、哥哥、爸爸、老师、我、奶奶”等多个家庭成员或社会成员中的一分子来被陈述。随着叙述者“我”视线的转移，多个角色意象在快速转换和互指，任何一个成员都未能担当中心意象的角色。“妈妈”起不到隐喻性的象征作用，它转喻为“铭记着某个男子轻抚的手泽、曾被蔷薇的刺划破的某个女子的伤口”，其内涵在生成的同时流失在“男子、手泽、蔷薇、刺、女子、伤口”等多重意象的细缝之间。转喻手法不断在消解意象的表意功能，正如德勒兹和加塔利所言，这种意义转换机制是“节段线爆裂为一条逃逸线”（10）。更为有趣的是，“一些朋友的名字比这还长”，命名的艰难从侧面证明了由单个意象构成的隐喻存在局限性和虚假性，并暗示主体的真实面貌只有在通过转喻呈现的诸多非同质化差异中才能被窥见。

诗歌语言的扩散模式，源于去中心化的创作理念。先锋诗歌不仅以“主体分裂”的现实为描写对象，而且还解构了致力于中心化的表意系统所依赖的根源——叙述主体。语言的零散化一方面瓦解了诗歌的抒情模式，使诗歌语言变得晦涩难懂，另一方面却因其无限增殖的语言组织模式，生成了一个更为丰富广阔的诗意空间。

另外，不少先锋诗歌还拥有多个叙述主体，在叙述结构上呈现出不同于以往的“根茎（Rhizome）”式特点。德勒兹、加塔利在《千高原》中认为除了以二元对立为机理的树状叙述模式和以“次级根的多元体嫁接”以及替补维度为机理的侧根状叙述模式之外，还有第三种叙述模式——根茎状。“根茎”结构打破了统一性原理，具有异质性之间的连接、多元体、非示意的断裂、拼贴式组合等特征。（德勒兹、加塔利 1—34）

黄秉承、金经株等人把异质性的不同主体放置在同一首歌诗歌中，不断转换叙述者，使诗歌发出多种声音。比如，金经株的《关于莉莉周的一切场域1》模拟网络聊天室，多达二十余个的叙述主体以虚拟网名出现，他们之间的聊天内容、网站提示语、上传的照片等异质性因素被随意桥接和拼贴在一起，意义在令人突兀的各种信息和言语组合中不断生成，随即又转换成新的意义或消失在转接中。在黄秉承的诗歌中，这种多个叙述主体的混在更为普遍且方式多样，"黄秉承的故事结构不是树状的，而是根茎状的"（李光镐，《崇高而杂乱无章的坎普》202）。在诗歌《四国》中，"四国"具有"淑女四国"、"绅士淑女四国"、"绅士四国"、"女装男子四国"等不同性别身份，还被分化为"四国"、"原本曾是四国的家伙"、性别倒错之前的"少年"等不同时间维度的主体。诗歌的叙述者和叙事视角更是难以捕捉，一会儿是带有全知视角的客观叙述者，一会儿又变成呐喊"千万不要理我！"的主观叙述者，一会儿化身为从内在视角描写梦境的"我"，一会儿又出现在括号中，从外在视角把目光专注于四国身上。诗歌的叙述视点飘忽不定，分裂的主体道出各自的声音，这些声音杂糅在一起不断生成错综复杂而稍纵即逝的意义。诗歌的根茎式结构营造出"主体分裂"自身的美感，正如诗中一句自白所言，"令人易懂也好，晦涩难懂也好，我所陈述的全是真实，因此/我所有的表白都同样诚挚动人"（黄秉承，《女装男子四国》60）。

在新世纪先锋诗歌中，多元主体发出多样的声音，这些声音未经叙述主体的企划便在逃逸线上生成出新的含义。在韩国现代诗歌史上，先锋诗歌的前卫身影从未消失，而"未来派"诗歌能在诸多实验诗歌风潮之上开辟出全新的诗歌世界，则得益于它所采用的根茎式叙事模式。新世纪先锋诗歌不满足于阐释事物本身，它要生成语言之外的新意义，捕捉闪现在主体裂隙之间的真实域，这是新锐诗人自觉的艺术追求。陈恩英在带有"诗论"性质的诗歌《诗歌荟萃》中主张同一个叙述主体身上混住着五位诗人，他们分别带着患者、勇士、医生、天才和痴人的性格特点。

最后一位
是个胡闹的人
在他裂散的声音里又另外住着五个人
各自饲养着五只

会呸呸地口吐绿沫的鸟儿

鸟儿怀拥着多如自身羽毛的意象

［略］

最后那位是个胡闹的人

以一行笨拙的诗句为地轴，世界开始了陌生的自转

（陈恩英，《诗歌荟萃》44）

"我内里住着五位诗人"，其中第五个诗人又重新分裂为另外五个人，这象征诗人以发出分裂主体的多样声音为自身的天职。"绿色"言语蕴含着丰富的"意象"，五种声音和众多意象混在的陌生化效果中，诗人试图探寻新的世界运行机理。权赫雄据此进一步分析道，只有"通过不断分化这些分裂的声音，世界才得以避免被中心、等级秩序和结构等条条框框歪曲，显现出自身的真相"（《忧郁的五角大楼》126）。

创造多元的叙述主体，以根茎桥接式的手法重置诗歌的发声机制，先锋诗人对常规诗歌世界的改造大刀阔斧，几乎对过去不带一点眷恋。因为与逻各斯中心主义的秩序观念彻底诀别，没有沉重包袱的他们通过形式创新得以大胆地从象征价值体系中解放主体，如精神矍铄的拾荒人一般，各自在满布分裂主体的废墟中找寻遗失的真实"诗性"。

五、结语

如上所述，新世纪韩国先锋诗歌积极探索"主体分裂"的景象，掀起反抒情的形式创新浪潮。"主体分裂"一方面是诗人自觉认同和追求的文学效果，根源于诗人的主观创作态度；另一方面它又是诗歌无意中呈现出的新的美学特质，是审美机制本身客观转换后的产物。李长旭曾指出，"对于现今的许多诗人来说，'解构'和'龟裂'并非是以某种理想状态为前提的缺失状态，它们只是理所当然的生存条件。尤其是，他们没有把解构刻意理解为解构，把

龟裂刻意认知为龟裂”(《花儿在丢弃这个世界》80)。李长旭强调“主体分裂”并非诗人的主观臆想,而是诗人身处新的社会文化境遇下的客观体验。但这一观点遭到了朴大贤的尖锐批评,他认为“把龟裂和解构作为经验事实来感知是很难的”,由于龟裂与解构是在主体的无意识层面中发生,“主体的龟裂与解构并非经验事实,只不过是一种想象而已”。(86)即使诗歌真实呈现出被解构的自我和分裂的主体,我们也无法否认诗歌背后存在着创作主体——诗人,他们自身的文学观念正不断介入诗歌的内在世界中。

无论主体分裂是一种摹写客观体验的美学,还是一种刻意解构主体的想象机制,创作先锋诗歌的新锐诗人确实具备着全新的诗性思维和感受机制,这与韩国社会转型时期的特殊时代语境有着密不可分的关系。自上世纪90年代中期以来,随着世界冷战体系的瓦解和国内军事独裁统治的终结,韩国社会长期艰苦的民主化斗争进入尾声。韩国社会以上世纪60年代以来积累的“产业化”和“近代化”成果为基础,快速将自身编入世界自由市场体系当中,社会各个领域和人们的日常生活在全球化和消费主义的渗透下发生了剧变。这在两方面深刻影响了先锋诗歌的产生和发展。

首先,历经多媒体、网络、大众文化等后现代文化的洗礼,人们对新鲜事物的体验变得空前多样化。他们不难在消费品中找到与自身欲望相对应的感知物,习惯在各自私密的体验领域里沉醉享乐。因此,随着人们的感性世界和感知能力极大限度地拓展和膨胀,人们内心深处的各种欲望未经历理念化和意义化的过滤就直接映射在对象物上,个体碎裂成零散的欲望主体。正如李长旭所说,新锐诗人眼中的解构只是自身所处的自然状态而已。归根到底,先锋诗歌表现出的言语的无限增殖,多元主体的桥接以及令人眼花缭乱的创作技巧等都是对文化多样性和微观化语境的表达和回应。

其次,批判理论本身也在调整和发展以应对新文化现象出现所带来的冲击。在后现代境遇中,人们越来越难以把握生活的方向和意义,早前的社会理念和意识形态等不再是阐释社会文化新现象的有效机制,“去中心”、“去理念”的解构主义理论盛行一时。尤其是当其矛头指向资本主义世界体系这一新的权力中心时,解构主义作为一种批判理论表现出了其积极的一面。人们跟随欲望到处流纵，对被分裂和抽空的自我现状毫不察觉，新锐诗人的创作追求与解构主义的理念融合在一起，通过展现赤裸裸的主体分裂景象来揭露普遍的精神危机，表现出鲜明的警世动机。

除了受到韩国社会转型的影响，新锐诗人独特的代际体验也在根本上造就了他们的文学精神和应对世界的态度。极具破坏力的全新的实验诗歌为什么偏偏出现在这一代诗人身上，是值得细究和探讨的事情。生于上世纪60年代末或70年代初的这一代人所经历的代际体验充满了各种内在矛盾和冲突。事实上，后现代主义境遇下的文化多样化和去理念化等社会转型现象是所有社会成员共同经历着的普遍事实，它并非仅仅作用于"未来派"一代人身上。他们在上世纪80年代末和90年代初进入大学，赶上了民主化斗争的末班车，深受社会批判理念的熏陶和影响。尽管步入社会后，他们面临社会转型，不断被前所未有的外来刺激冲击和洗礼，但他们仍旧自觉地与这狂欢的盛世保持距离，以批判的眼光审视消费主义和后现代文化的内涵与实质。独特的代际体验赋予了这一代人敏感的洞察力和自觉的反思思维，使他们一方面能够敏锐地感知后现代文化带来的崭新体验，一方面又能够独立批判地看待新文化现象。

在韩国，后现代文化是伴随全球化现象一并兴起的，由于它不单是国别问题，因而在一国范围内人们无法找到走出困境的途径。再者，后现代境遇中的消费主义直接刺激人的内在欲望，它已侵入人的无意识领域之中。因此，当代人的异化不能简单地归咎于政治或经济体制，它是复杂无形的社会组织模式和人类生活模式的问题。即使人们感受到人性被强力扭曲和吞噬，也无法再像从前那样，能直接通过激烈的社会斗争方式来改变现状。面对幻灭和无奈，"未来派"一代人能够采用的抗争方式唯有是彻底否定一切现存秩序。他们把矛头指向了一切中心、秩序、象征价值体系以及这些得以构建的"意义化"系统本身，大胆颠覆表意系统，追求表意系统之外存在的赤裸的内在现实，从形成意义的根源即主体自身的分裂中否定现存世界。新锐诗人拒绝有机统一的抒情机制，说明现存的世界本身已不再是抒情的乐土。

虽说以分裂的主体去抗争早已支离破碎的世界终归是一种悖论，但至少先锋诗歌基于对主体分裂的认同,揭露了现实世界虚假的完整性,促使人们去反思自身所处的世界和人类的走向。总之,多样的文化体验和对现存世界的批判精神交织在一起,形成了新世纪韩国先锋诗歌的重要动力。

引用文献

陈恩英:《我们日日夜夜地》,首尔:文学与知性社,2008年。

高奉准:《所谓个人的尺度,或者称之为"我"的自闭的利己主义》,《实践文学》2006年夏季刊。

---:《一生二,二化多维》,《今日的文艺批评》2009年夏季刊。

河相一:《"未来派"的"另一种抒情"》,《抒情的未来与批评的伦理》,首尔:实践文学社,2007年,第34—57页。原载于《爱知》2006年秋季刊。

黄秉承:《女装男子四国》,首尔:兰登书屋韩国,2005年。

---:《跑道与原野上的星星》,首尔:文学与知性社,2007年。

吉尔·德勒兹、菲利克斯·加塔利:《资本主义与精神分裂——千高原(卷2)》,姜宇辉译,上海书店出版社,2010年。

姜桂淑:《弗兰肯斯坦——言语的发生学》,金经株,《奇谈》,首尔:文学与知性社,2008年,第149—168页。

金根:《蛇少年的外出》,坡州:文学村出版社,2005年。

金洪宗、沈普善:《对"对真实的热情"的热情——未来派的诗歌与诗学》,《文化与社会》2008年春夏季刊。

金经株:《奇谈》,首尔:文学与知性社,2008年。

金欧廷:《飞翔的刺猬小姐》,开放园出版社,2005年。

金南锡:《年轻诗人们的意识世界——对宽度的强迫症》,"解释与判断"解释共同体,《2000年代韩国文学的征候》,釜山:山之尼出版社,2007年,第191—212页。

金圣珪:《关于"新"的渴望,以及不变的文学诉求》,《实践文学》2007年春季刊。

金寿伊:《诗,抒情在进化和熄灭的现场》,《文艺中央》2006年夏季刊。

李光镐:《诗歌的无政府主义和分裂症的语言——2000年代的年轻诗人们》,

《如此琐碎的政治性》,首尔:文学与知性社,2006年,第126—137页。

---:《崇高而杂乱无章的坎普》,黄秉承,《跑道与原野上的星星》,首尔:文学与知性社,2007年,第190—212页。

李旻河:《幻肢》,首尔:开放园出版社,2005年。

---:《如音乐,如流言蜚语》,首尔:文学与知性社,2008年。

李长旭:《花儿在丢弃这个世界——另一种抒情》,《创作与批评》2005年夏季刊。

---:《正午的希望曲》,首尔:文学与知性社,2006年。

朴大贤:《"未来派"的想象力和伦理视域》,《今日的文艺批评》2006年秋季刊。

朴秀渊:《感觉的理念》,《抒情诗学》2006年夏季刊。

权赫雄:《未来派—— 2005年,年轻的诗人们》,《文艺中央》2005年春季刊。

---:《忧郁的五角大楼》,陈恩英,《我们日日夜夜地》,首尔:文学与知性社,2008年,第100—134页。

申亨澈:《颠覆"颠覆"的颠覆—— 2000年代韩国诗的新浪潮》,《实践文学》2006年冬季刊。

作者单位:南京大学外国语学院朝鲜语系

从当代美国华裔文学看中华性的悖论

肖　画

内容提要：在全球化时代，"中华性"成为大中华文化圈的核心概念之一，它不仅有利于建构中华文化的积极面，也有效地抵制了东方主义式的偏见。但"中华性"这一概念因其丰富的内涵而增加了阐释的难度，并且在文艺创作中，这一概念也往往呈现出亦正亦反的效果。要谈华裔文学里的"中华性"离不开华裔文学中的身份认同、故事新编、饮食书写、唐人街叙事，而如何在美国文学市场中营销华裔文学也是中华性的一种体现。"中华性"应该如何定义，它给华裔文学带来哪些正面的价值，又产生了哪些负面的影响。"中华性"在华裔文学中形成的悖论有待深入思考。

关键词：中华性　中华文化　华裔文学

"大中华文化圈"的外延与内涵无论如何复杂，"中华性"这一核心概念在其中是必不可少的，它对整个中华文化圈起到了凝聚的作用。自二十世纪七八十年代以来，随着全球化的浪潮，市场化、消费主义、大众传媒等相继而至，"中华性"不再像从前那样相对单纯，而是充满了越来越多的辩证张力，既体现了文化的多样性，也承载了文化的独特性，保持了自身的主体特征。（He 548）"中华性"即中华文化的本质属性，是使华人文化区别于其他种族、民族文化的根本特色。

周蕾在探讨"中华性"的问题时认为，中华文化虽然为建构自身的正面形象对抗西方文化霸权，但同时对一切西方的东西都采取不必要的敌视和不信任感。（Chow 4—6）何成洲先生指出"中华性"是一个非常模糊的概念，难以给出一清二楚的界定，因此总结出"中华性"的四种特征：第一，如周蕾所说，"中华性"是对西方霸权的文化补充，并挑战西方眼中刻板的中国形象；第二，"中华性"的涵义并非一成不变，而是在边缘和中心之间游移；第三，"中华性”既可以是当地的也可以是国际的;第四,“中华性”虽然受到全球化的影响,和国家的意识形态无关,但能够在政策和经济两方面得到政府的大力支持。(He 549)

总体来看,一方面,“中华性”不仅有利于建构中华文化的积极面,而且有效地修正了东方主义式的偏见,但另一方面,“中华性”这一概念因其丰富的内涵而增加了阐释的难度,并且在文艺创作中,这一概念也往往呈现出亦正亦反的效果。正如学者周蕾与何成洲对“中华性”的认识,“中华性”可以挑战西方霸权,塑造华人文化的正面形象,但同时也会暴露自身的缺陷,对东方主义的修正产生过犹不及的效果,这正是本文试图探讨的“中华性”的悖论,这种悖论在美国华裔文学中表现得尤其突出。华裔文学要得到美国主流读者的认同,并在美国经典文学场域中争得一席之地,一直以来阻力重重,从创作到出版深受美国主流文化的宰制。华裔作家应对主流文学市场的压力采取不同的策略,因此大致分成了以赵健秀和汤亭亭为首的两大阵营。“赵汤之争”成为华裔作家应该如何创作的重要参考,而他们之间最大的分歧即在于是否客观表现了华人的传统,是否真实再现了华人的文化,以及是否为了迎合白人读者而歪曲华人的形象,这些争议都可归结为华裔作家应该如何把握“中华性”的问题。当华人经过美国多民族大熔炉的磨合后,“中华性”在华裔作家的笔下由于不同的意识形态、社会结构、文学场域、文化潮流而展现不同的面貌,这一概念表现出的洞见与不见、包容性与排斥性、历时性与共时性以及多样性与特殊性值得我们深入思考。

本文主要以黄哲伦的《蝴蝶君》(1988),赵健秀的《唐老亚》(1991),李建孙的《支那崽》(1994)、《荣誉与责任》(1994),谢耀的《瓷器》(1997),徐宗雄的《美国膝》(1995)等二十世纪八九十年代华裔文学作品为考察对象,探析“中华性”的悖论,即它在同一个主体上表现出的亦正亦反的矛盾性,以及正反两端之间的模糊地带。本文提出与“中华性”相关的四个问题来论证这一概念的悖论性质。

一、身份认同里的中华性

华裔的身份认同是美国华裔文学中的首要议题，尤其对出生、成长于美国的华人后代而言，由于不再像他们的祖辈那样有落叶归根的打算，因此能否融入美国是他们的一个近乎安身立命的问题。尽管美国号称种族大熔炉，美国梦也标榜了人人平等，但种族歧视仍然长期困扰美国的少数族裔。由于华裔（与其他亚裔）自身独特的文化传统，使他们在向白人主流艰难靠近的过程中对自己的身份产生了焦虑——他们渴望成为美国人，但美国政府和主流出于利益考虑，要么将他们斥之为黄祸，要么将他们标榜为模范少数族裔，始终拒绝给予他们平等的权利。

美国这个移民国家的建国神话，让它标榜自己的"民族大熔炉"与"多元文化主义"，这些口号看似公允，实则充满陷阱。美国主流越是宣扬"民主、自由、平等"的美国梦，越是不堪回首当年对黑人、印第安人犯下的种种暴行。"民族大熔炉"把各个弱势族裔的历史一锅煮，企图消融曾经的罪恶，从而开启一扇集体建构美国历史的大门，让白人与弱势族裔的发展史尽可能相互混淆、通用，以似是而非的"情感共鸣"掩盖弱势族裔的"个体控诉"。因此，华人的中华性是华裔文学中必不可少的组成要素，缺乏这种要素，华裔文学则容易被美国主流消声，也无法找到自身的位置。而"多元文化主义"带来的众声喧哗，貌似兼容并蓄的百家争鸣，实则改头换面的霸权回音，它表面乐于接受一切差异，却将负面现象归结为弱势群体自身的局限，暗中为权威掩盖谎言、推卸责任。尤其在后现代解构权威的语境中，华裔文学必须认清"差异"的重要性，对本族裔的身份认同要保持清醒，对"杂糅"不可迷信，中华性因此不可取代。正如黄秀玲所言，若一味追随杂糅的文化，将使弱势族裔更加弱势，杂糅所带来的流动性，将使本处于夹缝中的亚裔无所适从，失去仅有的话语空间。（Wong, "Denationalization Reconsidered" 30）

有鉴于此，1970年代赵建秀等人在编辑亚裔文学选集《哎呀！》时提出了他们的核心概念——"亚裔美国感性"，力图塑造一种既不同于美国白人，也不同于亚洲人的亚裔美国人的特质，以这种独特性为亚裔争取更广阔的发言空间。“亚裔美国感性”正是类似于族裔性的一种概念，这为抵制主流偏见、增强亚裔能见度多有帮助，突显了赵建秀、徐宗雄等人作品中的批判性。但随着全球化范围的扩大与程度的加深，美国的移民政策发生了调整，越来越多的批评家对“亚裔美国感性”的排他性和同构性提出质疑，转而提倡一种异质的、离散的亚裔属性。反对意见之一来自林英敏在1990年代出版的《两个世界之间——华裔女作家》中指出的华裔文学内在的双文化张力，世界之间即意味两岸之间的悬置状态，也意味两岸均有据点，华裔作家在两种文化之间架起一座桥梁，而笔者认为中华性为架起这座沟通东西的桥梁起到了重要的作用。

谢耀（Chay Yew）的戏剧《瓷器》中华裔对白人的一段考问，说明中华性对华人的身份认同与反抗美国主流霸权的作用：

> 你跟其他人一样，安稳地坐在墙的那一边。观察我们。研究我们。看着我们。你从来没有从那一边走过来加入我们，或理解我们。你不想这样做。在你们眼里，我们神秘兮兮。我们是你们感兴趣的歌妓、戴眼镜的会计和牙医，你们当地的中国外卖餐馆。你们的幻想。你们怎么会爬过来与我们为伍？难道你们害怕发现你们其实和我们是一样的？发现我们也有跟你们一样的感情与畏惧？我们怎么这么相像？你和我怎么这么相像？（*Porcelain and A Language of Their Own* 33）

“墙”是种族隔离的隐喻，是区隔“优劣”的屏障，白人不肯也不敢翻墙，更遑论推倒。华人借这堵墙道出了白人最隐秘的心事，《瓷器》借力使力，迫使主流和边缘正视双方深层心理，华裔种种自我贬抑的说辞，其实是用“中华性”折射主流的意识形态与思维模式。当主流用族裔这种微妙的符号将“他者”重重编码，褫夺弱势族裔阐释自我的权利时，一方面树立了自身宰制社会、历史、文化的权威，另一方面却无法控制弱势族裔将这种符号反其道而用之，将主流不欲为人知的黑暗之心层层解码。

中华性固然对华裔的自我认定起到正面作用，但由于它模糊的涵义，有时却使华裔对自己的身份无所适从。徐宗雄（Shawn Wong）的小说《美国膝》开篇质疑了中华性与华人的身份认同之间的关系，让小说主人公雷蒙德对自己的华人身份产生了困惑。

> “雷蒙德，等你老婆的律师跟你办完事之后，你连中国人都做不成了。”
>
> …………
>
> 雷蒙德想知道，一个中国人怎么能做不成中国人，就像一个天主教徒怎么能成为一个丧失信仰的天主教徒。如果达琳把一家人从他身边带走，他就失去了一个中国儿子安守本分的机会，那样他就不再是中国人了吗？（*American Knees* 11）

此处问题的关键是“中华性”，有什么本质性质让华裔称其为华裔？华裔的中华性是可以改变的吗？雷蒙德想象今后如何向别人介绍自己：“嗨，我叫雷蒙德·丁。我曾经是华人，但我身为华人的那一部分留在了我妻子那里。”（*American Knees* 11）雷蒙德心想这是不是最糟糕的文化多元性。

“中华性”是在定义一个族裔的过程中，形成的先入为主、按图索骥的思维模式，还是一个族裔在形塑自我的过程中，呈现的与生俱来、不可替代的本体特质？换言之，“中华性”究竟是在经验层面还是在本体层面，是形而下的抑或形而上的？具体而言，华裔何以称其为华裔，华裔文学凭借什么使之区别于白人文学、黑人文学和其他族裔的文学？如何把握其中的尺度，既不落入虚无的相对主义，也不重复僵化的本质主义？

再看《美国膝》中的另一处情节：

> 在欧若拉公寓前的人行道上，一个亚裔女子迎面朝他走来。她穿着一件T恤，T恤上写着“这是属于亚裔的。你不懂。”她发现他在看她胸前的标语，于是对他笑了笑，好像他看懂了似

的。一阵痛楚向他潮水般涌来，连周遭的空气都满溢着绝望。(*American Knees* 81)

这段情节描写的是雷蒙德和女友欧若拉分手的场景，之所以分手是因为欧若拉不能变成雷蒙德梦想的那种亚裔女人，而欧若拉不能转变的最大原因是她从不考虑自己身上流淌的亚洲人血脉。迎面同胞的微笑转瞬而逝，似乎心有灵犀，又似乎不屑一顾，雷蒙德因为亚裔特性的问题而分手，此刻触景生情，他究竟看懂没有？他是痛感于爱情的破碎，还是绝望于不为人知的隔膜？

那个亚裔女子胸前的标语“这是属于亚裔的。你不懂。”是此处的关键。其实这里的亚裔特性可以替换为“中华性”，那句口号也完全可以改成“这是属于华裔的。你不懂。”那么，什么是属于亚裔的？什么是中华性？中华性对华人的身份认同到底起到多大的作用？此标语是华裔对主流霸权的强烈抗议，还是华裔对边缘处境的无奈反讽？中华性让华裔突显自身的独特性，以个性十足的口号来挑战美国主流的权威，但这种过于鲜明的种族姿态却更加强化了自己和主流之间的差别，给人无法融入社会的印象。这是否印证了周蕾对“中华性”的看法——“中华性”能挑战西方霸权，塑造华人文化的正面形象，但同时也会暴露自身的缺陷，对东方主义的修正产生过犹不及的效果？在《美国膝》中，中华性的确让华裔改变了自身逆来顺受的刻板形象，但华裔也因此自我设限，宣示自身的特立独行，反倒又陷入了美国主流对华裔的偏见中，由此可见中华性对华人的身份认同产生的悖论效果。

另外，中华性固然让华裔文学拓宽了书写空间，让华裔作家凭借中华性让批评的笔触更加犀利、深刻，但同时难免也有画地自限的缺憾，中华性让华裔文学具备白人主流文学所没有的独特风貌，但种种独特性也为华裔文学跻身美国正典设置了重重障碍，因为它在某种程度上改变了“讽喻”式的解读。“人类用语言来指事、表情、达意，然而语言与事物有差异，语言和使用语言者所要表达的意念也可能有差异，于是语言的字面和语言要表达的内容之间……在能指与所指之间，就可能产生差距。讽喻就是在能指与所指之间有明显差异的作品……这类作品在其直接和表面的意义之外还有另一层比喻的意义。”（赵一凡等 126）西方经典文学历经阐释，在不同的时代语境中，超越历史和字面意义，显现出更高深的内涵。比如白人文学中的种种“身份认同”，在主流阐释系统中，不管是作者刻意为之，还是读者有心细读，都认为作者不会就身份写身份，身份绝非作品的主题，而有转喻为各种意义的可能。

然而对华裔文学而言，如上文所分析，其中的“中华性”既可以是华裔作家为凸显自身创作特色所借用的载体和叙述的动力，也可以是美国主流为将弱势族裔文学排挤出经典文学的范围而强加在华裔文学中的密码和屏障。华裔若想解读密码、穿越屏障，挤入经典文学之列难上加难，源于经典在国族建构中的重要地位；如何阐释经典，则不仅关乎本国的文学传统，更与本国的各种权力话语息息相关。一百多年来，美国主流对华裔/亚裔秉持“种族主义的爱与恨”，创造了“傅满洲”与“陈查理”这一邪一正、一恶一善的两种极端华裔男性身份。随着国际环境的改变，华裔要么罪大恶极，要么模范可嘉。但无论好坏，华裔男性都被美国女性化、去性别化，永远无法进入美国白人主流的话语，因此赵健秀等华裔男作家高呼推翻白人霸权，建立本族裔的男性特质与阳刚形象，困难重重。有鉴于此，中华性让华裔文学有可能无法享受到白人经典文学能有的“讽喻”解读，中华性让能指与所指的链条发生了扭曲，尽管能指的对象再广泛，所指的范围却大大缩小，华裔文学的可阐释空间也随之被挤压，其文学价值也就“自然”受人轻视。由此可见中华性给华裔文学带来的悖论效果。

二、故事新编与市场化里的中华性

故事新编是艺术家常用的手法，家喻户晓的传统故事进行改头换面之后，被添加现代性的元素，传达现代人的价值观，以达到古为今用或洋为中用的目的。何成洲以魏明伦和张艺谋对意大利歌剧《图兰朵》的改编为例，探析“中华性”在全球化时代的特点。意大利作曲家普契尼在1920年代改编的《图兰朵》展现的是西方人心目中的东方故事，普契尼为该剧加入的最具中华性的元素是其中的插曲《茉莉花》。时至全球化深入的1990年代，魏明伦为了消除该剧中的东方主义倾向，促进中华文化的传播，将其改编为京剧、川剧、豫剧等中国地方剧种。其后，张艺谋将此剧改编后在故宫首演，创票房佳绩，引起中外观众的广泛关注。综合分析中外艺人对同一部歌剧的改编后，何成洲指出全球化时代对中华性的再现遵循的是去政治化的逻辑，去政治化是意识形态领域和制定国家文化政策的基础。在弱化意识形态和去政治化的进程中，全球化和市场起到了决定性的作用。中国版的《图兰朵》正是在这一全球语境中表现出中华性的复杂之处。

本文的研究对象是当代美国华裔文学，这一领域蕴含的中华性和中国本土文化里的中华性既有类似也有差别。两者的类似之处莫过于市场化对中华性的影响。正如何成洲的分析，《图兰朵》在全球化时代的改编纵然有时间、地点、人员的差别，但基本程式都相差无几，就像普及全球的快餐食品麦当劳那样，无论在哪个地区，都是同一种口味。如此一来，“中华性”可能会失去自身的独特价值，中华文化产品成为受市场化规则操纵的商品，这一点在华裔文学作品的市场营销上表现得尤为突出。大多数华裔文学的封面或封底介绍，无不大力推荐此书出自华裔作家之手，不仅对其文学价值充满了溢美之词，而且不忘强调它独特的东方韵味。凸显华裔的“中华性”对书籍的畅销几乎有立竿见影的效果。中华性仿佛是具有魔力的商标，消费者在消费至上的时代往往是冲着商标而来，中华性在东方主义的商业包装下幻声幻影。

大同小异的商业宣传正是造成了华裔文学在读者（特别是非华裔读者）脑海中的刻板印象。《女勇士》、《喜福会》之类的华裔书写大行其道之后，它们创立的风格被广为复制，华裔文学的写作模式、出版管道与行销理念带给读者一种错觉，认为华裔文学是一种风格明确、格调单一的少数族裔文学。在谙熟出版市场的经纪人的幕后操作下，黄玉雪、谭恩美、黄哲伦等畅销作家，不管他们的初衷是不是想纠正主流臆造的刻板形象，他们反复书写的主题逐渐变成华裔文学的几大母题，如母女关系、父子关系、唐人街叙事，于是母题积淀了浓厚的中华性，形成读者对华裔文学的前理解。谭恩美自《喜福会》之后难以突破，一边倒的中美对比，模式化的母女关系，在说明作者的想象与主流的规范，一时间华裔小说仿佛就是家族叙事与自传书写。

而两者的差别也非常明显。根据何成洲对"中华性"的概括中的第四点，魏明伦、张艺谋等中国大腕改编的《图兰朵》与其他作品虽然受到西方文艺的深刻影响，但也被认为对传播中国优秀文化多有裨益，因此不仅得到政策支持也得到财政保障。但相较于顺应中国文化政策的本土艺术家们，处于美国边缘地位的华裔作家却往往举步维艰，他们对中华传统文化的改编很难引起美国政府的重视，他们或者为了迎合主流读者而让中华性染上东方主义的烙印，或者为了抵抗主流霸权而对中华性赋予极具个性的解释。尽管华裔作家的作品仍处于小众地位，但不乏跻身美国文学正典行列者，如汤亭亭的小说《女勇士》和黄哲伦的戏剧《蝴蝶君》。

由于华裔作家自觉或不自觉地改写中国文化传统或文学经典，故在华裔作家内部因为创作理念不同而引发争论，相互指责对方歪曲中国文化。汤亭亭改写花木兰代父从军的故事，成为《女勇士》的重要情节之一，也正是汤对这一段中国古代故事的改写引起了赵健秀（Frank Chin）的强烈不满。赵对汤的谴责是"篡改历史"：

> 汤亭亭、黄哲伦、谭恩美等第一批少数族裔作家，也是第一批有亚洲人血统的作家，竟然从众所周知的亚洲文学和历史中，挑选最为人熟知的作品，公然对其篡改、伪造。为了让他们的伪造合法，他们不得不伪造所有的亚裔美国历史和文学，并辩称华人移民在美国定居，建立华裔美国后，他们和中国文化日渐疏远，于是有缺失的记忆和新的经验一起产生传统故事的新版本。新版的历史是他们对刻板形象的贡献。（*The Big Aiiieeeee!* 3）

赵健秀认为《女勇士》中最明显的"伪造"当属花木兰身上的刺青，汤亭亭将原本在岳飞背上的刺青用在花木兰身上。赵认为汤亭亭等人在自传和自传小说中篡改历史，完全就是破坏历史和文学。为还原历史，赵引用了《木兰诗二首》，告诉读者一个真实的花木兰，说明后世所有关于花木兰的小说和故事都来源于这两首诗，在这两首诗里不存在男性对女性的控制，没有厌女症，木兰身上也没有文身。但紧接其后，赵说木兰诗的结尾是儒家理想的婚姻，儒家认为不论男人还是女人，生来都是战士，无论你的职业是什么，你都是一位战士，生活就是战争，所有的关系都是军事关系，婚姻也是军事联盟。（*The Big Aiiieeeee!* 4—6）对于对儒家略知一二的读者来说，赵的这种见解实在匪夷所思，以赵对中国文化的了解，也就难怪他在后文中将一切从事自传写作的华裔作家统统斥之为伪，更将矛头指向了孙中山和胡适，对胡适在《三十自传》[①]中以基督徒自况深表不满，甚至对华裔美国人这一称谓都有所非议。（Chin, *The Big Aiiieeeee!* 11）但赵健秀的大张挞伐毕竟事出有因。2001年，《哎呀！》和《大哎呀！》的编者之一徐宗雄在接受采访时坦言，当时的言行多出于策略，《大哎呀！》的诞生缘于《哎呀！》少有问津，原本五百页的长序出于考虑被大量删减，他们的惊世骇俗非本性使然，而是期待有心人来证明他们其实错了。（“A Conversation with Shawn Wong” 159）

故事新编古今中外皆然，实乃文学创作之一大宗，任何创作者都心知肚明，赵健秀攻击汤亭亭的篡改和伪造，与其说出自对中国传统文化的维护，不如说是以激进的策略引起话题，吸引更多读者参与其中。“改写传统”绝非“赵汤之争”的本意，因为赵健秀本人也有过故事新编。

《唐老亚》是一部寻父之作，赵健秀为小说主角华裔少年“唐老亚”设置了四位父亲，两位是现实中的，两位是虚构中的，梁山泊的李逵是其中之一。唐老亚在除夕夜偷了一架木制模型飞机，飞机在旧金山唐人街的屋顶上飞行，燃烧，而这架飞机的名字就叫“黑旋风”，恰好是李逵的绰号。赵笔下的李逵“肌肉隆起，每一根神经都翻腾着愤怒。这个战斧怪物喜欢光着膀子冲进战场，浑身血迹杀出战场，一手握一把血淋淋的斧头”（*Donald Duk* 159）。杀气腾腾的李逵正是赵吹捧、美化的男子汉的代表，于是乎，赵对亚裔男性阳刚气质的膜拜，是以白人霸权的残酷为底蕴。李逵出现在唐老亚的梦里，对他说：“我吃下了我死去的母亲的肉，我是唯一一个这样做的人，因为我很饿，我知道她爱我。”（*Donald Duk* 159）李逵食母明显是赵对《水浒传》的篡改，

---

① 胡适只有《四十自述》，没有《三十自传》，可见赵对中国传统和现代文学也并未比汤亭亭知之更多。

原著中的李逵是个孝子,母亲是被老虎吃掉的。在赵改写传统的潜意识深处,潜藏着父权制的暴虐,他借用阳刚到邪性的男性形象,鄙视汤亭亭、黄哲伦等人笔下的柔弱男性,却透露出对男子气概认同的反讽:一方面,显示了对阳刚形象的不切实际的追求;另一方面,这种追求暗示了真实与理想之间的鸿沟,能否成功恢复男性阳刚气质尚有疑问。由此可见,赵健秀也未必忠实于中国传统文化,而是根据自己的需要肆意修改。

黄哲伦根据"蝴蝶夫人"的传说改编成的戏剧《蝴蝶君》,和中国导演改编《图兰朵》有近似之处。《蝴蝶夫人》同样是普契尼的作品,讲的是日本女子乔乔桑与美国海军军官平克尔顿婚后独守空房,等来的却是美国丈夫的背弃,乔乔桑以自杀了结尘缘。这出戏剧的东方主义色彩过于浓厚,东方代表着阴柔、卑微与弱势,而西方代表着阳刚、尊贵与强势,历来受到赵健秀一派的华裔作家的猛烈抨击。黄哲伦将这个故事反其道而行之,尽管大肆渲染了中国文化里的神秘色彩,但结局彻底扭转了东西方的关系。《蝴蝶君》体现出"中华性"颠覆西方霸权、从边缘到中心的流动特征。

《蝴蝶君》描述的是一个法国外交官与一名反串的中国戏剧演员之间的故事,对东方文化一知半解的法国人加利马尔爱上了东方气息浓厚的宋丽伶,不料因泄露情报被捕,而指证他的正是男扮女装的宋丽伶,加利马尔在狱中幻灭后自杀。该剧充分使用了中国的戏剧元素,神秘而华丽的东方色彩反映了中华性的难以言喻的特色,正是这种特色戳穿了西方的东方主义想象,颠覆了弗洛伊德对"恋物癖"的定义。在西方男性唯我独尊的阳具特权叙述里,东方男性屈居为肛门的替代品,阳刚的对立面,"永远不能成为完整的男人",种族等同性别即在于此。弗洛伊德的"恋物癖"是指由于早年目睹女性的差异(没有阴茎)而心受创伤的男性,日后窃取女性的贴身穿戴或私闺用品来填补。《蝴蝶君》中的同性爱欲改写了弗洛伊德的"恋物癖":白人外交官与东方歌伶厮磨日久,竟未察觉其中蹊跷?问题之一在于这位白人并非阳刚十足的西方男性,无缘西方女性的芳心,因此在西方强势语境中备受挫折的他,对东方歌剧的性别反串究竟是蒙在鼓里还是佯装不知?介乎此,弗洛伊德的"恋物癖"被翻转,渗透进白人东方主义的意识,积淀成一种自然而然的心理机制，种族歧视与性别歧视的一大源头即在于此，于是乎东方男性永远不能成为完整的男性。然而故事结尾加利马尔发现，他痴迷的蝴蝶夫人不是别人正是自己（“我的名字叫勒内·加利马尔——又名蝴蝶夫人”），遂以匕首了结此生，而宋丽伶此时以阳刚帅气的男性形象登场，此剧的颠覆意图再明显不过。

笔者以为《蝴蝶君》模拟乾坤颠倒的性别反串，动摇了西方逻辑推理、实证自居的特权话语。性别的混淆、身体的暧昧、欲望的模糊，暗示了身份的游移、认同的焦虑与属性的莫名。西方白人文学当然不乏这样的先例，巴尔扎克的《撒哈辛》即为一例。然而《蝴蝶君》因“东方主义”的介入而别有不同，华裔的性别不是在西方人的据理求证中确定，而是在想象他者中臆造，可知后果之荒谬。有鉴于此，弱势族裔有权质疑弗洛伊德心理分析等西方主流话语，所向披靡的“东方主义”亦到了该自身反省的时候。另一个问题是，同样是普契尼的歌剧，中国导演魏明伦、张艺谋选择的是《图兰朵》，而华裔作家黄哲伦选择的却是《蝴蝶夫人》，这种选择上的差异说明了什么？“中华性”在中国与在美国对各自的艺术家而言究竟有什么不同的作用？

三、饮食书写里的中华性

中国饮食文化历史悠久，菜系品种繁多，即使移植到美国，华人饮食仍然远远胜过当地。精致美味的粤式点心不仅成为华人餐饮的代表作，高档的中餐馆更是美国人宴请贵宾的首选。但华人饮食却涉及华人性别，原因在于19世纪华人男性初来美国通常只有两种职业，一是开洗衣店，二是开餐馆，而这两行都被认为是女性从事的职业，因此华人的性别在美国主流文化中被“阉割”（针对这种性别霸权，赵健秀特地在《唐老亚》中创造了一位阳刚气质的华人男性厨师）。中国传统菜肴在异国他乡生根，为了适应西方人的口味，如何改造才能在国际化的需求中尽可能保持原本的风味，使之既不失本土特色又符合国际标准，这本身就是全球化时代“中华性”的一种特征。那么华裔文学中的饮食书写如何体现中华性的悖论？

汤亭亭、赵健秀两人的创作理念与再现策略虽然针锋相对，但当双方的笔触一旦涉及“饮食”，两人同时变成个中老手，从古中国烹饪的匪夷所思，到唐人街餐饮的中西合璧，下笔细腻琐碎，描述变幻离奇，虽不免自我东方主义之嫌，却能以最世俗的方式为美国主流社会接受，成就少数族裔文学的独特风貌。华裔文学从草创到繁荣，饮食向来是其中的显著标志。然而在西方学界，饮食研究一直被认为含金量过低，不被重视。可是当阅读华裔文学乃至亚裔文学的时候，我们的注意力往往被充溢其间的饮食书写所占据，吃在形而上与形而下的层面都是沟通内与外的绝佳途径，个人的饮食习惯是判断种族背景、生长环境的重要依据，饮食研究因此成为华裔文学研究的首要课题。

最早系统研究该问题的是黄秀玲，她在《阅读亚裔美国文学：从需要到奢华》一书中强调“语境”和“互文”的重要性，试图建构起亚裔美国文学的文本联盟。该书一方面将金惠经的专著《亚裔美国文学作品介绍与社会脉络》和林英敏、林玉英的论文选编《阅读亚裔美国文学》加以对比，不仅重申、论证亚美文学的合法性，更建立了一套切实可行的批评框架；另一方面是对汤亭亭研究的深入与扩展，将《女勇士》中“需要”和“奢华”的角力视为文学创作的传统主题，用以凸显一种理想的亚美行为准则。该书细读亚裔文学中对各种食物的描写，将食物解读为与社会、文化、经济、宗教等共生的表意系统。

循着黄秀玲的研究方向，我们可以说黄玉雪的《华女阿五》是从饥饿的角度探讨中华性的生成。为了迎合美国读者对中国家庭的猎奇心理，黄玉雪试图将两代人的性别、文化冲突同时用家庭戏剧的形式予以表现，而故事的中心正是黄与父亲的关系，父亲对黄玉雪的成长起到了重要作用。童年的黄玉雪在父亲的教导下，学习如何“反刍”人生的意义，“吃”因此具有现实和比喻的双重含义。

黄玉雪（Jade Snow Wong）的祖辈从前在中国开了一家米店，因此黄玉雪的父亲将米视为华人生活和身份的中心。当黄玉雪只有六岁的时候，她就开始学习如何淘米做饭，但教她的人不是母亲，而是父亲。

> 淘米淘得好是煮好米饭的第一步,这也是每一个中国女子必须掌握的。当黄玉雪长到六岁,父亲抱她站在厨房水槽前的凳子上,手把手教她怎样淘米,这是关键的第一步,父亲也为能亲自教女儿而感到欣慰。(*Fifth Chinese Daughter* 57)

此处须注意的是,教黄玉雪做家务活的是父亲而不是母亲,这和中国"男主外、女主内"的传统有别,父亲闯入了女性空间,偏离了传统父权制,作者如此安排当然有现实的依据,男性华裔在美国早期被迫从事烹饪、洗衣等女性劳动,黄玉雪的父亲教她做饭也就不足为奇。不过,《华女阿五》成书于1950年代,父亲的这种举动也许会加深美国主流对男性华裔的成见,日后赵健秀为了纠正白人主流对弱势族裔的性别偏见,当然要猛烈抨击这种"迎合白人口味"的书写策略。

买米的时候,经过再三选择、商量,黄玉雪的父亲说:

> 有什么比我们拿来当主食,一天吃两餐的米饭更重要的呢?……不管米有多贵,我们最好买下来,把其他的开销节省一些。就这样定了——我们就买这种最贵的米。(*Fifth Chinese Daughter* 60)

米在黄玉雪的童年成为最贵重的商品,在耳濡目染之下,米成为黄玉雪进入美国华人文化的关键媒介,其后中美不同的饮食种类和烹饪方式伴随黄玉雪的成长。

尽管华人饮食对华裔的成长、华裔文学的素材选取如此重要,但我们要问,非华裔文学不可以写华人饮食吗?在主流文学中,华裔饮食一定沾染了东方主义的猎奇目光么?华裔饮食书写只是一种载体,华裔或非华裔借由这一载体要表达何种诉求,这一载体对华裔文学文本的建构起到何种作用,背后的叙述欲望才是区别族裔性的标准。

为弄清饮食书写背后的叙述欲望,不妨参看徐文英(音译)的著作《吃的属性》,这是一本以华裔饮食为视角的华裔文学研究专著。如果说黄秀玲对食物的研究更多的是为了考察亚裔如何在经济和文化上幸免于美国白人霸权的宰制,彰显社会学与文化研究的价值,重在对食物与社会之间的关系做经验主义式的阐释,相较之下,徐的研究"野心"变小了,但也更见文本批评的深度了。徐揭示食物、烹饪和吃的方式如何因应种族、性别、阶级、离散而塑造亚裔的身份认同,用"吃的属性"扩充了安德森"想象的共同体",即在边界、主权与手足之情以外,想象一个共同体还应将"饮食"纳入其中。烹饪是由生到熟的过程,从野蛮到文明的过渡,自疏离到融合的转化,对亚裔主体性尤为关键。

赵健秀一心要为华裔男性重塑男子汉形象,一方面对抗美国白人主流的父权制,另一方面开拓华裔自己的父权论述空间,建构阳刚气质的途径之一是叙述华裔的饮食传统。在小说《唐老亚》中,赵健秀将男性气概的营造置入饮食的书写当中,华裔少年唐老亚的父亲的厨房在小说中反复出现,成为思考父权的重要场所。几经赵健秀的渲染,唐父的厨艺变成"武术表演",赵借此宣告,即使是白人眼中女性化的劳动也能成为男性化的壮举,"锅碗瓢盆"也能在华裔铁汉手中化作"刀枪剑戟"。和黄玉雪截然相反,赵健秀将所有女子气的痕迹从唐父的厨房里铲除殆尽,煎炒烹炸——有了武术和战争的隐喻。"他(唐父——笔者注)点燃一支香,捏在右手中,左手握住右手,像功夫片里的一名剑客和另一名剑客狭路相逢。"(*Donald Duk* 65)这位华裔父亲足以颠覆以往孱弱、温顺、女性化的刻板形象,为华裔自身的父权开辟了新的话语空间。

这里饮食描述中的父亲形象如此光明正大,那边饮食书写中的父亲却如此神秘莫测。在莫翔青(Timothy Mo)的小说《猴王》中,读者会读到一种也许是华人世界特有的喂食方式。小说主角华莱士是中葡混血儿,他第一次随华人女友来岳父家做客,在餐桌上见识到华人阿妈如何给小孩喂食:

> 阿妈首先从盘子里舀一点食物送进自己嘴里,然后慢慢地、细细地咀嚼,直到完全嚼烂为止。之后,阿妈用舌尖抵着门牙,一点点把嚼烂的食物弄成一只小球,再瘪着嘴把小球吐到塑胶匙上,接着把这

咀嚼彻底的营养小球喂到孩子口里。(*The Monkey King* 12)

小说描述华莱士看到如此饮食,简直不知道说什么好。华莱士虽然有一半洋人的血统,但他无权无势,初来乍到,高高在上的华人岳父和等级森严的家庭秩序都给了他深刻印象,让他感受到华人权势家庭的父权制如此威严神秘。此时甫进深宅大院的华莱士孤立无助、地位卑微,在层层威压的父权制面前暂时丧失了自己的意志,此情此景,他觉得自己似乎就是那个嗷嗷待哺的孩子,没有摄入任何(食物的、财富的、地位的)营养的能力。这位整个家族的衣食父母精打细算,他的权威如同幽灵无处不在,将各种权力集于一身;仆人对每个家庭成员的种种分别对待,无非是在执行岳父大人的旨意。

饮食习惯对身份认同至关重要,食物不仅是历史与文化语境的产物,同时也反作用于历史与文化语境。换言之,当食物成为权力的象征、美学的实践、社群的仪式、意识形态或身份认同的诉求,食物不再只是一种锦上添花的修辞,无法自外于文本的建构与解读,食物也就对文本结构起到了逻辑推动的作用,尤其对于少数族裔文学意义重大。华裔文学如此讲究口腹之娱、物质细节的丰富或重复,既难逃自我异国情调化的诟病,也难说不是以微妙的反讽来对抗主流文学微言大义式的诠释模式,更是否暗示了感官的满足与肉身的成长才是实践各种意识形态最切实可行的途径?艾丽西亚的结论值得三思:"假如想对华裔文化的生长轨迹与发展历程做出既真实又连贯的叙述,华裔文学必须谨慎处理食物在文本中扮演的角色。"(Otano 215—226)

四、唐人街叙事里的中华性

由于中华性是华裔文学中的一种显性符号,从作者创作到市场营销,从读者接受到学院研究,构成解读华裔文学的核心密码,既展开了与其他元素(诸如性别、政治、文化)对话的空间,也难免默认了这些元素(由某些思维定势看来)"理所当然"应该具有的独特内涵。我们不妨以华裔文学中的"唐人街书写"为例说明中华性的悖论。唐人街和华人饮食一样中西杂糅,既体现了中国本土的建筑风格，也融入了美国的文化符号。唐人街是西方人眼中的中国模型，是西方人了解华人族裔性的窗口，也是华人宣告中华性的管道。唐人街重组回忆，具象乡愁，不仅落实西方读者的异国情调，而且是驱使华裔作家谋篇布局的叙述动力。就土生土长的华裔作家而言，他们很难了解本真的中国，想象可说是他们感知中国性的途径之一，而在白人文化围堵下的唐人街几乎成为他们唯一可身临其境的已然异化的中国，唐人街应因不同的眼光而产生相异的解读，因此在唐人街的叙述中，是对东方主义保持警醒，还是不知不觉间自我东方主义化，成了一大问题。能否用中华性抵抗东方主义的目光，打破默认元素的桎梏，是对所有华裔作家的挑战。

赵健秀在戏剧《龙年》中，描绘唐人街的华人导游向白人游客的宣传，以反讽的语气辛辣嘲讽了东方主义的看客心态。油嘴滑舌的华人导游语出惊人，吊足了西方看客猎奇东方的胃口，而且从赵健秀的立场来看，这种大量串烧中国元素的做法，将白人眼中的中华性一一戏仿，表面迎合主流品味，其实是暗中嘲笑、解构美国主流的文化霸权。但果真能达到赵健秀的初衷吗？弱势族裔的戏仿果真能撼动主流强势的地位吗？其实很难。

黄秀玲（Sau-ling Cynthia Wong）的文章《族裔主题、族裔符号及复原再现之困难：部分华裔文学中的唐人街》堪称该类问题研究的佳作。黄研究赵健秀、谭恩美、伍慧明等人的小说，提出一个问题，即这些华裔作家如何在小说中再现唐人街？唐人街里的华人被贬损为“他者”，言行举止受到预先规训，一方面唐人街叙事显示出与美国主流历史的合谋关系，在东方主义的眼光中，唐人街里的华人整体淡出，每个独立的个人都被简化为他者的标本，抽空了个性与内在属性；另一方面，某些唐人街华人以自己的外来者身份为资本，靠敷衍、编造东方特色为生，取悦西方的猎奇目光，久而久之，面具化身为面孔，因此华裔的主体性在他者再现与自我再现中终被抹杀。

黄秀玲进一步分析“看与被看”的关系，当华人作为“被看者”反观作为“看者”的白人，由于他们受制于白人的主宰，他们的“看”并不具有与白人同等的权力。早期华裔适用于这种“看与被看”的模式，二者区别明显，同时发生但不会交迭。然而，对华裔后代来说，因为各方面的进展，“看与被看”

不再那么单纯，二者相互交错，彼此试探，形成新的观照。如何确定唐人街叙述里的中华性？如何在承认唐人街毕竟不是中国的前提下，又不落入异国情调的圈套？黄秀玲参考刘戴维的“偷窃符号”的概念，说明每位立志要真实再现唐人街的华裔作家，无论他们是否为出版而写作，他们越是积极使用各种中华文化符号，反而越是营造出一种异国文化大观。反之，若淡化处理，所谓真实的再现又从何谈起？赵健秀的小说从来不乏唐人街的描述，他熟谙这里的点点滴滴，对各种显示异国情调的符码烂熟于心，然而吊诡的是，这一文化局内人铺陈符号的过程已丧失了初衷，较西方局外人有过之而无不及。唐人街叙事内蕴否定的辩证，殊难解决，这正是中华性的悖论所在。从中我们可以看出华裔文学创作的两难：当华裔作家闭口不谈时，读者无法理解华裔；当华裔作家畅所欲言时，读者又不免对华裔产生误解。因为这一两难，华裔在美国各个族群的位置，华裔文学在美国文学版图的位置，都难以界定。华裔能否成为真正的美国人，华裔文学能否进入美国文学正典，二者到底能否抵达美国的核心，可能依然是个谜。

五、结语

本文从身份认同、故事新编与市场化、饮食书写、唐人街叙事四个方面探讨中华性对华裔文学构成的悖论效果，行文至此已做了大致粗略的探讨。但分属两个极端的利与弊，都来源于同一主体，因此二者所形成的张力才更值得反复思辨。究其实，中华性在华裔文学的创作、出版、接受等环节中，所带来的利与弊并没有绝对的界限，应因不同的时间、场合、语境，利弊之间的相互转换正是中华性的微妙之处。种种微妙即种种待解之谜，华裔文学从边缘到经典之路亦因此谜团重生。

引用文献

Chin, Frank. *Donald Duk*. Minneapolis: Coffee House Press, 1991.

---, Jeffery Paul Chan, Lawson Fusao Inada, and Shawn Wong, eds. *Aiiieeeee!: An Anthology of Asian American Writers*. Mentor Printing, 1991.

---, Jeffery Paul Chan, Lawson Fusao Inada, and Shawn Wong, eds. *The Big Aiiieeeee!: An Anthology of Chinese American and Japanese American Literature*. New York: Meridian-Penguin, 1991.

Chow, Rey. "On Chineseness as a Theoretical Problem." *Boundary 2* 25.3 (1998): 4-6.

He, Chengzhou. "The Ambiguities of Chineseness and the Dispute over the Homecoming of Turandot." *Comparative Literature Studies* 49.4 (2012): 547-564.

Mo, Timothy. *The Monkey King*. London: Andre Deutsch, 1978.

Otano, Alicia. "Rituals of Mothering: Food and Intercultural Identity in Gus Lee's *China Boy*." *Asian American Literature in the International Context: Readings on Fiction, Poetry, and Performance*. Ed. Rocio G. Davis and Sami Ludwig. Hamburg: Lit, 2002. 215-226.

Wong, Jade Snow. *Fifth Chinese Daughter*. University of Washington, 1989.

Wong, Sau-ling Cynthia. "Denationalization Reconsidered: Asian American Cultural Criticism at a Theoretical Crossroads." *Amerasia Journal* 21.1 & 2 (1995): 1-27.

---. "Ethnic Subject, Ethnic Sign, and the Difficulty of Rehabilitative Representation: Chinatown in Some Works of Chinese American Fiction." *The Yearbook of English Studies* 24 (1994): 251-262.

Wong, Shawn. *American Knees*. Simon & Schuster, 1995.

---, and Jeffrey F. L. Partridge. "A Conversation with Shawn Wong." *MELUS* 29. 3/4 (2004): 91-102.

Yew, Chay. *Porcelain and A Language of Their Own*. Grove Press, 1997.

赵一凡、张中载、李德恩主编:《西方文论关键词》,北京:外语教学与研究出版社,2006年。

作者单位:中南财经政法大学新闻与文化传播学院中文系

美国“9·11文学”研究的进展与述评

但汉松

内容提要：近五年来，英美学界的“9·11文学”研究已呈现蓬勃发展的态势。本文着重考察了这段时期国外同类研究的主要视角、方法和论点，并从“归零地”叙事、后殖民批判与叙事伦理这三个角度归纳并阐释当前已有研究的内部争鸣。在对这些研究成果的差异性和分歧点进行分析梳理后，本文试图提炼“9·11文学”研究的方法论上亟须反思和商榷的几个核心议题，并为未来的研究走向提出一些看法。

关键词：“9·11文学”　创伤　后殖民　叙事伦理

2011年是西方学界“9·11文学”研究的关键一年。这一年出版了两部相关的专著，分别是理查德·格雷（Richard Gray）的《倒塌之后：“9·11”之后的美国文学》（*After the Fall: American Literature Since 9/11*）和马丁·兰达尔（Martin Randall）的《“9·11”和恐怖文学》（*9/11 and the Literature of Terror*）。同年，美国权威学术期刊《现代小说研究》（*Modern Fiction Studies*）推出了“9·11文学”的秋季刊专号，刊登了八篇学术论文，从不同角度集中研讨了这一事件对于新世纪文学和批评理论的深远影响。在十周年前夕，维罗尼克·布拉加德（Véronique Bragard）等人还主编出版了论文集《描绘“9·11”：论漫画、文学、电影和戏剧中的再现》（*Portraying 9/11: Essays on Representations in Comics, Literature, Film and Theatre*）。此后两年，同类的研究继续跟进。2012年分别出版了伊娃·科瓦尔（Ewa Kowal）的专著《早期“后9·11”小说中的图像事件：2001年9月11日以后关于恐怖的文学再现》（*The Image-event in the Early Post-9/11 Novel: Literary Representations of Terror After September 11, 2011*）、乔治安娜·巴里塔（Georgiana Banita）

的专著《谋划正义："9·11"以后的叙事伦理和文学文化》（*Plotting Justice: Narrative Ethics and Literary Culture After 9/11*）以及台湾学者廖培真（Pei-chen Liao）的专著《"后9·11"南亚离散小说：神秘的恐怖》（*"Post"-9/11 South Asian Diasporic Fiction: Uncanny Terror*）。2013年，安·克尼斯顿（Ann Keniston）等人主编的论文集《"9·11"以后的文学》（*Literature After 9/11*）出版，进一步凸显了这个学术话题的火热。

当然，这倒不是说之前的"9·11文学"研究完全处于失语状态，而是说在相关性、系统性和论争性上，近三年出现了较明显的进展。2011年之前，直接针对"9·11小说"这个特定文类的研究以期刊论文居多，专著并不多见，代表性的成果仅有克里斯蒂安·韦尔思鲁伊斯（Kristiaan Versluys）的《突如其来：9月11日和小说》（*Out of the Blue: September 11 and the Novel*）、阿瑟·布拉德利（Arthur Bradley）的《新无神主义小说：虚构、哲学和"9·11"以后的论争》（*The New Atheist Novel: Fiction, Philosophy and Polemic After 9/11*）和北德克萨斯大学的学术期刊《小说研究》（*Studies in the Novel*）在2004年秋季刊的专号"恐怖主义和后现代小说"（"Terrorism and the Postmodern Novel"）。在"9·11"以后，此领域的研究更多地是延续了文学与暴力、恐怖主义和创伤的已有研究范式，基地组织恐怖袭击恰好印证了这类文学研究的预见性。这里最有影响的著作，也许是玛格丽特·斯坎兰（Margaret Scanlan）出版于"9·11"恐怖袭击当年的《谋划恐怖：当代虚构中的小说家和恐怖主义者》（*Plotting Terror: Novelists and Terrorists in Contemporary Fiction*）。需要指出，斯坎兰的研究完成于2001年之前，主要考察的是1979年到1998年当代小说中涉及文化冲突、暴力、政治和大众媒体的议题，所讨论的作家主要是拉什迪、德里罗、莱辛、罗斯和库切等。这部原本并不显眼的专著因为"9·11"事件而获得广泛关注，巴里塔等人的书名甚至可以说是对这部专著的某种影射。紧随其后的是弗兰克·伦屈齐亚（Frank Lentricchia）的《艺术之罪和恐怖》（*Crimes of Art and Terror*）和特里·伊格尔顿（Terry Eagleton）的《神圣的恐怖》（*Holy Terror*）。和斯坎兰不同，这两位学者已无法绕开"后9·11"的思想文化语境去谈论文学与恐怖的关系。在文本分析上他们依旧未针对“9·11”后出版的小说，而是将恐怖和暴力与文学的关系放在浪漫主义的传统中进行追溯。

为什么西方学界针对“9·11文学”的专门研究会出现如此明显的滞后呢？一个似乎不言自明的原因是，与西方知识分子针对“9·11”事件的迅速反应不同，文学评论家所依赖的研究对象是文学文本，只有当“9·11小说”成规模地出现，才可能对之展开专门的研究。对通俗的类型小说（如间谍小说、政治惊悚小说等）而言，“9·11”是一个绝好的题材，它几乎融合了政治、阴谋、暴力、恐怖等全部的类型小说流行元素。事实上，恐怖分子劫持飞机袭击美国的情节早在2001年之前就已在汤姆·克兰西（Tom Clancy）这样的畅销书作家的书中预演过。但是，此类流行大众读物鱼龙混杂，它们很难撑得起“9·11小说”这样一个独立的文学类别，更难以获得学院派文学评论家们的青睐。真正意义上的“9·11小说”——如果我们坚持高眉文学和低眉文学的划分的话——其实姗姗来迟。笔者此处只是开列一个不完全的清单，但基本上涵盖了目前较有分量的“9·11小说”作品：法国作家弗雷德里克·博格比德（Frédéric Beigbeder）的《世界之窗》（*Windows on the World*, 2003）、哈立德·胡赛尼（Khaled Hosseini）的《追风筝的人》（*The Kite Runner*, 2003）、阿特·斯皮格尔曼（Art Spiegelman）的绘图小说《在无楼的阴影下》（*In the Shadow of No Towers*, 2004）、菲利普·罗斯（Philip Roth）的《反美阴谋》（*The Plot Against America*, 2004）、乔纳森·萨弗兰·福尔（Jonathan Safran Foer）的《特别响，非常近》（*Extremely Loud and Incredibly Close*, 2005）、萨尔曼·拉什迪（Salman Rushdie）的《小丑萨利玛》（*Shalimar the Clown*, 2005）、伊恩·麦克尤恩（Ian McEwan）的《星期六》（*Saturday*, 2005）、丽恩·莎农·舒瓦茨（Lynne Sharon Schwartz）的《墙上书》（*The Writing on the Wall*, 2005）、杰斯·沃特斯（Jess Waters）的《零》（*The Zero*, 2006）、肯·卡尔福斯（Ken Kalfus）的《这个国家特有的混乱》（*A Disorder Peculiar to the Country*, 2006）、约翰·厄普代克（John Updike）的《恐怖分子》（*Terrorist*, 2006）、杰伊·麦金纳尼（Jay McInerney）的《美好生活》（*The Good Life*, 2006）、克莱尔·马苏德（Claire Messud）的《帝王的孩子》（*The Emperor's Children*,

2006)、雷诺兹·普莱斯(Reynolds Price)的《好牧师的儿子》(*The Good Priest's Son*, 2006)、莫欣·哈米德(Mohsin Hamid)的《拉合尔茶馆的陌生人》(*The Reluctant Fundamentalist*, 2007)、唐·德里罗(Don DeLillo)的《坠落之人》(*Falling Man*, 2007)、乔瑟夫·奥尼尔(Joseph O'Neill)的《地之国》(*Netherland*, 2008)、科伦·麦凯恩(Colum McCann)的《转吧,这伟大的世界》(*Let the Great World Spin*, 2009)、埃米·瓦尔德曼(Amy Waldman)的《屈服》(*The Submission*, 2011)和托马斯·品钦(Thomas Pynchon)的《放血尖端》(*Bleeding Edge*, 2013)。

这些作品有的来自文坛名宿(如厄普代克、罗斯、品钦、德里罗等),有的则是出自新晋作家(如胡赛尼、福尔、麦凯恩、瓦尔德曼等)之手。其中,沃特斯的《零》和卡尔福斯的《这个国家特有的混乱》是首次获得"国家图书奖"提名的两部"9·11小说",此时距离恐怖袭击已经过去了五年。直到2009年,美国的最高文学奖才首次颁发给了"9·11小说",这部作品就是麦凯恩的《转吧,这伟大的世界》。评论界对这些作品褒贬不一,抱怨关于"9·11"的伟大主题小说迟迟未诞生,甚至认为"就算是其中最出色的小说,也不过是泛泛而谈"(Miller)。不仅如此,针对"9·11小说"的已有研究也还存在着选题失衡的现象——部分作品被过度讨论,而其他作品则乏人问津。在《现代小说研究》为2011年秋季专刊组稿时,编辑部共收到七十篇论文,其中专论德里罗的《坠落之人》就有十四篇之多,而研究福尔的《特别响,非常近》的有十二篇。(Duvall and Marzec 394)

以文学的特有方式面对、思考、阐释和再现"9·11"事件,是当代美国小说家责无旁贷的使命,但此类小说创作的困难和评论的失衡却体现了"9·11文学"本身的某种内在矛盾与困境。首先,"9·11小说"的可写性一直受到广泛的讨论与质疑,它既涉及小说美学自身的限度问题,也关乎人们对这种小说的伦理审查。与战后"大屠杀文学"(或"见证文学")面临的处境相似,关于"9·11"的虚构文学作品是要去再现一个民族所遭受的巨大历史创伤,而这种人类极限境遇的事件本身具有某种不可言说性和不可再现性。让文学为双子塔中的遇难者做见证,这似乎如同在奥斯维辛之后写诗一样值得商権。即使当小说的虚构对象是那些纽约恐怖袭击的幸存者时，小说家依然需要谨记“创伤研究”的一个法则，即创伤是拒绝言说的，因此小说只能言说这种“不可言说性”。而在“后9·11”时代，美国保守主义更是认为“归零地”具有某种纯粹的严肃性，它足以终结后现代的反讽。（Rosenblatt）“9·11小说”就和其他体裁的艺术形式（如电影和戏剧）一样，被认为不能真正触及那些在燃烧的高楼中等待死亡的悲剧核心，虚构的艺术再现于是变成了对这种巨大严肃性的一种轻薄。但对于那些一直批判“美国例外主义”和“爱国主义正确”的西方左翼知识分子来说，“9·11小说”对于纽约这个悲情城市的过度渲染构成了另一种伦理不公，“因为我们一直说‘9·11’遇难者的死亡意义更加重大，[其他人的]死亡就显得微不足道了吗？”（Miller）

其次，“9·11文学”本身的定义也存在颇多争议。虽然“9·11小说”这样的术语常见诸类媒体，亚马逊网上书店也专辟了此类小说的目录，但对于什么是真正的“9·11小说”，学术界并没有统一的认识。如果按照一种宽泛的定义，将所有在作品中提及纽约恐怖袭击或反恐战争的小说都归入“9·11小说”之列，那么我们将面临这样一种评论的尴尬：在很多作品中“9·11”仅是一个点缀性的存在，它要么只是蜻蜓点水地被作为时代背景提及（如保罗·奥斯特的《布鲁克林的荒唐事》），要么以含沙射影的方式出现在小说中无足轻重的段落里（如珍妮弗·伊根的《恶棍来访》）。如果以是否提及或暗示“9·11”来作为定义标准，“9·11小说”将成为过度泛化的文学类别而失去单独讨论的意义。而与此同时，部分未提及此事件或故事背景与之相距甚远的作品，却因为其主题与恐怖主义暴力的相关性而被认为是小说家对“9·11”事件的一种曲折性再现（如罗斯的《反美阴谋》和麦卡锡的《路》）。尽管小说家公开否认自己的作品是对于“后9·11”时代的寓言化表达，但评论家却坚持认为，这种“去9·11化”的“9·11小说”恰恰体现了作者对此事件的政治态度和美学主张。巴里塔甚至认为，“时至今日，对那个事件完全不做任何批评审视的当代文学作品是根本无法想象的”（Banita 12）。

“9·11小说”创作和研究中的这种困难，其实深刻对应于这个重大历史事件本身的复杂性和多义性。德里达认为人们在谈论“9·11”时“并不知道自己说的是什么”（qtd. in Gray 5），这个饱含争议和隐喻的事件构成了新世纪一个宏大问题域的中心点，以此轴射出各种复杂深远的思想议题。以乔姆斯基、詹明信、赛义德等为代表的左翼知识分子认为“恐怖主义”实际上是一种政治建构，它服务于美国意识形态和中东政治的需要，主张追问“9·11”的前历史与美国自身的责任。阿甘本则从施密特的“例外状态”和福柯的“生命政治”出发，以“牲人”（homo sacer）这一独特的政治哲学概念来批判“反恐战争”和《爱国者法案》对法律的悬置和对生命的侵犯。齐泽克和鲍德里亚则反对亨廷顿的“文明冲突”论，将“9·11”归咎于全球化世界市场与基于种族、宗教、民族和语言的特殊主义之间的冲突，是全球化进程中的“他者”以死亡为象征性武器，进行人类学意义上的抗争。因此，可以说当代西方思想界围绕“9·11”所谈论的，绝不仅仅是基地组织与美国霸权主义孰是孰非的问题，而是早已借此引申到关于生命、死亡、语言的限度、影像政治、新无神论、日常生活、暴力、恐怖主义、国家主权、公民不服从、全球化正义等一系列相关而发散的议题。也许十几年后，人们对于双子塔燃烧和倒塌的噩梦已逐渐消退，但“9·11”之后触发的全球反恐战争却持续地发酵，从阿富汗和伊拉克蔓延到世界各个角落，从真实的战场进入虚拟的互联网空间，成为这个时代日常生活中无可摆脱的语境。毫不夸张地说，“9·11”之后世界的一切已经变得不同，今天无论是思想的话语还是文学的虚构，都很难真正摆脱“后9·11”时代的影响。

“9·11文学”研究当然无意成为西方左右思想交锋的附庸，它研究的对象并非这一事件本身，而是对这个事件的再现（representation）。当然，这种研究对象的间离并不意味着“9·11文学”研究可以摆脱思想的语境。恰恰相反，正是因为西方知识分子对“9·11”的争论和阐释，这个事件的意义才逐渐摆脱简单的爱国与悲悼的范畴，得以在历史的连续体中得以深刻呈现，并影响到小说家对于“9·11”的文学虚构和文学评论家对“9·11小说”的价值判断。总体来说，当前国外的研究可分为以下三类：第一，以韦尔思鲁伊斯、考夫曼（Linda S. Kauffman）和卡普兰（E. Ann Kaplan）等人为代表的创伤研究，他们将“9·11”与战争文学、犹太大屠杀见证文学中的创伤传统结合起来，考察政治空间下暴力和恐怖对人性的戕害和自我疗救的可能；第二，以巴里塔、伦屈齐亚和斯坎兰等人为代表的艺术与恐怖—暴力的历史研究，他们将恐怖—暴力与文学的关系放在浪漫主义和20世纪暴力史的传统中进行追溯，认为艺术家自我想象的原型正是集暴力与反叛于一身的“路西法”（Lucifer），面对现代性的“大恶”（即对人类个体性的剥夺与异化），艺术家需要以暴力方式突破规则，以实现对社会政治的介入和影响；第三，以兰达尔和格雷为代表的后殖民式研究，从跨国主义和伦理批评的角度反思“9·11文学”的再现问题，批判以美国创伤为主要视角的灾难叙事模式，呼吁将纽约“归零地”置换为多国族、多宗教和多文化的小说叙事，以去中心化和混杂性的文学想象帮助各国读者更好地认识文化“他者”。

笔者将以近年来三本“9·11文学”研究专著为例，更为具体地讨论以上三种研究范式的异同和观点交锋。比利时学者韦尔思鲁伊斯的《突如其来：9月11日和小说》在很大程度上是对卡普兰等人的“创伤研究”模式的一次批判性总结。作者梳理了创伤与叙事的基本关系，指出“9·11”是“一个极限事件，它粉碎了文化中的象征之源，打垮了意义生成和语义学的正常过程”（Versluys 2），因此被认为是“语言边界之外的”创伤性事件。但“9·11”事件的创伤效果一方面阻隔了语言的意指功能，另一方面个体却需要凭借叙述（narrative）和指号过程（semiosis）来寻求创伤的治愈。所以，“9·11小说”的创伤叙事就不仅仅是一种再现，而变成了一种治疗的文本，它旨在通过讲述来缓解焦虑，甚至修复创伤所导致的语言断链。（Versluys 5）而且，作为一次“被全球见证和分享的间接体验”，“9·11”事件所导致的创伤亦是全球性的，所有人都“需要去理解、去解释和去恢复”。（Versluys 6）韦尔思鲁伊斯认为，这种创伤的巨大性和受众的普通性带来了“9·11”叙事的一个悖论，即这种创伤叙事的聚焦点必须极小，必须施加于日常生活中的平凡个体，由此才能用语言来讲述最大范围的灾难。（Versluys 12）“9·11小说”由此成为了一种提喻式想象，曼哈顿的那次灾难是日常生活中的断裂事件，它帮助普通人意识到家庭和信仰的可贵。作者认为，这类“爱国主义或基督教复兴题材的‘9·11小说’，虽然销售量巨大，但文学价值上却乏善可陈”（Versluys

18）。为了避免这种将“9·11”的悲剧性叙述为一种“缺乏真正悲悼的胜利主义”，韦尔思鲁伊斯建议小说家去谋求一种“诗学伦理转向”（poethic turn），即让诗学与伦理学合二为一，既在小说中充分表现出对语言本身限度的自省，同时对“9·11”中的那些“他者”做出一种“补偿性想象”。（Versluys 13—14）书中以斯皮格尔曼的《在无楼的阴影下》和福尔的《特别响，非常近》为例分析了语言在“9·11”事件中的叙事限度，并将厄普代克的《恐怖分子》奉为诗学伦理转向中实现“他者”视角的典范之作。

如果说韦尔思鲁伊斯还只是停留在“创伤理论”的框架内，批判性地总结了“9·11小说”中“创伤书写”的得与失，那么英国学者格雷的《倒塌之后：“9·11”之后的美国文学》则以更为战斗的姿态提出了“何为好的‘9·11小说’”的问题，从而将“9·11”文学与后殖民批评理论结合了起来。格雷首先区别了悲悼（mourning）和忧郁（melancholia），指出美国社会主流对于“9·11”的反应是属于病态的后者，而在悲悼中体现出了一种政治上的失败。（Gray 9）他认为美国作家对于“9·11”的书写也显得过于沉溺于一种讲述“不可能的讲述”的悖论美学中。格雷尖锐批评了德里罗的《坠落之人》和福尔的《特别响，非常近》，认为它们坠入了“私人化”和“家庭化”的陷阱，给读者带来了一种“想象力的麻痹”（Gray 22）。格雷断言，“只有混杂（the hybrid）才是唯一可能的空间，从而让不同文化真正进入，让对创伤的见证真正得以发生。这样的小说拒绝沉默的挑战，它们运用的话语是真正地混交而成，具有过渡性，从而可以颠覆主流评论中的对立性语言，如我们和他们，西方和东方，基督教和穆斯林”（Gray 14）。作者的观点已经非常明确，他认为理想的“9·11小说”就应该是各种文化、族裔的声音交汇和争鸣的场所，麦金纳尼《美好生活》的失败就在于未能提供这样一种多元化的视角。格雷借用霍米·巴巴关于“民族是一种叙事”的看法，认为“9·11小说”应该努力去拥抱混杂性，解构二元对立，让“9·11”中凸显的文化身份冲突变为一种操演和竞争。（Gray 39）在这种后殖民理论的规定性（prescriptive）批评模式下，“9·11小说”的价值首要体现在叙事视角背后的政治立场，因而《恐怖分子》、《地之国》和《拉合尔茶馆的陌生人》等小说就成为了“9·11文学”的范本。

近年来“9·11文学”研究的第三个案例，是澳大利亚学者巴里塔的《谋划正义：“9·11”以后的叙事伦理和文学文化》。这本书从叙事伦理的视角出发，也许在更大程度上呼应了韦尔思鲁伊斯倡导的“诗学伦理转向”，并同时避免了格雷对“9·11小说”过于政治化的解读策略。与后殖民批评所强调的跨文化、跨宗教的他者维度不同，该书作者试图从历史的维度去寻找和建构“9·11小说”叙事的伦理。巴里塔首先认为，主流的“9·11”叙事的最大弊端是缺乏历史和政治的语境，尤其是忽略了冷战结束这一坐标性事件，而创伤理论又过于关注个人经历的历时传递，忽视了集体认同问题，未能继承本雅明和阿多诺的批评理论中的历史意识。（Banita 3）巴里塔之所以强调小说家应该像德里罗、品钦和莫里森那样在90年代苏联解体之后走向历史维度的虚构写作（如《地下世界》和《梅森和迪克逊》），是因为“知晓历史的可能性”对于当下灾难的记忆或见证都异常重要。（Banita 4）“9·11小说”应该以寓言式历史叙事将全球化带来的文化政治霸权视为现当代历史创伤的根源，以奥斯维辛、广岛和“9·11”为轴线，揭示国家权力和启蒙理性中的结构性野蛮。跳脱历史经验教训进行的“9·11”叙事，只会带来多元文化主义的衰微和宗派主义（sectarianism）的重新崛起，这在本质上其实是一个伦理问题。巴里塔还注意到，早期“9·11文学”研究缺乏理论性，针对的仅仅是一些描述日常生活创伤的作品，所以她建议引入多萝西·J. 黑尔（Dorothy J. Hale）的文学伦理学批评。（Banita 21）众所周知，文学伦理学的第一大流派是玛莎·努斯鲍姆（Martha Nussbaum）创立的，她相信文学阅读是为了获取适用于文学文本之外世界的价值观和伦理规范；第二种文学伦理学的代表人物是J. 希利斯·米勒（J. Hillis Miller），他认为文学有着文本内部自给自足的伦理规范，这种文本内部的伦理，更多地指向对于文本复杂性和异质性的一种遵从。巴里塔认为，“9·11小说”深刻地浸润于历史现实中，它必然同时体现了努斯鲍姆和米勒这两种不同范式的文学伦理，而黑尔的新伦理学非常合适于阐释“9·11文学”，因为它既呼吁读者在阅读之外的政治行动，也强调文本内部的社会价值的建构。这种伦理价值的取向，其实是一种对于知识霸权的怀疑，对于认知不确定性的拥抱。《谋划正义》的核心观点是文学伦理学

"对他者意识的激发"（the Otherness provocation），但巴里塔意识到仅仅在小说虚构中培养对于阿拉伯裔美国人的好感是肤浅而无效的，这种伦理指向的他者生产应该是认识论层面的。难能可贵的是，巴里塔并非单纯挪用黑尔的新文学伦理学观点，而是认为应超越詹姆斯小说式的伦理（这种伦理无须明确声明，只需要读者或小说人物去停止对他者进行决断），应该在"后9·11小说"中去实践这种伦理，这其中包括在认识论上对自我的设限，以及对我们带有偏见的他者认知的反省和补救。

通过比较分析韦尔思鲁伊斯、格雷和巴里塔的研究，我们可以基本勾勒出目前"9·11文学"的一些基本方向和分歧所在。韦尔思鲁伊斯抓住了创伤叙事和创伤研究在"9·11文学"中的流弊，但他对于"诗学伦理转向"却仍然没能在叙事格调和美学意义上解释"9·11小说"有别于大屠杀见证文学的特殊性，这恐怕也是他所倍加推崇的《恐怖分子》被大多数文学评论家视为厄普代克最失败作品的原因。格雷突破了美国"9·11小说"批评的一些禁忌，大胆指出已有"9·11小说"的失败多半是一种政治失败，可是仅仅用多元文化或移民视角去讲述"9·11"就可以避免创伤式"9·11小说"的温情泛滥吗？事实上，《追风筝的人》和《拉哈尔茶馆的陌生人》代表的是另一种"家庭化"倾向，剔除它们与《美好生活》的视角之差，前者在小说美学上的开拓并不多。巴里塔的研究似乎避免了前面两个学者的问题，以带有社会实践性的文学伦理来取代后殖民批评的身份政治，同时又强调这种理论建构只是针对"9·11文学"的一种路径尝试。事实上，"9·11文学"研究的这种分歧和矛盾体现了这个文学范畴本身的不稳定性，"9·11"本身的意义也仍然在今天不断地变化和生成中，对此事件进行历史性反思恐怕需要长时间的沉淀。正是因为如此，我们不应该以规定性的批评来指定何为"好的'9·11小说'"，而要以更为兼收并蓄的心态来看待和评价"9·11文学"的发展，既观照它与战后见证文学和创伤文学之间的历史关联，同时更看重它自身特有的思想文化语境，提炼这个文学类别处于发展和形成之中的形式美学和主题特征。同时，笔者也反对以单一的创伤文学或后殖民批判的视角来审视"9·11小说"，像朗西埃那样不把政治定义为权力的体系或话语的控制，而是从"可感范畴的分配”上视之为不同逻辑话语间的协商和对抗，从而消解传统上政治与审美的对立。由此，我们才可以从文本外部的社会历史空间和内部的语言审美空间同时切入，探究“后9·11”时代文学与政治的对话可能。

引用文献

Banita, Georgiana. *Plotting Justice: Narrative Ethics and Literary Culture After 9/11*. University of Nebraska Press, 2012.

Bradley, Arthur. *The New Atheist Novel: Fiction, Philosophy and Polemic After 9/11*. Continuum, 2010.

Duvall, John N., and Robert P. Marzec. "Narrating 9/11." *MFS* 57.3 (2011): 381-400.

Gray, Richard. *After the Fall: American Literature Since 9/11*. Mal-den, MA: Wiley, 2011.

Keniston, Ann, and Jeanne Follansbee Quinn. *Literature After 9/11*. London: Routledge, 2013.

Miller, Laura. "Why We Haven't Seen a Great 9/11 Novel." Sept. 2011. Salon.com. 21 Feb. 2014 < http://www.salon.com/2011/09/10/9_11_and_the_novel/>.

Randall, Martin. *9/11 and the Literature of Terror*. Edinburgh: Edinburgh University Press, 2011.

Rosenblatt, Roger. "The Age of Irony Comes to an End." Sept. 2001. *Time*. 21 Feb. 2014 < http://www.time.com/time/covers/1101010924/esroger.html>.

Versluys, Kristiaan. *Out of the Blue: September 11 and the Novel*. New York: Columbia University Press, 2009.

作者单位：南京大学外国语学院英语系

殖民象征文明？
——浅析多丽丝·莱辛"太空小说"的殖民主义主题

陶淑琴

内容提要：英国著名女作家多丽丝·莱辛的"太空小说"是她重要的文学创作之一，这个系列小说塑造了正面的殖民帝国形象，描绘了积极的殖民者形象。这些殖民者在殖民地的身份，有些是无私的援助者与拯救者，有些是传授知识文化的教育者。小说描绘这些殖民者进行的殖民活动是以自然法则为基础，殖民地被殖民的命运是历史发展的必然趋势。这些书写，美化了殖民者及殖民活动，也暴露了作者莱辛的殖民主义思想。

关键词：多丽丝·莱辛　太空小说　殖民主义

1970年代后期到1980年代前期，英国当代著名女作家多丽丝·莱辛（Doris Lessing, 1919—2013）完成了极重要的文学创作转型实验，推出了系列科幻小说"太空小说"。"太空小说"由五部既相对独立又相互联系的小说组成，总题名为《南船星系中的老人星座：档案》（*Canopus in Argos: Archives*）。第一部《关于：沦为殖民地的五号行星——什卡斯塔》（*Re: Colonised Planet 5, Shikasta*, 1979）讲述殖民地行星什卡斯塔陷于绝境时，老人星殖民者给它提供了极其重要的援助，帮助它走出困境。第二部《三四五区间的联姻》（*The Marriages between Zones Three, Four and Five*, 1980）讲述殖民地三四五区各不相同的发展。三区完全服从宗主国老人星殖民帝国的统治管理，获得了最好的发展，而四五区抗拒老人星的谕令，陷入了落后与野蛮的社会状态。后来，在老人星的命令下，又发生了三区对四区的殖民，四区对五区的殖民。第三部《天狼星试验》（*The Sirian Experiments: The Report by Ambien II, of the Five*, 1980）描述天狼星殖民帝国与老人星殖民帝国不同的殖民统治，天狼星帝国发生重大的社会危机，突出了老人星殖民统治模式的“必需性”与“神圣性”。第四部《八号行星代表履职记》（*The Making of the Representative for Planet 8*, 1982）描写殖民地八号行星自然环境恶化及其后果。由于宇宙间星际关系的微妙改变，殖民地八号行星自然环境极度恶化，不适宜人类生存，老人星派出使者耶和尔去拯救他们。最后一部《伏令王国中多愁善感的使者们》（*The Sentimental Agents in the Volyen Empire*, 1983）讲述帝国伏令的政治动乱与经济危机。伏令帝国发生了政治动乱与经济危机，老人星帝国的殖民地代理人克洛瑞西带领学生去援助他们，最终帮助他们恢复了秩序，发展了生产。

皇皇五部巨著，皆以殖民为主题。小说中，莱辛刻画了仁慈无私的殖民者（老人星人）和公正民主的殖民者（天狼星人），他们在宇宙中进行殖民扩张与殖民统治，目的是帮助各殖民地行星发展，提供各种各样必要的物质援助与精神支持。虽然经历过挫折与失败，但是他们始终坚持为殖民地人民排忧解难，甚至达到了舍身忘我的高尚境界。这种书写为殖民活动戴上一顶崇高的帽子，把殖民活动的本质描绘为传播文明，充分暴露了莱辛的殖民主义思想。

一、殖民者是援助者与拯救者？

借殖民地人民之口神化殖民者及殖民统治，是欧洲殖民书写的惯例，从15、16世纪的传教士到18、19世纪的人类学家，莫不如此。在英国早期经济学家的著作中，就已经明确宣称，殖民主帝国不仅不能从殖民地得到任何好处，得不到任何物质上的利益，相反还得为殖民地人民付出许多人财物力：“英国移民，对于母国的国防和行政费用，从来没有什么贡献。反之，迄今卫护他们所需的费用，几乎全部由母国支付。”（斯密 145）为了开发殖民地，殖民主母国须进行大量的投资，帮助殖民地发展与进步：“英国蔗糖殖民地改良及开垦的资本，却有大部分来自英国，并不全部是土地和殖民地人民劳动的生产物。英国蔗糖殖民地繁荣的主要原因，是英国财富充溢，一部分流到

（如果我可以这样说）此等殖民地。”（斯密 159）这样的看法延续了很久，并最终形成了固见：殖民主帝国建立殖民地，是承担了一份不该有的责任与负担；而殖民的目的，是为了传播文明，拯救落后。

在小说《三四五区间的联姻》中，三区援助四区的叙事，表达了如下的判断：三区富裕先进，四区贫穷落后，因此三区愿意援助四区，而四区也需要三区的援助。三区承诺对四区提供无私的免费援助：“我会告诉你我所知道的每一件事。尽我所能来帮助你。我会做你的朋友。以我的一切。我向你承诺。”（莱辛，《三四五》89）三区向四区提供援助的方式是联姻：三区女王“下嫁”给四区国王，通过三区女王的文明行为，感染四区国王，再经由国王带动全国人民走向文明进步。为了表达三区对四区的“援助”是无私的，叙述者表述，在援助四区的过程中，三区遭受了损失，“很显然，每个人都认为在某种程度上，我和本恩艾塔的婚姻与我们区的衰落有关”（莱辛，《三四五》117）。四区的国王最初出于直觉和本能，对三区的援助持抗拒态度，接着因实力不足而无奈接受了三区的援助，“他深深明白，在特定的常规中，他在理解力上有相当大的缺陷，并且确定各种知识储备都很不足”（莱辛，《三四五》92）。他感到“爱丽伊斯对于他是多么宝贵的思想、经验的财富”（莱辛，《三四五》285）。最后，他毫无保留地接受三区的“好意”：“他确实心甘情愿，他已经对即将到来的一切无比认同。”（莱辛，《三四五》94）受到了文明的洗礼之后，四区的人们感觉非常自卑，“她们受到了强烈的打击，她们被痛苦地击垮了。即使拿四区可以期望达到的程度来比，与这儿也还是相差了好几百年。是时间的差距，是再怎么赶也赶不上的时间差距”（莱辛，《三四五》309）。四区的歌谣中，作者对三区的比喻很有意思：明亮的远方，快乐之地，天际，圣地，等等。作者毫不隐讳地把三区当作天堂来描写，并把这一理念强加于殖民地人民头上，借殖民地人民之口自夸殖民者的伟大。

在殖民主义书写中，殖民者无一例外还有一个身份：仁慈的“救世者”。这类文本往往宣扬殖民者给殖民地人民带去的“普世价值观”，亚当·斯密曾说：“这些殖民地应当把它们富有积极进取心的建设者所受的教育与他们所以具有伟大眼光归功于欧洲政策。”（161）直到当代，英国人仍固执地认同殖民主义:“帝国体现了英国人的典型品质。人们常常认为这些品质是男子汉气概、英勇无畏和纪律性强,不过还包括自我牺牲精神和对别人无私奉献。”(马歇尔 7)莱辛的小说重复着这样的固见。考虑到三区援助四区的方式是婚姻,那么婚姻的结晶——三区女王所生的小孩就具有象征意义。小说中,三区女王为四区国王生了一个儿子,尽管此前四区国王已经有了多个儿子,但三区女王的儿子却后来居上,获得了王位继承权。从文化意义上看,这一叙事实则表明了殖民及其后果:外来势力取代了传统势力,一举获得了正统地位。很显然,三区女王在四区产下的婴儿是一个文化象征,是殖民地被迫接受了新文化模式的后果。小说中,四区人民相信这个小孩将是他们的拯救者,“都相信这个孩子有朝一日会拯救她们,并且拯救整个王国”(莱辛,《三四五》231)。随着殖民的进一步深化,四区渐渐走上了三区的发展道路,四区国王决定按照三区女王的方式管理自己的国家,以实现富强和文明。拯救的概念在下面的情节中表现得尤为充分:当四区的女人们踏上三区的土地时,她们竟然拥有一种结束漂泊终于回家的感觉,“流放以后,回家的感觉”(莱辛,《三四五》305)。

在“太空小说”其他几个文本中,莱辛也表达了殖民活动是提供援助与拯救的伟大义举。“我努力去教授本土人中那些显得更聪明些的人,教他们有关老人星的知识,以及他们应该怎样做才能把萨麦特加在他们身上的力量限制到最小。”(Lessing, *Shikasta* 70)在由殖民者书写的文本中,殖民地人民是殖民活动的受益者而不是受害者:“我教他们——或者再教他们——园艺和农业。我教他们驯养一种羊似的动物,这动物能给他们提供奶,我示范给他们看,怎样制作黄油和奶酪。……所有这些技术,我正在教给这些生物。”(Lessing, *Shikasta* 70)

但是三区对四区的援助与拯救本质如何,细加分析就可以得出正确的结论。既然三区四区的关系建立在女王和国王的婚姻基础上,那么认清女王和国王的关系,就能明白三区和四区关系的本质。四区国王“深深地害怕,害怕她极有可能会驾驭他。而她,看着这个公牛一般强大的军人,看着他的头发在沐浴后紧贴在头上,内心里她非常欣喜于自己能够驾驭他”(莱辛,

《三四五》97）。由此可知，三区四区真实的关系是驾驭与被驾驭，而不是援助与友好。为了更好地驾驭，三区女王使用了一些策略，其一就是承诺援助的美丽谎言："她明白这些完全是必要的。这一类表白，她从来没有在自己的国家里尝试过，也从未想象过其必要性。"（莱辛，《三四五》89）谎言的效果很好，四区人民感动了："现在她看到黛比俊美的黑眼睛里溢满了泪水，而后从她红润的脸颊流下。"（莱辛，《三四五》89）殖民者窃喜自己的成功："这样的表白如此恰当，如此必需。"（莱辛，《三四五》89）由此可见，三区的援助本质上是谎言。

根据莱辛的出身背景与亲身经历，可以推定她应该了解殖民活动的利与弊——主要是对殖民者的利与被殖民者的弊，应该能看到白人殖民者给殖民地人民带来巨大的痛苦与伤害，但是由于殖民主义思想根深蒂固，小说中却看不到正义的批判与深刻的反省，相反展现了作为殖民者后裔的自豪，这是许多英国人所固守的民族主义情感："对许多英国人来说，在很长一个时期里拥有一个帝国是他们感到是个英国人的一个重要方面。"（马歇尔 7）通过"太空小说"叙事，莱辛宣称，殖民活动具有历史必然性，即使短期内会产生不良后果，但从长远来讲，殖民活动对殖民地必将产生有利的影响。莱辛在"太空小说"之三《天狼星试验》中非常明确地表达了文明的殖民帝国给殖民地带去的巨大利益："在我们作为帝国的缔造者的短暂生涯中，我们知道，假如我们使自己在即使是最野蛮的星球上站稳脚跟，为了我们整个帝国的利益，怀着利用它们的目的，以各种各样必要的方法使用它们的居民，那么必然可以期待的是，在相当短的时间内，这些野蛮人将会要求所有好处。我们可以随便支配这些好处，其中部分，他们将会免费获得。我们帝国可以被他们当成一个机制，为了几乎无限多的星球的进步——这些星球处于不同的发展阶段，让它们达到文明的标准。"（Lessing, *Sirian* 21）这里，莱辛在极力美化殖民活动。尽管殖民者进行殖民的出发点可能是功利的，并且怀着剥削殖民地的丑恶目的，但是殖民的实际结果却是殖民地人民获得了进步，拥有了殖民者的文明，并且殖民者带去的一切文明，都是免费的。这等于在明确宣称：殖民者是无私援助者，他们免费为殖民地送去了文明与进步，把殖民地人民从落后与邪恶的深渊中拯救出来。这是何等荒谬的观点!

二、殖民者是教育者与文明的使者?

"太空小说"第一部《什卡斯塔》开篇就告诉读者,这个"档案"性质的文本,是殖民者用来进行殖民教育的教学材料。小说在把殖民者塑造为援助者和拯救者的同时,也把他们塑造为教育者和文明的使者。

为了更好地管理殖民地,殖民者在殖民地人民中选拔优秀者,通过殖民教育对其进行洗脑,使其为殖民统治服务。莱辛在《八号行星代表履职记》中描绘了殖民教育的教程:"我和少数几个其他人曾经被派到其他殖民地星球去接受各种教育和培训,我们知道,想成为老人星殖民地服务所的官员,必须得到权威机构的认可。这需要内在素质的展现,不是可通过继承获得的职位。一旦了解了我们应该关注什么,就能发现,在其他行星上,老人星人与土著的区别相当明显。这使我们更加意识到他们将给我们八号行星带来什么。"(Lessing, *Making of the Representative* 3)通过殖民教育,八号行星上的代表们都认为,自己的一切都是殖民主老人星赐予的,因此自己的本质就是对老人星无条件的服从:"我们在上面出现是因为他们:因为老人星人。他们把我们带到这儿来,作为一个人种,我们是他们创造的,我们的血缘来自几个行星上的人种。因此谈论服从并不合适:当服从是出身和存在的根本时,我们还能讨论它吗?"(Lessing, *Making of the Representative* 3)这些殖民地人民盲目乐观,相信殖民者已为他们安排好一切,正带领他们向文明进发:"在他们的规划下,我们参与了一个长期的缓慢的向文明进发的征程。"(Lessing, *Making of the Representative* 5)通过殖民地人民口述自己的改变,叙述者貌似客观地证明,殖民统治给殖民地带来了文明和进步。

殖民教育往往使殖民地人民处于"失声"状态。接受殖民教育后,殖民地人民的思维方式发生了巨大的改变:"那是真正的改变,对现在的我来说就是如此。不仅因为我们知道我们生活于其上的星球将会改变,所以我们创造新的金属和各种新的机器,而且因为这是第一次我们以这种方式思考问题——而且然后就开始思考可能有多少种不同的生活方式——当然，再然后，我们就想知道，我们是否能选择发展的方式，选择我们前进的方向……”（Lessing, *Making of the Representative* 27—28）在《伏令王国中多愁善感的使者们》中，为了管理各殖民地，殖民帝国老人星专门设立了学校。为了让殖民统治深入殖民地人心，他们使用种种手段。殖民地人民丧失了话语权，没有表达自己意愿的地方，即使由殖民者选拔出来的殖民地代理人也同样没有话语权。书中描写了一个荒谬绝伦的诉讼：殖民地人民控诉时，使用作为证据的文本材料全是殖民者留下的。这从更深的层次上说明了起诉之荒唐的原因，也从更深的意义上解释了殖民地苦难的原因。“到目前为止，有关所谓的第三世界的知识都来源于宗主国的档案资料，这些资料中的绝大部分一直集中在宗主国的科研机构之中，过去是这样，今天是这样，而且这种状况还将持续下去……这些档案资料通过大量的学术科目和各种各样的著作向外扩散传播。”（容格 13）

莱辛笔下的殖民教育体系是对英国殖民教育体系的复制。在19世纪初，通过学校或英国本土的培训机构这种正规的方式传播帝国知识，以为殖民帝国的发展与稳定提供后续人才，已经得到了殖民者的广泛认可。“1800年，在韦尔斯利总督的倡导下，威廉学院在加尔各答成立，使得年轻的公务员可以学习到关于印度行政管理、历史和语言的基础知识。在英国，东印度公司为了相同的目的，在1805年建立了海利布里学院。……牛津大学非常重视对印度的研究，而且从19世纪80年代起教授印度行政部门的实习生。”（马歇尔 189）通过数代人的共同不懈努力，最终，殖民教育形成了一定的规模，具有一定的标准格式。“直到20世纪30年代，一个更加系统地选拔和训练殖民地公务员的制度才代替了对出生、地位和可靠性等先决条件的盲目依赖。直到1945年以后，这种做法才成为标准。”（马歇尔 189）

然而，殖民教育的本质不是为了殖民地的进步，而是为了保持殖民者在殖民地继续占有一切非法的好处：殖民者塞西尔·罗兹也通过奖学金的方式资助年轻的殖民地学生进牛津大学学习，目的是使他们“开阔人生视野，提高自身修养，并且深刻地认识到保持帝国的统一对殖民地以及英国的种种好处”（马歇尔 193）。“西方宗主国也乐于在殖民地设置西式的教育机构，既进行技术培训，同时也进行价值观念的改造，从而取得对殖民控制的认同。在不触及政治控制和经济利益的前提下，殖民者所传播的知识、科学技术和自由民主的理念可以自由发挥，尤其是用来对付殖民者曾经倍感头痛的地方势力，特别是封建专制势力。这既可以维持西方宗主国以‘开明’面目出现的权力形象，同时也可以使殖民地以‘得救’的美好前景为动力自动融入资本主义市场一体化的轨道上来。”（李应志 18—19）与现实社会一样，莱辛也总是乐于把小说里的殖民者装扮成文明的使者。

三、弱者受殖民是自然法则的规定？

莱辛宣称，自然法则规定强大的国家或民族必然侵略并殖民弱小的国家或民族，没有任何国家或民族对此具有免疫力：“当一个星球软弱、分裂、衰落时，它几乎总会被一个更强大的星球或星球集体侵略。假如不是天狼星，那么就是其他某个力量。”（Lessing, *Documents* 32）在莱辛的小说中，这一自然法则主宰着整个宇宙。无论是个人，还是一个民族、一个国家，都无力反抗这一自然法则。因为先进者“援助”后进者乃是一种天赋义务：“殖民的目的本身就说明殖民的合理性。这是因为所有的人对世界上的一切财富均有占有的权利。……任何民族都没有权利沉溺于愚昧无知及疾病的深渊。任何一个文明强国都没有权利对以上情况袖手旁观。”（阿尔诺 122）“殖民的权利因此被传统的理论所承认。这种权利本是属于整个人类社会的；但是后者（指殖民地国家）因为它的无政府状态以及从所未有的分裂而无法行使这种权利，所以，**最先进的国家**应当负责领导落后的国家。”（阿尔诺 122—123）一向以道德自律自我标榜的英国清教徒，在海外殖民的过程中犯下了许多不为基督教精神所容许的滔天罪行，为了不受良心谴责，他们通过法律的形式为自己的邪恶行径进行了合法的定义，“英国议会曾宣布，用警犬捕杀和剥头盖皮是‘**上帝和自然赋予它**的手段’”（马克思，《资本论》863）。

历史上，长达五世纪的殖民活动，所结出的果实并不如西方学者或基督教传教士所宣扬的那般甜美,相反,当今前殖民地国家面临的各种困境,无论是物质上的极度匮乏,还是大众精神上的极度荒芜,深究原因,都可追溯至殖民活动所造成的各种恶果。在塑造一个心目中理想的殖民帝国时,莱辛缺乏有效的样本,无法回避殖民活动造成的种种严峻的社会问题。在小说《天狼星试验》中,她承认殖民地有种种问题,但还是为殖民行为做辩护:殖民者给殖民地带去了文明和进步,这些美好的事物在殖民地没有保留多久,是殖民地人民本身的原因,因为殖民者并不能保证美好事物在殖民地不会变质,这是自然法则。"没什么能阻止罗汉达的自然法则,"她说,"实际上,这也是宇宙的自然法则。他们正在恶化,就这样。我们看着他们在罗汉达恶化并失去作用,但是从来没有任何事情能够保持不变。从你们的殖民地管理中,你能明白这一点。你曾经建立过什么文化,它从来没有改变、衰落吗?"(Lessing, *Making of the Representative* 194)

把一切殖民活动——无论结果如何——上升到自然法则的高度,并非莱辛的独创。早在1853年,马克思在谈到英国在殖民地的暴行时,就已经为殖民活动的罪恶进行了辩护:"的确,英国在印度煽起社会革命,完全是为极卑鄙的利益所驱使,而且在坚持这些利益的方式上是愚蠢的。但是问题并不在这里。问题是在于:如果亚洲社会状况方面没有根本的革命,人类能不能完成自己的使命呢?如果不能,那么**不管英国犯了多大的罪,它在引起这个革命上却是历史的不自觉的工具**。这样,无论古老世界崩溃的情景对我们个人的情感是怎样难受,可是从历史观点看来,我们有权利同哥德一起高唱……"(马克思,《不列颠在印度的统治》137)

一个是"自然法则",一个是"历史使命",多么冠冕堂皇的借口!这种种的借口,无非是为殖民活动的罪恶罩上一件光辉华美的外衣。这些以自然法则之名义,赋予殖民暴行以合法性与正义性的行为,被卢卡奇的一句话断然揭穿:"合法性和非法性的问题纯粹带有策略性质。"(359)

四、结语

尽管莱辛在文学创作上取得了举世瞩目的艺术成就，然而，与其成就同样突出的，是其作品中表现出来的正义缺陷。莱辛在“太空小说”系列中的想象与虚构，由于与现实历史的过分相似，已经超越了单纯的幻想，尽管作家是以科学幻想的名义来写作这个系列小说。从这些貌似幻想，实则历史再现的小说，人们可以发现作家的殖民主义思想。莱辛曾公开露骨地表达自己的殖民主义立场：“维多利亚人应该征服从日本到维京群岛的所有地方。”（《津巴布韦的悲剧》209）赛义德曾经指出，知识分子往往持有类似的矛盾价值立场或政治观念：“更糟糕的是知识分子、艺术家和记者的立场。他们在国内问题上经常持进步态度，充满使人钦佩的感情，但一旦涉及了以他们的名义在海外采取的行动时，却正相反。”（xix）这的确是非常中肯的。

莱辛的“太空小说”系列宣扬殖民的本质是传播文明，当然与作家的现实身份有关。曾有学者指出，“多丽丝·莱辛的出身背景对她的小说创作有重大的影响”（Whittaker 4）。作为一个英国殖民者后代，出生于20世纪早期的英国殖民地，莱辛从一出生就天然地获得了殖民者身份。“殖民主义概念对于莱辛夫人的小说相当重要。……或许这并不让人感到吃惊，在她的科幻系列小说《南船星系中的老人星座：档案》中，她设置了一个银河系殖民主义体系（尽管是一个貌似仁慈的殖民主义体系），是因为她本人就是一个殖民地开拓者。”（Whittaker 4—5）因此，我们可以理解，为何在莱辛的作品中出现了明显的殖民主义思想。有学者称，“作为一个作家，殖民经验——殖民隐喻——是她身份中的核心成分”（Sage 11）。笔者曾经指出，在系列“太空小说”《南船星系中的老人星座：档案》中，莱辛通过对殖民主义者的美化和神化，赤裸裸地表达了殖民主义诉求。（陶淑琴 108）对于莱辛的殖民主义立场，早有评论者指出，“对于读者来说，最困难的是接受这样的思想：殖民主义是真正善良的种族关系，而且假如真的善良，它也是最好的一种种族关系”（Whittaker 100）。为了掩盖殖民活动的罪恶本质，西方的学人志士进行了不懈的努力。最近，殖民主义思想在西方又有了新发展的苗头。1995年，发表在美国《外交》季刊，署名为威廉·普法夫的文章《新殖民主义？欧洲必须回到非洲》宣称：非洲许多地区需要一种可称作“公平的新殖民主义”的殖民主义，为了促进非洲的现代化，欧洲人应该重返非洲。（张顺洪等 19—20）他们宣扬殖民是传播文明，如果传播文明的过程并不顺利，或者没有成功，原因不在于殖民活动本身的罪恶本质，而在于殖民地人民本质不纯，文明到了他们的手中就变质。在殖民主义思想又有了抬头趋势的情况下，莱辛作品中殖民主义思想的出现非常值得重视，必须认真加以分析批判。

引用文献

Lessing, Doris. *Re: Colonised Planet 5, Shikasta*. New York: Alfred A. Knopf, Inc., 1979.

---. *The Sirian Experiments: The Report by Ambien II, of the Five*. New York: Alfred A. Knopf, Inc., 1980.

---. *The Making of the Representative for Planet 8*. New York: Alfred A. Knopf, Inc., 1982.

---. *Documents Relating to the Sentimental Agents in the Volyen Empire*. London: Panther Books, Granada Publishing Ltd., 1984.

Sage, Lorna. *Doris Lessing*. London, New York: Methuen & Co. Ltd., 1983.

Whittaker, Ruth. *Doris Lessing*. New York: St. Martin' s Press, 1988.

爱德华 · W. 赛义德:《文化与帝国主义》,李琨译,北京:生活·读书·新知三联书店,2007年。

多丽丝·莱辛:《三四五区间的联姻》,俞婷译,南京:南京大学出版社,2008年。

---:《津巴布韦的悲剧》,《时光噬痕》,龙飞译,北京:作家出版社,2010年。

卡尔·马克思:《不列颠在印度的统治》,《马克思恩格斯关于殖民地及民族问题的论著》,季羡林、曹葆华译,北京:中央民族学院研究部出版,1956年。

---:《资本论》,中共中央马恩列斯著作编译局译,北京:人民出版社,2008年。

李应志:《解构的文化政治实践——斯皮瓦克后殖民文化批评研究》,上海:上海三联书店,2008年。

卢卡奇:《历史与阶级意识——关于马克思主义辩证法的研究》,杜章智等译,北京:商务印书馆,1996年。

罗伯特 · C. 容格:《后殖民主义与世界格局》,容新芳译,南京:译林出版社,2008年。

P. J. 马歇尔主编:《剑桥插图大英帝国史》,樊新志译,北京:世界知识出版社,2004年。

陶淑琴:《多丽丝·莱辛的种族歧视思想——〈野草在歌唱〉的叙事裂缝分析》,《重庆工商大学学报》2011年第5期。

雅克·阿尔诺:《对殖民主义的审判》,岳进译,北京:世界知识出版社,1962年。

亚当·斯密:《国民财富的性质和原因的研究》下卷,郭大力、王亚南译,北京:商务印书馆,2004年。

张顺洪等:《英美新殖民主义》,北京:社会科学文献出版社,1999年。

作者单位:贵州财经大学文化传播学院

以动物为镜
——《等待野蛮人》的后殖民动物批评解读

姜礼福

内容提要：21世纪以来，文学研究中的动物批评和后殖民批评的对话不仅形成一种趋势，而且富有成效，重要的成果是后殖民动物、动物帝国主义等相关概念的提出和理论的构建。本文首先对这些概念、理论及其内涵进行探讨，然后运用该视角解析库切小说《等待野蛮人》中的动物意象。研究认为小说中的动物是一面反映殖民心理、帝国心态的镜子，也是一面折射人性的镜子，更是一面辨别“野蛮人”的镜子。

关键词：库切 《等待野蛮人》 后殖民动物

诺奖得主J. M. 库切（1940— ）在创作中对动物表现出浓厚的兴趣，不仅擅长运用动物意象表达人物情绪，反映人物性格，投射人物心理，而且惯于采用人与动物的关系呈现故事主题，推动情节发展，更重要的是以质疑的态度呈现和思考西方文明理性主义笼罩下的种族他者和动物他者的生存境况，传达出对人性的细微洞察和深刻理解。约瑟芬·多纳温认为“库切可以说是第一位严肃对待、冷峻思考人类压制和虐待动物现象的现代小说家。在他的大部分作品中，人类如何对待动物都是重要主题”（Donovan 78）。

《等待野蛮人》（*Waiting for the Barbarians*, 1980）是库切的一部重要小说。叙述中有多处关于动物以及人与动物关系的描写，呈现出不同立场的人物或同一人物在不同境况下对动物的不同态度，具有很强的隐喻性。代表帝国权威的乔尔上校和身处帝国边境的老行政长官之间经历了由合作到决裂的过程。在乔尔上校眼中，捕杀野生动物是消遣娱乐的手段，而老行政长官在无意识中同动物处于共存共生的状态。对动物的同情成为行政长官放下殖民者的冰冷面具、重现人性之光的触点，也是乔尔同行政长官由合作到敌对的导火索。乔尔上校对动物的无情杀戮究竟意味着什么？行政长官对动物的同情又有什么深意？同为帝国服务者的乔尔上校和老行政长官的分道扬镳的根源是什么？在斗争过程中，行政长官又为什么一败涂地？行政长官的反抗意味着什么？《等待野蛮人》中要等待的“野蛮人”又究竟在哪里？要揭开这些问题的答案，离不开对叙事中动物这个关键要素的分析。

一、后殖民动物批评的提出及理论内涵

进入21世纪以后，国内外研究者开始关注并挖掘后殖民作品中的动物意象以及人与动物之间的关系所潜隐的政治文化内涵，开展后殖民批评同动物批评的对话。其中，重要的成果是“后殖民动物”、“动物帝国主义”等概念的提出和“后殖民动物批评”的理论构建。

“后殖民动物”（postcolonial animal）这一术语于2002年首先由新西兰的菲利普·阿姆斯特朗教授提出。阿姆斯特朗认为“‘动物’这一概念的界定同‘人类’、‘自然’、‘文化’等殖民主义的核心概念密不可分”（Armstrong 416），因此提出动物的后殖民解读这一研究思路。后殖民视角下的动物研究强调的是人与动物、殖民者与原住民及其相应的文化之间一种控制与被控制、中心与边缘间的权力话语关系以及动物与殖民主义活动的紧密联系。动物主要涉及两大后殖民话题：人与动物的绝对差异（人类优越于动物）同欧洲现代性的殖民主义遗产之间的密切关系；帝国主义一直试图泯灭的原住民文化（动物情结、对他者的敬畏）依然对占主导地位的西方价值体系（尤其是笛卡尔思想影响下的人与动物的二元对立）产生持续性的挑战。上述论述涉及后殖民动物中动物的后殖民性。除此之外，后殖民动物强调殖民或后殖民语境下的动物主体性。解读后殖民动物的另外一个重要层面是“学会倾听各种‘他者’的声音，既不必用腹语为他们说话，也不必赋予他们谁也听不懂的口音”（Armstrong 417），也就是说，后殖民动物研究不仅注重权力话语关系的诠释，而且强调“动物他者”自身主体性的建构。

在2010年出版的《后殖民生态批评》一书中，格拉姆·哈根和海伦·蒂芬

首次提出“后殖民动物批评”（postcolonial zoocriticism），将后殖民视角下的动物研究理论化。他们认为“既注重动物再现又强调动物权利的动物批评”同后殖民批评的相遇不可避免。（Huggan and Tiffin 8）遗憾的是，两位理论家并未对后殖民动物批评这一概念和批评话语进行具体阐释。在西方已有研究的基础上，笔者在《英语文学批评中的动物研究和批评》一文中系统梳理和阐述了后殖民批评和动物批评的必要性、内涵及其话语功能，认为后殖民动物批评为探讨殖民语境下人与动物、白人殖民者与原住民之间的关系，对殖民者主体身份的建构，种族主义，人兽疆界等话题提供了研究手段和批评策略。另外，基于殖民主义、帝国主义与动物之间不可分割的联系，笔者提出“动物帝国主义”（zoological imperialism）这一概念，具体指在殖民扩张过程中，欧洲白人通过捕杀殖民地动物，强调殖民地居民和动物的相似地位，彰显自身同他们之间的身份、文化对立并掠夺殖民地野生动物资源，从而为政治征服、军事占领奠定心理和物质基础，实现文化渗透和文化控制，迎合欧洲种族和物种优越感等的所有观念、策略和行为方式。这一概念从政治、文化和生态三个层面阐释动物与殖民主义的关系，为全面揭示帝国主义、文化帝国主义、生态帝国主义的真相，以及后殖民动物批评研究奠定了一定的理论基础。

总之，后殖民动物批评将动物作为切入点和媒介，通过探讨文学作品中殖民语境或后殖民语境下不同民族或种族的殖民者或被殖民者同动物之间错综复杂的关系，实现后殖民、生态、伦理的多维阐释。动物既可能是殖民者和被殖民者、不同种族之间产生矛盾的根源，也可能是实现种族和解的桥梁和第三方条件；既可能是工具，也可能是主体。

二、《等待野蛮人》中的后殖民动物及政治文化内涵

在小说《等待野蛮人》中，以乔尔上校为代表的殖民者肆意猎杀野生动物，狩猎活动成为殖民扩张和暴力征服的预演，彰显帝国霸权的重要手段；同时，对原住民和行政长官等他者的动物化塑造暴露了动物帝国主义的意识形

态取向。一方面,殖民者将原住民降格为动物,为惨无人道的军事征服、规训惩罚提供重要话语支撑,彰显白人的优越性;另一方面,帝国卫士将脱离帝国中心的行政长官动物化,净化白人主体和文化身份。过度狩猎所引起的生态危机以及行政长官为动物生灵权利的呐喊表明库切对西方殖民者贪婪本质的焦虑和其明显的反殖民意识与生态伦理意识。

1. 过度狩猎的后殖民内涵及生态问题

《等待野蛮人》关于狩猎活动的叙述具有强烈的意识形态倾向。小说伊始,来自帝国国防部第三局的乔尔上校描述了自己不久前的狩猎经历:“成百上千的鹿、猪和熊被杀死,漫山遍野都是动物尸体,多得没法收拾,只好让它们去烂掉。”(库切 1)描述虽然简短,但内涵丰富。要揭示这里面更深层的文化含义,需在历史语境中探讨殖民活动和狩猎之间的联系,揭示殖民主义征服和狩猎之间的复杂隐喻关系。

在殖民活动中,殖民者同野生动物的遭遇不可避免。狩猎是殖民者调节枯燥生活、威慑原住民、彰显战斗力和体现殖民实力的重要手段,具有一定的军事、政治和文化内涵。

首先,捕杀野生动物是西方白人推进殖民进程的重要步骤。狩猎是暴力征服原住民的一种预演。约翰·麦肯兹认为狩猎是“欧洲殖民扩张的必要准备和训练”(MacKenzie 44)。柏金斯则更为直白,认为狩猎就是“征服、控制和规训殖民地、原住民的过程”(Perkins 66)。小说中,乔尔上校在实施扫荡“野蛮人”之前已做好面对任何野兽的思想准备。行政长官所辖地处于帝国前哨,是白人殖民者尚未控制或开拓的地区,充满危险和挑战。老虎、大象、熊等大型野兽的可能性存在对白人殖民者的安全造成威胁,并妨碍殖民活动的开展。乔尔的大规模狩猎行动是殖民征服的前奏,狩猎的成功鼓舞了士气,为继而开展的扫荡提供了必要的心理和军事准备。

其次,狩猎是白人殖民者证明自己作战能力的手段。在《等待野蛮人》中,乔尔上校通过狩猎展示自己的追逐能力、射击能力和猎杀能力,更准确地说,作战能力。正如谢灵顿所言,“派遣至非洲镇压抵抗者的殖民军队取决于当地殖民者能够捕杀到什么样的野生动物”(Shillington 660)。乔尔通过狩猎证明了自己的骁勇善战，得到帝国中心的充分信任并被委以重任。乔尔在同行政长官的第一次会面便夸夸其谈，大肆炫耀自己在狩猎方面的才能和“丰功伟绩”，呈现出他狂妄的帝国心态，同后文中行政长官对动物的同情和呵护形成鲜明对比，这也昭示了行政长官被帝国中心抛弃的必然性。

再次，狩猎活动是殖民者彰显殖民文化、形塑种族身份和确立话语霸权的重要手段。狩猎活动和帝国威权的树立息息相关，殖民者大肆猎杀土著居民唯恐避之不及或顶礼膜拜的大型野兽，以此作为展示武力的手段，在殖民扩张和殖民征服中达到事半功倍的效果。在小说《等待野蛮人》中，对没有枪支器械的游牧民族和土著居民而言，要捕获野鹿、野猪和熊绝非易事，野鹿的速度、野猪的凶猛和熊的力量让他们望尘莫及，然而，对于全副武装的乔尔而言，这些都不是问题。狩猎成为彰显他霸权身份和话语权力的策略。他在狩猎中杀死成百上千的野鹿、野猪和熊，这样的“赫赫战绩”对土著居民来讲无疑是一个不可超越的神话。乔尔上校在狩猎中的巨大成功标志着殖民话语和帝国霸权的不可挑战性。

奥尔多·利奥波德在《沙郡岁月》中提出的“狩猎伦理”（hunting ethics）为实现动物种群的可持续发展和生态和谐提供了重要方向。首先，狩猎伦理注重猎人与猎物之间的相对公平较量：在狩猎中应约束先进狩猎工具的运用，狩猎者应依赖技艺，体现“户外活动精神”（Leopold 213）。在小说中，乔尔完全不顾狩猎技艺，他的狩猎壮举也是完全通过先进枪支器械实现的，而当地人虽也从事狩猎活动，使用器械，但他们更注重狩猎技艺，主要通过“设陷阱”等手段捕猎。其次，狩猎伦理的内涵在于猎人遵循狩猎有度的原则，主要是“不要浪费好肉”（Leopold 213）。小说中，乔尔上校狩猎目的不在于获取肉类，捕杀的动物完全超出肉类需求，他在狩猎活动中更多的是获得一种帝国强权的慰藉和满足感。这显然违背了狩猎伦理对猎人提出的道德规范。肆意违背狩猎伦理之人往往会忽视或无视社会伦理和社会正义。正如利奥波德所言，有过度狩猎倾向的猎人也极易“在其他领域做出非伦理行为的习惯”（Leopold 213）。这样，我们便不难理解乔尔在追逐“野蛮人”的过程中对原住民令人发指的残酷。

殖民者的过度狩猎行为对当地的生态和动物物种的生存和多样性带来不利影响。西方殖民活动和盘剥“不仅对土著居民，而且对动物和当地环境造成毁灭性影响”（Tiffin 34）。小说中，乔尔上校的狩猎动机和行为都表明过度狩猎是白人殖民者捕杀动物的一种常态，对人与动物之间生态平衡构成巨大威胁。由于定居者采用先进器械对野生动物肆无忌惮地捕杀，人与动物之间的力量对比严重失衡。这从老行政长官对当地野生动物的描述可窥一斑：“二十年前，羚羊和野兔多得不得了，看守庄稼的人只好带着猎狗夜里巡逻守护，防止这些动物来啃噬青苗。”（库切 52）

由上可知，狩猎是殖民者展示威权和帝国霸权的象征性符号，蕴含着殖民者和原住民之间压迫与被压迫、捕杀与被捕杀的二元对立关系，反映了西方欧洲中心主义和白人至上主义的殖民意识和帝国心态；同时，殖民者的过度狩猎违背狩猎伦理，破坏人与动物之间原有的生态平衡和和谐共存，使游牧民族丧失了赖以生存的家园。这反映了库切对西方殖民进程和所谓文明推进的质疑，承载了他的反殖民思想和生态伦理观。

2．动物生灵的主体性与后殖民动物伦理

小说中，老行政长官既是叙事者，又是传达库切价值取向的核心人物。正是通过行政长官自身由帝国中心沦落为“动物他者”的命运以及他对动物生灵的关注，库切表现了欧洲中心主义、物种主义的可怖，呈现出强烈的反殖民意识和动物伦理思想。

将种族他者降格为动物是白人殖民者的一贯伎俩，也是动物帝国主义意识形态的重要内容。法侬和斯皮瓦克两位后殖民批评理论家对此均有精辟论述。前者认为，殖民主义的“二元对立世界不可避免地导致原住民的非人化，或更直白地讲，原住民被转化为动物”（Fanon 42）；后者认为“帝国主义者常常视被边缘化和殖民化的居民为动物，因为在他们看来，那些人还未完全进化为人类”（Wolfe 7）。小说开始，行政长官是殖民侵占和帝国扩张的维护者，具有典型的帝国心态。将原住民视作动物的观念在行政长官和野蛮人姑娘的对话中暴露无遗：“人家会说，我屋里养了两个野生动物，一只狐狸，一个姑娘。”（库切 47）显然，这里的“人家”是指帝国卫士和镇上的其他殖民定居者。在他们看来，女孩和小狐狸都是野生动物，属于被征服和控制的对象，这验证了殖民者将原住民矮化为动物的意识形态倾向。白人中心主义者将殖民地其他有色人种排除在“人”的范畴之外，以对立的姿态处理相互之间的关系。帝国卫士对待异族居民的残酷令人发指：“绳子系着一个个被拴着脖子的人……一根环形铁丝从人手掌穿过，又穿过他们脸颊上打出的小孔。”（库切 139）将其他种族排除出“人”的范畴，划清自身同其他种族、物种的疆界是白人维持自身优越性和净化种族身份的手段，这也是帝国士兵堂而皇之、惨无人道地对待异族族群的托词。

白人殖民者权威身份的建构和维持建立在对自身动物属性的阉割以及有色人种人的特质的剥夺基础之上。对动物以及其他种族的态度成为白人能否维持种族身份、掌握话语霸权的试金石。小说中，行政长官接纳动物，正视自身与动物的同源性，感应“动物磁力”，摒除欧洲中心主义、种族主义和物种主义思想。随着良知和道德感的觉醒，行政长官殖民意识不断淡化，具体表现在他对异族乃至动物态度的转变。他不仅对异族姑娘呵护有加，收留并帮她养伤，最终不惜代价送她回归族群，而且对动物大显关怀之情，将动物视作同类。狩猎中同一头公牛对视，他在动物的眼神中看到自己如同一个恶魔对同类痛下杀手，狩猎的乐趣荡然无存。送走异族姑娘后，在沙漠恶劣条件的生死考验前，他拒食马肉。他将马看成自己的同类，将食马肉看作是无异于食人族吞噬同类的可怖行径。同时，行政长官似乎感觉到是自己被杀死、解剖、吃掉：“是在割开我的喉咙；撕开我的肠子；砸开我的骨头。”（库切 103）西方白人主导身份的构建基于对殖民地野生动物的捕杀以及将原住民矮化为动物的话语和社会实践。行政长官对动物的态度标志着他殖民意识的淡化，也意味着自身帝国主体身份的逐渐丧失，成为帝国卫士眼中羞耻的化身。

行政长官主动摈弃自己的种族身份，不仅同有色人种而且同动物建立联系，为动物他者代言，并在痛苦中实现凤凰涅槃般重生，为无声的动物发出振聋发聩的呐喊。帝国卫士对行政长官的转变感到惊慌和恐惧，以无情的方式剔除帝国内部的“害群之马”。身陷囹圄的老行政长官受尽凌辱和折磨，鼻梁被打断，面部被打肿，身上皮开肉绽。冷酷的上校甚至用锤子重砸行政长官，使其真真切切感受到自己已完全失去了殖民者概念中“人”的地位，就像“碾死甲虫、蠕虫、蟑螂和蚊子一样”（库切 145）被任意欺凌、蹂躏。在殖民者看来，动物属性或特质是人类原始、野蛮和未开化的标志，是人类未进化完整遗留未除的胎记，人类对此应感到羞耻。嘉莉·鲁尔曼分析指出“将动物性嫁接给处于边缘化族群的行为旨在巩固西方主体地位，保持帝国主义霸权的生命力”（Rohman 29）。帝国的保卫者通过对行政长官的折磨，旨在净化人种，保持白人种族的优越感，维护帝国主导意识形态和话语权威，并以示告诫：“每一个对野蛮人有好感的人内心就是一头动物。”（库切 165）

但暮年的行政长官迸发出强大的后人文主义精神，对一切生命保持敬畏，颠覆了西方文明中人与动物的二元对立模式，对殖民主义的种族主义、物种主义意识形态进行有力反击：“我们是造物主伟大的奇迹！”（库切 145）这里的“我们”意蕴深刻，既包括当地的游牧民、渔民和土著等种族他者，也包括被宰杀的动物他者。在行政长官看来，不管是白人还是有色人种，人类还是动物，都是造物主的奇迹，神圣不可侵犯，享有平等权利：“对于来到这世上的一切生灵而言，公正的意识与生俱来。”（库切 184）他对平等、自由、正义等话题的反思不断延伸：“为什么我们不能像鱼儿在水中游动；像鸟儿在空中飞翔……无忧无虑地生活呢？”他的结论是“都是帝国造的孽！”（库切 177）行政长官对动物的同情以及动物生灵一切平等的主张是对帝国残忍本质无情的鞭挞，是对帝国卫士将动物和动物化的原住民视作草芥的极度讽刺，触及帝国主义赖以生存的白人种族主义和物种主义的根基，呈现出明显的反殖民意识和动物伦理意识。

总之，在小说中，殖民者以人类与动物、白人与有色人种的等级优劣作为构建白人种族身份和帝国秩序的重要基石。行政长官对动物和被动物化的原住民深表同情，对动物生灵充满敬畏，在身陷囹圄的境况下发出颠覆殖民意识、维护他者权利的最强音。

三、后殖民动物的批评空间

不管是后殖民批评还是动物批评，二者都内涵丰富、视角多元，而后殖民动物批评采用的是后殖民和动物批评的双重视角，是两种批评话语对话、整合的结果，研究对象应是二者的交叉内容。表面上看，后殖民动物批评比上述两种独立的批评理论的任何一种在批评空间上都缩小了。其实不然。后殖民批评和生态批评作为20世纪末文学批评领域两朵奇葩经过一段时间的发展，都已相对成熟，同时面临一定的瓶颈。后殖民动物批评的出现是"新世纪后殖民批评'生态转向'以及环境批评'后殖民转向'"（姜礼福、孟庆粉 27）共同作用的结果。后殖民动物批评是后殖民批评和动物批评的拓展，不仅为后殖民批评而且为生态批评提供了新的研究维度，同时也为动物批评指明了发展的方向。

对后殖民批评理论而言，后殖民动物批评拓展了研究者的关注对象，使研究者不仅关注殖民和后殖民语境下种族他者的生存境况，而且同样关注跟种族他者处于同样地位的动物他者的命运，因为种族他者和动物往往同命相连。一方面，在《等待野蛮人》中，被视作"野蛮人"的游牧民族以狩猎为生，动物生态关系到他们种族的存亡。乔尔上校过度狩猎的行为以及白人定居者的增多导致当地的自然生态遭到破坏，动物种群的锐减使游牧民族丧失了得以生存的基础，因而离开了殖民者定居地。因此，乔尔不可能等来"野蛮人"。乔尔上校的思维是一种典型的"动物帝国主义"思维，他心目中的"野蛮人"也是完全主观臆想出来的。另一方面，小说中的游牧民族被乔尔上校视作动物，同殖民者代表的"人"水火不容，因此是被消灭的对象。行政长官对此深有体会，他目睹乔尔虐待抓来的异族俘虏，自己失势后也遭受非人对待。正是因为动物他者是种族他者的难兄难弟，因此，沦落为他者的行政长官在身陷囹圄、誓死反抗之际，不忘为动物生灵大声疾呼。

从生态批评而言，长期被忽视的动物终于走上前台。西门·艾斯多克指出："主流生态批评强调环境主义，旨在实现一定的行为目标，对动物流露出很少的兴趣。……动物往往处于主流生态批评的边缘。"（Estok 61）而可纳入后殖民生态批评的后殖民动物批评以动物作为批评的基础和载体，使研究者充分意识到在采用生态视角时动物的关键作用和核心地位。反过来,这促使更多研究者在生态批评中关注文学作品中的动物形象,关注人与动物之间的关系,使长期被忽视的动物得到应有的重视。就《等待野蛮人》而言,之前的研究聚焦于小说的后殖民性,很少有研究者关注作品体现出的生态思想和对自然生命的人文关怀。

就动物批评而言,后殖民动物批评为文学中的动物批评指明了方向。后殖民动物这一概念一经提出便表现出强大的生命力,后殖民动物批评理论也在不断构建。格拉姆·哈根和海伦·蒂芬合著的《后殖民生态批评》一书中有相当一部分篇幅是在讨论后殖民动物意象。乔彼·奈曼教授在《后殖民动物故事:从吉卜林到库切》一书中采用了后殖民、生态和动物批评的多重视角,对20世纪多部重要作品中的动物意象进行了深入解析。《动物与帝国主义》也是运用后殖民动物批评的研究视角阐释英语小说中动物意象的专著,其中提出的"动物帝国主义"概念被奈曼认为是"动物研究和后殖民文学研究富有成效的结合"(Nyman, "Preface"),同时也得到哈根的肯定。正是敏锐地感受到后殖民动物批评的前景,生态批评理论家司各特·斯洛维克认为"动物研究的未来在于动物研究和后殖民批评的结合"(姜礼福 160)。小说《等待野蛮人》中的动物意象政治内涵深刻,通过代表帝国开拓者和帝国守卫者的乔尔上校和行政长官对动物的不同态度的对比,呈现出两种截然不同的价值取向,为构建并开展后殖民动物批评提供了一个很好的文本。

总之,动物是反观人类的一面镜子。《等待野蛮人》中的动物意象以及人与动物之间的动态关系意蕴丰富。乔尔上校过度狩猎的行为传达了殖民者的殖民强势话语。行政长官对动物态度的变化、自身的动物化经历以及对殖民主义本质的反思和考问颠覆了白人/动物的二元对立,颠覆了作为殖民主义根基的白人中心主义和种族主义,具有明显的反殖民意识和动物伦理思想,反映了库切对如何实现社会正义和生态正义的思考。小说中的动物成为反映殖民意识、帝国心态的一面镜子,也是反射人性的一面镜子,更是一面照妖镜,让真正的"野蛮人"无处遁形。

引用文献

Armstrong, Philip. "Postcolonial Animal." *Society & Animals* 10.4 (2002): 413-419.

Donovan, Josephine. " 'Miracles of Creation' : Animals in J. M. Coetzee' s Work." *Michigan Quarterly Review* 43.1 (2004): 78-93.

Estok, S. "Theory from the Fringes: Animals, Ecocriticism, Shakespeare." *Mosaic* 1 (2007): 61-78.

Fanon, Frantz. *Black Skin, White Masks*. London: Pluto Press, 2004.

Huggan, Graham, and Helen Tiffin. *Postcolonial Ecocriticism: Literature, Animals, Environment*. London: Routledge, 2010.

Leopold, Aldo. *A Sand County Almanac*. Oxford: Oxford University Press, 2001.

MacKenzie, John M. *The Empire of Nature: Hunting, Conservation, and British Imperialism*. Manchester: Manchester University Press, 1988.

Nyman, Jopi. "Preface." *The Animal and Imperialism: Postcolonial Animal Studies in English Literature*. Lifu Jiang. Nanjing: Nanjing University Press, 2013.

Perkins, David. *Romanticism and Animal Rights*. Cambridge: The University of Cambridge, 2003.

Rohman, Carrie. *Stalking the Subject: Modernism and the Animal*. New York: Columbia University Press, 2009.

Shillington, Kevin. *Encyclopedia of African History*. New York: Taylor & Francis Group, 2005.

Tiffin, Helen. "Unjust Relations: Post-Colonialism and the Species Boundary." *Compr(om)ising Post/colonialism(s): Challenging Narratives and Practices*.

Eds. Greg Ratcliffe and Gerry Turcotte. Sydney: Dangaroo Press, 2001. 30-41.

Wolfe, Cary. *Animal Rites: American Culture, the Discourse of Species, and Posthumanist Theory*. Chicago: The University of Chicago Press, 2003.

姜礼福:《动物与帝国主义:英语文学中的后殖民动物研究》,南京:南京大学出版社,2013年。

姜礼福、孟庆粉:《西方后殖民生态批评述评》,《外国语文》2013年第3期。

库切:《等待野蛮人》,文敏译,杭州:浙江文艺出版社,2004年。

作者单位:南京航空航天大学外国语学院英语系

文学伦理学批评、叙事伦理批评与后现代他者伦理批评

——探索后现代语境下的伦理批评

陈　博

内容提要：在中西方重回伦理转向的呼声之下，伦理批评近年来发展势头迅猛。在此背景下，伦理叙事、叙事伦理、道德批评等相关理论术语大量涌现于伦理批评实践中。本文重点分析探讨文学伦理学批评、叙事伦理批评与后现代他者伦理批评这三个伦理批评相关术语的内涵与外延。本文首先梳理了由聂珍钊所倡导的有别于传统"道德批评"的文学伦理学批评与西方新人文主义者引领的伦理批评与叙事伦理批评；其次在此基础上，尝试运用法国伦理学家列维纳斯的后现代他者伦理思想对后现代文本进行解读，探索这一批评视角作为后现代情境下文学伦理学批评又一维度的可能。

关键词：文学伦理学批评　叙事伦理批评　后现代他者伦理批评

2004年，聂珍钊教授撰文《文学伦理学批评：文学批评新探索》，他提出的文学伦理学批评让中国文学研究中缺场已久的伦理维度重回学术话语。自此以来，长期被边缘化的伦理批评在中国的文学研究语汇中强势回归。近年来，大量从伦理学角度解读文学作品的文献和专著问世，文学伦理学批评也不断朝向成熟范式的方向发展。与此同时，在现有的文学伦理学批评实践中，道德批评、伦理批评、叙事伦理等各种术语层出不穷却语义混淆，文学伦理学批评范式中尚存不少亟待厘清的问题。文学伦理学批评和道德批评究竟有何异同？文学伦理学批评和叙事伦理批评有何亲缘关系？应当如何理解具有中国特色的文学伦理学批评和西方学界近年来"伦理转向"（ethical turn）之间的关联？文学伦理学批评应当如何对待伦理学的研究成果？这些都是这一范式进一步发展之时必须解决的问题。为了厘清文学伦理学批评

的相关概念，本文将首先梳理中西方研究中伦理批评与道德批评、叙事伦理批评之间的概念异同。在梳理概念的基础上，本文将进一步引介以法国伦理学家列维纳斯（Emmanuel Levinas）思想为核心的后现代他者伦理批评，并结合英国作家巴恩斯的后现代小说《福楼拜的鹦鹉》，探讨这一视角作为文学伦理学批评中新维度的可能。

一、中西方伦理批评的回归

在中国语境中，文学伦理学批评的产生源自本国文学批评理论的发展现状。从世界文学研究的共时角度看，中国在长期接受吸收西方批评理论的基础上，有能力发展与创新出自己的文学批评范式。聂珍钊曾在不同场合反复强调文学伦理学批评是"在西方批评话语中加入一些自己的声音"（4，48），它的提出本身就是建立一个有中国特色的文学批评范式的尝试。从历史发展的历时角度来看，文学伦理学批评的提出首先是针对中国文学批评实践中长期的伦理缺场现象。在后结构主义的影响之下，后现代式的语码解构消解了意义的确定性，并使得传统哲学中强调秩序、追求责任的伦理向度被边缘化。然而，正如聂珍钊所言，"文学作为一种艺术形式，它典型地、集中地反映人类社会道德现象，描写了社会存在的道德矛盾和冲突"（35），因此，文学反映人类生存现实的本质功能意味着伦理性注定成为文学研究中不可避免的向度。其次，聂珍钊所倡导的文学伦理学批评有别于传统的道德批评，是对它的批判式继承。在聂珍钊看来，虽然文学伦理学批评与道德批评都以文学作品中的道德现象为研究对象，探讨文本虚构世界中的道德伦理问题，然而他们"运用的方法、研究的企图和目的以及可能获得的结果却是不同的"（57）。与道德批评相比，文学伦理学批评"不是从今天的道德立场简单地对历史的文学进行好与坏的道德价值判断，而是强调回到历史的伦理现场，站在当时的伦理立场上解读和阐释文学作品"（聂珍钊 4）。两者的根本区别在于其对待历史的态度上。文学伦理学批评力求还原历史的客观性，而杜绝以现世的观点来评价历史，以居高临下的态度去对文学历史指手画脚。也正是因为它对客观性的强调，“文学伦理学批评带有阐释批评的特点，它的主要任务是利用自己的独特方法对文学中各种社会生活现象进行客观的伦理分析、归纳和总结”（聂珍钊 12）。[①] 以对哈姆雷特的阐释为例，如果认为这出悲剧揭示的是哈姆雷特性格上的优柔寡断和恋母情结，认定这是他道德上的缺陷，那是道德批评；如果看到哈姆雷特实际上面临的是伦理上的两难困境，意识到一方面弑君可以帮助他报杀父夺母之仇，对他而言是伦理正义的行为，另一方面君主不仅是哈姆雷特的叔父，还是他名义上的父亲，所以弑君等于让他犯下另一种形式的弑父大罪，这就是文学伦理学批评。

在具体的文本分析中，文学伦理学批评的阐释机制具有包括乱伦、伦理禁忌、伦理蒙昧、伦理意识、伦理环境、伦理身份、伦理选择、斯芬克斯因子、人性因子与兽性因子在内的一系列经过长期积累完善的关键术语。以斯芬克斯因子为例，将它运用于对《俄狄浦斯王》中斯芬克斯之谜的分析，可以揭示人如斯芬克斯那样一方面具备代表人性以及理性的头脑，另一方面仍有兽性的残留，因此是人性因子与兽性因子的结合。“这两种因子有机地组合在一起。其中人性因子是高级因子，兽性因子是低级因子，因此前者能够控制后者，从而使人成为有伦理意识的人。”（聂珍钊 21）聂珍钊独创性地提出正是人性因子与兽性因子的不同组合变化，导致文学作品中人物的不同行为特征和性格表现，从而产生不同的道德教诲价值。

文学伦理学批评在中国提出伊始即广受瞩目。包括刘建军、邹建军、修树新和张杰在内的诸多学者纷纷撰文，将文学伦理学批评的讨论不断引入深处。修树新认为文学伦理学批评的出现能够扭转我国文学批评领域存在伦理道德价值缺失的局面，他预测伦理批评将向伦理内涵的重新阐释与分类、与其他批评方法的深入结合，以及语码的不断建构三个方面进一步发展。张杰等特别提出了文学的正向阐释以及逆向阐释：正向阐释指“我们以前习惯看到的作家在作品中呈现出来的伦理道德思想”，逆向是“当这一作家的创作

① 文学伦理学批评与道德批评的异同一直是聂珍钊以及其他学者在从事文学伦理学批评时极为关注的议题。不仅聂珍钊曾专门撰文就二者的区别加以论述，直至今年，朱振武和朱晓亚在《当代外国文学》上撰文《中国文学伦理学批评的发生与垦拓》，仍在呼吁要对相关、相似概念加以明确区分，例如伦理批评与道德批评的异同。

彻底完成后，后人还能从它身上不时地发现的新的伦理道德思想，发现这一创作对文学伦理的发展”。（张杰、刘增美 140）逆向阐释通过后人的阐释能够使得已经随着历史固定下来的文字符号创作继续不断地发展着文学的某种思想。时至今日，在聂珍钊等人近年来的努力以及众多学者的积极推介下，文学伦理学批评已经在中国文学批评中确立了重要批评范式的地位，让文学研究者对文本中体现的伦理向度重拾兴趣。[①]

从文学伦理学批评在中国所带动的伦理复兴反观西方，尽管批评实践中的具体内涵有所差别，但在为伦理正名的目的这一点上，中国文论界的伦理复兴与西方文论界在上世纪80年代末期兴起的“伦理转向”思潮是一致的。欧美的伦理转向中不得不提的代表人物为芝加哥学派的人文主义学者韦恩·布斯。早在成名作《小说修辞学》中，布斯就已经注意到小说道德向度的重要性。在此基础上，他几年后出版了《我们的朋友》（*The Company We Keep—An Ethics of Fiction*），进一步为伦理正名并正式开始提倡伦理批评。在他笔下，伦理批评应当关注“故事叙述者的道德精神与读者或听众的道德精神交汇时的情形”（Booth 10），关注人、人物与个体自我之间的动态对话关系，因此是读者阅读经历和自身人生经历之间的“互引”（coduction）过程。互引是布斯的独创术语，也是他的核心概念。在他看来，它是那些阅读时读者和批评家运用伦理做出判断，然后把自身的阅读体验与其他人的推论参照对比的瞬间，而伦理价值正是从这些瞬间中产生。（Booth 73）从《小说修辞学》到《我们的朋友》，布斯在对伦理问题的讨论中出现一个显著的变化。《小说修辞学》通篇只说道德，不论伦理。而到了《我们的朋友》时，伦理一跃成为核心词汇，与道德严格区分开来。这一区分表示布斯此时已着意建构一种有别于过往的全新伦理批评模式。他将伦理批评清晰地定义为“不再是赞成或反对固定作品的平面评价”（Booth x）。所谓的平面的评价即是传统道

① 除聂珍钊本人发表出版的若干论文与专著之外，大量运用文学伦理学方法进行作家作品研究的专著也在近年问世，如王松林：《康拉德小说伦理观研究》，武汉：华中师范大学出版社，2008年；王茂林：《王尔德创作中的伦理思想研究》，武汉：华中师范大学出版社，2008年；杜娟：《亨利·菲尔丁小说的伦理叙事》，武汉：华中师范大学出版社，2010年；朱卫红：《文学伦理学批评视野中的理查生小说》，武汉：华中师范大学出版社，2011年；杜隽：《乔治·艾略特小说的伦理批评》，上海：学林出版社，2006年。

德批评式的，是静态式的非善即恶。[①]在这点上，布斯与聂珍钊的看法不谋而合。两人均注意到复兴的伦理批评有必要与传统道德判断式的伦理批评做出分割，也唯有如此，才能使得伦理批评摆脱道德批评的历史负担，发挥自身潜力。

布斯的学生费伦对他的思路进行了继承和发展。在《活着就是讲述》(*Living to Tell about It*)一书中，他同样关注了阅读过程中读者与文本之间的种种互动。与布斯相比，他试图"更系统地考察读者自身在文本中的伦理取位"(Phelan 23)。具体说来，他将分析聚焦于四组关系中：(1)故事世界里的人物间的关系；(2)叙述者与讲述行为间的关系；(3)隐含作者与讲述行为间的关系；(4)对读者产生的影响。(Phelan 23)因此，他考察文本中人物的行动与对他人的评价、叙述者的不可靠叙述与视点聚焦、叙事策略的选择代表的隐含作者立场及引起的读者反应等叙事相关伦理效果。费伦的伦理批评"将伦理反应和叙事技巧联系起来，特别是关注技巧(文本所提供的信号)和读者的认知理解、情感反应，以及伦理取位之间的关系"(Phelan 22)。尽管与布斯相比，他更为细致地勾勒了阅读过程中的种种关系，但是他的文本解读似乎更着力于分析解释种种叙述技巧。因此他的研究对叙事学的贡献毋庸置疑，但是就叙事技巧与伦理间的关系而言，并未做出足够深入的解析。

在布斯等人掀起的伦理转向中的重要人物还有道德学家努斯鲍姆(Martha Nussbaum)。她从哲学家的身份出发积极推动伦理[②]和文学的联姻，而她的这一姿态深受布斯推崇。努斯鲍姆提出文学作品的优势在于其中的感性思维，透过它能够更好地了解"各式的爱与人类的幸福生活、渴望与普遍社会关注之间的缠结的关系"(4)，而这是抽象的哲学语言所做不到的。她视文学文本为考察伦理议题的绝佳场域，以《大卫·科波菲尔》为例，她在其中读出了伦理之视角(这里指的是传统意义上)与爱之视角。她提出科波

① 布斯特别指出的是，在传统的观念语言使用中，伦理一词常被用来形容道德上正确的行为，而不道德则被用来形容道德上错误的行为，这种对伦理的理解是有歧义的。

② 有关道德与伦理这两个词的使用，努斯鲍姆遵循了伦理学内的常规做法，并未多加区分。她解释道："我选用'道德哲学'这一术语，只是因为'伦理哲学'这一名词并不存在。"(169)

菲尔的恋人艾格尼丝手臂上指的意象代表伦理之视角，而科波菲尔的“坏朋友”斯提福兹手臂绕头沉睡的意象则是代表爱之视角。虽然斯提福兹做出了种种不道德的行为，但是他之于读者、科波菲尔乃至狄更斯本人却更具诱惑力，这一人物俨然比艾格尼丝讨喜得多。针对这个现象，努斯鲍姆解释道，完整的伦理解读必须同时包括传统道德视角和爱的视角，因为伦理学和文学都试图解决亚里士多德所提的“如何幸福地生活”这一根本问题，所以生命的品质就是文学中的伦理维度。纵观努斯鲍姆的理路，必须看到虽然她也做出大量的文本分析，但是因为她的知识结构以道德哲学为基底，所以她实际上是以小说为载体，在叙事的形式与内容[①]中寻找对道德问题的解答，其文本分析实则服务于伦理哲学议题的研究。

二、叙事伦理批评的兴起

在上述的英美伦理批评转向中，虽然布斯等学者大体上都坚持使用“伦理批评”一词来指称他们的研究，但是不难发现叙事一词或隐或现地浮现于他们的行文之中。随着伦理复兴的不断深入发展，叙事伦理的提出实属情理之中。在叙事伦理批评视角的兴起过程中，除了布斯等人的研究积累之外，哈佛大学的纽顿（Adam Zachary Newton）对这一视角的确立起到了关键作用。

文学艺术由人类创造，反映人类的生活状态，其本身作为一种行为即具有责任与义务的伦理性，这便是纽顿的叙事伦理。他将叙事看作伦理（narrative as ethics），研究“叙述故事与虚构人物所引起的伦理后果，以及此过程所产生的叙述者、听者、旁观者与读者间的责任”（11）。叙事伦理的理论核心包括三个层面：叙述伦理（narrational ethics）、表征伦理（representational ethics）与阐释伦理（hermeneutic ethics）。叙述伦理关注的是叙述行为的伦理性，是作者至叙述者，再至受叙者，最后到读者这一叙述过

① 努斯鲍姆十分强调文本解读除了关注内容之外更应当重视形式，因为在特定的文学文本中，“讲述本身——对文类、形式结构、句式、词汇和所有那些回应读者生命感觉的形式的选择——这一切都传达了生活价值观，有关轻重衡量、学习与沟通的真谛以及生命中种种关系的生活价值观”（5）。

程中产生了种种主体间的需求与责任。表征伦理研究以真实的人（person）为基础创作虚构人物（character）的行为引致的伦理代价。将真实的人变为人物，是让自我表征他者或被他者所表征。这一过程中必然会产生得失——或大幅增加了被表征者的性格特征，或丧失被表征者丰富的人性宽度，这其中便蕴含了丰富的伦理向度。阐释伦理聚焦阅读中的读者反应。对特定文本的选择即是蕴含了伦理责任的行为。对读者的阅读过程，纽顿以趋光比喻形容："读者与光源靠得越近，光就越暗。这并非因为（光源）内部的关闭，而纯然是因读者的靠近的缘故。"（20）[①] 如此就形成了一个悖论：得到他人故事的同时也就失去了真正的他人，这一过程中充满了伦理的责任与困境。在由以上三个层面构成的叙事伦理理论框架中，叙述伦理在文本之内关注讲述带来的伦理责任；表征伦理与阐释伦理在文本之外分别从作者创作的角度和读者阅读的角度考察作品创作与接受中蕴含的伦理责任。如果将纽顿的叙事伦理与布斯等人的伦理批评对比可以发现，就分析对象而言，三个层面中的表征伦理和阐释伦理大体相当。除此之外，纽顿对伦理的把握更为抽象，他十分注重主体与他者的关系，而他的伦理观也着力于分析主体间的伦理责任。

叙事伦理是英美伦理转向中的新发展，而相比之下，这一术语却更早地出现在中国的文学研究中，只是其内涵与纽顿所提的"叙事伦理"相去甚远。究其原因，还须考察"叙事伦理"概念在中国产生的学术背景。在中国率先提出叙事伦理一词的是刘小枫先生。他在1999年初的哲学随笔《沉重的肉身——现代性伦理的叙事纬语》中独创性地将伦理与生命状态相连，这一思路随后得到不少中国学者的认同和追随。[②] 刘小枫将叙事理解为"可能既是人们关于幸福（或不幸）的知识，又可能是人们在幸福之中的时间和空间"（3），将伦理理解为"以某种价值观念为经脉的生命感觉"（4）。不难看出，

① 纽顿的这一比喻源自米勒的比喻。米勒提出，"阐释故事就是一个无休止的趋光运动，而光源被永久隐匿"（转引自Newton 20）。

② 参见张文红：《伦理叙事与叙事伦理——90年代小说的文本实践》，北京：社会科学文献出版社，2006年；谢有顺：《铁凝小说的叙事伦理》，《当代作家评论》2003年第6期；李志雄、季水河：《卡塔西斯：一种亚里士多德式的叙事伦理批评原则》，《外国文学研究》2007年第3期。

他对叙事与伦理的定义均较为感性，而两者相叠加，得出的叙事伦理自然与纽顿式叙事伦理的理路不同。在刘小枫的语境中理解叙事伦理须将其与理性伦理区分开来。理性伦理是“探究生命感觉的一般法则和人的生活应遵循的基本道德观念，进而制造出一些理则，让个人随缘而来的性情通过教育培育符合这些理则”（刘小枫 4）。而叙事伦理“讲述个人经历的生命故事，通过个人经历的叙事提出关于生命感觉的问题，营构具体的道德意识和伦理诉求”（刘小枫 4）。在此二分法中，理性伦理追求的是同一性，关注普遍性的道德状况；而叙事伦理追求的个体，是道德在具体特殊情境下的表现。刘小枫更看重叙事伦理，因为他觉察到“真实的伦理问题从来就只是在道德的特殊状况中出现的”（4）。有学者如此评价，刘小枫概念中的叙事伦理学“也可以理解为模糊伦理学，它拒绝进入明确的道德世界——尽管叙事伦理学也有自己的处理道德问题的方式，但它总归是反对把道德问题说得一清二楚”（谢有顺 27）。虽然表面看来，刘小枫的叙事伦理与纽顿的叙事伦理大相径庭，但是在深层的哲学指向上，两者之间却又存在某些共通之处。刘小枫的叙事伦理重视个体，重视特殊情境，反对定式的同一与普适，这种对个体的伸张在纽顿的伦理观中不无体现。

在中国首次系统介绍纽顿及叙事伦理批评的是伍茂国。他在整合厘清布斯、纽顿以及刘小枫等人关于叙事与伦理相关概念的基础上，通过一系列文章和专著不仅梳理了叙事伦理的概念源起及内涵，而且还对小说、电影和电视剧等多种形式文本进行了叙事伦理批评实践。[①]他独创性地提出了“故事伦理”（ethics of story）与“叙述伦理”（ethics of narrating）的分析框架。前者指“小说的题材、内容所蕴含的伦理现象以及这些伦理现象所揭示的伦理意义”，后者为“各种形式安排所导致的伦理选择、判断和矛盾”。（伍茂国 93）在他看来，如果说古典叙事更多关注故事伦理，那么现代乃至后现代文学作品的解读则必须考虑叙述伦理。就理论框架而言，伍茂国显然对纽顿的

① 比如解读电视剧《蜗居》中叙事伦理的《欲望叙事·伪欲望叙事·叙事伦理——从电视剧〈蜗居〉说起》（《中州大学学报》2011年第4期）和分析西班牙当代著名导演阿尔莫多瓦电影中叙事伦理的《叙事伦理与伦理救赎》（《云梦学刊》2011年第4期）。

三个层面做出了部分的简化及改编。从方法论的角度考量,这样的做法在批评实践中极为实用,且有利于在分析中融入经典叙事学的概念。事实上,他的故事伦理与叙述伦理的分野较好地对应了叙事学所提的两个文本层次。"西方叙事学家一般采用'故事'(story)与'话语'(discourse)来指代这(文本的)两个层次","故事"涉及"叙述了什么",包括事件、人物、背景等,"话语"涉及"是怎么叙述的",包括各种叙述形式和技巧,如叙述视角、叙述层次、时间安排和叙述者的不可靠性。(申丹 13)借助这些叙事学的研究成果,伍茂国得以从视点、聚焦、叙事人称和叙事者干预等角度切入展开伦理批评实践,并得以将"叙述伦理"的地位凸显出来,这是他的贡献所在。

至此,从文学伦理学批评到叙事伦理批评,究竟应该如何理解伦理复兴中中西方各种流派之间的异同?为了进一步加深理解,不妨对它们各自的批评实践进行考察。无独有偶,聂珍钊和伍茂国都不约而同地选中了王尔德的《道林·格雷的画像》(*The Picture of Dorian Gray*)来阐释他们的伦理批评理念,这两个批评实践提供了一个对比考察的绝佳机会。

聂珍钊对《道林·格雷的画像》的分析意在阐释斯芬克斯因子、人性因子和兽性因子等一批文学伦理学批评的语汇。他认为这部小说"诠释了一个现代的斯芬克斯之谜,即怎样做一个有理性的人"(24)。聂珍钊认为"格雷的选择是一种伦理选择,经过选择,他自身和画像的身份发生了转换"(25)。因此可以认为格雷的画像代表着人性因子,体现了理性意志。又因为它记录格雷的恶行,所以可以认为它有分辨善恶的能力,具有斯芬克斯的人脑。而青春永驻的格雷本人则像是斯芬克斯的狮身,他体现了充满自由意志的兽性因子。因此,格雷所代表的是道德形象,他的最终毁灭体现出了作品的道德教诲力量。小说还表明,人身上存在的两种不同因子是不可分开的,只有当画像代表的人性因子(理性)和格雷代表的兽性因子(原欲)结合在一起时,格雷才有可能是一个完整的人。此时理性意志才能控制、引导和约束非理性的意志。如果两者割裂,那么带来的结果就会是像格雷那样,从失控走向毁灭。

面对同一部作品,伍茂国的解读显得完全不同。他的分析从时间伦理的角度进行,认为现代性形成了线性的进化时间观,而格雷的命运即是这种时间观的体现。格雷一方面相信自身所处的日常生活世界为进化时间属性,生命短暂且一去不复返;一方面将画像所代表的艺术看作永恒时间的表征,与进化时间相对。在伍茂国看来,格雷对画像的迷恋并非是简单的自恋,而是"对'他者之脸'的无限渴念"(206)。"他者之脸"是法国哲学家列维纳斯提出的概念,用来形容他者在自我面前的显像。格雷真正渴望的是画像以及艺术所代表的永恒时间。他企图通过占有画像的方式同化永恒时间这一他者,将其融入自我的整体之中,以便可以将自由享乐永恒化。他的行为实际上构成了伦理上的失责,丧失的正是列维纳斯所谓的自我本应无限面向他者,并尊重他者他性的责任。格雷对责任的逃避构成了他最终的悲剧,针对他者的暴力之苦果终将只得由自我来饱尝。

一千个读者眼中有一千个道林·格雷。聂珍钊看到的是他身上人性与兽性的纠缠,而伍茂国发现的则是他对永恒时间的追求。其实,两位批评家同时选中《道林·格雷的画像》作为批评对象这一行为本身就饶有伦理趣味。小说的作者王尔德恰是审美主义的领军人物,他向来呼吁为艺术而艺术,自然也极为排斥作品的伦理道德性。但是正如布斯所言,审美即是追求生活的改善,因此完全可以将王尔德的作品当作某种形式的伦理批评。(11)同时,仅就这部作品的批评而言,伍茂国的研究对象与聂珍钊是类似的,因为他们都是聚焦于作品的故事伦理层面。但是同样的文本内容研究指向的是不同的伦理观。伍茂国在有关这部小说的批评实践中屡次提及一位哲学家的名字,这便是在纽顿的叙事伦理批评中也多次出现的列维纳斯,而正是这位伦理哲学家的后现代他者伦理思想激发了欧美伦理批评转向中另一重要方向。

三、欧陆哲学的"伦理转向"

在中国,伦理批评转向与布斯、纽顿等人的批评实践有不同程度的亲缘关系。但是其实在西方学者眼中的伦理转向全景内,布斯等人所代表的只是其中一支,常被称为北美学派。与其地位相当的是欧陆学派,而这一学派就是以列维纳斯颠覆性的伦理学思想为核心。就连北美学派的费伦也对欧陆学派的研究十分重视，他介绍道，“伦理学的发展革新引发西方文艺批评界上世纪末以来的伦理转向，以列维纳斯与德里达为代表的欧陆派学者将新的伦理学理念运用于文学批评之中”（Phelan 6）。更有学者认为，“（与北美学派）相比之下，欧陆学派的分析更为有力，它强调的是欧陆哲学关于各种正在发展的他者性（alterity）、他性及现象学的观点”（Wolfreys 106）。如果说北美学派的伦理批评是从作品批评的角度出发，更为倚重文本，那么欧陆流派则是从伦理学出发，以伦理学内部的颠覆创新引发文学分析的全新视角。

列维纳斯是犹太人，战前师从胡塞尔并从事海德格尔的现象学研究。二战爆发之后，他的全家遭到了残酷的迫害，他本人也被捕入狱。他对海德格尔的追随随着后者在二战中的亲纳粹言行而告终。列维纳斯在失望之余开始反思，海德格尔政治上的盲目促成了他的思想转折点。在狱中，列维纳斯形成了自己的全新哲学观念，反出现象学师门，提出存在论基础之上的西方哲学传统与现代文明中频频发生的人类悲剧息息相关。他倡导将伦理学提升到第一哲学的高位，将其称作真正的形而上学。不难看出，列维纳斯的概念中的伦理学与传统的伦理学是大相径庭的。他的伦理思想可以概括为一句话，即“自我”必须面向“他者”[①]。这样的伦理本质是自我与他者的关系，并在这样的关系中不再如西方哲学传统那样一再彰显自我的地位，而是将他者置于自我之上，所以列维纳斯的哲学思想也被称为他者伦理观。之所以列维纳斯如此强调他者的超然地位，是因为他看到西方现代文明中对追求同一性（the same）与总体性（totality）的盲目乐观。正是这种执着使得自我不断试图同化各式的他者，而忽略他者始终具备的不可为自我掌控的他性。针对这一点，列维纳斯强调自我具有必须面向他者的责任。自我的自由意志“不能自由拒绝这种责任，也不能对他者之脸所带来的[他性的]外在世界拒而

① “他者”在列维纳斯的最初法文行文中时为autrui，时为autre。他本人也承认在这两个词语的使用上比较随意。不过，大致上“他者”有“他人”与“他者”之分，前者专指他人，后者泛指一般，相当于英语中“other”的大小写。对于这一问题，他的英译者Alphonso Lingis如此处理，“尽管作者在原文中对这两个词语的使用并非严格与其对应来分别意指‘他人’与‘他者’，但是在作者本人的同意之下，我们将‘autrui’（他人，你）译为‘the Other’，‘autre’译为‘other’”（Levinas 24）。

不见”（Levinas 219）。“他者之脸”是列维纳斯为了凸显他者的不可掌控性所提出的概念。他者以他者之脸的形式显像，凌驾于“我”之上，一方面“拒绝被占有，拒绝来自我的权利”（Levinas 197）；另一方面“对我言说并将我拉入伦理关系之中”（Levinas 198）。从“我”的角度而言，即便他者一定不可能被“我”理解与同化，“我”对他者仍负有不可推卸的义务与责任，须不停地面向他者，倾听他者，甚至本着尊崇的态度去朝向他者、趋近他者。从研究范畴上看，他者伦理观超越了以康德义务论、米尔目的论、情绪论与规约论为代表的传统规范伦理学与元伦理学的研究范畴。它的核心概念不再是道德规范或是道德本质，而是自我对他者负有的无可推卸的责任。

列维纳斯的思想隶属哲学范畴，他本人并未将其运用到文学阐释中。但是因为他者伦理观对现代及后现代境况的见解独特，因此越来越多的学者在阐释文学作品之时，注意到并借鉴了其极具后现代特色的伦理观。某种程度上，上文提及的纽顿与伍茂国的叙事伦理批评实践是融合了他者伦理视角的。在西方学界，吉布森（Andrew Gibson）是推广使用他者伦理视角进行文学批评实践的积极人物。他在文论专著《后现代性、伦理与小说》中旗帜鲜明地提出自己的文学阐释实践是以列维纳斯思想为基础的。在他看来，米勒谈了太多的解构，但是对列维纳斯的借鉴不够。他的方向是对的，但他就是没能够引用列维纳斯对伦理的理解。而纽顿的叙事伦理虽然使用了列维纳斯的理论，但是对列维纳斯的借鉴不够全面，他只关注了列维纳斯伦理中的言说和说言一组概念，对列维纳斯的理解也仅限于其两本最有名的著作。他十分赞同列维纳斯的他者伦理思想中蕴含的非基础性（non-foundational）、反认识论、非存在论、伦理关系的当下性和反自我自由性的观点，并大规模将他者伦理思想中的核心词汇运用于文学研究中。

除吉布森之外，后现代他者伦理批评视角的重要理论家还包括米勒与德里达。米勒倡导关注“阅读的伦理”，试图解释文本和读者之间的自反（reflexive）过程。他认为当“作者反身面对自己，重读他或她所写的文本时，伦理阅读就产生了”（Miller 15）。而反身面对自己，即可以视为一种解构式的伦理。如费伦所评，“我们可以将米勒有关伦理的文字看作是链接耶鲁解构学派和伦理转向的一次尝试”(Phelan 21)。正如上文所论述,德里达的文学评论与列维纳斯的思想有着不可分割的关系。德里达本人并未公开声明自己的文学批评实践是他者伦理,他将解构思想用于文本批评之中,解构本身即是伦理,解构阐释的“文本实践能够并且应当被理解为一种伦理诉求”(Critchley 1)。必须看到,虽然米勒与德里达并未明显地提及列维纳斯的名字,但是他们的思想间接受到其影响,与其一脉相承。

在现有的文学批评中,已经有学者完整地将列维纳斯思想用于作家作品解读之中。以威尔斯(Lynn Wells)为例,她用“脸孔”的概念分析了麦克尤恩中后期小说中所精心设置的众多“遭遇”场景(encounters),提出了麦克尤恩擅长使用这些戏剧化的“遭遇”中人物为自我利益凌驾于他人之上的弊端的体现。她的分析或以个别小说为中心,如《时间之子》中主人公的道德顿悟;或以某一主题为中心,如不同小说中的纳粹极权主义阴影;或以某一主要人物为核心,如《赎罪》中布里奥尼的醒悟。除了关注文本内部之外,她还认为这些小说强调了小说所引起的读者对他者的想象与理解,带来了我们在挑战中对他者产生的同感情绪。

同西方将他者伦理批评视为伦理转向的重要组成相比,他者伦理批评的实践在中国文学研究界仍处滥觞期。目前的他者伦理批评实践虽然不多,但已经出现的他者伦理批评实践有些已经达到了较高水准。除了伍茂国之外,中国大陆尚有范岭梅对列维纳斯哲学思想做出了深入的理解和全面的运用。她的两篇文章从不同的角度运用了列维纳斯思想分别解读默多克的《黑王子》和《大海啊,大海》。在对《黑王子》的分析中,她从“爱欲”主题切入,首先在柏拉图的爱欲观基础上,指出主人公经历了“无爱——错爱——真爱”的过程。然后借由柏拉图在“需要”和“欲望”两个概念解读中的不足,她引入列维纳斯对于厄洛斯(eros)的看法——“厄洛斯的目标就在于他者的极度他者性……厄洛斯就是与他者的关系。这比言语来得少,意味却更深长。它是一种与他者特殊的、模棱两可的相遇”(233)。范岭梅对主人公思想状态变化的分析指出,“尽管言者言说着不同的名称,透过现象看本质,依稀可以看出从柏拉图,经由默多克,最终由列维纳斯所指出的向善之路:自我由柏拉图的封闭的、获取的形态，转为默多克的对他者的关注，最终达到了以'我'之死向所有人负责的列维纳斯的伦理学"（233）。在对《大海啊，大海》的分析中，范岭梅通过将作品主人公的时间观、女性观和死亡观分别与列维纳斯思想体系中的时间、女性和死亡的观念一一对照，得出结论：主人公查尔斯"对待时间、女性和死亡的态度，显示出这一主体对外在性的忽视，他并未像其他评论者所说的那样，获得了一个崭新的视角，在向善的道路上迈出一步"（81）。在范岭梅对两部作品的分析中，不难看出她不仅成功地指出列维纳斯思想和作者通过作品所传达出的思想之间的可通约性，深入浅出地将列维纳斯思想的具体观点与作品链接，更是通过这样的链接得出了不同于传统解读的结论，丰富了作品的内涵，充分展示了列维纳斯他者伦理学在文本中的阐释力。除了范岭梅外，武娜也尝试引用列维纳斯伦理思想来解释库切小说中对他者的尊重，认为"库切和列维纳斯有着相通的伦理诉求"（45）。除了小说之外，对列维纳斯后现代伦理思想的文学批评实践还出现于诗歌研究中。杨国静与张剑分析了普拉斯诗歌中种种他者的形象，考察了他者和语言的关系。他们认为诗人诗歌中的他者被压抑，被剥夺了身份。在分析中，他们使用了列维纳斯对"所说/言说"的分野，指出"在当代社会语境下，'所说'对语言交流的全面控制导致交流中的一方失语，沦落为隐身的他者；而'言说'的缺场又使得交流中的另一方看不出语言交流所预设的伦理责任，成为失忆的同者"（125）。普拉斯在诗歌中通过对失语的他者和失忆的同者的刻画，以诗歌的语言表达出对语言超越性的关切，所传达的是她对于语言异化时代伦理现状的担忧。

中国台湾学者赖俊雄为列维纳斯思想的推广以及其在文学批评中的实践做出了大量的工作。他主持出版了他者伦理视角文学批评的论文集《列维纳斯与文学》。在该论文集中，他首先分析了列维纳斯他者伦理思想与文学的结合的理论依据，提出"以列维纳斯的伦理哲学作为一种文学作品的批评，旨在提供一种救赎式的诠释，唤醒文学作品中沉睡的伦理面向与多样异质的他异性"（25）。这本文集中收录了台湾学者从不同角度运用他者伦理进行文学批评的尝试。有的学者截取欧布莱恩越战小说中的敌我对峙这一蕴含激烈伦理冲突的时刻来考察敌人的脸孔对主体的涵义,以及列维纳斯提出的"你不可杀人"这一绝对伦理律令的效度。有的学者通过玛丽莲·罗宾逊的《管家》对比分析了海德格尔以本体论为基础的"居住"观与列维纳斯以伦理为导向的"居住"观,认为这部作品展现了对"无根"状态的追求,表达了对他者的踪迹的向往。有的学者分析了多丽丝·莱辛的《野草在歌唱》中的种族冲突与融合,提出其中表现的种族分界的模糊与松动体现出主体受制于未知的他者,他者的存在优先于主体的存在。还有学者用列维纳斯的"脸庞"、"居住"与"言说"这三个关键词考察了台湾地区本土作家朱天文《炎夏之都》中的叙事伦理,认为小说呼吁了在后现代空间中开放自我、回应他人的伦理召唤。

四、探索后现代他者伦理批评之路

可以看到,中外学者在他者伦理思想的文学批评运用中已经做出了一些有益的尝试,也初步展示了它对文学作品的阐释魅力。下文中笔者也将以英国当代作家朱利安·巴恩斯(Julian Barnes)的《福楼拜的鹦鹉》(*Flaubert's Parrot*, 1984)为例,简单地做一个后现代他者伦理批评的尝试。

《福楼拜的鹦鹉》围绕业余福楼拜爱好者布莱斯维特去福楼拜家乡鲁本小镇追寻作家生前生活痕迹展开。小说伊始,布莱斯维特无意中在不同地点发现了两只鹦鹉标本,它们均被称为福楼拜小说中鹦鹉的唯一原型。为了弄清究竟哪只是真,哪只是假,他随后展开了琐碎的考证。他的考证有时甚至到了古怪的程度,例如将福楼拜小说中所有的动物都一一列举,可以说这种执着程度不亚于钻研"回"字几种写法的孔乙己。

在这部小说的故事层面,如果将布莱斯维特视为"伦理个体",那么他所面对的"他者"即是福楼拜的鹦鹉,或者更准确地说,是鹦鹉背后象征的福楼拜本人。布莱斯维特试图了解鹦鹉的同时,其实是试图了解他所崇拜的作家。对于作家生平细节事无巨细的挖掘,不啻为在认知论支持之下掌控欲望的膨胀。追寻鹦鹉真相的过程,即是追寻福楼拜这个他者的过程。这样的追寻潜含的目的是占有，是布莱斯维特这一主体希望通过理性的认知将他者同化入主体的认知系统之内。随着小说的进展，执着追寻真相的布莱斯维特发现：

> 那么我们就到禽鸟区去。他们打开门一看，于是在他们眼前出现了……五十只鹦鹉。……他们怎么办呢？他们采取了合理而明智的行动。他们回来拿了一本《一颗质朴的心》，细读福楼拜对露露的描述。然后他们便选择了看上去与他描写的最相称的一只鹦鹉。（巴恩斯 246）

布莱斯维特从真正的福楼拜专家那里得知，他看到的两只福楼拜小说中的鹦鹉原型标本其实均为后人自以为是的标榜。布莱斯维特以及博物馆的人寻找鹦鹉的方式无疑是采用了最为理性的做法，他们按照常理对照书中的描述去寻找鹦鹉，是十分符合逻辑的。但是正如福楼拜专家所指出的那样，"福楼拜是一个艺术家。他是一个充满想象力的艺术家……他为什么就要把鹦鹉描写成借来的那个样子？如果把颜色调换一下听起来更好，他为什么就不可以调换一下呢？"（巴恩斯 247）在传统的哲学逻辑下，符合逻辑的认知方式必能带来对真相的掌握。但是他者（这里为福楼拜）未必就会按照自我的认知逻辑行事。福楼拜并没有如实地描述他所看到的鹦鹉，这样就使得通过书中的描述还原最初的鹦鹉标本成为了空谈。用列维纳斯的话语来表达，他者的他性"每一刻都在同时摧毁并溢出他所留给我的外塑形象，并超越我的自身的度量"（Levinas 51），维持着其独立的神秘性。

在小说的结尾处，仍不死心的布莱斯维特拜访福楼拜租借鹦鹉的自然博物馆，发现馆藏的鹦鹉只剩三只。面对这鹦鹉原型的五十分之三可能，布莱斯维特"凝视了它们一分钟左右的时间，然后退了出来。大概就是它们中的一只吧"（巴恩斯 249）。这样的结局，除了再次指向传统逻各斯中心认知论的垮台，揭示了他者的不可企及以及他者的神秘性之外，还凸显出了布莱斯维特这一主体的态度。当终于认识到他者的不可企及之时，布莱斯维特没有失控，没有沮丧，只是淡然接受。作为自我，他承认他者的"在我之上"、"在我之外”，于是他放下掌控，达到心理的平衡。

有学者提出，在后现代的情境中，由于受到电影等新艺术形式的冲击，小说这种形式的故事与情节已经渐渐被淡化，像巴恩斯这样的当代小说家代表了通过形式的实验挖掘小说新意的趋势。（Ganteau and Onega 8）从这个意义上，在巴恩斯充满实验精神的小说创作中，绝不能只关注其故事话语层面的伦理意义解读，而应该格外重视他的叙事技巧中所体现出的伦理性。小说中的布莱斯维特既是主要人物，亦是主要的叙事者。无论是其不时地面向读者说话这一事实，还是其若干处明显的不可靠叙述，都是在不断地提醒读者关注叙述行为本身。小说的前半段一直在讲述福楼拜的故事与生平细节，但是从中段开始，布莱斯维特开始零星透露自己的人生——失败的婚姻、自杀的妻子、伤心的爱侣。在到了“真实的故事”一章，他终于大段地叙述了自己和亡妻艾伦的故事——从他的视角。对布莱斯维特来说，追寻福楼拜是一种心理上的顾左右而言其他，其实他真正希望的是通过了解福楼拜，来了解艾伦，来面对与艾伦失败的婚姻。因此，布莱斯维特既是说而不说，又是不说而说。他所说的并非他内心真正在意的，而他故意忽略的，却传达出他真正的意图。布莱斯维特的讲述并没有起到最终了解艾伦的目的，就像他终究不可能弄明白哪只鹦鹉标本才是福楼拜小说中鹦鹉的真正原型。但是，在对艾伦的问题中，他承认了艾伦的不可了解，并且试着去尊重它，讲述它，在此过程中完成了自我的伦理义务。因此，小说结尾处的放下，不但是对鹦鹉标本可控性的放下，而且是义务履行后的释然。

最后，除了故事层面的叙事所传达出的伦理性，后现代他者伦理视角还须关注文本外围的作者和读者的关系，这相当于纽顿理论体系中的阐释伦理层面。在小说的叙事中，作者利用第一人称叙事的认同感，将读者带入了布莱斯维特的世界。无论是寻求福楼拜鹦鹉的真实原型，还是追逐艾伦自杀的真相，读者的阅读期待都是了解一个确定的真相。读者似阅读侦探小说一般，相信真相即使不是由布莱斯维特找出，也总是能够通过作者的种种暗示获得。然而，直到读到文本最后一行字时，读者才不得不死心。巴恩斯让他们随着布莱斯维特一同眼看着原本的二选一变为了五十选一，接着又变为了无可选择。真相的可得从存在论上被瓦解。这种期待与结局的巨大反差所带来的怅然若失感,意味着巴恩斯作为作者刻意打破了传统的作者与读者的交流定式,从而间接提醒读者他者的他性终不可得。

从文学伦理学批评至叙事伦理批评至后现代他者伦理批评,究竟该如何理解这些中西方伦理批评复兴中各个流派之间的关系?首先,文学伦理学批评提出的一系列术语形成了在文本内容层面阐释力极强的分析框架。更为重要的是,它在创立之初便声明其可能的兼容性——它的研究对象可以包括作家与创作的关系、创作本身、读者与作品的关系等众多维度(聂珍钊 36),这使得文学伦理学批评具备成为一个统领性质范式的潜质。其次,布斯等人所倡导的伦理批评与文学伦理学批评共同强调的,一是伦理在文学中的不可或缺性,二是伦理批评必须与传统的道德批评区分开来。两者的不同在于布斯等人从学理上十分强调读者阅读的伦理向度,而这点在目前中国文学伦理学批评实践中并未太多涉及。再次,布斯等人所看重的叙述多个层面之间的互动在纽顿与伍茂国的叙事伦理批评研究中化为"叙述"作用的充分前景化。如果将文学伦理学批评视为统领性框架,那么纽顿等人的工作则可以构成对文学伦理学批评维度的重要充实。因此,笔者认为可以将叙事伦理批评融入文学伦理学批评的大范式之下,将它作为其中的必要组成。最后,如何定位欧美伦理转向中的后现代他者伦理批评?笔者认为它可以与文学伦理学批评相容,更可以与叙事伦理批评相容,当然一定不可能反历史潮流与道德批评相容。因为它一方面认可文学的伦理维度,提倡伦理在阐释文学作品中不可缺少的作用;一方面反对主观判断对错善恶的传统道德批评。后现代伦理为阐释提出了另一种视角,在坚持反对静态、单一、片面以及教条式的伦理批评基础上,它以凸显他者绝对权威的方式凸显出人类伦理行为与选择背后的本源责任与义务。如果对文本和内容两个层次的分析构成了文学伦理学批评的骨架,那么后现代他者伦理批评可能构成其肌理。换言之,后现代他者伦理批评视角的提出并不意味着对文学伦理学批评与叙事伦理批评的否定,相反,它可以是伦理批评中的一个新维度、新方向,进一步充实伦理批评的阐释空间。尤其在对后现代文本的分析中，对这些要素的分析可以揭示，后现代他者伦理视角让我们看到主体的消退，他性的彰显，以及一条主体履行终极伦理义务、面向他者之脸言说的轨迹。自我面向他者的他性履行责任，可以是洛奇《小世界》中珀斯追寻安吉莉卡，是石黑一雄《长日留痕》中史蒂文斯追寻肯顿小姐，是麦克尤恩《赎罪》中布里奥尼追寻塞西莉亚和罗比。追寻源自其自身的必要性，不为掌控，只为履责。

文学伦理学批评，乃至任何一种批评模式的目的都在于“从对文学作品的阅读中获得新的理解和启发”（聂珍钊 15）。后现代他者伦理批评所能提供的正是对文本新的认识和理解，它可以在目前伦理批评回归的大趋势下，充实伦理批评内容，为其提供别样的视角、全新的维度。

引用文献

Booth, Wayne. *The Company We Keep—An Ethics of Fiction*. Berkeley and Los Angeles: University of California Press, 1988.

Critchley, Simon. *The Ethics of Deconstruction: Derrida and Levinas* (2nd Edition). Edinburgh: Edinburgh University Press, 1999.

---, ed. *The Cambridge Companion to Levinas*. Cambridge: Cambridge University Press, 2004.

Ganteau, Jean-Michel, and Susana Onega. *The Ethical Component in Experimental British Fiction Since the 1960's*. Cambridge: Cambridge Scholars Publishing, 2007.

Gibson, Andrew. *Postmodernity, Ethics and the Novel: From Leavis to Levinas*. London and New York: Routeledge, 1999.

Levinas, Emmanuel. *Totality and Infinity*. Trans. Alphonso Lingis. London: Martinus Nijhoff Publishers, 1979.

Miller, J. Hillis. *The Ethics of Reading*. New York: Columbia University Press, 1987.

Newton, Adam Zachary. *Narrative Ethics*. Cambridge, Massachusetts: Harvard University Press, 1997.

Nussbaum, Martha. *Love's Knowledge: Essays on Philosophy and Literature*. New York: Oxford University Press, 1990.

Phelan, James. *Living to Tell about It—A Rhetoric and Ethics of Character Narration*. Ithaca and London: Cornell University Press, 2005.

Wells, Lynn. *Ian McEwan* (New British Fiction). Hampshire: Palgrave Macmillan, 2010.

Wolfreys, Julian, ed. *Introducing Criticism at the 21st Century*. Edinburgh: Edinburgh University Press, 2002.

范岭梅:《默多克小说〈黑王子〉的爱欲主题探究》,《外国文学评论》2012年第2期。

范岭梅、尹铁超:《时间、女性和死亡——〈大海啊,大海〉的列维纳斯式解读》,《外国文学研究》2012年第1期。

赖俊雄:《列维纳斯与文学》,台北:书林出版有限公司,2010年。

刘小枫:《沉重的肉身——现代性伦理的叙事纬语》(第6版),北京:华夏出版社,2012年。

聂珍钊:《文学伦理学批评及其他——聂珍钊自选集》,武汉:华中师范大学出版社,2012年。

申丹:《西方叙事学:经典与后经典》,北京:北京大学出版社,2010年。

韦恩·布斯:《小说修辞学》,华明、胡晓苏、周宪译,北京:北京大学出版社,1987年。

伍茂国:《现代小说叙事伦理》,北京:新华出版社,2008年。

武娜:《寓言·伦理·真实——从列维纳斯他者伦理学的视角看库切的创作》,《开封大学学报》2011年第4期。

谢有顺:《铁凝小说的叙事伦理》,《当代作家评论》2003年第6期。

修树新、刘建军:《文学伦理批评的现状和走向》,《外国文学研究》2008年第4期。

杨国静、张剑:《普拉斯诗歌中的语言焦虑》,《外国文学评论》2009年第3期。

张杰、刘增美:《文学伦理学批评的多元主义阐释》,《外国文学研究》2007年第5期。

朱利安·巴恩斯:《福楼拜的鹦鹉》,石雅芳译,南京:译林出版社,2010年。

朱振武、朱晓亚:《中国文学伦理学批评的发生与垦拓》,《当代外国文学》2013年第2期。

邹建军:《文学伦理批评的三维指向》,《外国文学研究》2005年第1期。

作者单位:南京航空航天大学外国语学院

生态视域中的冯内古特小说

赵艳花

内容提要：在全球化的现代性反思与生态主义思潮中，冯内古特对生态的关注与反思逐渐受到评论界的注意。在《加拉帕戈斯群岛》等小说中，他揭示了人与自然之间关系的疏离，以科幻文学的形式通过预测和想象未来的生态灾难来向读者发出预警，对自然生态失衡背后的社会文化原因——人类中心主义、科学发展至上论等进行了批判，认为人类应该学会向大自然投降，学会与自然和平相处。在《自动钢琴》、《五号屠场》、《冠军早餐》等作品中，冯内古特揭示了由于人与内心世界的疏离而造成的精神上的失衡，批判了科学技术对人的物化、异化和消费主义盛行导致后现代人心灵的"拜物化"，认为应该用人文主义约束和监督科学技术的快速发展，用文学和艺术引导人们走出消费主义的樊篱。

关键词：库尔特·冯内古特　生态批评　自然生态　精神生态

美国小说家库尔特·冯内古特（Kurt Vonnegut）在创作之初曾被误认为科幻小说家而倍受冷遇，1969年《五号屠场》（*Slaughterhouse-Five*）的出版确立了他在当代美国小说界的重要地位，如今他已被公认为美国"最受尊敬的当代小说家之一"。在全球化的现代性反思与生态主义思潮中，冯内古特对生态的关注与反思逐渐受到评论界的注意，利用生态批评对其进行解读成为冯内古特研究的新趋势。国内外已经有学者做了前驱性的努力，但往往局限于对单篇作品的分析，将冯内古特的小说置于生态批评视野中的深入研究还暂缺。

一

自然生态关注的是生态系统中人与自然之间的关系，或者说人与自然如何相互影响。进入工业社会时期以后，人类开始无限制地控制与掠夺自然，人与自然之间形成对抗性的关系。针对当今世界生态环境日益恶化的现状，很多作家在自己的作品中对人与自然之间的关系进行了反思，美国小说家库尔特·冯内古特就是其中的一员。我国的生态批评理论家王诺在《欧美生态文学》一书中概括出生态文学的四个主要特征：以生态系统的整体利益为最高价值，强调人类对自然的生态责任，文明批判，生态理想和生态预警。（王诺 7—11）如果以此标准来衡量，冯内古特的小说大都可以列入生态文学的范畴。

在《冠军早餐》（*Breakfast of Champions*, 1973）、《加拉帕戈斯群岛》（*Galapagos*, 1985）等小说中，冯内古特揭示了人与自然之间的疏离，并以一幅幅触目惊心的画面预测和想象未来的生态灾难，目的是向人类发出生态预警。在人类中心主义观念的支配下，人与自然成为征服与被征服、控制与被控制、利用与被利用的关系，由于对自然的过度开发和破坏，环境污染和生态失衡问题愈发严重。作者小说中的自我——科幻小说家屈鲁特的出生地百慕人有世界上唯一的白尾海雕，虽然皇家鸟类协会采取了一切措施，但这些绿色的大海鹰最后还是灭绝了，它们死于一种感染到眼睛和脑子的毒菌，而这种毒菌是人的足癣无意中带到它们的栖息地的，说明人类对自然无限制的探索已经侵入其他生物的生存空间，造成了物种灭绝的严重后果。同时，人类制造和崇拜的各种机器，例如汽车也正在把一切都置于死命，使"一度祥和的、滋润的、养料丰富的绿色地球上，所有形态的生命都已濒于死亡或者已经死亡"（冯内古特 29）。如果人类继续今天的生活方式和生产方式，不知悔改，终将为此付出巨大的代价。在短篇小说《空间大操》（"The Big Space Fuck"）中，冯内古特以戏谑性的文字描写了被一再伤害的大自然对人类的报复。时间是1989年，美国的资源已经耗尽，到处都充斥着啤酒罐、塑料瓶和旧汽车等垃圾。多年来，人们一直将垃圾抛进沉睡的夏威夷群岛的火山口，有一天火山突然爆发，结果所有的垃圾都向人类倾泻回来。屈鲁特的小说《充满希望怪物的岁月》（*The Era of Hopeful Monsters*）中展示的可怕景象恐怕也会成为地球未来的处境：森林全部被毁，湖泊被酸雨污染，工业废水的污染导致地下水源无法饮用，孩子都变得畸形，有的长出翅膀、鹿角或鱼翅，有的长出一百多只眼睛，有的却一只也没有，有的脑袋非常大，有的却没有脑袋。

虽然生态文学关注的是自然与人的关系，但人类对自然的态度背后有深刻的社会文化因素，因此“探寻和揭示造成生态灾难的社会根源，使得生态文学具有了显著的文明批判的特点”（王诺 10）。在《加拉帕戈斯群岛》中，冯内古特虚构了一种攻击人类卵巢的极小、致命的病毒，它先是出现在德国法兰克福年度书展上，进而随着书籍传播到世界各地。知识的传播即为导致世界毁灭的病毒的传播，这恐怕是对人类文明的绝妙讽刺和批判。在这部小说中，作者还借屈鲁特之子里奥之口，指出人类罪恶的根源是“脑袋太大”。发达的智力本来是人类区别于其他动物的标志，在小说中却成为导致人类毁灭的根本原因。由于经济危机、第三次世界大战和全球病毒性灾害等，只有少数几个人因为参加了前往加拉帕戈斯群岛的“世纪自然巡航”而幸免于难，这些幸存者不是肯尼迪夫人、基辛格博士等政治、金融、文化精英，而是处于社会底层的普通人。即使在这几个普通人中，代表高智商的商人、电脑发明家和不道德的舞男在到达加拉帕戈斯群岛之前也已经死亡，留下的是失去生殖能力的女生物学教师玛丽、不希望有后代的船长克雷斯特和其他几个女人。玛丽利用自己的生物学知识将克雷斯特的精子人工授给原始部落的六个少女，从而使人类不至于灭绝，人类又进入了一个新的伊甸园时代，重新开始繁衍。之所以选择普通人和土著作为“新人类的祖先”，是因为作家认为高智商是邪恶的根源，高智商的人最不应该活在这个世界上，而这些淳朴的、单纯的“高尚的野蛮人”才拥有活下来的资格。克雷斯特对随船带到岛上的翻译机深恶痛绝，为了防止它会把“旧人类”的知识传递给“新人类”，可能干扰人类的进化过程，他将它扔入大海中。冯内古特的这一安排虽然有些极端，却也说明他长期以来对人类文明的看法，他认为自然界完全不需要人类的智力，因为人类智力的产物必然会导致对自然的破坏乃至自我的毁灭。

冯内古特小说最重要的主题是科学技术对人类的影响与人类对待科学技术的态度。他自称是一个“勒德分子”，也就是仇恨新奇发明的人，已经表明了他在这一主题上的倾向性。在科幻小说《打闹剧或曰不再孤独》（*Slapstick, or Lonesome No More*, 1976）中，冯内古特系统描绘了现代社会从繁荣走向衰败的过程，从生物进化的角度质疑科学技术等人类文明对人类发展的作用。在作者笔下，文明不仅没有给人类带来更多的幸福，相反却导致了生态灾难和末日的来临。斯维因兄妹长相极其丑陋，被父母囚禁和抛弃在幽静的苹果庄园，但兄妹俩却像生活在伊甸园里一样快乐，他们的生活状态象征着人类早期与自然之间的和谐关系。到了摩天大楼国家公园（象征着纽约市），他们开始和自然疏离。高楼林立的美国看似发展到了繁荣时期，实际上暗藏危机，并最终耗尽了所有能源，已经不适合再居住。数百万人因为流感和绿死病而死去，民不聊生。在瘟疫、环境污染和能源危机的打击下，美国分裂成许多力量弱小的王国，陷入封建割据般的内战。斯维因作为美国的最后一届总统，住在荒凉的死亡之岛——曼哈顿，等待着世界末日的来临。

冯内古特还通过小说《猫的摇篮》（*Cat's Cradle*）揭示了科学技术的滥用带来的严重后果。当霍尼克博士研制的原子弹在日本成功爆炸之后，他又发明了威力更大的"九号冰"。"九号冰"能够在常温下将水冻结起来，包括江河湖海，因此比原子弹具有更大的军事意义。霍尼克博士临死前把"九号冰"传给他的三个孩子，而他的孩子和父亲一样，从来没有思考过"九号冰"直接威胁着世界安全，竟然利用它来换取个人欲望的满足。最终，一场飓风将"九号冰"吹向圣罗伦山佐全岛，使岛上无数的人被冻死，只有几个人躲藏在地下室里才幸存下来。大规模杀伤武器的研制和使用使世界迎来末日般的灾难，人类文明将退回到亚当和夏娃生活的原始时代。

冯内古特小说中有很多对未来生态灾难的预想，其目的是促使人们认真反省、积极应对各种现实问题。他多次对造成生态恶化的根源——人类中心主义进行批判，他认为现代人最可笑的迷信是认为"自己处于宇宙的中心，是全能的上帝伟大梦想的完成者"（罗小云 252）。对于人与自然的关系，冯内古特提出人类应该学会向大自然投降，学会与自然和平相处。冯内古特在康奈尔大学主修的是生物化学，后来又到芝加哥大学攻读人类学，他还和妻子游览过加拉帕戈斯群岛。充足的专业知识和亲身经历促使他开始写作最具生态文学意味的小说《加拉帕戈斯群岛》。在该小说中，作家严厉地批判了人类利用科学技术破坏自然的行为，并通过对达尔文进化论的戏仿构建了一个理想的未来世界——鱼人社会。1859年，达尔文的《物种起源》（*The Origin of Species*）出版，书中用大量资料证明了所有的生物并非由上帝创造，而是在遗传、变异、生存斗争和自然选择中，从简单到复杂，从低等到高等不断发展变化而来的。这就是著名的生物进化学说，它不仅摧毁了各种唯心的"神造论"和"物种不变论"，还对生物学、人类学、心理学和哲学等各个领域都产生了重大影响。在《加拉帕戈斯群岛》中，冯内古特却让人类进行了逆进化，一百万年之后，岛上的居民逐渐"进化"为和海豹有些相似、低智商的两栖动物——鱼人。在加拉帕戈斯群岛的特殊环境中，人类引以为豪的发达的大脑退化成尖尖的流线型的小脑袋，因此，鱼人不善思维，再也不能创造出具有毁灭性的核武器之类的科技产品，但小脑袋却有利于提高他们在水中捕获食物、躲避鲨鱼的速度；人类用于表达和沟通的嘴巴演化为尖而硬的嘴壳，因此，鱼人无法说话，再也不能用语言去说谎，去欺骗同类，但这种嘴壳却成为他们捕获食物最大的武器；人类灵活的四肢逐渐退化为鱼鳍，因此，鱼人不能像日本天才科学家的妻子那样创造精美的插花艺术，但也不会像她一样扣动扳机自杀，产生犯罪，而且这种鳍肢可以使他们快速划水，更加适应水下的生活；鱼人不会使用工具，因此他们不会攻击和伤害同类，能够和平友爱地相处。总之，人类变成鱼人看似是文明的退步，却使人类更加适应自然，融入自然，同时再也不具有破坏自然的能力，从而使自然回归到其自身的发展规律中去。鱼人社会很明显是冯内古特构建的一个和谐的生态乌托邦，表现出他的生态整体主义观点。他通过小说强调了人类对自然整体的责任，使人类"重返生态整体之中，重新确认人类在自然整体中正确的位置，恢复和重建与自然整体以及整体中的各个其他组成部分的和谐、稳定、生死与共的密切关系"（王诺 206）。

二

"'精神生态学'是一门研究作为精神性存在主体（主要是人）与其生存的环境（包括自然环境、社会环境、文化环境）之间相互关系的学科。它一方面关涉到精神主体的健康成长，一方面关涉到一个生态系统在精神变量协调下的平衡、稳定和演进。”（鲁枢元，《生态批评的空间》75）随着社会的工业化程度越来越高，“在‘科学和技术革命’的冲击下，人类的这一‘内在生态规律’彻底失去了平衡，人们在‘物’的丰收中迷失了‘心’的意向……”（鲁枢元，《生态文艺学》131）。在《自动钢琴》（*Player Piano*）、《五号屠场》等作品中，冯内古特揭示了由于人与内心世界的疏离而造成的精神上的失衡。导致这种失衡的原因一是科学技术对人的物化和异化，二是消费主义的盛行导致后现代人心灵的“拜物化”。

20世纪以来，科学技术迅速发展，一方面给人类带来物质的享受和满足，另一方面也使人失去个性，异化为物的附庸。在冯内古特的短篇小说《艾皮凯克》（“EPICAC”）中，作为人的电脑操作员失去了感情表达能力，竟然利用电脑来帮自己写情书，本来没有感情的电脑则学会了去爱，甚至变成了浪漫的诗人；操作员出于自私利用艾皮凯克，而艾皮凯克却在自我毁灭之前帮助操作员写了足够他用五百年的结婚周年纪念诗，人类的堕落与机器的高尚形成了鲜明对比。电脑和人的属性的倒错表现了作者的悲观看法——人正在被物化而逐渐失去人性。

1952年的长篇小说《自动钢琴》虽然具有浓厚的科幻色彩，但冯内古特却坚持说这是一部“关于技术对普通人生活施加影响的现实主义小说”（Lewis and McGuire 508）。它给我们展现出一个让人恐惧的机器化社会，在这个社会里，科学技术被抬到至高无上的位置，而人的个性、创造性却受到严重的压抑。钢琴机器可以通过设定好的程序自动演奏乐器，水平远超人之上；控制一切的是同样名为“艾皮凯克”的中心计算机，它是一个完全排除了感情干扰的终极机器人。作者反讽地认为“历史上最伟大的人，历史上最聪明的人与艾皮凯克十四型相比，就如同虫子与最聪明的人相比”（Vonnegut 104）。而与之相应的是普通人工劳动的严重贬值，因为他们以前的工作可以被任何“一个不锈钢和泡沫塑料制成的机器人所替代”，所以他们只能进入“重建与回收公司”，去处理那些无法用机器去处理的“臭气和废渣”。对这些普通人来说，失去工作不是最致命的，最致命的是因为失去工作而导致的无用感。机器成为所有生产的承担者甚至是指挥者,而人则沦落为可有可无的点缀,人对机器的依赖使人与机器之间的主仆关系彻底颠倒了过来。不仅如此,因为对机器力量的无限推崇,人的价值是由机器式的方式来评价的,人的智力通过能力测试体系被分成高、中、低三等,公司可以通过人事卡上的打孔读取一个人的全部优缺点,以决定他是否胜任工作。这种测试体系使人像工业产品一样被检验、被筛选,通过检验和筛选的人,机器会给他们分配好的职业,通不过的人则会被抛弃到毫无价值的工作中去。人在社会上的地位和价值被绑架在各种各样的文件上,同样表现了科技社会中人的物化。退休的优秀机械师鲁迪的儿子因为没有研究生学位证书无法找到工作,最后选择了自杀;主人公保罗因为反对科技集团的精英势力而被驱逐,警察马上上门催缴其所有特权证件:工业身份证、武器弹药许可证、俱乐部会员证、航空通行证、安全和健康保险单等等,这些文件被没收以后,保罗作为个人已经变得一文不值,从精英阶层瞬时落入普通阶层。冯内古特为我们描绘出一个由物统治的社会,人在其中已经被迫变成了丧失价值的非人,更为可悲的是他们已经屈服于被物所统治的现实,人不如物的信念已经内化为他们衡量自己的标准,从而彻底异化为物的奴隶。

针对人日益被物化的命运,冯内古特认为应该抵制机械化,以恢复人类的尊严。黑人青年哈洛德无法忍受自己房子旁边一个由录音机和扬声器组成的"交通安全教育盒"发出的僵化单调声音而将其砸毁;主人公保罗不愿成为机械体系的附庸,舍弃了精英阶层的社会地位,加入了由失去工作而丧失自我价值感的普通人组成的"鬼衫党",虽然他们的反抗被镇压,不得不向政府投降,但正像"鬼衫党"的领导者之一莱舍牧师所说的那样:"最后是赢是输无关紧要,……最重要的是我们曾经尝试过。"虽然他们的反抗以失败而告终,但保罗仍然没有放弃,他依旧在憧憬依靠自己的行动来唤醒大家一起重建一个机器听命于人的世界。

由于清醒地意识到科学技术对人类毁灭性的影响,冯内古特小说中的科学家很少以正面形象出现。《猫的摇篮》中科学研究院的科学家被描写成"冷酷的、毫无良知的、心胸狭窄的蠢材,对人类漠不关心,甚至可以说连真正的人类一员都算不上”（Vonnegut 35）。冯内古特非常强调科学家对人类的责任感，但他小说中的科学家往往不具备这种品质，这些科学家已经被科技所异化而变得毫无人性和情感可言，霍尼克博士就是其中的典型代表之一。冯内古特在一次访谈中说：“霍尼克博士对生活中某一领域的专注远胜过其他任何人。他过于专注于自己的事业，因而变得没有道德感。”（Allen 234）而“不受道德观念束缚的科学研究可能会成为一种很大的罪恶”（Klinkowitz 65）。霍尼克博士是著名的科学家，被称为原子弹之父，获得过诺贝尔奖，但他认为科学和道德无关，只关注于如何研究，丝毫不关心自己的研究成果作何种用途，哪怕它会导致十几万人的死伤，甚至全世界的灭亡。1945年8月6日当他研制的原子弹在日本广岛上空爆炸时，一向不和自己的孩子们做任何游戏的他却突发奇想地和孩子们玩起了一种叫“猫的摇篮”的游戏。对于原子弹爆炸的后果，另一位科学家不无心悸地感叹“现在科学知道什么是犯罪了”，霍尼克博士却对此耸耸肩膀，不以为然地回答：“什么是犯罪？”他将大规模杀伤性武器的研究当作游戏，甚至研制“九号冰”也是抱着游戏的心态，就像在厨房玩普通的水和冰块一样。因为完全专注于自己的科学研究，又缺少作为科学家或者说人的责任感，他的“天真无邪”给家人和整个人类都带来了灾难性的影响。他与他人的关系非常生疏和冷淡，甚至对家人也是如此，他“眼睁睁地看着妻子这个世界上心地最善良、最美丽的女人由于缺乏爱和理解而慢慢地死去，却连手指头都不愿意动一动”（Vonnegut 53），他的三个孩子也因为缺少父亲的关注和感情而变得性格怪异，最终发展成为身体上和心灵上的双重残缺。

正因为科学技术对人类产生着越来越大的影响，科学技术的研制和发明者——科学家和技术人员的责任感才显得越来越重要。对于这样一个群体，冯内古特认为应该用人文主义精神对之加以控制和监督。1969年在“美国物理学会”进行演讲时，他号召物理学家都要做“人文主义物理学家”，要“关注人类，为地球着想，不去帮助政治家或者军人伤害人类”（Vonnegut, *Wampeters, Foma & Granfalloons* 96）。在他早期的短篇小说《关于巴恩霍斯的报道》（“Report on the Barnhouse Effect”, 1950）中，冯内古特塑造了一位具有人文主义精神的科学家巴恩霍斯。巴恩霍斯教授拥有一种比原子弹的威力还大五十五倍的"心理动力",因为它无法防御,因此人类再也没有发动战争的必要,可以将之用于和平建设:在丛林里开辟道路,修建大坝来灌溉沙漠,将云层移动到干旱地区等。但美国国防部却企图将这一成果用于军事目的,巴恩霍斯毅然出走,并留下一个表明其坚定反战立场的纸条:"我为武器的使用订立了一个新的规定,我有人道主义的理由应该离去。"(冯尼格 122)冯内古特希望所有的科学家都像巴恩霍斯教授那样对整个人类的未来负起责任,只有人文主义能够在科学技术的高速发展过程中占据主导作用,科学技术才能重新回到为人类服务的位置上,而不是最终毁灭人类。

在冯内古特的小说中,导致人类精神失衡的另一个原因是消费主义的盛行。进入20世纪以后,美国经济已经非常发达,美国社会逐渐离弃了传统清教主义克制和勤俭的生活观念,形成了以享乐为主的消费生活方式。人们在消费时的选择甚至被视为一种个人自由的实现方式,自由被等同于人们在消费时面临的最大可能、最广泛的选择。享乐主义被认为是道德的,消费者自由自在地拥有众多的商品是在合理地享受其生活。然而,表面上看消费者似乎是一个自由的个人,实际上这种自由是由消费品的制造者来确定的。企业不仅在制造商品,还在逐步地培养和制造着消费者,这样一来,在现代资本主义经济制度中,人不仅被变成了物,还被变成了可以制造的商品。在无数个意在刺激消费的广告的包围中,人的心灵逐渐贫瘠荒芜。在《冠军早餐》中,冯内古特为我们描绘了一幅现代工业美国的图景,里面充斥着无数商业标签:呼啸而过的货车上印着公司的字母、假日旅馆的广告牌、餐厅外的牌子、供应奶制品的"草原女王"商标、被称为"神奇机器"的洗衣机广告牌、神圣奇迹洞穴的广告牌等等,甚至小说的标题也取自于通用面粉公司的注册商标。通过这些描绘,我们看到的是"一个飞快发展的国家,它的发展动力来自非道德的企业,它的社会消费文化没有丝毫价值,甚至是非常有害"(Klinkowitz, *Kurt Vonnegut* 71)。

为了追求迅速地获得最大的利润,所有企业都力图把一切事物的意义和内涵表层化,以便在最短的时间内得到消费者的青睐和购买,大众不再需要去思考事物表象后的本质,而是直接在表象上读取意义。在消费文化居于主流的时代,文字书籍等传统文化媒介逐渐被各种大众媒体上那些令人眼花缭乱的图片所代替,因为后者只需要人们被动地感受,不需要思考,传统的作家和传统的表现方式则步入尴尬的境地。作家的代言人屈鲁特一直在通过自己的科幻小说表达他对现实和人类生存困境的关注,例如人口问题、环境污染问题、商业文化对艺术的侵蚀和亵渎等,但他用语言表达的深刻思想却无法得到读者的响应,小说《车轮上的瘟疫》之所以发行量最大是因为出版商在封面上添加了暗示内容有色情意味的广告;《黑吊袜带》杂志刊载的短篇小说被大量只穿内裤的女人的照片所包围,这些杂志的唯一用途是读者可以对着手淫。为了追求单纯的利润,文学艺术变成了纯粹的消费品,蕴含着深刻思想的语言被肤浅低俗的图片所掩埋,大众正在被带向无知和浅薄的深渊,冯内古特通过对现实的反映表达了他对消费文化强烈的批判态度。

针对消费文化对大众精神的侵蚀,冯内古特强调文学家和艺术家对大众的正面引导作用,他曾经多次重申作家和艺术家应该为社会服务,应该用艺术唤醒商业文化影响下大众已经麻木的知觉和已经堕落的品味。从20世纪后半期开始,出于对传统小说,特别是现实主义小说的反叛,后现代小说越来越热衷于形式的实验,作家醉心于语言游戏,忽略甚至不屑在自己的作品中传达社会与现实的意义。因此,在某些作家那里,写作“沦落为纯粹意义上的‘不及物’动词:既不指涉现实,也不指向读者”(尚晓进 173),而对于具有深厚艺术使命感的冯内古特来说,艺术不可能也不应该只关及自身,它必然要指涉现实,触及人生的各个方面。他认为,艺术品不应该仅仅是自足的存在,还应该具有内在的意蕴,除去美学价值之外,艺术还应该传达知识和信仰,而强调自我指涉的后现代派小说难以承担这样的文化使命。同时,冯内古特还主张文学艺术创作的对象应是普通大众,而不是少数的文化精英,但后现代小说强烈的实验色彩导致作品过于抽象晦涩而脱离了大众,因此不应该成为艺术家最终的归宿。冯内古特的艺术实践贯彻了自己的艺术宗旨,虽然他的小说运用了黑色幽默、拼贴、元小说、碎片式叙述等实验性的艺术手法,但在这些作品中,我们能够清晰地看到他对黑暗苦难现实的关注,对爱和道德的呼唤,感受到他深厚的人文主义关怀。因为他相信只有作家仍然执着于自己的传统使命,自觉肩负起社会的职责,大众才有可能被唤醒,并摆脱消费文化的影响,只有当大众都意识到消费主义的弊端,领略到艺术的永恒魅力,才能成为更人性化的存在,恢复和保持精神生态的平衡。

冯内古特不能算作一位严格意义上的生态文学家,但他在自己的作品中对自然生态环境给予了深切的关注。从他给我们展示出来的一幅幅生态画面中,可以看出他对当前的生态环境抱着不太乐观,甚至说是非常悲观的态度。人与自然的关系的日益恶化导致人类即将走向毁灭性的末日,人与内心世界的疏离导致人的物化,这种结论并不是一个作家为了达到吸引读者眼球的目的而制造的危言耸听,而是冯内古特对现实的客观认识和表现。冯内古特的小说没有给我们提供盲目乐观主义的未来图景,针对生态失衡问题提出的解决方案也不一定具有很高的实用价值,但确实达到了生态预警的预期目的,表现出作者强烈的艺术使命感和深厚的人文主义关怀。

引用文献

Allen, William Rodney, ed. *Conversation with Kurt Vonnegut*. Jackson: Mississippi University Press, 1998.

Klinkowitz, Jerome. *Kurt Vonnegut*. London and New York: Methuen, 1982.

---. *The Vonnegut Effect*. Columbia: University of South Carolina Press, 2010.

Lewis, Amy, and Paula McGuire, eds. *American Cultural Leaders: from Colonial Times to the Present.* Santa Barbara, CA: ABC-CLLO, Inc., 1993.

Vonnegut, Kurt. *Cat's Cradle*. New York: Dell Publishing, 1963.

---. *Wampeters, Foma & Granfalloons.* New York: Delacorte Press/Seymour Lawrence, 1974.

---. *Player Piano*. New York: Dell Publishing, 1988.

库尔特·冯内古特:《冠军早餐/囚鸟》,董乐山译,南京:译林出版社,1998年。

鲁枢元:《生态文艺学》,西安:陕西人民教育出版社,2000年。

---:《生态批评的空间》,上海:华东师范大学出版社,2006年。

罗小云:《拼贴未来的文学——美国后现代作家冯尼格研究》,重庆:重庆出版集团,2006年。

尚晓进:《及物的艺术——〈蓝胡子〉与库尔特·冯内古特的艺术观》,《英美文学研究论丛》2004年第4辑。

王诺:《欧美生态文学》,北京:北京大学出版社,2003年。

小库特·冯尼格:《回到你老婆孩子身边去吧——短篇黑色幽默小说选》,冯亦代、傅惟慈编译,福州:福建人民出版社,1983年。

作者单位:郑州大学文学院

艾丽莎·范·赫克的地理小说《远离埃尔斯米尔之地》

袁 霞

内容提要:《远离埃尔斯米尔之地》是加拿大女作家艾丽莎·范·赫克的一部地理小说,这是她自创的一种小说体裁。该文本不仅是地图绘制和小说写作的结合,而且是"一部女性地理小说"。本文从《远离埃尔斯米尔之地》的文本间性入手,探讨其中体现出来的颠覆性特征:对男性话语主宰的文本写作的颠覆,对加拿大北方传统叙事的颠覆。同时,本文指出了小说中的建构性策略,即女性与自然的结合,从而为女性探索新的疆界和空间,建立不带偏见的女性表征提出了可行之路。

关键词:艾丽莎·范·赫克 地理小说 女性空间

艾丽莎·范·赫克(Aritha van Herk)1954年出生于加拿大西部草原,具有荷兰血统。她在20世纪70和80年代出版的三部小说——《朱迪斯》(*Judith*, 1978)、《帐篷栓》(*Tent Peg*, 1981)和《居无定所》(*No Fixed Address*, 1986)中探讨了加拿大地理和身份之间的联系,以及小说描述和女性表征的局限性,同时解构了关于大草原的男性视角。其中《居无定所》为她赢得了加拿大最高文学奖总督奖提名。1990年,范·赫克出版了《远离埃尔斯米尔之地:一部地理小说》(*Places Far from Ellesmere: A Geografictione*),将地理空间延伸至加拿大北方。这是一部半自传体性质的实验小说,作者在副标题中自创了一个新词"地理小说",暗示该文本是文学批评、小说自传、游记写作和制图学的糅合。

范·赫克在小说和批评文本中对地理和制图学的关注于某种程度上影响了20世纪90年代末加拿大理论领域一种新术语的形成。1998年,著名文学批评家威廉·H. 纽(William H. New)在《交叉地带:我们这样比喻加拿大》(*Borderlands: How We Talk about Canada*)中综合后结构主义和后现代方法,处理了空间、主体和语言之间的关系,在理论界刮起了“新地理”(New Geography)或“文化地理”(Cultural Geography)之风。“新地理”认为空间并非中立,也不仅仅是指定的,而是渗透了阶级、种族和性别问题的复杂的话语、象征秩序和社会事件的作用结果。正如后现代理论研究“历史的形成”,“新地理”或“文化地理”分析的是“空间的形成”,主张文学研究去寻找身份的文本建构和加拿大风景的制图学建构之间的联系。因此,在这一语境下再回过头来研究范·赫克的《远离埃尔斯米尔之地》就显得尤为重要。

《远离埃尔斯米尔之地》分为四个部分,描述了叙述者/作者寻找“家”的经过,这段历程与范·赫克从孩提时代到成人时期所历经的地理和历史相一致,每一章都对应了她各个生活阶段的“记忆地图”:家乡埃德伯格;上大学的城市埃德蒙顿;工作时的居住地卡尔加里;旅程的终点北极荒漠埃尔斯米尔。在埃尔斯米尔期间,范·赫克随身携带了托尔斯泰的《安娜·卡列尼娜》,并对小说进行了重读。《环球邮报》(*The Globe and Mail*)在评价这部作品时认为,“《远离埃尔斯米尔之地》从女性主义角度对安娜·卡列尼娜进行重新阐释,令人耳目一新”,而且,“范·赫克对风景和文学理论兼具深刻的洞察力”。(Herk, *Places Far from Ellesmere* 封底页)本文试图从《远离埃尔斯米尔之地》的文本间性入手,探讨其中体现出来的颠覆性特征:对男性话语主宰的文本写作的颠覆,对加拿大北方传统叙事的反话语。同时,本文指出了小说中的建构性策略,即女性与自然的结合,从而为女性探索新的疆界和空间,建立不带偏见的女性表征提出了可行之路。

一、对男性话语主宰的文本写作的颠覆

在阅读《远离埃尔斯米尔之地》时,读者不免会产生疑问,叙述者/作者为何要在这次北方之行中带上《安娜·卡列尼娜》?范·赫克在小说的中间部分解答了这个问题,该文本的一个明确目的是“解决男性写作与女性写作之间的(重大)差异”(Herk 82)。换言之,范·赫克利用文本间性策略对写作、

权力和性别之间的关系进行了批判。女性主义文学批评家认为，以独白式或“追求统一”（隐讳的男子气概）为特征的写作与传统文学中受到压制的以复调、文本间性或疯狂（隐讳的女性气质）为特征的写作相对立。（Still and Worton 30）文本间性作为女性主义写作的一种手段，意在颠覆男性话语主宰的文本写作。

范·赫克在小说中指出，写作的权限通常属于男人，这一观点从她与加拿大作家鲁迪·威伯（Rudy Wiebe）的对话中可见一斑，威伯建议范·赫克去埃尔斯米尔时带上《战争与和平》：

> ……他坚信女人永远无法成为“伟大”作家的根源乃是她们不为自己安排伟大的话题。“比如什么？”于是你怒冲冲地问，觉得受了冒犯。“比如战争与和平，”他以耶和华似的语气说道，“女人只能写来自内脏的东西。”从他嘴里冒出的“内脏”一词充满了轻蔑与排斥……打那以后你知道男人的内脏更大也更危险，以伟大话题为中心的膨胀的自我感将它掩饰了起来。战争与和平恰恰是你希望留在下加拿大的。可你带上了《安娜·卡列尼娜》。（Herk 81—82）

令范·赫克反感的是，女人竟被视为没有能力摆脱自己的身体，因而无法属于“伟大作家”的行列，被排除在了文学经典之外。在《远离埃尔斯米尔之地》中，范·赫克对“男性写作”的特权予以辩驳，她批评的不仅仅是男性在文学领域的特权，还有男性写作对女人的影响：女人被拒绝了书写自己的权利，毫无地位可言。这种“失权”（powerlessness）首先表现为失去选择权：女性角色拥有的是“规定的选择权：母亲、圣人或妓女”（Herk 81）；托尔斯泰“笔下的安娜别无选择”（Herk 82），最终只能卧轨自杀。可见，男性文学权威对女人进行了归类和限制，女人被书写的过程其实就是被控制的过程。

范·赫克对男性写作的批判还表现在作家和文本的关系上，这种关系将写作的行为与权力的实施联系了起来。范·赫克批评托尔斯泰试图掌控对其小说的阅读,她将他想象为一个农夫,从头至尾出现在《安娜·卡列尼娜》中:"你推测这个农夫是托尔斯泰……在干预自己的文本,不允许你不受干扰地阅读"(114)。托尔斯泰往往在女人似乎要违背社会期待时出现:"他肩上的麻袋里装着他的小说,一大堆乱糟糟的词语,他往里塞入那些不愿驯服的女人被砍下的手,那都是些富于表现力的漂亮女人。"(114)托尔斯泰的在场意味着监视、占有和权力:他的侵入是为了支配对其文本的阅读。在范·赫克看来,男性写作是一个展现控制欲望的过程,从文本的选题、作品的体裁、人物(尤其是女性人物)的命运,乃至文本的阅读,无不显示了家长制的专权。

范·赫克曾把自己试想为《安娜·卡列尼娜》中的一个角色,并自问是愿意生活在"白夜?或是暗无天日的书页?书的牢笼,野外的刺目阳光,哪个更好?"(80)作者将书页喻为牢房,旨在强调女性作家及其笔下的人物必须逃离男性写作的规范,这一点在小说中从四个方面体现了出来。首先,范·赫克自创的地理小说概念偏离了传统的文体分类,使她的作品成为一部"没有文体的书"(Goldman 31)。她认为,文体是父权制文学传统的工具,而跨越熟悉的文体界限、寻找新的书写方式则是一种政治行为:"越界书写坚决维护某些强大的可重新建构性……(这些文本)从文体的安全区域疏离出来,参与到自身的边缘化之中……对可靠空间的拒绝允许它们质疑持续存在的种族、性别、民族和语言定位。"(Helms 68)《远离埃尔斯米尔之地》可以说是"一部伪装成地图的书,或是一册伪装成书的地图"(Helms 68)。范·赫克打破常规的书写方式和行为使她可以自由地挑战经典名著,以及名著中的线性时间叙事和结构主义叙事模式。其次,范·赫克没有为自己安排诸如战争与和平之类的"伟大话题",而是书写了一位20世纪加拿大普通女性的个人经历,及其在埃尔斯米尔岛重读《安娜·卡列尼娜》时的感悟。在凯琳·比勒(Karin Beeler)看来,这种重新阐释男性作家笔下人物的尝试是对"文学经典中男性作家权威"(227)的挑战。另外,范·赫克拒绝在文本中扮演权威性角色,尽管她的作品具有自传成分,但她并没有像一般的传记那样以第一人称代词"我"的口吻进行叙述,而是使用了"你",这使文本的表述变得模棱两可。乔安娜·C. 瑟奇诺(Joanna C. Surgeoner)指出,范·赫克"通过使用代词'你'质疑了自己作为作家的稳定性或完整性,承认了文本声音的表演(performative)或建构(constructed)性质"(647)。作者或自传主体的声音成为了一种建构或表演,而不是直接的、无需中介的表白:"你知道你是一部更大部头小说的角色,一部地理和情感小说,阅读自己,如同你正被一位悟性颇佳的读者阅读。"(Herk 118)人称代词"你"的使用说明范·赫克对文本的控制力变弱,同时也涉及了文本的读者:作家范·赫克是读者,她的读者也是作家。这种将写作与阅读等同的做法意味着文本同时属于作家和读者,作家不再是意义的保证人。最后,范·赫克在小说中采用了实验形式。文本大多由片段组成,而且经常偏离主题,通过回避叙事传统和情节逻辑的方式来摆脱宏大叙事的铁爪。玛琳·哥德曼(Marlene Goldman)认为,这是一种对"传统的说故事形式的颠覆……强调了传统的女性表征的局限性"(38)。范·赫克还拒绝遵循语言传统,创造性地使用一些新词和不同寻常的标点符号,使语言的范围得以延展。比如,她常常利用斜线号和括号将词语分割或重新组合,从而使意义呈现出多种可能性。

二、对加拿大北方传统叙事的反话语

在小说的开头部分,叙述者问道:"什么能证明某地的合法性?"(Herk 20)一个地方之所以成为一个地方是通过土地、河流、动物、植被和土著居民,还是通过白人探险者的发现和铁路的出现?范·赫克对这些问题的回答直截了当:

> 亨迪(1754):汤普森(1787):菲德勒(1792):亨利(1810):他们漂泊不定的营地。干肉湖的浅滩"散布着灰叶枫小树林,许多枫树直径达一英尺"(梅孔,1879);"役河地区肥沃的土地"(德维尔,1883);"有些地方林木茂盛,有些则长着疏疏落落的树木和灌木丛"(泰雷尔,1887)。(20)

叙述者列出了之前书写过加拿大西北部地区的人物名单，他们是18和19世纪首批白人男性探险家，对这块土地进行过测绘和记录。由此看来，加拿大北方传统是由男性冒险家和开拓者所定义的历史，北方为男性幻想以及男子气概的考验和实现提供了叙事空间。正如丽萨·布鲁姆（Lisa Bloom）在《冰上的性别》（*Gender on Ice*）中所指出的，男性写作中的北方代表了"理想的神秘场所，男人们可以在此炫耀自己是成就神奇伟业的英雄"（6）。叙述者还在文本中间接提到了汤普森和菲德勒服务过的哈德逊湾公司以及泰雷尔和梅孔被委以重任的加拿大地质调查局在历史进程中所扮演的重要角色。这些引证可以达到两个目的：通过引用官方历史，叙述者将她试图动摇的权威展示在了读者面前；与此同时，她说明了关于加拿大边境北方或西北部地区的概念是一个建构，会随着每一次新的探险、每一个新测量的地区而有所变化。因此，叙述者质疑了关于地方的单一定义，并结合占统治地位的历史，为自己重写不同的叙事创造了空间。

范·赫克采用与早先历史对话的策略，尝试着书写埃尔斯米尔地区。在小说中，叙述者有这样一段评论：

> 埃尔斯米尔岛……不易一眼辨出是岛屿。1616年，威廉·巴芬发现了该岛（如何发现的：从海岸/用望远镜/从船上？）但直至19世纪才对它进行勘探。19世纪的岛屿：19世纪的小说。但约翰·罗斯在1818年发现了部分海岸线（太多的对称）。1852年，在英格尔菲尔德远征期间，岛屿以埃尔斯米尔伯爵的名字命名。为什么？他是否给了他们钱？他们在冰封的海岸上读到了什么，使他们想起该以他的名字命名？他们的阅读正确吗？是埃尔斯米尔，还是别的什么，其他人说起的某个别的名字？如果人们有眼力看懂的话，某个地方一定有另外一个名字。1875和1876年，乔治·内尔斯爵士率领皇家海军前往探险（大规模的远征）。（97）

这段话与1988年版《加拿大百科全书》(*Canadian Encyclopedia*)中关于“埃尔斯米尔岛”的词条形成了对话:

> 1616年,威廉·巴芬发现了该岛,但直至19世纪才对它进行勘探。约翰·罗斯在1818年发现了部分海岸线。1852年,在英格尔菲尔德远征期间,岛屿以埃尔斯米尔伯爵的名字命名。1875年,乔治·内尔斯爵士开展了大规模的观测。(687)

通过这样的对话,叙述者不仅向白人男子远征北方的特权提出了挑战,而且质疑了他们的探险被历史化的方式——具有官方和权威特征的书写的历史,以《加拿大百科全书》中的词条为例。通过重新强调百科全书中的词组和句子,叙述者创造了“双重声音(double-voiced)叙述”(Helms 94),对其中未加解释之处提出疑问,追溯事件发生的缘由,同时将19世纪的岛屿和19世纪的小说相比较,点明两者之间的相似之处。这种文本间的对话表明埃尔斯米尔岛并非一张“空白页”(Herk 77),也绝非一块“未发现之地”(Herk 113)。另外,叙述者将埃尔斯米尔探险史(男性属地的历史)与安娜·卡列尼娜的故事(一部由男人书写的小说)联系在一起,意在说明她笔下的安娜和埃尔斯米尔岛是由19世纪的男性(托尔斯泰、威廉·巴芬、约翰·罗斯、乔治·内尔斯)书写/绘制的小说/地方。叙述者想要指出的是,男人们的冒险将女人排除在了外面:“这些名字,每一条绘制的轮廓均是男性的/标线的。……名字、名字,到处都留下名字,在自然界的每一个接界处,留下父亲的名字,其他男人的名字……安娜,她有没有一个岛屿,或是一处海湾、小港?”(Herk 88)绘图是一种占有的行为,它赋予男人绘制和命名的特权,使女人/土地被绘制、被命名,从而隶属于他们。叙述者意欲介入并削弱带有男性偏见的探险话语,在仔细阅读的基础上超越这种男性历史编纂文本,最终像范·赫克在论文《地图的诱惑,或寻找秘籍》(“The Map’s Temptation or the Search for a Secret Book”)中所写的,去绘制“超乎想象的有关梦想和情感的地形”(133)。艾斯塔·莫特(Asta Mott)认为,范·赫克的小说修正了19世纪围绕着白人男子探险话题的关于北极空间的表述："如果说男人在关于北方的文本中倾向于强调男性控制着险恶的风景，范·赫克的文本则展示了人类和风景之间的不同关系。"（104）换言之，范·赫克重写了北方叙事及其潜在的文化困境，将北方描写为女性写作的空间，这在一定程度上颠覆了男性逻各斯中心主义世界观。

三、对女性疆界和空间的探索

范·赫克将《远离埃尔斯米尔之地》的副标题定为"一部地理小说"（A Geografictione），Geografictione一词是geography（地理）和fiction（小说）的组合，但作者有意在词尾加上了字母e，在法语中，以e结尾的名词一般为阴性。而埃尔斯米尔（Ellesmere）这个地名也是别有深意，elles是法语中的"她们"之意，mere则指"母亲"。书的封面也很有意思，埃尔斯米尔岛是以女人的形体呈现出来的，与肯尼迪海峡对面的卡尔加里等地遥遥相望。由此看来，该文本不仅是地图绘制和小说写作的结合，而且是"一部女性地理小说"，是一部女性主义的制图学。作品的每一部分都是一个特殊的"考察现场"：埃德伯格，想望和回归的矮树林；埃德蒙顿，长长的分隔线；卡尔加里，增长中的墓地；埃尔斯米尔，作为岛屿的女人。从一个地方到另一个地方，叙述者始终摆脱不了等级制度和权力束缚的阴影，直至她最终来到埃尔斯米尔。只有在这个北极荒漠，她才真正开始重读《安娜·卡列尼娜》，将安娜从托尔斯泰残忍的情节中"解放出来"（Herk 82）。

在第一部分，叙述者将家乡埃德伯格描述为一座堡垒：六个四四方方的街区，网格状结构的小镇。（37）从她对埃德伯格历史的阅读以及早年生活的回忆，小镇自有一套禁令，处处限制着她的活动。与小镇压抑的特征相对立的是火车站的站台，它"矗立在世界的边缘"（16），象征着希望和逃离。正是在这个站台上，叙述者第一次想象见到了安娜·卡列尼娜，想象她在站台上边踱步边思考如何从不同的角度阅读自己的故事。在第二部分，叙述者为躲避埃德伯格的种种禁制，来到埃德蒙顿——这个"曾经的堡垒，哈德逊湾公司据点”（52）。同埃德伯格一样，它也呈现出网格状的构造。在叙述者的记忆中，这座城市始终处于停滞阶段：“阴郁的冬日，黑暗的建筑，密封的寒冷”（53）。安娜·卡列尼娜再次出现，预示着叙述者渴望逃离的心态。在第三部分，叙述者在评论新家卡尔加里时又提到了堡垒意象：“你为自己找到了杰里科，是吗？”（57）杰里科是《圣经》中的一座城，四面城墙环绕，后被乔舒亚和以色列军队攻破。卡尔加里被描述成迷宫，其购物中心的“灯光和空气宣示着封闭，强调了整体性和秩序”，叙述者则在里面“游荡、迷失，无法找到入口，一扇门都找不到”。（72）最终，叙述者断定，卡尔加里是由“长成独石柱的龙牙”（71）建成的堡垒，与埃德伯格和埃德蒙顿一样，是需要逃离之所。

在文本的最后一部分，考察现场转至“解除了辖域（deterritorialized）”（Goldman 25）的北极荒漠埃尔斯米尔，这是一个“不会有任何判断施加影响”（110）的地方，这是一个“摆脱了绝大多数的男性干预，摆脱了他的历史或小说或亘古不变的描写/撰写的掌控”（113）的地方。在这里，叙述者“希望忘记世上的战争与和平。读一读爱情。即便是像安娜那样注定在劫难逃的爱情”（82）。叙述者似乎被这个神奇的北方所激励着：

> 去，北方，安娜，去北方。既然有西部小说，为何不能有北方小说？……安娜受惩罚的时间太久。带上她去埃尔斯米尔。你确信她从未去过那里，别的人不会带上像她那样如此难懂、如此冗长又重得要命的女人。（85）

在埃尔斯米尔，托尔斯泰笔下的女性复活了：光头公主迈阿戈琪蓄着富有光泽的胡须，坐在一块岩石上，邀请叙述者“与社会决裂”（103）；安娜戴着一串珍珠项链，从冻原上飘然而至。范·赫克让女人进入北极空间这个传统的男性领地，为女性打造了一个空间，探索未被探索过的神秘的女性自我，从而使复杂的阅读变成了通过探索土地来探索自身的过程：

你夹在安娜和埃尔斯米尔之间……这是件令人愉快的事：逃离、水、风、空气、岩石，你身后远处的湖依然冰冻，冰川的潜在冰雪，你能够不断地阅读一本不朽之书，安娜能够阅读这本有你在内的书、这本有关北方的书，阅读或忘却之前的阅读（un/read），因为它的不可思议，因为这块女性的荒漠之地及其神秘的季节与渴望。（130）

这段引文表达了女性主义的态度和后现代主义特征，它一方面显示了文本和读者之间的关系，把阅读视为和写作一样的创造性行为，另一方面展现了女性凝视下的女性形象与土地的融合。叙述者用了un/read这个词，表明阅读的过程其实首先是抛弃并忘却，然后才是再造的过程，埃尔斯米尔正是这样一个可以提供创造契机的所在。埃尔斯米尔与教化之地——埃德伯格、埃德蒙顿和卡尔加里——在地理上的距离对应了女性"去中心（de-centred）"（O' Flynn 71）的心理，正如埃尔斯米尔位于文明的外缘一样，女性处在父权制度的权力叙事范围之外。叙述者暗示，在埃尔斯米尔岛，没有了父权社会的行为准则和偏见，她能更透彻地读懂安娜·卡列尼娜。安娜和岛屿的独特身份不会因为统治、殖民和教化的性别话语而遭到否定。

叙述者的考察以家乡为起点，几经波折，终于在埃尔斯米尔实现梦想。拉·库玛·莎玛（Raj Kumar Sharma）等认为，"这种考察生动地刻画了范·赫克对女性主义的关注，她视之为自己的使命，并最终为女性创建了一个合适的位置，使她们可以无须体会男性的专横态度，得以独立地呼吸"（Sharma and Mouda 2）。对于那些遭受过男性沙文主义毒害的女性而言，埃尔斯米尔成为了一个富有价值的存在，是能够承载真正意义的实体，安娜们能在此塑造她们的未来。

范·赫克的《远离埃尔斯米尔之地》是一部典型的女性主义作品，它利用文本之间的对话，再思作者、文本、读者以及地方之间的关系，颠覆了男性写作中的权力话语特征，对加拿大北方传统叙事进行了反拨，而且在考察空间的过程中，使女性自我得以实现。埃尔斯米尔岛是一个比喻，象征了女性逃脱束缚、成就梦想的可能性。但是，埃尔斯米尔岛并不是终点，也不是固定的中心。范·赫克的“绘制无法绘制的地图”（Herk, “The Map’s Temptation or the Search for a Secret Book” 132）并不意味着建立一种女性的叙事权威，与男性叙事分庭抗礼，也并不表明主体地位和身份的恒定不变，它只是表达了性别意识的觉醒，更是对新的关系的协商，因为埃尔斯米尔“并非任何人的女主人”（Herk, *Places Far from Ellesmere* 139）。

引用文献

Beeler, Karin. "Re-Creating Cassandra and Anna Karenina: Unheard Voices in Wolf's *Cassandra* and van Herk's *Places Far from Ellesmere*." *Critique* 36.4 (1995): 227-236.

Bloom, Lisa. *Gender on Ice*. Minneapolis: University of Minnesota Press, 1993.

Goldman, Marlene. "Earth-quaking the Kingdom of the Male Virgin: A Deleuzian Analysis of Aritha van Herk's *No Fixed Address* and *Places Far from Ellesmere*." *Canadian Literature* 137 (Summer 1993): 21-38.

Helms, Gabriele. *Challenging Canada: Dialogism and Narrative Techniques in Canadian Novels*. Montreal: McGill-Queen's University Press, 2003.

Herk, Aritha van. *Places Far from Ellesmere*. Alberta: Red Deer, 1990.

---. "The Map's Temptation or the Search for a Secret Book." *The Journal of Commonwealth Literature* 31.1 (1996): 129-136.

Mott, Asta. "Aritha van Herk's *Places Far from Ellesmere*: The Wild and Adventurous North?" *Canadian Literature* 157 (Summer 1998): 99-111.

O'Flynn, Siobhan. "Challenging the Cartesian Self: Autobiography as an intertextual/interrelational discourse in the works of Aritha van Herk and Kristjana Gunnars." *Rethinking History: The Journal of Theory and Practice* 13.1 (2009): 65-78.

Sharma, Raj Kumar, and Asra Sultana Mouda. "Mapping the North as a Female Space in Aritha van Herk's Geografictione *Places Far from Ellesmere*." *The Indian Review of World Literature in English* 6.1 (2010): 1-19.

Still, Judith, and Michael Worton, eds. *Intertextuality: Theories and Practices*. Manchester & New York: Manchester University Press, 1990.

Surgeoner, Joanna C. "A Feminist Literary Cartography of the Canadian North: Women, Writing and Place in Aritha van Herk's *Places Far from Ellesmere.*" *Gender, Place & Culture: A Journal of Feminist Geography* 14.6 (2007): 641-658.

作者单位:南京师范大学外国语学院

化解生态伦理与环境正义冲突
——霍根《灵力》对环境伦理的想象

方 红

内容提要：本文以环境伦理、生态伦理、环境正义为核心概念分析霍根小说《灵力》体现的丰富而复杂的环境伦理观，提出霍根以奥米西托见证、反思爱玛猎豹、被审展现生态伦理与环境正义的冲突和视角盲点，阐明霍根以奥米西托经历审判得到成长、立志成为爱玛的精神传人，寓意以关爱话语为基础的环境伦理是解决生态伦理与环境正义冲突的未来，指出《灵力》表达了兼顾濒危物种与濒危人群的弱势人类中心主义的环境伦理观。

关键词：霍根 《灵力》 环境伦理 生态伦理 环境正义

保护濒危物种与保护濒危人群孰重孰轻？濒临消亡的原住民猎杀珍稀物种是否能够免责？美国当代作家琳达·霍根（Linda Hogan）在小说《灵力》（*Power*, 1998）中以印第安少女奥米西托见证濒临消失的泰迦部落成员爱玛猎杀珍稀美洲豹，受到白人法庭与部落长老的双重审判，表现了抵御物种灭绝、抵御种族灭绝的双重主题，体现了兼顾濒危物种与弱势人群、兼顾生态伦理与环境正义的"弱势人类中心主义立场"的环境伦理观。这里提到的生态伦理也是布伊尔所说的"非人类中心的伦理观（nonanthropocentric ethnics）"（Buell, *Endangered World* 224），包括人们熟知的动物权利论、生命中心主义与生态中心主义。而环境正义是注重从种族、阶级、性别角度分析环境问题的"环境正义生态批评"的简称。（Reed 145; Adamson 3）生态伦理与环境正义各有侧重，前者注重保护野生动植物与濒危物种的生存权利，后者更多关注环境污染、荒野消失对弱势人群的生存影响；前者侧重人与自然的关系，后者侧重人类社会在环境资源、生存权利方面的公正性。尽管生态伦理与环境正义各有侧重，鉴于两者皆采用权利话语方式，重视保护生存权利，美国生态批评家劳伦斯·布伊尔（Lawrence Buell）提出兼顾濒危物种与弱势人群的"弱势人类中心主义立场"的环境伦理观，（Buell, *Environmental Criticism* 134）将非人类中心的伦理观与环境正义置于环境伦理框架中。美国环境伦理学家彼德·温茨提出的"环境协同论"（environmental synergism）也体现了弱势人类中心主义的环境伦理立场。（457）相比与人类中心主义相对立、具有理想化色彩的生态伦理，弱势人类中心主义环境伦理观更具务实性与现实操作性。

本文以"豹女杀豹：生态伦理与环境正义的冲突"、"见证审判：发现生态伦理与环境正义的盲点"与"关爱与关照：霍根对环境伦理的想象"三个部分，探讨《灵力》中体现的丰富而复杂的环境伦理观，提出霍根极富创意地将其对生态伦理、环境正义的思索纳入成长小说，以奥米西托见证爱玛猎豹与被审，突出部落文化信仰的延续与美洲豹生存之间的矛盾，暴露生态伦理与环境正义之间的冲突及其不同的视角盲点，提出以灵力为象征的关爱话语兼顾保护濒危物种与濒危人群的需要，代表兼顾生态伦理、环境正义的弱势人类中心主义环境伦理观。

一、豹女杀豹：生态伦理与环境正义的冲突

霍根以奥米西托见证、反思爱玛猎豹暴露生态伦理与环境正义的冲突、保护濒危物种与保护原住民文化的冲突。豹女杀豹是《灵力》的核心情节。在飓风袭击佛州沼泽之后，泰迦印第安人爱玛记忆深处的豹女神话受到激发，恍惚中她感觉自己能像传说中的豹女，通过猎豹祭天换回人与自然和谐相处的崭新世界。美洲豹是受到《濒危物种法》保护的动物，是生态伦理呼吁保护的濒危物种，而爱玛是接近消亡的美洲原住民代表，她与泰迦文化是环境正义运动呼吁保护的濒危人群与文化。爱玛猎豹事件体现了保护濒危物种与保护濒危人群产生矛盾，引发生态伦理与环境正义的冲突。

爱玛猎豹在霍根虚构的豹女神话的衬托下成为生态伦理与环境正义相冲突的代表性案例。霍根首先虚构了泰迦部落的豹女创世神话。由动物抚

养长大的豹女主司维护世界平衡之职，在世界迷漫着死亡之气之时，她接受美洲豹建议，以豹子的性命换回全新世界，而被杀豹子的灵魂，因其尸头被豹女挂在树上，顺利转世投胎，找到返乡之途。霍根使豹女神话成为爱玛的传统文化记忆的一部分，使猎豹成为泰迦部落的宗教仪式，突出爱玛猎豹是宗教信仰与环境体验共同作用的结果，是其"环境无意识"诱发的结果。(Buell, *Endangered World* 61)面对飓风袭击佛州沼泽造成的满目疮痍，身处荒野的爱玛感受到豹女神话中描绘的熟悉场景，这感觉使其忘记"所处之地"，"陷入豹女故事的情景之中"(Hogan 164)。正是在这神秘的"诅咒"下，爱玛像被施了魔法，身不由己地猎杀了美洲豹。

为加剧抵御物种灭绝与抵御种族灭绝的矛盾冲突，霍根将爱玛所属的泰迦部落描述为文化信仰濒临失传、仅存三十多人的濒危人群，和当今佛州的美洲豹存活数目相符，使印第安部落的消失与大地物种美洲豹的消失"两相映照"(黄心雅 91)。此外，霍根以镜头化的特写展现泰迦部落长老与垃圾为伍、被世界抛弃、没落平静的生活：高速公路穿过草木丰盛的奇丽沼泽；曾经的不老泉被污染；空地上是"被扔的破旧、生锈的汽车"(Hogan 154)；族人因居住环境污染频频生病。霍根以寥寥数笔勾画出泰迦部落是环境正义呼吁保护的濒危人群。

在接受穆瑞(John Murray)的采访中，霍根提到，爱玛猎豹情节的设计受到塞米诺部落(Seminole)酋长詹姆斯·比利猎杀美洲豹案件的启发。她被比利案件代表的"宗教自由与《濒危物种法》之间的灰色地带"(Murray 8)所吸引，乐于探索这灰色地带体现的不同法律条款之间的矛盾。探讨原住民宗教自由与《濒危物种法》之间的矛盾是霍根作品经常涉及的题材。在《刻薄鬼》(*Mean Spirit*)中，她突出蝙蝠与老鹰的生存受到原住民宗教仪式的威胁；在《北极光》(*Solar Storm*)中，她展现北美驯鹿的繁衍受到原住民生活方式的威胁；在《靠鲸生活的人》(*The Whale People*)中，她表现了被商业机构收买的印第安人利用原住民宗教自由赋予的特权捕杀鲸鱼，加剧鲸鱼数量的减少。在《灵力》中，爱玛因相信猎豹能拯救世界而猎杀了珍稀动物，豹女杀豹在法律上陷入既违法又合法的灰色地带。

霍根巧妙地通过奥米西托见证爱玛猎豹的所见所闻、所思所想进一步突出不同法律条款形成的冲突。奥米西托明白法律面前人人平等，违背法律者要受到惩处。目睹爱玛杀豹，她脱口而出道："你也要了自己的命。"（Hogan 164）同时，奥米西托也知道爱玛有射杀豹子的特权。"濒危的猫，部落协约的权利，根据部落协约，爱玛可以杀猫，这使要保护猫的人感到愤慨，特别是多病的美洲豹几乎难以生存。我既同意他们的观点，也赞同部落协约的权利。怎么会有两种相互矛盾的真理？而最糟糕的是，我两边都赞成，爱玛所做既对又错。"（Hogan 115）

奥米西托不仅面对相互矛盾的法律感到左右为难，同时也在情理与法理之间进退两难。一方面，奥米西托意识到爱玛猎豹会受到法律的处罚；另一方面，她理解爱玛的错误之举在于其迷失在豹女神话中，倾向将其行径视为情有可原的过失。她面临的两难境地从侧面说明保护濒危物种与维护原住民文化传统的矛盾、实施生态伦理与维护环境正义的冲突。霍根将见证爱玛猎豹的奥米西托置于同情、理解爱玛的一方，是别有用心的安排，为奥米西托在两场审判中发现生态伦理与环境正义的视角盲点埋下伏笔。

二、见证审判：发现生态伦理与环境正义的盲点

爱玛因猎豹而违背《濒危物种法》受到佛州法庭的审判，白人陪审团与法官因证据不足将爱玛无罪释放。在白人审判结束后，部落长老另设厅堂，严惩私埋豹尸的爱玛，将其驱逐出部落保留地。霍根在展现两场审判中采用了一明一暗两条线索，以奥米西托所言所闻为明线，以其所思所想为暗线，巧借奥米西托的沉思默想、无声辩护暴露了生态伦理与环境正义的视角盲点，突出环境体验是实施生态伦理、环境正义不可忽视的因素。

霍根以奥米西托反思白人对爱玛审判的所见所闻揭示《濒危物种法》忽视现代社会侵蚀荒野的语境，暴露了生态伦理的视角盲点。在庭审中，法官、控方律师询问证人的重点在于能否证明爱玛因部落信仰射杀美洲豹，这是证人与叙述者奥米西托叙述白人审判的明线。而奥米西托对提问与回答的思

索形成叙述的暗线。法官就被杀美洲豹的提问使奥米西托联想到被车轧死的美洲豹:“我想到它们,出入人迹罕至的沼泽、生活在柏树与美洲红树林中的大猫。”“同时,我也想到被车轧死的大猫,自从高速公路开进荒野,它们中的十多只被汽车轧死。”(Hogan 123)她的跳跃思维将爱玛猎杀的豹子与死于车祸的豹子相提并论,这看似无意的并置提出发人深省的问题:人类建造高速公路时是否考虑到美洲豹的生活领地?是否为不懂交通信号的野生动物提供穿行通道?当高速公路使美洲豹失去赖以生存的荒野,通过立法保护濒危美洲豹是否有效?霍根借助奥米西托的思考提出:保护濒危物种的法律忽视现代社会侵入荒野、迫使野生动物失去家园的大语境,怎能成为审判荒野发生事件的依据?如古语所言:皮之不存,毛将焉附。

霍根也通过奥米西托的反思与其为爱玛的默然辩护质疑缺乏荒野体验的白人有何资格审判荒野发生的事件,暗示忽略荒野体验是实施生态伦理前提构成生态伦理的另一视角盲点。面对白人法官、陪审团猜测爱玛猎豹抑或为了贪图皮毛,抑或为了在赌博中获得神助,奥米西托感到义愤填膺。她质疑从未在荒野生活的法官与陪审团成员何以理解荒野发生的事,质疑他们有何资格审判以荒野为“领地”的爱玛,质疑“生活在狭隘物质世界中的白人”(Hogan 130)何以理解荒野体验对人产生的影响。霍根巧借奥米西托的质疑,委婉指出忽视荒野体验是抽象、理性的生态伦理的视角盲点。

霍根以奥米西托见证、反思部落长老对爱玛的误判间接质疑以保护原住民生活方式与文化信仰为目的的环境正义。面对濒临消失的原住民文化,以贝纳(Devon Pena)为代表的环境正义者呼吁保护与恢复原住民的生活方式与环境理念,鼓励原住民恢复当地“生态环境与原住民文化”(67)。环境正义者如同热衷于以文字与声像方式保存原住民文化的人类学家,忽视了原住民文化演变发展的可能性,倾向将其当成活化石保存,更没有考虑到部落宗教的暴力仪式与现代法制理念的冲突。霍根没有直接批评环境正义者保护原住民文化的具体做法,而是通过奥米西托目睹、思考部落长老为维护部落信仰、仪式错判爱玛的经历委婉暗示环境正义对原住民的负面影响,质疑以保护原住民为目的的环境正义是否客观上强化了原住民的他者形象,是否产生贬低原住民、打击其自信心的不良后果。

霍根通过奥米西托的内心独白表明部落长老在白人法庭为爱玛的辩护反倒强化了原住民他者的形象。见证部落首领在法庭为爱玛的辩护，奥米西托思忖道："他说她是迫于信仰、迫于历史才这么做的，他希望法庭能考虑这个因素。我看出他们是这么做的，他们看着她，看着我们，就像我们与他们不同，我们是不同类型的人。"（Hogan 132）具有双重文化视角的奥米西托意识到部落长老为爱玛的辩护产生了双重效果，一方面，辩护维护了部落的协约权利，保障原住民为实施信仰而猎杀动物的权利；另一方面，辩护无形中促使法官与陪审团成员将以爱玛为代表的原住民当作"谜一般"的另类人，促使他们好奇地"研究"爱玛，似乎"她是他们的动物"（Hogan 136）。他们希望爱玛与部落首领"说出他们不相信的东西，讲出他们不能理解的故事。他们相信我们所说能让他们瞥见我们的世界，在他们的历史之外的狭缝中存在的另一世界"（Hogan 136）。他们对爱玛的兴趣远远超过对案件本身的兴趣，他们对原住民宗教信仰的好奇远远超过对被射杀豹子的同情，他们依法行事的意愿远超过深入了解当事人猎豹动机的意愿。更重要的是奥米西托发现一向从容不迫的爱玛在白人的凝视与审判下变成僵硬、卑微、落后的印第安他者，她失去"在林中的优雅"，失去"热情而温暖的眼光"，失去"矫健的姿态"，她双手"无力"地放在膝盖上，脸庞干燥、瘦削，看上去"衣衫不整"、神情恍惚、不知所措。（Hogan 137）

错判爱玛的部落长老就像环境正义者，他们被保护部落宗教与文化的使命蒙蔽双眼，采取了貌似保护原住民文化却实际损害原住民文化的举措。见证爱玛猎豹、被审、被处以流放的奥米西托意识到，部落长老被狭隘的民族主义思想蒙蔽了良知，他们恼怒爱玛明知故犯、故意违背部落习俗，他们将爱玛拒绝辩护的行为视为对权威的挑战，这才是他们重罚爱玛的真正原因。见证爱玛虔诚猎豹的奥米西托理解爱玛私自埋豹是为了保护部落长老的信仰，维护其生存的基石。

对老人们来说豹子太重要，千年以来都是这样，他们与豹子紧密相连、息息相关。如果让他们看到猫的脸，躺在黑色草上的瘦骨嶙峋的垂死的猫，他们将不再有任何希望，他们将会躺倒在地，不再起来看这世界。这世界中，汽车穿行在切断土地的公路上，机器在鱼儿垂死的沼泽中咆哮。我理解她为什么不按正确的方法做，她不能将猫带给他们，不能让他们看到这可怜的东西。（Hogan 166）

部落长老的墨守成规看似维护部落文化，实际则因处罚、流放部落文化精髓的继承者，使部落丧失了仁爱、掌握猎人文化、具备托管者责任的部落文化传人。

霍根还以奥米西托的所思所想深入探讨了不同文化社会语境中不公正审判背后的深层原因。无论白人律师、法官、陪审团，还是部落长老，都希望爱玛能成为自然环境被破坏的"替罪羊"（Hogan 167）。在白人看来，居于荒野的爱玛愚昧无知、固执迷信、法治观念单薄，她代表的原住民生活习俗与文化是造成自然环境恶化、物种灭绝的直接原因。在部落长老看来，爱玛无视传统习俗，擅自处理豹尸，破坏人与自然的盟约，这是"沼泽无鱼"、树上无鸟、人类遭受自然惩罚的原因。（Hogan 167）白人一方欲以爱玛猎豹事件为借口，说明教化部落成员、将部落领地纳入现代社会管理的必要性；而部落一方欲杀一儆百，以流放爱玛惩戒胆敢违背传统者，以此抵御美国主流社会对部落文化的洗劫。如奥米西托所说，一方借爱玛"洗脱文明的玷污"，另一方以其"洗脱荒野的玷污"。（Hogan 168）两场审判都偏离了公正的基础。

霍根以奥米西托的视角暴露生态伦理与环境正义的视角盲点，表明主流社会与原住民部落尽管有保护自然与弱势人群的良好愿望，但两方都缺乏公正合理解决人与环境冲突问题的实施机制，缺乏具体化、个性化的操作方案。如布伊尔所写，"尽管国家审判与部落审判都严格按程序进行，但两场审判都没能理解个案的复杂性，达到实施正义与保护的效果，而是适得其反。无法实施正义的原因是主流文化与部落文化都过分拘泥于仪式，无法想象受指控的女人故意不按部落仪式杀豹是为保全部落而导致自我迷失的牺牲行为"（Buell, *Endangered World* 239）。

三、关爱与关照:霍根对环境伦理的想象

在《灵力》中,霍根对生态伦理与环境正义的探讨、对环境伦理的展望都被巧妙地纳入奥米西托的成长历程中。奥米西托在伴随爱玛的生活中体会到猎人文化与其关爱之心、关照之责;她在见证爱玛猎豹中意识到生态伦理与环境正义的冲突;她在见证爱玛被审中发现法律与审判的漏洞;爱玛被长老判处流放使她体会到,相比繁文缛节的宗教仪式,爱玛具有的关爱之心与托管者责任是部落文化更有价值的精髓;她在爱玛的陋屋中立志成为爱玛的传人,以关爱自然生命、照看部落长老为己任。霍根巧妙地以奥米西托的成长,暗示现代社会对生态伦理、环境正义的理解有待成熟与发展,表明以关爱话语为代表的环境伦理更能兼顾生态伦理与环境正义的不同侧重,是化解两者冲突的良方。

在《灵力》中,霍根将奥米西托的成长置于物欲横流、人与自然失衡、野生动植物生存空间被极大压缩的病态美国现代社会中。在成长小说中,个体的困惑能够体现特定时期的主要社会问题,而个体的成长也预示社会的发展,反映特定社会的时代精神。如瑞诺(Claudine Raynaud)所说,在成长叙事中,"英雄的个人故事与小说的历史时间密切相关,他/她的个人经历在历史形成的大背景中展现,一个完整个体的形成受到历史事件影响,个人的成长投射其家庭之外、历史的决定力量,甚至超越其所在的时空"(108)。奥米西托成长中面临的困惑,是当代美国原住民面临的问题,也是美国社会面临的问题:原住民部落如何在现代社会生存?如何协调保护濒危物种与维持原住民生活方式、部落信仰的矛盾?《灵力》以奥米西托立志成为爱玛传人提出以关爱为代表的环境伦理有助于化解环境正义与生态伦理的冲突。

霍根在《灵力》中想象的环境伦理观以仁爱为情感基础,以环境体验为前提,以关爱之心、关照之责为具体表现形式。一方面,它具有布伊尔提出的"弱势人类中心主义立场"的环境伦理观兼顾濒危物种与濒危人群的特点;另一方面,相比布伊尔的环境伦理观,它更注重环境伦理实施的具体语境、情感基础,更强调环境伦理的示范性、操作性,更突出环境伦理的关爱话语与关

照之责。霍根以奥米西托的成长、感悟具体演示其环境伦理的特点。

霍根以奥米西托见证爱玛猎豹、被审发现白人法律与部落审判的视角盲点，突出环境体验是实施环境伦理不可缺少的条件。奥米西托能理解爱玛猎豹救世的善良动机，重要原因在于她跟随爱玛猎豹、见证猎豹的具体情境：她目睹爱玛虔诚地追逐美洲豹，目睹爱玛以豹子尸体向上苍“进贡”。（Hogan 66）而部落长老认为爱玛私自猎豹、私藏豹尸乃离经叛道的行径，一方面在于他们被狭隘的民族主义思想所蒙蔽，另一方面在于他们没能参与爱玛猎豹，无法感受其使命感，更难以想象他们自己成为爱玛保护的对象。而白人法官、陪审团成员怀疑爱玛猎豹出于私利，原因在于他们缺乏荒野体验，不熟悉猎人文化，不能区分出于仁爱、信仰的杀生与出于贪婪的狩猎之别。如奥米西托所言，白人“狭窄的生活空间与生活阅历”使他们无法理解、想象爱玛在荒野中的思想与情感，“就像他们无法在镜子中看到自己的眼睛”。（Hogan 130）霍根以两场对爱玛的错误审判间接地表明：环境体验是实施环境伦理不可欠缺的条件。霍根以奥米西托为评判爱玛猎豹的公正视角，不仅批判了生态伦理、环境正义的“教条性”，更强调了环境伦理的“实践性”。如布伊尔所言，《灵力》“以强调环境伦理的实践性批判了伦理的教条性”（Buell, *Endangered World* 241—242）。

霍根以奥米西托对爱玛的理解委婉地说明：仁爱是环境伦理的情感基础。奥米西托明白爱玛宁愿接受被驱逐的命运，也不愿长老目睹病残之豹而信仰破灭，她理解爱玛舍身求义的大爱。“如果她将豹子交给他们，就是将疾病与死亡交给他们。他们看到豹子，他们已饱尝痛苦的心会碎掉，这将是仁慈的错误的一面，这就是她守口如瓶的原因。”（Hogan 166）霍根以奥米西托的感悟巧妙地说明：爱玛保护部落长老的仁义善举出于爱心，却达到环境正义所倡导的保护濒危人群及其文化信仰的目的。她的仁爱善行不仅包含正义的欲望，而且超越正义的欲望。如罗尔斯所说，仁爱与正义感“都包含着行使正义的欲望，前者更强烈、更广泛地表现这一欲望，它除了正义的义务之外，还准备履行所有的自然义务，甚至要超出它们的要求。人类之爱比正义感更为宽广全面，它推动着分外的行为，而后者却不如此”（19）。

霍根以奥米西托立志成为爱玛的传人体现以仁爱为基础、以关爱话语为表现的环境伦理更具示范性，更具影响力。如布伊尔所写，“《灵力》肯定了个体榜样的示范作用要比叙述的作用更重要”（Buell, *Endangered World* 241—242）。奥米西托从爱玛身上学到的东西远比她在学校学习的东西更具塑造力和影响力。与爱玛“同舟垂钓”时，奥米西托学会沉着、耐心、不动声色；在共同追踪黑狐、“聆听蛇的动静”时，她学会在“荒野中生存”，以“大地为友”；与爱玛行走于荒野中，她学会眼观六路、耳听八方。她敏锐地意识到，自己与爱玛、豹子情况相似，他们都像被“割开的土地”，“越来越渺小，处于濒临灭亡的地位”。（Hogan 69）在奥米西托的成长过程中，爱玛为保护长老信仰不惜违背部落法规的大爱之举使她明确了生活目标：她要成为爱玛的传人，继承猎人文化，修复被破坏的荒野，照管林中的动物，照看部落的长老。在爱玛被驱逐之后，奥米西托在爱玛的房子里真正找到家的感觉，实现对爱玛仁爱之心与托管之责的认同。作品结尾，奥米西托跟随灵视中见到的四位古装女子，回到泰迦部落保留地，接过长老手中的羽毛扇。奥米西托的灵视体验与回归部落的结局，预示她具备了灵力，能像爱玛一样守护森林、照管长老、继承部落文化，实现人如其名。奥米西托的名字在泰迦语中意为“观察、守护与照管”（Hogan 4, 109），霍根以奥米西托的名字突出其具有关爱之心、关照之责的女性形象。

霍根突出关爱之心与关照之责是环境伦理观的具体表现形式。霍根的环境伦理观反映了印第安文化中的生态整体主义思想，也体现了生态女权主义的“关爱伦理（ethics of care）”（Warren 27）。以关爱、关照为表现形式的环境伦理观不同于生态伦理与环境正义。前者以仁爱为基础，后者以公正为基础；前者突出关爱的话语方式，后者体现权利的话语特点；前者重视环境体验与个体经验，后者突出普适的规范与原则；前者重视情感体验，后者偏重规诫与处罚。以关爱、关照为特点的环境伦理观注重环境体验、情感基础，更具操作性，更具示范性。霍根以奥米西托认同爱玛的仁爱之心，勇于承担对自然、对部落的责任预示其成长与成熟，这一结尾寓意以环境伦理替代生态伦理与环境正义将有助于推动人与自然的和谐发展，表达兼顾濒危物种与濒危人群的环境伦理观,也反映了兼顾生态伦理与环境正义的弱势人类中心主义的环境伦理观。

引用文献

Adamson, Joni, Mei Mei Evans, and Rachel Stein. *The Environmental Justice Reader.* Tucson: University of Arizona Press, 2002.

Buell, Lawrence. *Writing for an Endangered World.* Cambridge, MA: Harvard University Press, 2001.

---. *The Future of Environmental Criticism*. Malden: Blackwell Publishing, 2005.

Hogan, Linda. *Power.* New York: Norton, 1998.

Murray, John A. "Of Panthers and People: An Interview with Native American Author Linda Hogan." *Terrain.org: A Journal of the Built and National Environment* 5 (Autumn1999). 25 Jan. 2013 <http://www.terrain.org/interview/5/>.

Pena, Devon G. "Endangered Landscapes and Disappearing Peoples? Identity, Place and Community in Ecological Politics. " *The Environmental Justice Reader*. Eds. Joni Adamson, Mei Mei Evans and Rachel Stein. Tucson: University of Arizona Press, 2002. 58-81.

Raynaud, Claudine. "Coming of Age in the African American Novel." *Cambridge Companion to the African American Novel.* Ed. Maryemma Graham. Cambridge University Press, 2003. 106-121.

Reed, T. V. "Toward an Environmental Justice Ecocriticism."*The Environmental Justice Reader*. Eds. Joni Adamson, Mei Mei Evans and Rachel Stein. Tucson: University of Arizona Press, 2002. 145-162.

Warren, Karen. "The Power and the Promise of Ecological Feminism." *Ecological Feminist Philosophies*. Ed. Warren Karen. Bloomington: Indiana University Press, 1996. 27-28.

彼得·温茨:《现代环境伦理》,宋玉波、朱丹琼译,上海:上海人民出版社,2007年。

黄心雅:《创伤、记忆与美洲历史之再现:阅读席尔珂〈沙丘花园〉与霍根〈灵力〉》,《中外文学》2005年第8期。

约翰·罗尔斯:《正义论》,何怀宏、何包钢、廖申白译,北京:中国社会科学出版社,2001年。

作者单位:南京大学外国语学院英语系

桴鼓声中的黄女人
——莱斯利·马蒙·西尔科的文化策略研究

张雯　龙江

内容提要：作为当代美国印第安文学代表人物之一的莱斯利·马蒙·西尔科，在其二十多年的写作生涯中始终贯穿着对印第安文化命运的思考。黄女人是她作品中至关重要的形象，在她探索如何保存并延续印第安文化传统的过程中发挥了关键作用。本文以这一形象在西尔科作品中的发展过程为主线，结合印第安女性主义和后殖民主义的文化视角，论述西尔科文化策略发展的三个阶段：弘扬传统、文化抵抗和文化联盟，从而揭示西尔科在印第安文化生存与发展过程中做出的独特贡献。

关键词：黄女人　美国印第安文化　策略　生存与延续

作为于上世纪60年代兴起的美国印第安文艺复兴运动中的一位领军人物，莱斯利·马蒙·西尔科（Leslie Marmon Silko, 1948—　）以其在诗歌和小说方面的杰出成就深受读者和评论界的赞赏，成为美国少数族裔作家中备受关注的佼佼者，在当代美国文坛发挥着不可替代的作用。1977年西尔科凭借长篇小说《仪典》（*Ceremony*）一举成名，之后又相继发表了《死者年鉴》（*Almanac of the Dead*, 1991）和《沙丘花园》（*Gardens in the Dunes*, 1999）两部长篇，同时，她创作了大量的诗歌、散文和短篇小说，赢得多个小说和诗歌奖项，成为被诺顿文集收录的最年轻的女性作家。西尔科还致力于实现印第安文化与其他文化的沟通和理解，她将多种艺术形式，如照片、绘画等视觉艺术与文字融汇交织，在其作品中形成独特的互文景象，扩展了文学创作的涵盖面，大大丰富了其作品的可阐释意义。无怪乎艾伦·阿诺德（Ellen Arnold）这样称赞西尔科："她作品的广度和多样性无疑使她成为美国当今最具创造力和最多才多艺的作家之一。"（vii）

由于西方主流文化的冲击,印第安民族与文化面临被边缘化甚至被同化的处境,当代美国印第安作家也遭遇了严重的身份危机和文化危机。后殖民主义认为,文化之间的一般性冲突并不一定会对其中某一方造成破坏,关键的问题在于主流文化对其他边缘文化的霸权政策。文化殖民就是主流文化压制边缘文化从而确保其权威地位的一种策略,涉及教育及宗教等方面。① 文化霸权对美国印第安民族的破坏性影响历来是美国作家关注的主题之一。早期印第安小说中,许多白人及少数黑人和拉美裔小说家将遭受西方文化冲击的印第安人塑造为"濒死的野蛮人",他们成为了"不可控制的文明力量冲击下不幸的受害者"。这种关注似乎不是为了唤醒印第安人的民族意识,而更像是在警告他们不要"妄想在白人世界取得成功"(Allen, *Sacred Hoop* 77)。印第安文学复兴运动之前,即便是印第安作家的作品也难逃这种论调的窠臼。对自身文化信心的瓦解使他们陷于进退维谷的境地:既无法固守本族文化传统,也无法获得白人主流文化的认同。但是印第安民族逐渐认识到自身文化身份危机产生的根源,印第安作家也开始将抗争精神付诸笔端,"靠突出与宗主国势力的对立和强调它们与帝国中心的假想的不同来坚持自我"(Ashcroft 2)。

大学时代的西尔科毅然弃法从文②,开始寻求以一种"更为有效的方式"(qtd. in Seyersted, "Interview" 7—8)为印第安人民争取公平和正义。通过文学创作,她对印第安文化命运进行了一系列深入的思考,"戏剧化地表现了美洲土著人民为保存其文化内核奋不顾身、不惜一切代价进行的抗争"(qtd. in Silko, *Almanac* 封底页),探寻如何保存并延续印第安传统的文化策略。随着印第安文学复兴运动的兴起,当代印第安作家的文化抗争就始终围绕着本

① 白人政府制定的配给政策,使印第安人丧失了赖以生存的土地,这不仅使印第安人陷于贫困,而且切断了他们与故土和传统生活的联系。同时,当局强调要"按照主流社会的行为规范来教育年轻的印第安人[……]并将此作为同化政策的重要方面"(Churchill 51)。从19世纪60年代开始,满六岁的印第安儿童即被送往远离居留地的寄宿学校接受一种旨在"抹杀骨子里的印第安人"(Churchill 51)的教育,他们要皈依基督教,并且说"正确的"英语,不被允许学习他们的民族传统和文化历史。

② 当青年时代的西尔科考入新墨西哥大学法学院攻读美国印第安法时,她希望能通过美国司法体系为印第安人争取公正待遇,但很快她放弃了这种努力,转而进入英语系,开始投身写作,未毕业时她就发表了处女作《送雨云的男人》(*The Man to Send Rain Clouds*, 1969)。

族文化的生存与延续进行。艾伦（Paula Gunn Allen）指出，上世纪60年代最具有代表性的印第安作家之一莫马戴（N. Scott Momaday）"最为明确地否认文化冲突必将导致种族灭绝"（*Sacred Hoop* 87）。从莫马戴开始，美国印第安作家逐渐将文化冲突、身份丧失的主题与他们作为写作源泉的部族传统结合起来，从自身世界观和信仰理解中解析民族危机，并在明晰印第安不同部族文化多样性的同时强调他们整体信仰的共同点。为了找到一条治愈民族精神文化创伤之路，他们不约而同地深入其传统内部，大力发掘传统文化的力量。

在对西尔科文化策略的研究中，早期评论家主要将视角集中在她与同时代印第安作家的共性，剖析了他们作品中"讲故事"（storytelling）这一印第安口头文学传统和神话、动物以及地理特征等一系列凸显印第安文化特色的象征符号之人类学意义，说明他们立足传统以彰显本族文化力量，对抗主流文化冲击。[①]后期评论者则将注意力转向对西尔科的独特性研究，认为她的混血身份（印第安拉古纳、墨西哥和白人血统的融合），即边缘人身份赋予了她一种与众不同的审视印第安文化的视角。她不是单纯排斥白人文化，而是发展了一系列独特的策略来应对文化殖民。在叙事技巧上，西尔科出于对"口语化和书面化矛盾的双重渴求"，创造出"一种纯粹的语言"（Fitz x），"在部落仪式和西方叙事之间建立起了一种连续性"（Allen, *Sacred Hoop* 95），并借助于叙事融合或"转换"（Benediktsson 131）的方式，试图解决文化之间的冲突。在文化层面，西尔科力图将白人文化带来的"变化"融入印第安传统文化的"治愈仪式"中，从而化解文化殖民及其后遗症的伤害性影响。[②]韦利（Velie）提出当代印第安作品不是抗议式文学（protest literature），韦尔奇（James Welch）、莫马戴、西尔科和维森诺（Gerald Vizenor）都强调适当地接受变化，承认白人文化和印第安传统一定程度的融合。（64）

① 相关评论详见Louis Owens, "'The Very Essence of Our Lives': Leslie Silko's Webs of Identity," *Leslie Marmon Silko's Ceremony: A Casebook*, ed. Allan Chavkin, Oxford: Oxford University Press, 2002. 91-116. / Edith Swan, "Laguna Symbolic Geography and Silko's *Ceremony*," *American Indian Quarterly* 12.3 (1988): 229-249.

② 石坚认为西尔科的作品体现出，治愈印第安人民精神创伤的过程只能通过变化的仪式实现，这种新的仪式汲取了白人文化带来的变化，甚至其实施过程还要依靠英语的帮助来完成。

以上对西尔科文化策略的研究主要以西尔科早期成名作《仪典》中男性人物所经历的文化疏离和精神治愈过程为对象展开,还不足以充分认识和理解她的文化策略。西尔科在至今二十多年的写作生涯中创作的三部长篇和多部短篇小说,反映了她在不同阶段的思想发展和文化思考,所以应将它们都作为理解其文化策略的重要文本纳入研究视野。同时,更不能忽视对黄女人这个在其作品中被多次复写,并且对其文化策略发展至关重要的人物形象的观照。黄女人在印第安文化中具有十分独特的意义和价值,对于西尔科来说,这个在拉古纳传统中最为重要的女性神话形象,是她获取精神力量和创作灵感的源泉。[①]迄今为止,评论家对西尔科的短篇《黄女人》和长篇《仪典》中的黄女人形象进行的解读,肯定了正是其巨大的女性创造力治愈和弥合了印第安男性的文化疏离感。[②]这在一定程度上也说明了黄女人在西尔科应对文化殖民的文化策略发展中至关重要的地位和价值。

对黄女人的国内外研究至今为止主要集中在两个方面:这一形象的女性内涵及其女性主义意义[③];她在文化层面上的宗教意义和仪式功能。艾

---

① 司万(Swan)和艾伦都指出拉古纳仿佛是一个大熔炉,具有民族和文化的双重多样性。参见Edith Swan, "Feminine Perspectives at Laguna Pueblo: Silko' s *Ceremony*," *Tulsa Studies in Women's Literature* 11.2 (1992): 309-328. / Paula Gunn Allen, "I Climb Mesas in My Dreams," *Survival This Way: Interviews with American Indian Poets*, ed. Joseph Bruchac, Tucson: University of Arizona Press, 1987. 1-24.而翟润蕾指出西尔科的独特家庭背景很大程度上帮助她克服了文化疏离感。复杂的家庭背景带给了西尔科从童年开始便不得不承受的巨大压力,但同时也使她具备了更为开阔的文化视野和宽容的文化态度,最终她选择了以平等主义和包容性为内核的拉古纳文化作为自己的精神支柱。黄女人智斗恶神拯救部落那种超越常规的英雄主义使西尔科获得了克服身份危机的巨大勇气,而黄女人的经历也使西尔科坚信个人不必在意别人否定的眼光,应该执着地做自己认为正确的事情。个人的特质(包括外貌、肤色等的不同)都是"创造女神的恩惠"(Silko, *Yellow Woman* 67)。西尔科坦承她是"依靠Kochininako(即黄女人)和她的历险故事带来的精神启迪"(*Yellow Woman* 71)克服了在白人种族歧视和纯血统印第安人精神疏远的双重压力下产生的挥之不去的迷失感和沮丧情绪,找到了属于自己的正确道路。

② 参见Edith Swan, "Feminine Perspectives at Laguna Pueblo: Silko' s *Ceremony*," *Tulsa Studies in Women's Literature* 11.2 (1992): 309-328. / Judith A. Antell, "Momaday, Welch, and Silko: Expressing the Feminine Principle through Male Alienation," *American Indian Quarterly* 12.3 (1988): 213-220.

③ 司万从美国印第安女性主义的角度细致阐释了短篇故事《黄女人》和小说《仪典》中的黄女人形象,高度赞扬了在治愈男性疏离感中至关重要的女性创造力;赫尔佐格(Kristin Herzog)等人也陆续研究了西尔科作品中男女形象体现出的印第安部族异于西方白人社会的社会角色定义。

伦指出，黄色是凯瑞斯（Keres）[①]妇女的颜色，它意味着“女性中的女性”（Woman-Woman）或者说是“女性的精神”。（*Sacred Hoop* 226—227）黄女人的形象和故事在西尔科早期作品包括诗歌中反复出现，不仅是联系这些作品的纽带，也体现了印第安古老的口头文学传统的传承。（qtd. in Thompson 22）[②]但对这一形象的研究，目前多局限于西尔科早期作品中的个体形象及对单个形象的女性主义角度考察，除巴纳特（Louise Barnett）[③]外，缺乏对这一形象在西尔科不同阶段多部作品中的发展过程的研究。

事实上，通过在其短篇小说及三部长篇小说中对黄女人形象的反复塑造，西尔科不只发掘了其传统文化力量，更重要的是发展了一系列的文化策略。在早期黄女人形象上，西尔科强调口头文学传统和女性创造力、治愈力，弘扬传统文化因素，意以弥合文化殖民下的精神创伤。在中期积极抗争的黄女人身上，西尔科则旗帜鲜明地挑战了西方文化霸权，试图以黄女人承载的文化特性瓦解主流文化权威。这时西尔科的文化策略已不再局限于同时代印第安作家只注重传统关怀的基调，出现了主动抗争的倾向。后期的黄女人不再一味战斗，而是积极寻求与其他民族结盟，求同存异。因此，从西尔科作品中黄女人这一形象的发展变化过程，可以看出她为保存和延续印第安传统文化提出的文化策略也相应经历了大致三个阶段的发展，本文将其归纳为弘扬传统、文化抵抗和文化联盟。

---

① 凯瑞斯（Keres）是西尔科（和艾伦）族人拉古纳人的语言。他们的普韦布洛村落位于新墨西哥州西南部泰勒火山（Mount Taylor）脚下，这座山是他们宗教信仰中的神圣之山。

② 国内研究印第安文学的著名学者石坚也认为黄女人的故事体现了印第安古老的口头文学传统的传承，而这些以归家为主题塑造的黄女人在治愈现代印第安人精神创伤的“仪典”中扮演着重要角色。（159—160）

③ 巴纳特指出：“她（西尔科）的很多正面女性形象都可以看作是黄女人的化身。”而她也颇具全局眼光地分析了西尔科主要作品中所有的黄女人形象，从印第安女性主义角度指出该形象经历了早期（西尔科的短篇小说及《仪典》）探查女性奥秘力量、中期（《死者年鉴》）呈现抗争型女性和晚期（《沙丘花园》）回归平静，弘扬女性力量三个阶段的发展。可参看Louise Barnett, “Yellow Woman and Leslie Marmon Silko’s Feminism,” *Studies in American Indian Literatures* 17.2 (2005): 18-33.

一、讲故事的人与治疗者：弘扬传统

一种文化的某些方面最能体现这种文化的独特性，而且“这些具有某种象征意义的文化因素可以代表那整个文化[……]和那种文化的存在”（Cutchins 80）。西尔科在其1974年发表的短篇小说《黄女人》（“Yellow Woman”）中创造了她的第一位黄女人形象，着重探讨了“讲故事”的传统，流露出她在创作生涯早期对处于西方文化殖民重压之下的印第安文化传统隐隐的忧虑之情。在三年后出版的《仪典》中，西尔科再次复写了这个形象，通过将其塑造为带有神话色彩的治疗者，进一步发掘了印第安传统文化的代表性因素：讲故事、女性原则和“变化”观，希望借此弘扬民族文化的独特魅力，发展她的文化策略，思考如何有效保存和延续本族文化的问题。

古老的故事传说在美国印第安人民生活中具有非常重要的意义。西尔科曾写道：“如果你没有故事，那你就什么也没有了。”（*Ceremony* 28）一方面，印第安人靠故事来定义他们在群体中的身份所属。“这些故事赋予一个地方以身份[……]你是如何被编写进故事的，那就意味着你是如何理解这个世界，意味着你属于何处。是故事使我们成为了一个群体。”（qtd. in Evers and Carr 12）。另一方面，这些故事“并不是一般意义上的床头故事或娱乐故事”（Silko, *Yellow Woman* 178），它们包含了对普韦布洛生存至关重要的丰富知识、手段和信仰。印第安人代复一代地将自己的生活经验编织进部族故事，再通过口头讲述的方式使这些故事流传下来。“讲故事”这种文化传统“具备了使个体事件融入普韦布洛历史背景中的能力，如此一来，个人的失落和挫败也就不那么具有个人色彩了，而是成为了整个村落永恒叙事的一部分”（Silko, *Yellow Woman* 91）。总之，通过“讲故事”，印第安群体不仅能够找到他们的社会、历史和文化身份，也能够获得治愈心灵创伤的文化力量。

《黄女人》讲述了一位现代印第安拉古纳女人被一个来自外部世界的神秘陌生男子引诱出走，最终重获民族文化记忆的故事。女主人公尽管生活在拉古纳村落，但她接受了西方教育，经历了白人世界的现代生活。西方文化的同化影响使她并不信仰本族传统文化。在故事中，每当她试图将自己的经历与黄女人的传说[①]等同起来时，她所接受的西方教育总会告诫她这种联系是没有意义的妄想。《仪典》中的男主人公塔佑也有类似的经历："他很长时间内都很相信这些故事，但是等他到了印第安学校，那儿的老师却教导他不要相信那些'胡言乱语'。"（Silko 19）事实上，在印第安文化的宇宙观中，"空间被认为是球形的，而时间则是循环的"（Gilderhus 70）。过去孕育着现在和未来，历史可以在现实中重现。因此，古老的故事传说"是不断流动的，它使自己不断适应人们生活的现实境况"（Allen, *Sacred Hoop* 224），"讲故事"将过去与现在相连，使神话与现实相通。随着情节发展，虽然女主人公还难以完全摆脱白人文化的影响，但她在陌生男人席尔瓦的不断启发下，最终将自己与黄女人联系起来，唤醒了灵魂深处的文化记忆。她开始用传统文化的宇宙观来理解世界，感知自我。正如塞耶斯台（Seyersted）所说，《黄女人》是关于文化失落的故事，"只有主人公仍然相信并热爱着她死去的祖父讲的黄女人的故事，大部分普韦布洛的人们似乎都因为白人文化的影响而忘却了古老的神话"（*Leslie* 19—20）。故事的结尾，这位现代版的"黄女人"，通过重新接受传统文化，克服了文化殖民带给她的精神障碍。她决定重拾祖父的衣钵，开始讲述一段新的黄女人的故事，成为一个"讲故事的人"（storyteller），在"讲故事"中将传统文化传承发扬下去。

女性原则是印第安文化中的另一关键因素，它"承认并支持印第安女性在部落生活中的古老力量，而这种力量已经延续到了今天"（Antell 213）。在许多传统印第安部落中，社会体系是妇女政治的，或者说是以女性为中心的，这与西方世界的父权制社会截然不同。今天，尽管一些部落在基督教影

---

① 黄女人的故事在印第安不同部落中有多种版本，较为著名的是普韦布洛村落科奇蒂的传说"邪恶的卡奇纳偷走黄女人"（Evil Kachina Steals Yellow Woman）和"太阳偷走黄女人"（Sun Steals Yellow Woman），上世纪20年代由著名人类学家F. 博厄斯和R. 本尼迪克特收集整理。以"邪恶的卡奇纳偷走黄女人"为例，黄女人传说的大致情节如下：一天黄女人到河边取水，邪恶的卡奇纳绑架了她，并将她带至自己的住所，强迫她在他外出打猎时做饭。后来黄女人的丈夫在女神蜘蛛祖母的帮助下救走了黄女人。邪恶的卡奇纳追至他们的村子报仇，但得知黄女人怀了他的孩子，于是他离开了。一段时间以后他重又回来，将黄女人和她丈夫杀死，并掳走了他的孩子。参看石坚：《美国印第安神话与文学》，四川人民出版社，1999年，第160页。在拉古纳的传说中，黄女人被认为是与卡奇纳出走，而她的这种行为实际上是为了拯救整个部落。（Silko, *Yellow Woman* 71）

响下改变了其母系社会构成，但传统宗教中创世女神的传说仍然对其部落文化影响深远。印第安信仰中的女性神灵，如思想女神、蜘蛛女神、谷物母亲等，都像黄女人一样，对种族的的生存和延续起着决定性的作用。女性原则既强调了女性的创造力，也强调了自然母亲和女性的和谐一致。“年轻的被疏离的印第安男人是通过被母性接纳和与自然和谐共处才得到精神上及文化心理上的治愈的。”（Allen, “Psychological Landscape” 12）在西方文化殖民的背景下，20世纪的美国印第安作家都以不同的方式在自己的作品中反映了印第安人的文化疏离感。他们不仅展现了印第安民族挣扎于两种文化夹缝中的绝望历程，也不约而同地发掘了传统文化中女性原则的治愈力量。

黄女人被认为是创造女神的初级表现体（at lower voltage）（Allen, “Psychological Landscape” 10），她毫无疑问也散发着这种治愈力量的光辉。《仪典》中的纳瓦霍男巫医伯特尼就曾预言，塔佑的恢复将依靠一个女人的帮助。而这个女人正是小说中黄女人的化身兹爱。塔佑的文化疏离感源起于他的出生。他在襁褓中就失去了母亲，而本该为他提供精神归宿的养母因为深受基督教的影响对他的非婚生子的身份倍感厌恶。这使得塔佑从未得到母爱，也找不到在其生活的母系社会中的身份所属，最终彻底切断了他与部落的联系。后来塔佑游离于白人世界，经历了可怕的战争，这更加剧了他与自身文化和自身族群的隔阂，最终导致他的文化疏离感的形成。兹爱对塔佑来说虽是情人，却散发着无限的母性气息。随着他们关系的加深，塔佑与母性的联系重新建立起来，他对自然母亲的爱和对部落历史传统的记忆也逐渐恢复。他终于借助黄女人的女性力量回归了自己的族群文化，治愈了精神上遭受的战争与文化双重创伤。西尔科在深入探索黄女人的文化内涵时，相信女性原则就是她寻找的一种使深受文化殖民侵害的印第安人民心灵创伤得以治愈的力量。石坚指出：“《仪典》中的女性角色在引导塔佑重新融入他的人民和传统的过程中展示了治愈的力量，她们也引导他创造出了带给他的人民以希望的新的仪典。”（121）

在1996年的散文集《黄女人和美丽精神》（*Yellow Woman and a Beauty of the Spirit*）中，西尔科对自己二十多年的写作生涯做了如下总结：“现在我明白人类社群是不断变化的存在。尽管也许有所谓的‘传统印第安人’或‘传统拉古纳普韦布洛人’的概念,但实际上从没有出现过这样的人。所有的一切一直都在发生变化。对古代人民来说,任何关于‘传统’的概念都必然包含利用一切可用资源和为生存而适应改变的意思。”(200)这种根植于西尔科民族文化的变化观对她的创作影响深远,在《仪典》中她就初步探讨了对于不同文化碰撞交流所带来的变化应具备的足够的开放性和包容心。对于象征民族传统的“仪典”,作者借老伯特尼之口说出:“现在的人们认为仪典必须按过去的仪式一丝不差地进行,[……]但是很久以前当人们开始实施仪典的时候,变化就开始了,[……]仪典在很多方面一直在变化。”(*Ceremony* 126)西尔科认为要想重建现代印第安人与自身传统、历史和文化的联系,就必须接受改变,适应改变,更新传统以求生存。

小说的男主人公塔佑一直无法理解白人世界带来的种种变化,更无法应对由此产生的信仰和文化冲击,因此备受精神伤痛困扰。兹爱则一直努力帮助他适应和接纳这些变化,理解变化的必要性。不同于传统中的人物,西尔科的这个黄女人有其独特性,那就是她的混血身份。西尔科常将黄女人自比,并从黄女人超越常理的英雄主义——“她在危机时刻为了拯救普韦布洛敢于冲破传统行为规范的束缚”(Silko, *Yellow Woman* 70)——中认识到个人的价值在于个人的行为,不要因他人对自己混血外貌的异样眼光而萎靡不振。混血对纯血统印第安部落来说本身就是一种变化,老普韦布洛人认为“生来具有与众不同的外貌或性取向的人是被尊崇的,因为这种不同使他们成为这个世界与精神世界的中介者”(Silko, *Yellow Woman* 67)。小说中塔佑叔叔放养的斑点混种牛拥有不同一般的体格和生命力,能更好地“挺过干旱和其他艰难的年份”(Silko, *Ceremony* 212)。同样具有混血血统的黄女人对外部世界带来的改变也更为敏感和更积极适应。她改变了传统的精神治疗仪式,在古老的仪典中加入了新的元素,使这种新的变化成为了治愈塔佑的重要力量之一。塔佑最终明白不能惧怕那些即将发生的改变,应该勇敢地面对并吸纳它们,使它们成为自己“故事”的一部分。石坚指出,“西尔科选择混血来阐释在一个不断变化的世界里创造一个变化了的仪典的必要性,是因为在现代世界中,美国印第安传统想要生存并延续下去,不是依靠一个人或是一个族群,而是要依靠所有的印第安人,包括混血印第安人,而且要与世界其他人民同心协力,共同奋斗”(116)。

二、战斗武士与知识分子:文化抵抗

西尔科在写作第二部小说《死者年鉴》的十年间(1981—1991),居住在美国亚利桑那州图森市,目睹了印第安人所遭受的种族歧视和种种不公正待遇。她在这本书中展现了“一个没有人愿意谈论的美国”(Silko, *Yellow Woman* 139),表现出对白人主流文化强烈的抵抗情绪。艾伦在1986年认为,印第安作家的文化抵抗不同于直接的反对,“他们选择只关注自己的习俗和传统,而尽可能地忽视白人世界”(*Sacred Hoop* 82)。但《死者年鉴》已远远超越了这一层面,开始动用本族文化的各种因素来瓦解白人文化霸权,推翻其在主流社会中的文化权威。巴纳特也承认说:“它(《死者年鉴》)是西尔科政治意味最为鲜明的小说。”(27)这种更为激烈和主动的抵抗策略清晰地折射在《死者年鉴》所塑造的黄女人形象上。

这部浩浩万言的长篇小说塑造了一大批鲜活的人物,他们饱受压迫,在社会底层的泥沼中奋力挣扎。其中的印第安女性不论是纯血统还是混血,都不同程度地带有西尔科的黄女人所具有的特质:英雄主义式的超越“常规”的性观念和性行为,以及对外部世界和外来文化富有创造力的包容性。尽管受尽折磨,她们却表现出与“敌人”(经常是白人压迫者)截然不同的强壮、勇敢和决断。这些女性,正如巴纳特所说,“毫不奇怪,它当中的那些献身于革命的印第安女性会让人想起黄女人”(27)。

安琪莉塔是其中一个十分典型的黄女人化身。她投身革命浪潮,领导印第安军队情报部门,在对抗各种敌人时都显得聪颖有加,游刃有余。对她的人民来说她不仅是一名战士,更像是“一位伟大的暗黑天使”、“战斗天使”(Silko, *Almanac* 468)。这强烈冲击着西方文化中的传统女性形象。西方父权意识中的二元论思想始终试图确保男性中心的社会构成并使女性在所有文化领域都被边缘化。“女性往往被定义为劣于男性的”,“女性成为了他者”。(Abrams 89)“性”成为一种文化建构——“男性被定义为主动的,支配的,冒险开拓的,理性的,创造性的;相对地,女性就被定义为具有与所有这些特性相反的特性:被动的,逆来顺受的,胆怯的,情感的,墨守成规的。”(Abrams 89)现代印第安人受长期白人文化殖民影响,也将女性角色限制于家庭。早在《黄女人》中,西尔科就流露出对女性性别身份的思考。那时的黄女人对于家庭赋予她的“妻子、母亲和女儿”的角色不满,但对是否打破这种角色期望仍感到犹豫不决。安琪莉塔则是一个决断、进取甚至无情的印第安武士,远比她的男性同胞更有力量和影响力。对她的同伴兼情人埃尔来说,“他是被她选择的”(Silko, *Almanac* 471),他们的性关系是建立在她“大地母亲”般的力量之上的。安琪莉塔用性作为武器,与共产主义者巴特娄密欧结成同盟,利用他带来的战斗物资和思想资源。小说还展现了社会各个阶层白人女性遭遇的不幸和不公,她们被动地沦为男性发泄性欲的附庸,和安琪莉塔形成了鲜明对比,这进一步抨击了西方父权文化对女性的束缚和压迫。

普韦布洛文化中,“男性主要是养育后代,崇尚和平”,女性是“自主,决断和果敢的”(Allen, *Sacred Hoop* 2),女性特质得到高度尊崇,但这并不意味着女性行使支配权。在这种女性中心的社会体系中,“个人生活方式的自由度很高”,性别角色也因人而异,不断改变。西尔科回忆道:“性别不是用来控制人们行为的。没有所谓男人的工作或女人的工作,最适合的人做最适合的事而已。”(*Yellow Woman* 66—67)由此可见,西尔科将黄女人塑造为一位战斗武士有其深厚的文化基础,这种对西方文化中性别角色的直接挑战可以看作是西尔科文化抵抗策略的一种形式。

安琪莉塔还是一位知识分子,她苦心学习西方革命理论,精通各色政治手段,利用各种政治资源,善于应对西方文化中对印第安人具有破坏性影响的因素。这种才智不同于传说中Kochininako的急中生智,也不同于《仪典》中兹爱“神话般的感知力”(mythic power),它表现在安琪莉塔的文化素养,言辞善辩,外交手腕以及对西方理论和政治的理解力。石坚指出,“塔佑并不拒绝他的白人部分,他利用它的力量,而不是被这种力量所操控”(120)。同样，安琪莉塔正是充分利用白人文化及其他各种力量，使自己更有能力帮助人民在和殖民力量的斗争中取得胜利。

这种“利用”而非“被操控”可以理解为西尔科的一种“本土化”文化抵抗策略。她试图从印第安文化的角度阐释某些白人文化元素，并将这些元素有机地融入印第安文化，为本族文化带来新的活力，一方面消解白人文化权威，另一方面也可保证本族文化的生存与延续。后殖民研究先驱詹姆士在著作《黑色的雅各宾》中描写18世纪末期海地人民反抗法国殖民者的革命时曾提到类似的现象，海地革命者“既汲取本国的文化传统又借鉴激励过法国大革命的欧洲启蒙思想”，“一反传统的殖民‘受害者’形象，而成了现代意义上的政治活动家”。（朱刚 478）西尔科强调普韦布洛文化的“包容性”（inclusiveness），这也是她“本土化”策略的理论基础：“普韦布洛文化寻求包容，而非排斥。普韦布洛的推动力来自于对所有有用因素的接纳和吸收。”（Silko, *Yellow Woman* 177）“本土化”与强调恢复“殖民前纯粹状态”（pre-colonial purity）的传统主义（traditionalism）和抛弃传统文化根基的“同化主义”（assimilationism）不同，它代表了一种开放的文化态度，在一定程度上与霍米·巴巴（Homi K. Bhabha）的“杂糅”理论相似。不同于赛义德的二元论，巴巴认为主流文化本身具有不纯粹性和矛盾性，远非自我/他者，东方/西方这样清晰的两极对立。在殖民同化政策面前，被殖民者采取了“模拟”策略（mimicry），这一方面流露了在文化殖民重压下原住民对认同的期望，体现了殖民力量的权威；另一方面也成为一种威胁，被殖民者将自己的文化因素掺杂进对主流文化的模仿，造成模拟失真，颠倒了注视者与被注视者的角色，干扰了殖民权威。（Bhabha 122, 125, 127, 129—130）与文化“杂糅”的钻入殖民文化内部、移入原住民文化因素相比，“本土化”策略同样并不完全排斥殖民文化，它更像是“杂糅”的逆过程。西尔科以本族文化为阐释基础，详细分析了大量白人文化元素，巧妙地将其吸纳进普韦布洛文化体系。安琪莉塔将马克思对资本主义剥削史的描述看作对历史记忆的强调，将马克思主义论述的无产阶级社会经历看作“故事”，拿印第安人民经历的殖民与工业化历程与之类比，并将马克思理论对印第安革命的思想启迪看作是“词语”（words）

的力量。在印第安文化中,历史与未来循环贯通,“故事”与“词语”具有引导和治愈的精神力量。安琪莉塔最终巧妙地将西方理论中有益于印第安革命的成分融入民族文化,使之成为其文化抵抗的另一种有效形式。

三、新花园的建设者:文化联盟

西尔科第三部长篇小说《沙丘花园》的背景设定在19世纪,讲述的是一个叫作“沙丘蜥蜴”的濒临灭绝的部落的故事,但是它所涉及的文化问题却与现代印第安民族紧密相关。主人公印第歌是一个蜥蜴族女孩,她跟随一个白人家庭遍访北美和欧洲,见识了各式各样的花园。两大洲不同地区的种子、植物和花园实际上代表着根植于不同民族(包括白人和其他有色人种)记忆中的文化传统。西尔科在这部小说中的关注表现为不同文化间的影响和互文。此时黄女人形象所传达出的文化策略已进入文化联盟阶段。而西尔科的这种多种族多文化结盟的思想在早期的《仪典》中即有体现,只是在《沙丘花园》中得到了进一步发展,强调汲取其他文化因素,与其他民族加强交流合作,以增强自身文化生命力。在讨论《仪典》时,石坚就提出西尔科意图表明美国印第安人的生存需要包括混血在内的所有印第安人的共同努力。在《死者年鉴》中西尔科也强调:“黑人印第安人被允许参加游行,因为他们也是美国印第安人。”(422—423)她还特别提及自己对于非洲文化和印第安文化联盟的理想:“美洲和非洲的伟大部落文化在所有民众中创造出一种强有力的意识。[……]所有一切都是受欢迎的——所有人都包含其中。”(Silko, *Almanac* 416)这种不同文化形成同盟的理想在《沙丘花园》中表现得更为清晰明确,黄女人扫特姐姐就是这种理想的化身。

残暴的殖民侵略使沙丘蜥蜴族几近灭绝,只有四个女人幸存,其中拥有一半白人血统的扫特姐姐是部族繁衍的唯一希望。她像传说中的黄女人一样意识到,为了生存只有求助于外部力量。尽管沙丘之外的世界充满了未知的危险,她还是勇敢地决定到外面去。后来她靠卖身生活,但她并不仅仅把这看作赚钱的活计,她享受其中的一些性经历。因为在她的文化中,“与陌生人的性爱是有好处的,因为它能创造出一种愉悦的氛围,有利于和这些陌生人的生意来往。[……]这样出生的孩子被命名为'朋友'、'和平'还有'联合',他们像爱自己的蜥蜴族孩子一样爱这些孩子"(Silko, *Gardens* 220)。最终扫特姐姐与具有黑人和印第安双重血统的大康蒂结合,有了自己的孩子。她将这个孩子看作自己的祖父,因为在印第安文化中,时间是循环往复的,死去祖先的灵魂会回来,驻留在各种各样的生命形式中。代表着未来的孩子同样也是代表着过去的祖父,这意味着对过去和历史的记忆包含着复兴印第安民族和文化的种子。同时,这个承载了两个种族祖先灵魂的孩子,无疑也代表着美国印第安和美国黑人文化的联盟。

当印第歌与扫特姐姐团聚之时,她们兴高采烈地讨论了旅行见闻。印第歌谈到英格兰凯尔特文化中的石头故事,意大利花园中看到的半人半兽雕像等,扫特姐姐表现出强烈的兴趣,她发现自己的文化中同样有石头的传说,人与其他生物结合生出的奇怪后代,"蛇女和鸟妈妈"等,这种种相同或者相似点,都为不同文化间的交流和合作提供了可能性。最后,扫特姐姐与印第歌一起将她们的古老花园种满了传统植物和由国外带回的姿态各异的剑兰花。这个崭新的花园象征着黄女人所渴盼的各族文化大联盟,而它的欣欣向荣也正表达了作者美好的企盼:文化联盟将会帮助印第安文化生存并延续下去。

四、结语

早在1976年接受采访时西尔科就曾说过:"[对于印第安运动]我能同情和理解他们所说的,但他们的观点是不明智的,他们将世界过分单纯化了。"(qtd. in Seyersted, "Interview" 7)从那时起,西尔科已经开始思考如何保存并延续印第安文化的问题。与缺乏文化归属感的莫马戴不同,同样作为一个拥有多重身份的混血印第安人,西尔科表现出对印第安文化,特别是普韦布洛文化坚定的信心。从早期通过黄女人的传说汲取克服自身文化疏离感的力量,到后来将黄女人的特质和精神融入所有重要作品的创作,她从不间断对印第安文化发展策略的探索。西尔科一面发掘印第安文化要素,加深对本族文化精髓的把握，促进不同文化间的理解；一面利用自己得天独厚的解构地位，消解主流文化霸权，为本族文化发展争取空间。尽管本文大致上将其文化策略分为弘扬传统、文化抵抗和文化联盟三个阶段，但事实上这三个阶段互有交叉，紧密联系，前后呼应，自始至终都贯穿着印第安传统文化这一主线。罗森（Kenneth Rosen）写道：“在很多[现代美国印第安作家的]故事中，人们都能感到传统的存在。它就像是一面鼓，在背景中不断地敲打，时远时近。”（x）“密集的传统鼓声”，伴随着对黄女人的再塑造，于西尔科的作品中时时响起，成为她的精神支柱和灵感源泉。她对于印第安文化发展策略的思考，在当今文化多元化和全球化的大语境下，无疑能为我们如何弘扬民族文化，促进各种文化交流，实现共存共赢带来极有价值的启迪。

引用文献

Abrams, M. H. *A Glossary of Literary Terms* (7th edition). Beijing: Foreign Language Teaching and Research Press, 2004.

Allen, Paula Gunn. "The Psychological Landscape of *Ceremony*." *American Indian Quarterly* 5.1 (1979): 7-12.

---. *The Sacred Hoop: Recovering the Feminine in American Indian Traditions*. Boston, Massachusetts: Beacon Press, 1986.

Antell, Judith A. "Momaday, Welch, and Silko: Expressing the Feminine Principle through Male Alienation." *American Indian Quarterly* 12.3 (1988): 213-220.

Arnold, Ellen L., ed. *Conversations with Leslie Marmon Silko*. Jackson: University Press of Mississippi, 2000.

Ashcroft, Bill, Gareth Griffiths and Helen Tiffin, eds. *The Empire Writes Back: Theory and Practice in Post-colonial Literature*. London: Routledge, 1989.

Barnett, Louise. "Yellow Woman and Leslie Marmon Silko' s Feminism." *Studies in American Indian Literatures* 17.2 (2005): 18-33.

Benediktsson, Thomas E. "The Reawakening of the Gods: Realism and the Supernatural in Silko and Hulme." *Critique* 33 (1992): 121-132.

Bhabha, Homi K. *The Location of Culture*. London and New York: Routledge, 1994.

Churchill, Ward. "The Crucible of American Indian Identity: Native Tradition versus Colonial Imposition in Postconquest North America." *Contemporary Native American Cultural Issues*. Ed. Duane Champagne. Walnut Creek: AltaMira Press, 1999. 39-67.

Cutchins, Dennis. " 'So That the Nations May Become Genuine Indian' : Nativism and Leslie Marmon Silko' s *Ceremony*." *Journal of American Culture* 22.4 (1999): 77-89.

Evers, Larry, and Denny Carr. "A Conversation with Leslie Marmon Silko." *Conversations with Leslie Marmon Silko*. Ed. Ellen L. Arnold. University Press of Mississippi, 2000. 10-21.

Fitz, Brewster E. *Silko: Writing Storyteller and Medicine Woman*. Norman: University of Oklahoma Press, 2004.

Gilderhus, Nancy. "The Art of Storytelling in Leslie Silko' s *Ceremony*." *The English Journal* 83. 2 (1994): 70-72.

Rosen, Kenneth, ed. *The Man to Send Rain Clouds: Contemporary Stories by American Indians*. New York: Random House, Inc., 1974.

Seyersted, Per. *Leslie Marmon Silko*. Boise: Boise State University Western Writers Series, 1980.

---. "Interview with Leslie Marmon Silko." *Conversations with Leslie Marmon Silko*. Ed. Ellen L. Arnold. University Press of Mississippi, 2000. 1-9.

Silko, Leslie Marmon. *Ceremony*. New York: Penguin Books, 1986.

---. *Almanac of the Dead*. New York: Simon & Schuster Building Rockefeller Center, 1991.

---. *Yellow Woman and a Beauty of the Spirit: Essays on Native American Life Today*. New York: Simon & Schuster Building Rockefeller Center, 1996.

---. *Gardens in the Dunes*. New York: Simon & Schuster Building Rockefeller Center, 1999.

Swan, Edith. "Feminine Perspectives at Laguna Pueblo: Silko' s *Ceremony*." *Tulsa Studies in Women's Literature* 11.2 (1992): 309-328.

Thompson, Joan. "Yellow Woman, Old and New: Oral Tradition and Leslie Marmon Silko' s 'Storyteller' ." *Wicazo Sa Review* 5.2 (1989): 22-25.

Velie, Alan R. *Four American Indian Literary Masters: N. Scott Momaday,*

James Welch, Leslie Marmon Silko, and Gerald Vizenor. Norman: University of Oklahoma Press, 1979.

石坚:《美国印第安神话与文学》,成都:四川人民出版社,1999年。

翟润蕾:《莱斯利·马蒙·西尔克:美国印第安文化的歌唱者》,《外国文学》2007年第1期。

朱刚:《二十世纪西方文论》,北京:北京大学出版社,2006年。

作者单位:张雯,解放军信息工程大学外语系;龙江,武汉大学英语系

论略萨小说《公羊的节日》对独裁权力制度的反思

张伟劼

内容提要：秘鲁-西班牙作家巴尔加斯·略萨于2000年发表的《公羊的节日》一书已成为反独裁小说的经典。在这部作品中，略萨以史实为背景，再现了1961年多米尼加共和国一起政治刺杀事件的前后经过。小说不仅以想象重塑历史，也对具有拉丁美洲特色的独裁权力现象进行了反思。本文试从对权力制度的展现、性与政治的深层关系、"文明与野蛮"的思维模式三个方面对此进行剖析。

关键词：略萨　《公羊的节日》　性政治

墨西哥作家奥克塔维奥·帕斯曾在其名著《孤独的迷宫》一书的增补版中分析过"考迪略"(caudillo)这一拉丁美洲政治史上特有的形象。"考迪略"这一名词原意指军事首领，后被用来指称某个团体、集体或行会的领导人，特别是雄霸一方的独裁者，带有浓厚的殖民地色彩。帕斯指出，"考迪略"的形象可能源起于阿拉伯文化。伊斯兰世界始终无法建立稳定的政府系统，没能建立起一种能超越个人的法律体系，只能以首领，即考迪略们的统治来对付不稳定的状态。拉美大陆的考迪略们是与独立革命同时诞生的，直到20世纪后期仍在兴风作浪。(Paz 330)考迪略们往往是军人出身，以精力旺盛、英明果断的形象示人，与外国财团和本国寡头阶层暗中勾结，以铁腕镇压异见分子，在本国人民的历史记忆中留下一道道难以愈合的伤疤。尽管同为独裁武夫，他们的个性则各不相同，所犯下的反人类罪行也形态各异，这就成为作家有兴趣再现的文学题材。于是，相对于拉美政治独特的考迪略现象，我们在拉美文学中也能找到围绕独裁者的生平和其治下的社会展开情节的类型小说。在这类"独裁者小说"或称"反独裁小说"中，秘鲁-西班牙作家巴尔加斯·略萨于2000年发表的《公羊的节日》是最为知名的作品之一。

这部作品的影响力和所收获的好评,也为略萨十年后获诺贝尔奖加分不少。瑞典皇家科学院因为他“对权力结构制图学般的细腻描述和对个人的抵制、反抗和挫败形象的尖锐刻画”,将2010年诺贝尔文学奖授予略萨。这一评语似乎就是对《公羊的节日》一书的高度概括。那么,《公羊的节日》是如何如“制图学般”展现权力结构的呢?

独裁专制社会的写照

略萨一直是一个关注政治现实的作家。他在青年时期与马尔克斯、科塔萨尔等文坛同行一道,追随萨特,持左翼立场,支持古巴革命。在对古巴革命失望后,略萨渐渐远离了当初的立场,从崇拜萨特转而喜欢加缪,成为一个自由主义者。在加入西班牙国籍后,略萨的政治立场被认为更加右倾,其支持西班牙右派政党人民党的言论招致不少左翼知识分子的不满。

不管是偏左还是偏右,作为作家的略萨大力介入社会现实的做法是不变的。他不仅在虚构作品中坚持现实主义,在文学创作外也从事政论文写作,在西班牙《国家报》长期开设时评专栏。略萨总是跟他所认为的独裁者过不去,无论被批判的对象是公认的左翼还是右翼,他对专制、腐败、滥用权力的批判从来都是不遗余力的。他讽刺过秘鲁军政体制,揶揄过墨西哥革命制度党的一党独大。人气颇高的委内瑞拉前领导人查韦斯和玻利维亚总统莫拉雷斯也都被他抨击过。他对社会政治的介入并不仅限于文字和公开发言。1990年,略萨角逐秘鲁总统竞选,惜败于老谋深算、人气暴涨的藤森。有评论家曾指出,《公羊的节日》一书中有许多细节实是影射作者的老政敌藤森总统。(吴元迈 491)

故事围绕着1961年5月多米尼加共和国独裁者拉斐尔·莱昂尼达斯·特鲁希略(1891—1961)遇刺身亡事件展开,真实的历史人物与虚构的角色交织在一起。书中描绘的那个特鲁希略时代几分是真,几分是假呢?读者或许可以凭中译本脚注的有无判断人物的真假:大概那些被标出生卒年份、有所解释的人物都是真实的，除此之外便是由略萨创造的。特鲁希略是真实的，被特鲁希略打入冷宫的参议员卡布拉尔及其女乌拉尼娅是虚构的。然而，那个时代的独裁者的淫威、臣子的提心吊胆、人民的痛苦与愤怒，则完全是真实的。故事主线分为三条：一条是虚构的女主人公乌拉尼娅重返祖国的经历和她的回忆，一条是特鲁希略遇刺之前短暂的时日之内的所有活动，还有一条是行刺者们酝酿多时的准备活动。小说曾被改编成同名电影，于2005年首映。略萨讲故事的方式本就像放电影：多条叙事线索，场景在此时与彼时间灵活切换，大量的人物对白，所有的动作都极富画面感……从艺术造诣上说，与作者其后推出的几部长篇相比，《公羊的节日》还是一部广受好评的叙事作品。

在特鲁希略独裁的权力结构中，情报局长乔尼·阿贝斯是一个不可或缺的角色。独裁者靠他来监视任何可能对自己发出反对声音的人。在阿贝斯的安排下，多米尼加共和国社会的各个角落都布满密探，人人都有可能成为告密者或是被告密者出卖。事实上，阿贝斯代理特鲁希略实行权力统治中最见不得人的肮脏勾当，一方面享受"一人之下、万人之上"的权力快感，一方面也为独裁者分担了集体的仇恨。正如小说中所言：

> 为了让政府连续执政三十年，就需要这样一个双手沾满屎尿的乔尼·阿贝斯。如果需要，他得连脑袋加身体也沾满屎尿。让他越热越好！让他把敌人，甚至朋友的仇恨全都吸引住才好！元首明白这个道理，所以每天都离不开他。（略萨 48）

由此可见，在独裁权力制度中，权力的施行者依附于独裁者，独裁者同样依赖权力的施行者。情报局长、密探、告密者，都是暴政不可或缺的帮凶。在这种氛围里，多米尼加国民就像身处在一个巨大的监狱中，互相监视，不允许有个人的隐私，一切必须服从专制者的号令。正如米兰·昆德拉所指出的："极权社会，尤其是在它的极端形式下，总有打破公众世界与私人世界之间界线的倾向。变得越来越晦暗的权力，要求公民的生活比任何时候都更透明。"（138）

如果说监听和告密形成了独特的政治文化,属于独裁权力制度的上层建筑的话,那么这种制度必定也仰赖一种不同于民主国家的经济基础。作家在小说中也对此作了揭露。特鲁希略的家族企业垄断了国民的日常生活用品,以至于这个国家的白糖、水泥、面粉、春药、连锁妓院、航运公司……都使用同一个牌子:特鲁希略。一旦遭遇国际制裁,特鲁希略家族就不可能继续维持多米尼加三分之二家庭的生活。这种经济结构,实是殖民时代大地主制、大庄园制的遗传。独裁者将国家的大部分经济利益窃为己有,居然还声称自己是人民的救星,因为他为他们提供了这么多的就业机会。狡猾的独裁者还善于利用民众主义的政治策略,摆出亲民的姿态,以小恩小惠换取普通民众的感恩戴德:

> 每年为了送给来国家宫给元首祝寿的群众糖果、衣裳、玩具和图书要花掉多少钱啊!三十年来,为了给一百多名新生儿做教父,在国家宫的教堂里每周都要举行一两次洗礼仪式,他要花多少钱买礼物送给教子、教女和他们的父母亲啊?那是几千万、上亿的比索啊!当然,那是一种生产性的投资。(略萨 164)

由此可见,略萨对权力结构的揭露是全方位的,对独裁者的统治策略也是有深入了解的。若不是有亲历独裁统治的经验、政论文写作的心得以及与政敌斗争的经历,恐怕难以如此细致地刻画一个他未曾生活过的社会。

权力与性

作为最高权力的化身,独裁者常常笼罩着神秘的面纱。在略萨的小说中,独裁者并不是面目单调、无处不在的"老大哥",而被表现为一个表情丰富的元首形象。对这位独裁者的刻画从他的日常起居开始,一个带有诸多笑点的政治小丑被展现在读者面前。特鲁希略确曾在历史上留下不少笑柄,比如他每天都往脸上抹漂白粉,以掩盖自己的母系非洲血统;用自己的名字给首都重新命名；给自己从未上过战场的长子授予将帅军衔……略萨在小说中并未漏过这些细节，不过他所塑造的特鲁希略给人留下最深刻印象之处，还是他的荒淫无度。与这种荒淫无度相配合的，是民众和他的属下所表现出的受虐狂情结。叙事者是这样描述多米尼加民众对特鲁希略的个人崇拜的：

> 这几百万多米尼加人被专制宣传所蒙蔽，又缺乏信息来源，又被思想教育和封闭隔绝弄得头脑愚蠢简单，人们完全被剥夺了自由思想、自主意识甚至好奇心理，人们一感到恐惧就逆来顺受，最后导致对特鲁希略的个人崇拜。实际上，人们一方面怕他，另外一方面又敬爱他，如同儿子既怕专制的老子又爱他一样，因为儿子心里信服：无论父亲如何拳打脚踢，他都是为了你好啊！（略萨 69）

这是一种极不平等的感情，因为它存在于占据着绝对优势的压迫者与没有话语权的被压迫者之间。这是独裁社会的政治文化，是权力结构在精神层面的对应，同时权力结构也依赖这种变态关系维持平衡局面。如果说这种"爱"还停留在"敬畏"的层面上，那么特鲁希略与他的属下以及他们的女人的关系就更耐人寻味了。他虽年事已高，却性欲不减，以玩弄部下的老婆为乐，而许多多米尼加女人竟以曾与元首睡过觉为荣。部下们为了得到元首的宠幸而明争暗斗，如一众妻妾般争风吃醋，虽然时不时就遭到元首的羞辱痛骂，他们却争着享受如此殊荣，正如作者借乌拉尼娅之口发出的批判："特鲁希略把你们心中的受虐情结给发掘出来了，你们属于那种喜欢受人唾弃和虐待的人，只有感到卑鄙下流，你们才能实现自我。"（71）

这实在是极权社会中"成功者"的一种变态心理：以失去尊严为荣。在中国古典文学中，我们可以找出不少以男女关系来暗指君臣关系的诗句，可见在文学上，政治与性的隐喻关系由来已久。凯特·米利特在她的《性政治》一书中将两性关系与政治关系联系起来，发现二者在本质上的共通之处。在男权制文化中，权力的定义不仅包括统治女人的能力，也延伸到优越男性对劣等男性的控制："作为受优越男性支配的人，劣等男性和女性一样，也必定是臣服者。”（米利特 363）我们从略萨的描述中可以看出，特鲁希略是带着色情的眼光看待臣服于他的男人们和这些男人的女人们的。他在乎自己的性能力，不仅因为性给他带来生理上的快感，更因为性能力就是掌控他人的能力——控制一个人，迫使其俯首称臣，使其以贱为荣，如同在床上野蛮征服一个弱女子，性能力的强大和持久代表着权力的强大和持久。整个多米尼加共和国都在被这个极权者蹂躏、羞辱，还必须表现出心甘情愿的样子。小说印证了《性政治》中的这么一句话："统治的本质就是色情的。"（米利特 363）

然而，正如男人的性能力终有衰弱之时，个人的权力也并非永恒，从来没有老而不死的当权者。作者设计了独裁者在性事上的一次失败，作为预示元首大限将至的一个凶兆。被打入冷宫的参议员卡布拉尔为了恢复元首对自己的宠爱，不惜将亲生女儿乌拉尼娅送给元首"享用"。这一举动被表现为一种献祭仪式：

> 难道参议员阿古斯丁·卡布拉尔能把她当成活祭品献给伟大领袖、祖国的大救星和大恩人？是的！这是毫无疑问的：她父亲和曼努埃尔·阿方索早就策划多时了。（略萨 519）

在美洲先民的献祭仪式中，活人被牺牲用来换取太阳的照常升起，维持自然运行的秩序，这种不断重复的行为实际上是对政治秩序的肯定和宣示。在小说中，被献祭的是谋求权力者的女儿，被冷落的臣子以亲生女儿的人格和尊严被褫夺为代价，来换取权力地位的恢复。独裁者则乐于在对少女的"享用"中确立自己的无上权威。作家将这一野蛮而血腥的行动设置为小说的高潮，对独裁者进行了无情的嘲讽。在床上卸去了最后一块遮羞布、与嫖客无异的独裁者形象与之前穿着挂满勋章的帅服、发表激情爱国演说的元首形象形成巨大反差，构成强烈的讽刺。更具讽刺意味的是床上征服的失败：面对这个骨瘦如柴的少女，无往不胜的元首、七十岁的特鲁希略没能成功勃起，恼羞成怒，只得用手拙劣地实现了当晚"破处"的雄心，留下一摊污血。从性与政治关系的角度来看，特鲁希略在性征服上的失败不仅象征着他个人生命的衰颓，也象征着权力的衰颓。作者虚构这一情节，为几星期后独裁者的遇刺身亡埋下伏笔。

文明与野蛮

“文明与野蛮”是拉丁美洲自由主义知识分子念念不忘的议题。阿根廷作家、政治家萨米恩托（1811—1888）所著《法昆多：阿根廷潘帕斯草原上的文明与野蛮》一书可视为鼓吹拥抱文明、拒斥野蛮的经典著作。该书所描绘的大军阀法昆多，就是一个曾在阿根廷的乡野间为所欲为的暴君。萨米恩托的理想，是阿根廷抛弃以法昆多为化身的野蛮、落后、愚昧的状态，仿效欧美一流强国建立完备的政法体制和教育制度，成为真正的文明国家。在拉美自由主义者们看来，法昆多未曾远去。尽管自1980年代开始，民主化浪潮席卷拉美地区，以藤森、梅内姆为代表的所谓新“民众主义”领导人仍是独断专行、贪图永久权力的政治枭雄。自由主义者略萨将他的政治态度也掺进了小说中。在《公羊的节日》中，他屡屡展示独裁者“野蛮”的一面，以此作为“文明”的对应。

作家的巧妙之处，在于频频描绘特鲁希略刻意追求“文明”的举动——他越是用“文明”粉饰自己，就越是暴露自己的“野蛮”。比如作者在故事的开篇不厌其烦地描绘独裁者早起后做个人清洁的细枝末节，以此反讽独裁者的肮脏可鄙。“清洁、卫生和讲究着装是元首唯一自觉信守的宗教。”（略萨 22）另一方面，“元首在梳头和整理小胡须时（这个刷子胡已经留了二十年），还非常仔细地在脸上抹一层滑石粉，直到完全盖住从母系遗传来的那层黑色。母亲的祖先是海地黑人，元首一向瞧不起别人和他自己的黑皮肤”（略萨 30）。可见元首是非常在意掩饰自己的卑微出身的。在小说所展现的官方话语中，特鲁希略的实质野蛮的统治也被罩上了进步主义的外衣，成为一个神话：“历史将来至少会承认是元首把多米尼加变成了现代化的国家。”（略萨 6）“他不仅为一九三七年那次屠杀海地人辩解，而且把大屠杀当成丰功伟绩。这不是把多米尼加共和国第二次在历史上从这个野蛮的邻国践踏下拯救出来了吗?”(略萨 7)事实上,在他三十年独裁统治期间,是野蛮压倒了文明,因为多米尼加的精英阶层生活在令人窒息的极权主义氛围里,“那些受过高等教育的人、那些智囊、那些大律师、著名医生、高级工程师、那些毕业于美国和欧洲最好大学的高级人才,他们敏锐,有文化,有经验,会读书,会思考,自以为有高级的幽默感,有鉴赏力,办事认真,居然能够忍受如此野蛮的侮辱”(略萨 70)。

“文明与野蛮”的二元对立思维模式是存在很多问题的。拉丁美洲的土生文化并非与现代文明完全不可调和,将前者武断地归为“野蛮”,是失之公允的。作者在对独裁权力制度的反思中表现出的这种思维模式,在一定程度上也有种族主义之嫌。比如他将特鲁希略“喜欢丰满的、乳房隆起的、两胯突出的肥硕的妇女”说成是“典型的热带人的趣味”(略萨 520),就可能会招致拉美读者的不满。

在略萨的笔下,文明世界的中心——美国似乎成了尚未摆脱野蛮的拉丁美洲多米尼加共和国的对照。乌拉尼娅遭受凌辱后,投奔修道院,获得了去美国读书的奖学金,一去不返,直到四十九岁时才重回故土。她在美国取得了事业上的辉煌成就,也因为那痛苦的记忆而刻意与故国保持距离,成了正宗的美国人——文明人。在衣锦还乡的她看来,无论是街头巷尾吵闹嘈杂的热带音乐,还是擦肩而过的男人投来的色迷迷的目光,在美国都是找不到的,这些都是野蛮的表现:

> 这是她熟悉的气氛:叫喊声、马达声、高音喇叭的广播声、默朗格舞曲、萨尔萨舞曲、丹松舞曲、博莱罗舞曲、摇滚舞曲、说唱乐,一切都混杂在一起,尖叫着互相攻击,吵闹地向她袭来。乌拉尼娅,这是故意在制造混乱,这是一种内心需要:自我麻痹,免得思考,免得有所感觉。这就是你的人民。还有让野蛮的生命力爆发出来,从而抵挡那现代化浪潮的冲击。在多米尼加人身上,有某种东西固执地附着在这个前理性、魔幻的形式上:渴望喧闹。(“是喧闹,不是

音乐。”)(略萨 5)

难道属于人民的、普通群众的喧闹音乐必定是野蛮的象征吗?用恩里克·杜塞尔的文化哲学的观点来看,略萨所犯的错误,在于将“大众文化”与“人民文化”相混淆。前者是资本主义经济制度的产物,是维护帝国主义和资产阶级的统治秩序的,是应当受到批判的;后者则根植于底层劳动者的生活体验,是具有深厚传统和无限活力并值得赞颂的。在略萨的曲解下,“喧闹”成了拉丁美洲独裁统治的一项文化遗产,作为理性的反面,成了通向现代化的桎梏。或许略萨是把自己在美国生活的所感所悟反映在小说之中。在他看来,拉丁美洲要真正实现现代化,融入西方文明,就必须坚决地唾弃如特鲁希略这样的独裁暴君,以及民族性中那些野蛮落后的东西。然而,究竟什么才算是“野蛮落后”,却是值得商榷的。

因此,略萨在《公羊的节日》这部小说中对独裁权力制度的反思,既有合理之处,亦有认知模式上的缺陷。他对权力结构的揭露细致入微,全面展现了多数拉美人都有过切身体验的军人独裁社会,并对性与政治的深层关系作了巧妙的再现。他将独裁者描绘为一个野蛮的暴君,以此来呼唤拉丁美洲现代政治文明的建立,却掉进了“文明与野蛮”的简单二元思维陷阱中。由萨米恩托等19世纪自由派知识分子所开创的这一认知范式早已落后于时代,我们在阅读《公羊的节日》这部反独裁小说时应注意做辩证的思考。

引用文献

Paz, Octavio. *El laberinto de la soledad.* México D. F.: Fondo de Cultura Económica, 1997.

凯特·米利特:《性政治》,宋文伟译,南京:江苏人民出版社,2000年。

马里奥·巴尔加斯·略萨:《公羊的节日》,赵德明译,上海:上海译文出版社,2009年。

米兰·昆德拉:《小说的艺术》,董强译,上海:上海译文出版社,2004年。

吴元迈主编:《20世纪外国文学史》第五卷,南京:译林出版社,2004年。

作者单位:南京大学外国语学院西班牙语系

论庞克拉齐《往事烟云》的叙事逻辑

张新木

内容提要：《往事烟云》讲述了一个法国式的《编辑部的故事》。作品通过中性的笔触叙述事件，刻画人物，揭示作家、编辑、出版社和读者之间的金钱关系和情感纠葛，再现了一幅法国文人圈的现实画卷。飘忽不定的模糊人物遵循着人物行动逻辑，时空错位的凌乱事件受制于精心布局的叙述可能逻辑，细雨式的叙述语言标示着小说话语的句法逻辑，形成一种寓示"往事如烟"意境的叙事逻辑。

关键词：庞克拉齐 《往事烟云》 叙事逻辑

让-诺埃勒·庞克拉齐（Jean-Noël Pancrazi, 1949— ）是法国当代著名作家，至今已经创作十多部小说。前期作品有《马拉美》（*Mallarmé*, 1974）、《跳过的记忆》（*La Mémoire brûlée*, 1979）、《拉里贝拉或阿拉伯式死亡》（*Lalibela ou la mort nomade*, 1981）、《告别的时刻》（*L'Heure des adieux*, 1985）、《王子们路过》（*Le Passage des princes*, 1988）等；从90年代起，其小说多次获得文学奖，如《冬季宿营地》（*Les Quartiers d'hiver*, 1990）获梅狄西斯文学奖，《激情的沉默》（*Le Silence des passions*, 1994）获瓦里·拉尔波文学奖，《长期居留》（*Long séjour*, 1988）获让·弗勒斯梯埃奖，《阿尔诺夫人》（*Madame Arnoul*, 1995）分别获热纳芙瓦奖、加缪奖和图书联盟奖三个奖项。庞克拉齐于1999年当选为雷诺多文学奖评委。新世纪以来又出版了《科西嘉》（*Corse*, 2000）、《勒内·康》（*Renée Camps*, 2001）、《往事烟云》（*Tout est passé si vite*, 2003）、《沙漠美元》（*Les Dollars des sables*, 2006）、《克里斯第山》（*Montecristi*, 2009）和《大山》（*La Montagne*, 2012），其中《往事烟云》获得法兰西学院文学奖，而《大山》则获得巴尼奥尔奖和地中海奖两个奖项。

《往事烟云》讲述的是一个法国式的《编辑部的故事》。小说主人公是一位女作家兼出版编辑伊丽莎白，她得了癌症，将不久于人世，于一个秋日最后一次参加出版社举行的晚会。在其好友叙述者的陪同下，她来到了工作多年的出版大楼，与一个个同事见面，并且由此勾起对往日岁月的各种回忆，展现了出版界在经济结构、思想观念和人际关系等方面经历的巨大变化，以细腻的笔触描述了巴黎虚荣十足的出版市场，揭示了作家、编辑及读者之间的金钱关系和情感纠葛，再现了一幅法国文人圈的现实画卷。飘忽不定的模糊人物遵循着人物行动逻辑，时空错位的凌乱事件受制于叙述可能逻辑，细雨式的叙述语言标示着小说话语的句法逻辑，形成一种寓示“往事如烟”意境的叙事逻辑。

一、叙述角色与行动逻辑

法国学者布雷蒙（Claude Bremond）在其理论著作《叙事逻辑》（*Logique du réci*）中对文学作品的叙事逻辑作了深入探索。他借鉴普洛普对民间故事进行的功能研究（Propp 35—80），试图将其应用于其他叙述文本。结果他发现，文学作品中除了虚构故事的情节外，还存在一种“叙述信息”（message narratif），它由辅助讲述故事的叙述符号组成，“叙事……只有在叙事技术的中继条件下才能达到交际。这种技术使用一套特有的符号系统，即叙事的能指要素成为承担叙事要素的技术能指”（Bremond 46），布雷蒙称之为叙述元（racontant）。这些叙述元主要包括叙述角色（rôles narratifs）、叙述可能（possibles narratifs）和叙述句法（liens syntaxiques），分别对应于叙事的行动逻辑、叙述可能逻辑和句法逻辑，形成文学作品的主要叙事逻辑。而这种逻辑在庞克拉齐的《往事烟云》中得到很好的体现。

根据布雷蒙的分析，叙述角色主要有以下五种：一是施动者（agent），即故事中的行动主体，通常由主人公来承担（有时也由次要人物来承担），他的行动是改变人物状态的主要动因；二是受动者（patient），即故事中行动的承受对象，他的状态受到施动者行动的影响，并且发生改变，一般由次要人物承担，不过次要人物的行动有时也作用于主要人物，因此也可充当次要行动的施动者；三是影响者（influenceur），它可能是人，也可能是物，其作用是影响行动者做出改善或恶化的决定，共有四对，分别为告知者和隐匿者、诱惑者和威胁者、强迫者和禁止者、建议者和劝阻者；四是改善者（amélorateur）或恶化者（dégradateur）；五是获益者（acquéreur）或补偿者（retributeur）。（Bremond 131—138）对照上述叙述角色，我们分别观察一下《往事烟云》中这些角色的存在，以及它们在情节安排、角色组合和视角分配等方面的部署。

该小说的主要情节总体上既简单又含糊。故事的起点是主人公伊丽莎白从家里出发，到出版大楼参加晚会后又坐出租车回到家为终点，时间跨度是傍晚到午夜前大约半天。人物除了主人公伊丽莎白外，似乎有个叙述者一路上与她相伴，跟她一起走路、看街景、见同事、回忆往事、吐露情感。但是这个叙述者没名没姓，也没有明显的出场时间和地点，只是以"我"和"我们"的形式散见于叙述中，如"她在走进办公室的时候，强打精神……和我一起坚持下去，一直待到傍晚结束"（庞克拉齐 170）。在回家的出租车上，"她要我摇下我这边的车窗玻璃，以便能用她的脸去感觉十月晚风尚存的温暖，每当她感到心脏疼痛时，她都要紧紧抓住车椅的把手，好像我们每时每刻都会在狭窄的道路上、无栏杆的山路上滑出道路"（庞克拉齐 216）。从小说叙述中可以推断，这个由"我"和"我们"暗示的叙述者似乎是伊丽莎白的同事，但没有任何关于她的信息，她只是和主人公一起行动而已。至于小说中的其他次要情节，则全部通过与相关同事见面后激发的回忆和预测构成，然而却比主要情节更为丰富，更为重要。如伊丽莎白见到的第二个人是新闻专员克莱尔，两人的见面激发了对克莱尔性格和友好关系的描述，回忆起与她共同编辑书稿和一起参加书展等活动。其他人物如布里吉特、贝尔纳、财务主管、阿兰、维维阿诺、罗杰、凡尔纳、瓦伦西、菲力浦、弗朗索瓦兹、缪勒、苏珊、朗梯埃老哥等，都是通过见面的方式去激发回忆，讲述他们之间的故事和感受。只有叙述者例外，她似乎是主人公的复体，与她一起经历和感受事件。这种情节的安排一方面分配了叙述角色，另一方面为角色组合提供了条件。

从施动者的角度来看，伊丽莎白无疑是施动主体，其他人物因她而出现，是其行动的作用对象。从这个意义上说，其他人物都是受动者，施动者和受动者组成互为前提的对立体。然而,伊丽莎白在小说中的状态变化被缩减到最小程度:她去参加晚会,但晚会何时开始何时结束,有哪些人参加,效果怎样,她高兴与否,基本没有交待。倒是由她引出的次要人物更显得形象丰满,各人都有自己的故事,成为自己故事的施动者。伊丽莎白的故事也只是在触景生情的回忆中得到描述,包括她过去的工作,发病治病的过程,目前病情对身体和情绪的影响等,所占篇幅大概不到小说的一半。从受动者角度来看,其他人物的受动状态并不十分明显,相反倒是对伊丽莎白进行施动,影响她的事业与情感生活。因此,书中人物都是主人公的影响者。从改善角度来看,同事中的阿兰、贝尔纳、克莱尔等对主人公的事业有正面的积极影响,让她在写作和出版领域占有一席之地,但在情感方面,他们显然又是主人公的恶化者,伊丽莎白与他们的情感生活没有任何结果。而维维阿诺、弗朗索瓦兹、苏珊等显然是恶化者,她们与主人公的观念和行为格格不入,成为她事业和情感上的敌人。在叙述的故事中,所有人物在不同时期、不同地点或不同事件上,时而是获益者,时而是受害者。人物在晚会上的表现寓示着他们在工作和事业中的境遇,正所谓"乱哄哄你方唱罢我登场"。在这里,施动者与受动者在行动上的相互制约,影响者在信息上的正面或反面影响,改善者或恶化者对主体状态的改善或恶化,获益者或补偿者在奖赏方面进行的奖励或惩罚等,形成了叙述角色的主要组合形态和相互转换机制。

上述叙述角色及其组合形态,正如普洛普的功能或罗兰·巴特的叙事功能组合,构成了小说的叙述框架。同样,这些叙述角色并不是线性分布的,而是根据某种行动逻辑(logique actionnelle)进行布局的。布雷蒙将普洛普的三十一个功能分布于六个层面:移动(A)、基础故事(B)、考验者(C)、协助者(D)、主人公(E)、对手(F)等,进一步探讨叙事作品的结构和形态。(Bremond 30)布雷蒙还参照巴特的功能层、行动层、叙述层及叙事符号在各语言层次上的横向分布和各叙述层面上的纵向组合(Barthes 12—28),探索叙述结构的多维形态和符号系统。综合上述若干图式,这部小说的叙事角色可以这样分布:移动是该小说的主线,即伊丽莎白(包括叙述者)从家里出发到出版大楼,然后又从出版大楼返回家中;而基础故事则是出发状态、中间经历的事件及回到家中的状态；考验者、协助者、主人公和对手则分布在伊丽莎白的回忆中，呈现为镶嵌形式，或是纹心模式（mise en abyme）。“对普洛普分析结果的重新阐释，将其推广到更普遍的系统中，这将适用于任何的叙述信息……它显示，通过对有限的可识别成分（功能、三元组合）的结合，可以构建一些越发复杂的状态和行为模式，组成叙事符号学分析所需要的事件和人物（人们称呼的戏剧人物、动元、角色等）。”（Bremond 45—46）《往事烟云》正是以这种特有的手法安排了作家和出版圈内的人和事，以及人们的喜怒哀乐和悲欢离合。书中的人物不太能分清他们的归属，他们所承担的叙述角色复杂多变，所处时空飘忽不定，形成不同的视角和感知维度。人物通过即兴记忆和视角转换，将过去、现在和将来的人和事纳入线性的叙述链中，将人物各时期不同生活的场景和各自的空间组合成一个个网结：故事的主场景发生在出版大楼里，主人公与每位同事的见面引出另外的故事，将读者带向另一个地方，另一个时代，另一个视角，另一种感知维度，以便全面地反映人物生活和情感的不同层面。

二、三元组合与叙述可能逻辑

如果说叙述角色及其组合构成了《往事烟云》的行动逻辑，即小说的主要框架，那么在人物引导的回忆故事中，叙事又是根据什么逻辑来组织的呢？法国学者亚当（Jean-michel Adam）在《叙事》（*Le récit*）中指出：“布雷蒙并未将叙事当作功能的固定句段链。他指出在一系列可能的方向上存在叙述分叉和叙事选择的问题。”（31）因为任何被讲述的故事都有一个时序属性，即任何事件都有一个到来（故事前）、发展（故事中）和结束（故事后）的过程。其中叙述者可以选择用一句话进行概述，如“两年后……”，或详细描述一系列的行动。于是就可以建立一种“叙述可能的逻辑”，让我们透过叙事的线性进展，发现其中的结合关系和连贯次序。在叙述的任何时刻，都必须在这些可能中做出选择，叙述过程中只有一个可能被作者采纳并且得到实现。而且故事既可以向有利于主人公的方向发展，也可以向相反的方向发展。因此,"一个功能的提出同时伴随着一个矛盾选择的可能性"(Bremond 25)。另外,任何行动过程都伴随着三个时刻,对应于三种交替选择,即可能性(virtualité)、现时化(actualisation)和结果(résultat)。可能性指一个功能开启或不开启一个过程(须采取的行为或预测的事件),现时化指一个功能实现或不实现这种可能性,而结果则指一个功能的关闭过程,结果可能达到也可能不达到。具体地说,叙事的任何行动序列(séquence actionnelle)都建立在这种改善或恶化、平衡或失衡的交替选择上,叙事不再是一系列事件的线性排列,而是相互镶嵌的系列的连贯。(Adam 33)设想系列1由初始功能、实现功能和结束功能组成,而在实现功能中又可以插入系列2,即另一个由初始功能、中间功能和结束功能组成的子系列。根据事件有利于或不利于叙事计划的方向,会出现两种可能性:可能得到改善(amélioration)或可能出现恶化(dégradation)。得到改善的情况:改善中可能有改善过程,也可能没有改善过程;有改善过程时可能得到改善,也可能得不到改善。同样,恶化中可能有恶化过程或没有恶化过程;而有恶化过程中可能出现恶化,也可能避免恶化。这就形成两个或更多的三元组合(triade)的相互镶嵌,成为二维的叙述结构,帮助拓展了叙述的深度和层次。当然,这种三元组合除了相互镶嵌外,也可以相互并列,也可以相互平行,形成叙述角色的行动逻辑和人物视角的互补关系。

在《往事烟云》中,作者遵循了这种叙述结构的安排,充分发挥叙述可能逻辑对叙事文本的规约。如小说在讲到伊丽莎白见第三个人阿兰时,说"她在阿兰的办公室门口停住脚步……"(庞克拉齐 156),这就假设了两种可能,她可能进去,也可能不进去。进去了将有一个改善过程,因为她与阿兰是好朋友;不进去,叙事过程将是另样的选择,也就得不到改善。而小说中确实安排她进去了,看见了她的朋友阿兰,而且引出对阿兰的描述、他即将卸任的境况、他们俩的美好回忆和情感经历,还有伊丽莎白古怪的"邂逅"癖好,并由此引出两段伊丽莎白的一夜情场面。再如她在见第四个同事维维阿诺的时候,说"她有点害怕碰到维维阿诺"(庞克拉齐 165)。这里同样假设了两种可能:见她或不见她。如果绕过去不见她,那就不会有后续的叙述过程。而小说安排她见了维维阿诺，从而引出这个虚情假意、要强好胜的女人形象，以及她们之间的利益冲突和潜在威胁。“她观察她（伊丽莎白）脸上的生病特征，好像在估算她还能存活多少天，多少个星期……因为她知道，伊丽莎白的死将彻底摧垮阿兰，最终将他从王子般的办公室里赶出去，她早就想取而代之，这也将代表她在出版社升迁中的最后阶段。”（庞克拉齐 166）这种安排提供了恶化过程的范式，既引出了叙述过程，又指明了过程的性质。确实，晚会好比是一场“猎豹舞会”，交织着老一辈对过去美好岁月的无限怀念和新一代对未来前程的梦幻般憧憬，在一片虚情假意的寒暄和打情骂俏中，他们暗地里却互相争风吃醋，尔虞我诈，既相互倾轧又外强中干，一个个为自我而奋斗；对大多数作家和编辑来说，文本只是个借口，可以借此而生存，去引诱，去自欺欺人。在镶嵌的事情系列2里也是这种情况。如伊丽莎白想起在“阅读协会分部”的事情，有个男孩请她帮助修改作文。那么帮助修改或不帮助修改就成了一种选择，将引导叙述走向不同的方向。小说安排她“温柔地给他提建议，尽量保持——非常清楚每一个句子都代表着对抗发烧、抵御恐惧和痛苦的斗争——不改变，也不抽去他作文中的任何一个词……在中心故事上怎样完成移植部分，给他提供一个目标，一个继续的道理……”（庞克拉齐 241）。这里既反映主人公的善良品德，又反映事件的改善方向，因为这符合她“治愈和新生的欲望”。同时这个插入故事也是对抵抗疾病和写作活动的一种戏仿。叙述可能在三元组合中的众多变体，为事件的叙述过程提供了众多的选择，让叙述前景面临更多的张力。作者借此去描绘丰富多彩的现实生活，揭示文人圈里的习俗、弱点或是美德。

三、叙述分句和句法逻辑

《往事烟云》在叙述角色和叙述可能的构建之下，还对叙述话语作了精心的设置，主要从叙述分句和句法逻辑等角度进行了探索。小说的语言非常独特，那是一种绵绵细雨式的表述，句子“像长长的披巾展示着甘美的忧虑”；作者灵活地使用关系代词和分词，构成错综复杂的复合句，常常一个句子占据半页；并且通过破折号和括号等方法，大量使用镶嵌式的句子。亚当在《叙事》中说："作为序列结构，一个文本包括一定数量的序列，可以是完整的，或是省略的……序列是文本的组成单位，它由分句包组成，而分句包本身又由若干分句组成。"（Adam 111—112）从叙述分句的角度来看，庞克拉齐充分利用法语中的表达手段，将各个独立分句组合为串联的分句包（paquet de propositions），形成一种绵绵细雨式的叙事序列。我们不妨选取一个分句包为例：

« Après avoir retiré sa bague de cornaline, devenue trop large, comme toutes celles déjà enfermées dans le boîtier triangulaire devant elle, et qu'elle ne songeait même plus à apporter dans l'atelier du Temple pour qu'on les remît à la taille de semaine en semaine, elle se mettait à écrire, heureuse de retrouver le contact, presque frais, de la page sous sa main qui était restée si belle comme si l'écriture—par reconnaissance pour ce qu'elle lui avait déjà donné et sacrifié sa vie—veillait à maintenir intacte cette part de son corps, à ce qu'elle ne fût pas envahie par la douleur qui était cantonnée au-delà du poignet où se lisait l'empreinte de son bracelet d'hôpital. »（Pancrazi 11—12）

（她摘下已经变得非常松的肉红色的玉戒指，在她面前的三角形首饰盒中，已经尘封了不少这样的戒指，她甚至想不起来把它们送到神庙加工点去，让人家一周接一周地帮改成合适的尺寸，她开始写作，很高兴又能重新触摸手下崭新的白纸，那只手依然是那么漂亮，似乎写作——为了表示对她终生付出和牺牲的感激——能够注意保持身体的这一部分完好无损，保护它不受手腕以上疼痛的侵袭，而她手上明显看得出有医院手术夹的痕迹。）（庞克拉齐 143）

该句中用不定式过去时 après avoir retiré，过去分词 devenue，形容词同位语heureuse等时态手段引出三个从句，用qui，que，où，celles，pour que，pour ce que，à ce que等关系代词引出八个从句，又通过介词par，副词comme和comme si，连词et等引出四个从句，因此在法语原文中，这是一个由十五个独立分句串联而成的分句包。当然，还有比该句例更长的分句包，包括的分句达到数十个，确实给阅读带来另样的感受。况且，这种句式贯穿小说的整个叙述过程。此外，整部小说中几乎全是未完成时态，其中未完成过去时约占三分之二，其他未完成时态有现在分词、不定式、简单过去时等。现在时仅存在于直接引语中。尤其是许多动词，它们的体（aspect）表达短暂时间或非重复动作，一般只能用复合时态，但在作品中仍然使用未完成过去时，如Elle s' inatallait devant la table（她在桌边坐……下），Elle allait vers Brigitte（她向布里吉特走……去），Elle s' arrêtait devant la porte du bureau d' Alain（她在阿兰办公室门口停……下）等，似乎连短暂的动作也要拉长，以寓示主人公疾病缠身、体力虚弱时的动作缓慢，或是伊丽莎白那小心谨慎、不紧不慢的性格，或是让读者慢慢体会人物的感受和小说的意境。因此，这种特定句式不能不说是作者有意为之。

从句法逻辑角度来看，作者试图建立自己的叙述逻辑，主要体现在人称的模糊性、叙述的虚实方面。《往事烟云》中的人称很少，在交待出有名无姓的人物后，仅用“他”和“她”来表述，有时是指一个特定的人，有时又好像是其他任何一个人，叙述中常常不刻意确指，令读者有些茫然。其实作者就是想打乱人物的特定归属，让这些姓名符号和代词去代表一类人：是他，是她，是你，也是我，人物的生活状况和七情六欲就是这一类人的缩影；其中有几个人物还有他们的复体，物质的存在和精神的存在，自身的“我”、他人眼中的“我”或投射中的“我”，从不同的视角和感知方式来感悟人生。其次，小说中使用了大量的“好像”、“似乎”、“仿佛”等委婉语，在读者和故事之间设立了一种缓冲机制，喻示真实中的某些不真实，同时又让读者在虚幻梦境中领略非真实中的真实，构成了作品中特有的虚实逻辑。当然，小说的叙述已经不是传统小说中人物、时空和因果的逻辑，而是反映叙述话语结构的叙述分句关系（relations entre propositions narratives）。根据布雷蒙的分类，叙述分句大致有四种对立关系:首先是叙述独立句和叙述从句的对立,第二是同时性叙述分句和连贯性叙述分句的对立,第三是逻辑性叙述分句和物理性叙述分句的对立,第四是积极性因果分句和消极性因果分句的对立。(Bremond 320—321)其图式如下:

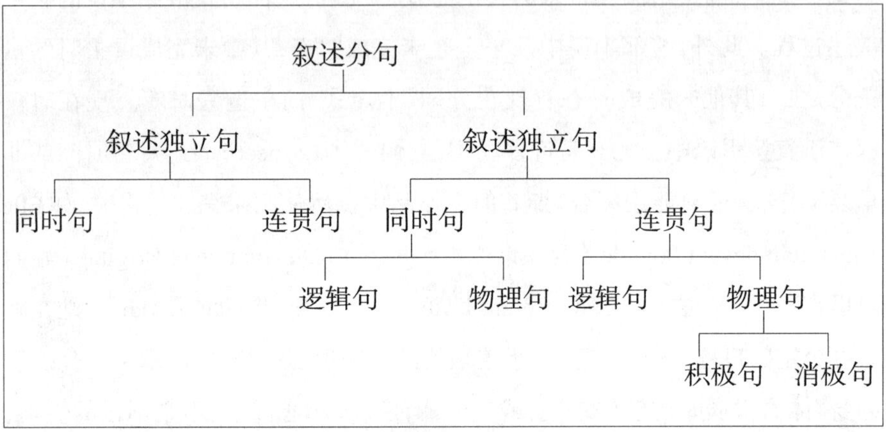

如果读者细心观察,《往事烟云》中的叙述分句都是这些分句类型的不同组合和变种,形成长度悬殊、类型纷繁、穿插交错、欲罢不能的叙述话语,从句法层面寓示一种"思绪绵绵、忧愤习习、长夜茫茫、期待悠悠的境地"(庞克拉齐 前言5)。

综上所述,《往事烟云》中确实存在一种特殊的叙事逻辑。叙述角色构成了小说人物的行动逻辑,以此确定人物及事件在时空维度上的布局;三元组合实现了事件过程中的叙述可能逻辑,以此变换事件的发展方向和人物的最终结局;叙述分句及其组合形成了小说话语的句法逻辑,以此寓示人物的状态、事物的性质和叙事的意境。正如法国《快报》所评说的那样,"庞克拉齐以无恨无惧的笔调,甚至还稍带一点爱心,用他特有的丰富而美妙的风格,描述了一个处于大混乱中的小小群体,勾画了一幅真实化了的画卷"(庞克拉齐 封底页)。而上述叙事特点所产生的艺术效果,无疑为作品的魅力和成功增色不少,法国《读书》杂志称赞这部作品为"一曲温柔而忧伤的颂歌"。

引用文献

Adam, Jean-michel. *Le récit*. «Que sais-je? » 2149. PUF, 1996.

Barthes, Roland, et al. *L'Analyse structurale du récit. Communications*, n°8, 1966. Seuils, 1981.

Bremond, Claude. *Logique du récit*. Editions du Seuil, 1973.

Pancrazi, Jean-Noël. *Tout est passé si vite*. Gallimard, 2003.

Propp, Vladimir. *Morphologie du conte*. Editions du Seuil, 1970.

庞克拉齐:《往事烟云》,张新木译,桂林:漓江出版社,2005年。

作者单位:南京大学外国语学院法语系

新世纪大江文学中的残疾儿主题
——以《两百年的孩子》为例

韦　玮

内容提要：大江健三郎一直关注残疾儿主题，自从自己的残疾孩子光出生以后，他就把和残疾儿共同生活作为了所有小说的主题。进入新世纪后，大江文学中的残疾儿主题有了新的变化，在《两百年的孩子》中，残疾儿不再是一味需要关爱的边缘人物，而是和其他正常孩子一起，成为共生的主体。在大江文学中，"共生"既有残疾儿的父亲与残疾儿"共同生活"层面的意思，也包含着人类和平共处的意味。《两百年的孩子》中，大江把人类共生、和解的希望放在了包括残疾儿在内的孩子即所谓的新人身上，而这又是与作家本人的存在主义时间观息息相关的。

关键词：大江健三郎　新世纪残疾儿主题　共生　新人

一、问题的提出

残疾儿主题在大江健三郎的文学中占有十分重要的地位。自从残疾儿光出生以后，和光共同生活，就成了大江小说的主线，"把和自己家里的残疾儿共同生活这样的事情作为所有小说的主题"（大江，《致北京的年轻人》）。光的出生给大江的个人生活带来了巨大冲击，同时也对大江的文学创作产生了很大的影响。用作家本人的话来说，"在我的作家生活中，三分之二以上的时间，是用在了写我那弱智的长子上。写关于他的、我知道的事情，也写他心里黑暗宇宙般辽远空阔的、我所无法知道的东西"（大江，《走向"新人"》39）。

《两百年的孩子》是大江于新世纪创作给孩子们的"终身唯一的科幻小说"（大江，《面向"新人"》176），但这部小说的定位不能局限在儿童读物、科幻小说上，实际上，我们在这部小说中能够看出大江健三郎文学中的残疾儿主题在新世纪的突破之处。在这部作品中，残疾儿依然是大江所着重描写的对象。真木（智力障碍）和正常人明和朔从东京来到父亲的老家，根据祖母的遗画和当地的传说，在千年老柯树树洞里的梦境之中去了1864年，目睹了无以计数的农民为躲避无法承受的沉重税赋而被迫翻山越岭、逃离家园。明与真木、朔决定为他们提供帮助，便返回到当下的现实社会，在姑妈的帮助下筹措了药品后，三人再度前往一百二十年前的逃难队伍里开设治疗站，直至官府的快枪队追踪至此、大战一触即发之际才离开现场。

"在作品中，'三人组'为和一百二十年前的少年交流，主动和他说话，还和当地村民并肩劳动。正因为如此，在现实中他们也能和互相殴打的少年们成为朋友。从中我们发现：他们就是一百二十年前的少年的再生。"（大江、小泽征良）大江所说的这种再生何以成为可能？此外大江在面对中国年轻人演讲时希冀人类能有一个"共生"的未来，为何又批判政治人物割裂历史，认为政治人物不正视历史就没有未来？作品内外的这些问题无法从传统的线性结构时间观中寻找到答案，只能从存在主义的时间哲学中去寻找。而对这些问题的考查，实际上也关系着大江文学中的残疾儿主题在新世纪有何突破之处。

二、早期大江文学中的残疾儿主题

大江文学中的残疾儿主题在早期更多地关注主人公（父亲）在面对残疾儿时精神上的转变。《万延元年的足球队》中，主人公蜜三郎从充满活力的弟弟身上理解了行动的重要，和妻子决定继续抚养残疾儿，走上新的人生道路。《个人的体验》中的主人公鸟在经历了精神上的痛苦之后，不再逃避现实，而是决定接受患有脑病的孩子并把他抚养长大。鸟接受了抢救孩子的手术，选择了直接面对日常生活。由此可见，在《万延元年的足球队》、《个人的体验》等作品中，残疾儿主题更多地还是作为主人公的存在困境而出现的，大江着重描写近乎绝望的主人公获得精神转变的艰难历程。这种处理方式曾引起三岛由纪夫的异议。三岛由纪夫的不满，主要在于大江把人物认识与行为二律背反式命题，通过鸟的突然转变，变魔术似的突然解消了，而这正是三岛苦苦探索不得解脱的。（笠井洁、柄谷行人）

《空中的怪物阿归》中的主人公D因为杀了有残疾的婴儿而变得神经失常，发疯的D没有朋友，和妻子也离了婚。这似乎喻示着不接受残疾儿会导致多么可怕的后果，这样一来，主人公精神上的转变也只是迫不得已的选择，至于在现实生活中与残疾儿真正地和谐相处更是不可能。实际上，在现实世界大江本人的态度也是绝望的，“我认为自己与光共生的将来是没有希望的。也就是说，就光的症状而言，是不会有任何改善的可能性的”（大江，《走的人多了，也便成了路》）。大江这里所说的“共生”其内涵也就是指在现实生活中，与残疾儿真正地和谐相处、共同生活，这也正是新世纪之前“共生”在大江文学残疾儿主题中的内涵所在。

主人公（父亲）精神上的转变要想变得可靠，离不开现实生活中与残疾儿相处、实现真正的“共生”。以《新人呵，醒来吧》系列短篇为代表，大江把目光放到了主人公与残疾儿的“共生”上。《新人呵，醒来吧》讲述了一个高级知识分子与其智力残疾的儿子在日常生活中共同生存的一系列小故事，这部作品中除了头部生来异常的长子的形象外，还生动刻画了父亲与残疾儿共同生活的二十年。《天真之歌经验之歌》中由于父亲（“我”）外出公差，义幺以为父亲已经死亡，从而在家里做出了一些匪夷所思的举动，弄得全家一片混乱，“我”返家后与义幺进行了沟通，家庭生活又恢复了正常。《沉落中的呼号》讲述了“我”在辅导义幺学习游泳过程中遇到的一些事情。《灵魂如星而降》中描写的是“我”为真正进入义幺的心灵世界而进行的各种探索和努力。

在这些作品中，残疾儿不再仅仅作为主人公（父亲）存在困境的象征出现，而是进入叙述的中心，与父亲实现了在现实生活中的“共生”。与缺乏现实基础，仅仅是精神上的转变相比，这种“共生”的内涵具有更普遍的现实意义，主人公真正意义上的精神转变也有赖于在现实生活中与残疾儿实现这种共生。

相比较正常人，与智力有障碍的残疾儿的情感交流、心灵沟通要更为困难，所以与智力障碍的残疾儿的共生也就更能体现“共生”的丰富内涵。另一方面，大江也在尝试着拓展“共生”的内涵。在《洪水涌入我的灵魂》中，除了具有私小说倾向的父子共生以外，也出现了与他人共生这个更具普遍意义的主题。小说中，脑部有残疾的儿子金能识别五十多种鸟叫声，而父亲大木勇鱼通过冥想能和树魂、鲸魂进行交流。大木勇鱼和金后来结识了反社会团体“自由航海团”，并对他们产生了好感，大木勇鱼以语言专家的身份加入，同时金也因其特殊的存在而被成员们认可，这也使得大江文学中的残疾儿主题流露出一种“父子共生”特征之外的残疾儿与他人共生的迹象。

三、大江文学中的残疾儿主题在新世纪的突破

以《新人呵，醒来吧》为代表，大江文学中的残疾儿主题在新世纪之前就已经涉及了“新人”的概念。大江文学中的新人固然有着年轻人、孩子这样的身份属性，但又有着更为丰富的内涵。实际上，《新人呵，醒来吧》中的新人更为重要的内涵是指残疾儿逐步成长，成为具有独立意识的年轻人。另一方面，以《空翻》为代表，大江文学中的新人也具有着承载未来希望、成为继往开来的“接班人”的意味。《空翻》的主要内容是新兴宗教团体领袖人物的“转向”和新生。教祖为了阻止相信世界末日即将到来的年轻信徒们采取过激行动，不得已在电视上发表声明，宣布自己的教义完全是信口开河，并解散了教会，从而瓦解了激进派的恐怖活动。十年后，曾一度销声匿迹的教会领袖们又开始了新的活动，目的是建立一个全新的教会。在小说的后半部，老教主起用新人，教会逐步走入正轨，而且从《新约》中找到了一个关键词语——“新人”，把它置于自己宗教活动的中心，并把自己的教会命名为“新人”的教会。

“这里我着重描写的是，能使对立的双方真正和解的‘新人’。”（大江，《面向“新人”》176）大江宣称想要着重描写能使对立双方真正和解的新人，在其于新世纪创作的《两百年的孩子》中，包括残疾儿真木在内的三人

组，承担起主动与他人和解、实现与异己共生的重任，正是在这个意义上，包括残疾儿在内的三人组成为了大江所想着重描写的能使对立双方和解的"新人"。三人组中的残疾儿真木本身是具有逐步成长层面意味的新人，同时包括残疾儿真木在内的三人组承担起与他人和解、共生的重任，也有着大江赋予的接班人的意味。新世纪大江笔下的新人在内涵上的双重性，是与大江拓展残疾儿主题中"共生"内涵的尝试联系在一起的。大江笔下占据重要地位的父亲（正常人）主动与残疾儿的共生，在《两百年的孩子》中已经发展为残疾儿（也包括其他正常的孩子）主动与他人实现和解、共生。在一般意义上，残疾儿"既代表社会生活中规模庞大的弱势群体，也可代表各种常被主流文化所忽视排斥的边缘文化"（胡志明 84）。但在《两百年的孩子》中，残疾儿已经不再只是那种需要他人主动关爱、与之共生的弱势群体，而是跟其他正常孩子一起成为主动与他人实现共生的主体，这也正是大江文学中的残疾儿主题在新世纪的突破之处。

在《两百年的孩子》中，"大人们已经退到了舞台的背景，他们用关爱的目光和耐心的教导引导着'新人'逐渐成长"（张文颖 83）。这里逐渐成长的内涵是包括与他人的和解、共生在内的，也正是在这个意义上，包括残疾儿在内的三人组，才得以成为大江所想要着重描写的新人。同时这也能看出，大江把人类和解共生的希望放在了新人（孩子）身上，让新人（孩子）担当起实现人类和解、共生未来的重任。

四、异己恐惧及与异己实现和解、共生的新人

大江想要着重描写能使对立双方真正和解的新人，而包括残疾儿在内的三人组能否担当起使对立双方真正和解的重任，这也关系着三人组能否真正成为大江所想着重描写的新人，而这实际上也关系着大江文学中的残疾儿主题能否在新世纪实现突破。但对三人组而言，他们想要担当起这个重任，必须解决的一个问题就是如何克服对异己的恐惧。因为对人类来说，异己恐惧正是阻碍对立双方和解的原因所在。实际上，恐惧是存在主义哲学所偏好的

一个特殊语境，“唯有在不安中，世界才真正作为世界‘从根源上直接’得以开放，这时，世界内部的存在者，就会从总体上堕入无意义的困境”（木田元 76）。在诸多恐惧中，异己恐惧又是存在主义者所偏爱的一个。萨特曾在《间隔》中就提出了“他人即地狱”的概念，引起我们恐惧的，正是他人即异己本身，而不是诸如战争、地狱这样的语境。“他人即地狱”，真正令人恐惧的不是死亡（地狱）本身，而是因“别人”造成的“异己现象”。

深受存在主义影响的大江文学中，异己恐惧阻碍着人类的“和解”、“共生”。《感化院的少年》中，村民因为对瘟疫的恐惧，肆无忌惮地虐待一群羸弱的孩童，将他们封闭在流行瘟疫的村子里。这个情节在《两百年的孩子》中以故事的形式再次出现。

> “那时，战争已经持续了很长的时期。听说就在那场战争快要结束的那年年初，有十几个孩子从城里被送到了森林深处的村子里。”
>
> …………
>
> “不过，据说送到我们村里的，都是干了坏事进了教养院的孩子。当时连同教养院都一同被疏散到我们村里。”
>
> “那些孩子刚来不久，村里的道路上便出现了死掉的老鼠、鼹鼠等等，连黄鼠狼的尸体都有。接着，就是家畜……终于，连人都开始死掉。”
>
> “人们说是疏散到这里来的孩子们带来了传染病，很快这个谣言就散布开来。村子里当时又没有诊所，村里人也不知道那是什么传染病，便全部离开了村子，只留下那些被疏散来的孩子。也留通告给那些被送进教养院的孩子，告诉他们不可随意走动。”（128—129）

对村民来说，这些外来的孩子正是一个个“异己”的存在，当村民面临死亡恐惧的时候，首先怀疑的就是这些外来的孩子。村民的举动看似因为对死亡的恐惧，实际上是出于对异己的不安和不信任，本质上是一种异己恐惧。这种对异己的恐惧普遍地存在于人类身上，《两百年的孩子》中，当人面对"异己"的时候，几乎都会有这种对异己的不安和不信任。三人组第一次见到铭助的时候，"朔两脚用力踏着地，准备好守护明"（55）。三人组看到难民的时候，明惊恐地紧紧搂住真木的臂肘，朔则从粗呢大衣里取出双筒望远镜四处张望，担心是否会被涌入峡谷的人发现。

村民的困境同样源于对异己的恐惧。逃到这里的农民正被藩府的军队所追赶，他们或许会怀疑这个峡谷里的人有可能协助藩府来反对自己。由于逃亡者人多势众，如果被他们视为敌人的话，对村民来说可能会造成灾难性的后果。但帮助这些逃亡者的话，也存在着危险，"藩府的军队一旦进入村子，就会调查那些曾协助了'逃散'的人"（59）。

由此可见，战争、瘟疫使人丧失了理智和人性，激发了人的死亡恐惧，但这种恐惧并不仅仅来自于战争、瘟疫本身，而是普遍地存在于人类关系当中，本质上还是源于异己恐惧。人类只要处于一种异己的环境中，就有可能产生异己恐惧。大江笔下的三人组在恐惧面前，能否克服恐惧，与异己达成和解，成为大江所想重点描写的新人，这也关系着大江所关注的人类"和解"、"共生"的未来能否实现。实际上，虽说不管是在一百二十年前的彼岸世界，还是在现实世界，出现在异己面前的三人组都充满了对异己的不安和不信任，在现实世界甚至还与他人发生了肢体冲突，但这种不安和不信任只是暂时的。三人组抵达一百二十年前的彼岸世界，与少年铭助和他的"狗"相遇，在"狗"的"媒介"下，真木和铭助得以成功交流。此后，在铭助和"狗"的带领下，三人组亲临"逃散"现场，并和那里的村民们一起为难民包扎伤口、救助伤员，村民们真诚的行动消除了难民的敌视和疑虑，双方获得心灵的沟通。回到现实世界以后，三人组也顺利地跟曾经发生过冲突的"异己"实现了和解。

在《两百年的孩子》中，孩子往往是作为成人世界的对立面，以跟"异己"和解的形象出现的。铭助被挑选出来照顾逃难过来的人，这是因为藩府的军队一旦进入村子，就会调查那些曾协助了"逃散"（农民不堪重负，大家一起逃亡到别的管辖区）的人。跟村子里的"主要人物"相比，铭助这样的孩子、这样的小人物显然是无足轻重的,即便受罚也不会引起什么大的麻烦。孩子的世界与成人世界的对立,还突出地体现在三人组的父亲在国民小学三年级的时候,画的“世界画”与老师心目中的“世界画”之间。这幅画使三人组的父亲挨了老师的揍,因为他画的是民间传说中的“世界画”,表现的是民间传说中的峡谷村庄和森林宇宙图,是一个令人神往的和平宁静的世界。老师的“世界画”则是在太阳旗下把不属于日本版图的亚洲其他国家也划入其势力范围,赤裸裸地表现了二战期间日本军国主义的野心。通过这种强烈的对比可以看出与成人相比,孩子的选择更兼容博爱,代表着和解、共生的世界。

五、和解的再生与存在主义时间观

大江认为三人组在现实世界与互相殴打的孩子和解,这是一百二十年前少年的再生。这种再生之所以成为可能,其背后的时间观正是存在主义的,“大江文学中的时间哲学只有现在是历史性的,且这一现在又与过去和未来联系在一起,形成一个无差别的统一体和无分化的整体”(霍士富 123)。这种存在主义的时间观也有助于理解大江为何在作品中把人物置放在过去这个时间背景当中,让他们做出与异己和解的选择,以此希冀人类能有一个共生的未来。另一方面,大江关注着人类共生的未来,为何又在现实社会批判政治人物割裂历史,认为政治人物不正视历史就没有未来?作品内外的这些问题都只能从存在主义的时间哲学而并非传统的线性结构时间观中去寻找答案。

> 制造时光机的人订了些规则。假如回到五十年前的世界,会发现在我们这个社会里已成为了拥有权力的坏人,当时还只是一个弱小的孩子。但是也不能因此就先把他除掉……
>
> (大江,《两百年的孩子》27)

《两百年的孩子》中所提到的这种时光机的规则体现的正是传统的时间观。

传统的时间观表现为从过去、现在到未来而无限绵延的线性结构，在这种线性结构中，过去推动着现在，现在延伸到未来，归根结底由过去所决定。黑格尔认为“本质是过去的有（也可翻译为‘存在’）”（3），要看本质就要看存在原来是怎样的。这种线性的时间结构，实际上是没有“未来”甚至没有“现在”的，这也就是海德格尔所说的“在的遗忘”。

朔也经历过这种“在的遗忘”式的痛苦，他因为无法帮助铭助而感到活在当下无意义，“逃散之后的二百年正是2064年，我可能变得一副龙钟老态（或者已经死了），不就印证了生活在当下是没有意义的吗？”（202）针对朔的痛苦，朔的父亲回答道：“因为知道回到了过去的时间及场所，在那边做什么都是‘无意义’的，而将‘当下再做吧！’或是‘试着做看看’的想法，也推论成‘无意义’，这样的逻辑真的是正确的吗？”（208）朔的父亲的回答所体现的正是一种与传统的线性结构时间观不同的新的时间观，大江所说的再生想要成为可能，也必须摒弃线性的时间结构，采取这种新的时间观。

“将来的此在能够是它最本己的‘如其一向已曾是’，亦即是它的‘曾是’（或在其所‘曾在’）。”（海德格尔 371）三人组来到彼岸的时候，并没有因为过去是无法改变的，就对彼岸的事情置身事外。他们积极主动地与异己交流，帮助他人，实现了与异己的和解，这成为了他们最本己的“如其一向已曾是”，所以回到现实世界的时候，才能顺利地跟曾经发生过冲突的异己实现和解。海德格尔认为，只要此在存在着，它就承负着它的“曾在”，因而曾在不会过去，或者说，曾在过去了但仍然存在。新人能够再生，能够在现实世界顺利地与发生冲突的他人实现和解，也正是因为在彼岸世界与异己实现和解的曾在仍然存在的缘故。

“生存论建构的首要意义就是将来。”（海德格尔 373）大江对人类和解、共生的未来充满了希望，在《两百年的孩子》中，大江把这种希望放在了象征未来的孩子也就是新人身上。但未来不是孤立存在的，它从属于海德格尔所说的“时间的绽出统一性”当中，“绽出的时间性源始地敞明‘此’，绽出的时间性首要地调整着此在本质上具有一切生存论结构的可能统一”（海德格尔 399）。在存在主义者那里，将来并不晚于曾在状态，曾在状态也并不早于当前，这也是大江批评政治人物割裂历史、空谈未来的原因所在。“在这里历史意味着一种贯穿‘过去’、‘现在’与‘将来’的事件联系和‘作用联系’。”（海德格尔 428—429）大江在北大附中演讲时曾批评日本政治人物空谈未来，而不反省历史，体现的正是这种“时间的绽出统一性”。大江在演讲中认为，虽然小泉首相认为自己的指向是未来，是以与那些国家在未来共同构建积极而良好的关系为指向的，但政治人物这里所谓的“未来”，注定是要与本意相反的，因为“日本的政治领导人不愿意重新认识侵略中国和对中国人民干下极为残暴之事的历史，并毫无谢罪之意。岂止如此，他们的行为还显示出了与承认历史和进行谢罪完全相悖的思维”（大江，《走的人多了，也便成了路》）。

> 我们最为重要的工作，就是创造未来。我们呼吸、摄取营养和四处活动，也都是为了创造未来而进行的劳动。虽说我们生活在现在，细究起来，也是生活在融于现在的未来之中。即便是过去，对于生活于现在并正在迈向未来的我们也是有意义的，无论是回忆也好，后悔也罢……（大江，《走的人多了，也便成了路》）

大江在《两百年的孩子》中引用了瓦莱里的这段演讲，在面对中国年轻人演讲的时候，又一次引用了这段话，可见大江对年轻人（新人）创建未来给予了极大的期望，同时这也再次验证了大江身上所受到的存在主义时间观的影响。在存在主义者那里，“将来在源始而本真的时间性的绽出的统一性中拥有优先地位”（海德格尔 375）。但与政治人物割弃历史、奢谈未来不同，大江所要的将来是一种和解、共生的将来，他把这种开创美好未来的希望寄托在了孩子即所谓的新人身上，呼吁新人必须在当下的现在创造出明亮、生动、确实体现出人的尊严的未来，而非充满黑暗、恐怖和非人性的未来。之所以如此，是因为“与我这样的老人不同，你们必须一直朝向未来生活下去。假如那个未来充满黑暗、恐怖和非人性，那么，在那个未来世界里必须承受最大苦难的，只能是年轻的你们”（大江，《走的人多了，也便成了路》）。这也可以看成是新世纪大江文学拓展“新人”、“共生”内涵，把和解、共生的希望寄托在新人身上的原因所在。

六、结论

大江文学中的残疾儿主题有着丰富的内涵，"新人"、"共生"等概念与残疾儿主题也有着一贯的联系。大江想着重描写能使对立双方和解的新人，而具体承载这种希望的就是其在新世纪创作的《两百年的孩子》中包括残疾儿真木在内的三人组。在现实社会，面对着中国年轻人演讲时，大江也呼吁新人必须在当下创造出明亮、生动、确实体现出人的尊严的未来，可见大江在作品内外都把和解、共生的希望寄托在了新人身上。从《两百年的孩子》中也能看出，新世纪大江文学中的新人实际上就是承载着人类和解、共生希望未来，包括残疾儿在内的年轻人（孩子）。而新人之所以能承担起这个重责，原因就在于在《两百年的孩子》中，残疾儿已经不再是那个处在边缘文化，需要旁人给予格外关心才能实现群体共生的弱势群体，而是已经和正常的孩子一起，成为了主动与他人实现和解、共生的主体。

总的来说，大江笔下的残疾儿主题，早期作为主人公存在困境的形象而出现，其后大江有意把关注点放在了主人公与残疾儿在现实生活中的共生上。但大江把和残疾儿共同生活作为所有小说的主题，这又绝不仅是私小说意义上的描写。时代赋予大江的主题包括战后的解放感、核武器造成的痛苦和先天残疾的儿子的出生三个方面。（大江，《时代赋予我主题》55）实际上，大江作品中的"共生"也没有停留在父子共生上，在一系列"父子共生"题材的作品之后，《两百年的孩子》中残疾儿和其他正常孩子一起，主动跟异己实现了和解、共生，成为了寄托着大江希望的"新人"。至此，新世纪大江笔下的"新人"、"共生"具有了新的内涵，而大江文学中的残疾儿主题由此也发展到了一个新的高度。

引用文献

大江健三郎:《致北京的年轻人》,《中国青年报》2000年9月28日。

---:《走向“新人”》,王新新译,《大江健三郎自选随笔集》,北京:光明日报出版社,2000年。

---:《时代赋予我主题》,王新新译,《大江健三郎自选随笔集》,北京:光明日报出版社,2000年。

---:《面向“新人”》,大阪:朝日新闻出版社,2003年。

---:《走的人多了,也便成了路》,在北京大学附属中学的演讲,2006年9月10日。

---:《两百年的孩子》,陈孟姝译,台北:时报文化,2009年。

大江健三郎、小泽征良:《场所记忆具有的幸福,现在就在历史中》,《读卖新闻》2003年5月10日。

海德格尔:《存在与时间》,陈嘉映、王庆节译,上海:三联书店,2000年。

黑格尔:《逻辑学》下卷,杨一之译,北京:商务印书馆,1982年。

胡志明:《再生与共生——简论大江健三郎文学中残疾儿主题的文化意蕴》,《山东大学学报》(哲学社会科学版)2003年第2期。

霍士富:《时空交叉的叙事结构——论大江健三郎新作〈二百年的孩子〉》,《当代外国文学》2005年第4期。

笠井洁、柄谷行人:《关于“结局”的想象力》,《国文学》杂志第35卷第8号。

木田元:《海德格尔》,东京:岩波书店,2001年。

张文颖:《试论大江健三郎文学中的“新人思想”——以〈二百年的孩子〉为中心》,《日语学习与研究》2004年增刊。

作者单位:南京晓庄学院外国语学院日语教研室

论弗朗索瓦·邦《大宇》中的断片式现实

樊咏梅

内容提要:法国作家弗朗索瓦·邦特别关注反映工厂的题材,探讨全球化进程中工厂世界的荒芜化和工人境遇的边缘化等社会现象。在小说《大宇》中,作家通过对大宇破产事件的解读、对现实的断片式再现、访谈与戏剧相结合的手法,着力描绘"日常下"的事物,呈现了全球化背景下法国产业工人断片式的生存现实。《大宇》在传统小说形式基础上的创新使作家实现了对传统现实主义的继承与超越,也使小说成为了一种与记忆作斗争的武器。

关键词:弗朗索瓦·邦 《大宇》 现实 断片 访谈 戏剧

弗朗索瓦·邦(François Bon, 1953—)是法国当代著名作家,早年从高等工艺学校(INSAM)毕业后,在法国航空航天和核工业领域从事电子束焊接工作,曾到印度、苏联等国做过技术专家。1982年,他发表了第一部小说《工厂出口》(*Sortie d'usine*, 1982)[①],成为法国子夜出版社推出的新秀作家。此后他辞去焊接工作,潜心文学创作,在近三十年的写作生涯中,将主要目光投向社会边缘的群体,持续关注工厂、工人和工人运动,先后出版了《界限》(*Limite*, 1985)、《水泥环境》(*Décor ciment*, 1988)、《急躁》(*Impatience*, 1998)、《埋葬》(*Enterrement*, 2004)、《希尔顿的火灾》(*L'Incendie du Hilton*, 2009)、《物品的自传》(*Autobiographie des objets*, 2012)等三十余部小说、戏剧和电影作品。作为当代法国一位非常活跃的作家,他还组织了一些教学组和写作坊,创建了remue.net, publie.net等网站,开展文学普及活动和创作研究。

小说《大宇》(*Daewoo*, 2004)是弗朗索瓦·邦关注工厂世界的又一力作。

① 该小说在中国的译本由施康强、程静等翻译,编入湖南文艺出版社1999年出版的"午夜文丛"《工厂出口》中,除了《工厂出口》,该套丛书还收录了弗朗索瓦·邦的《布松之罪》和《社会新闻》。弗朗索瓦·邦的其他作品目前在国内暂无译介。

2004年上半年，他写了一个名叫《大宇》的剧本，戏剧公演后获得当年法国阿维尼翁戏剧节最佳戏剧莫里哀奖，后又被法国总工会评为当季最佳戏剧批评大奖。下半年，作者在这部戏剧的基础上改写，创作了小说《大宇》，并获得当年法国维勒斐文学奖（Prix Welper）。小说中对文学与现实的独特表现和个性化叙事方式，博得文学评论界和媒体的广泛赞誉。法国《快报》认为，“《大宇》综合了创作中的戏剧、对文学的思考和记者式的调查，是一部纯净而有力度的小说”（*L'Express*, *Extrait Daewoo*）。《人道报》的文学专栏则刊登了《弗朗索瓦·邦的另样小说》的文章，指出“在众多的文学新作中，《大宇》先声夺人，通过讲述工人长期而艰巨的斗争故事，通过文本中随处可见的采集的话语，折射出作者的观点、立场以及由此释放出来的激情和批评……弗朗索瓦·邦新近推出了一部非凡的作品”（Lebrun）。此外，《世界报》、《费加罗报》、《读书》等刊物也纷纷称赞小说《大宇》。

《大宇》主要围绕被解雇的女工的话语展开，描绘了法国洛林地区大宇工厂倒闭和工人遭到集体解雇的事件，反映了全球化进程中产业工人所处的悲惨境遇，尤其是法国产业工人残酷的生存现实。结合对弗朗索瓦·邦的访谈以及其他作品的研究，将小说《大宇》置于时代背景之中加以考量，探讨全球化进程中法国“工厂世界”的荒芜和失业工人的境遇，对全面理解《大宇》的思想内涵、艺术特色将具有特殊的意义。本文将从大宇破产事件所反映的全球化问题、对现实的断片式再现以及访谈与戏剧构成的断片式现实等方面，探讨作者对传统现实主义的继承与超越。

一、大宇的破产与全球化的缩影

世纪之交，面临日益加快的经济全球化进程，法国工业结构调整加剧，几乎没有一个产业可以避免这种状况。例如法国洛林地区，昔日的钢铁王国，在炼钢生产停滞后，又转型生产电器或者食品。20世纪90年代中后期，该地区的罐头厂和糖厂相继关闭，厂房被彻底拆除或转卖给其他公司，按照《大宇》中一个官员的话来讲，这些工厂不再是“百年老店”，现在已经进入“一次性工厂”的时代。(Bon 93)法国其他地区的情况也大致如此,大批工业企业发展减速或倒闭,大批产业工人失业。这些失业工人的抗争和境遇以及由此产生的社会问题,便成为作家们关注的焦点。他们意识到,在法国,产业工人作为一个“阶层”似乎正在逐步消失,因此必须重视和捕捉这个现象,于是出现了一种“重新关注工人生存条件”[①]的趋势,作家们试图通过自己的作品为这个“正在消失的世界”提供他们的见证。于是工厂倒闭和工人失业等事件便通过文学的形式,进入了读者的视野。如弗朗索瓦·邦的《工厂出口》和罗贝尔·里纳尔(Robert Linhart)的《工厂剩余》(*L'excès-L'usine*, 1982)等。这些作品在当时的评论家和读者看来“令人震惊”,显得很不合时宜,然而正是由于他们的作品,“工厂”一词成了作家反映“现实世界”特别是“产业工人世界”的窗口,成为法国文学回归现实的一个重要题材。(Viart and Bruno 207)此后,以工厂为题材的作品层出不穷,如让·罗兰(Jean Rolin)的《关闭》(*La Clôture*, 2002)、奥蕾莉亚·菲力佩蒂(Aurélie Filippetti)的《工人阶级最后的日子》(*Les Derniers Jours de la classe ouvrière*, 2003)、吉拉尔·莫尔迪亚(Gérard Mordillat)的《生者与死者》(*Les vivants et les Morts*, 2005)等。《大宇》在这些作品中则更具有代表性,反映出作家对全球化进程中法国当下现实的独特解读。

《大宇》中讲述的大宇集团曾是仅次于现代集团的韩国第二大企业,也是世界二十家大企业之一。20世纪末,由于该集团超速发展,背负了高额的债务,因而在亚洲金融危机中受到毁灭性打击,最终遭受了破产清算的命运。小说《大宇》描述了该集团在法国从建立到突然关闭的整个过程。从20世纪90年代初开始,大宇集团一直享受法国的减税待遇和投资补贴等优惠政策,在法国洛林地区逐渐建立起集团的大型工厂。然而现实世界是一个弱肉强食的丛林法则世界,在经济全球化背景下,最大化追逐利润成为企业的终极目标,“法国大宇工厂生产一台微波炉使公司亏损八欧元,而在中国生产一

① 该说法参考了法国作家皮亚鲁等在1999年发表的作品《重新关注工人生存条件:标志的索肖索肖-蒙贝利亚尔工厂的调查》(St. Beaux and M. Pialoux, *Retour sur la condition ouvrière: enquête aux usines Peugeot de Sochaux-Montbéliard*, Paris, Fayard, 1999)。

台同一型号的微波炉给公司带来一欧元的利润,法国大宇工厂的'末日'也正是从那一天开始了"(Bon 108)。由于受到经济危机影响,2002年9月至2003年1月,大宇集团在法国的三家微波炉和电视机工厂先后关闭[①],解雇了一千二百名员工,这些被解雇的工人基本上都是女工,数百户家庭因此陷入困境。愤怒而无助的工人采取了过激行为:他们占领工厂,对企业管理者实行非法囚禁,放火焚烧机器等。得知这一情况,作家弗朗索瓦·邦决定到当地工厂进行调查,拜访那里的工人,见到了那些被大宇公司解雇的工人。她们情绪非常激动,给他讲述了流水线工作的粗暴以及后来斗争的暴力,他将听到的叙述记录下来,在此基础上进行整理和重写,创作了剧本《大宇》。

戏剧《大宇》的成功,促使弗朗索瓦·邦做进一步思考,力图延伸戏剧人物话语之外的故事。他在戏剧文本上作了进一步阐释,更为详细地"说明地点,面孔,谁在讲述这些话,这个人物有什么故事,他选择了怎样的道路"。作者在接受法国《读书》杂志的访谈时谈到小说《大宇》的创作动机:"由于形象深刻以及话语留下的深刻印象,我决定创作小说。如果工人以后再无容身之地,我希望小说可以承载他们的记忆。"[②]他认为作家不仅仅是要去"见证",更重要的是通过小说的文学形式,能进一步探讨现实问题。《大宇》第一章开篇有一句话:"拒绝。直面模糊不清。"(Bon 9)法语"拒绝"和"直面"使用了命令意义的不定式语句,具有一种使命感,因此小说的任务被弗朗索瓦·邦定义为"见证,记忆,揭露"(Viart 114)。文学评论家卡丹齐则这般总结了小说《大宇》的成功之处:"普通工薪阶层的职业生活处于恐慌和孤独之中,并且失去了意义。弗朗索瓦·邦描绘了工人集体的冲动式告别,回顾了共同抗争和战斗的战友之情,通过他独特的方式,考察了经济恐慌给内心带来的不良影响,通过一个个个体,通过他们的渴望与活动,刻画了工人群体的形象。"(Catinchi)《大宇》描绘的是一批真实的故事,真实地反映了当代法国

---

① 大宇的三家工厂境遇各不相同,其中一家毁于一场火灾,另外一家迁往了劳动力更为便宜的土耳其,还有一家被卖给了德国钢铁生产公司蒂森克虏伯(ThyssenKrupp)。

② 法国《读书》杂志2004年9月1日刊登了Baptiste Liger对弗朗索瓦·邦和小说《大宇》的专访:<http://www.lexpress.fr/culture/livre/italique-daewoo-italique_809347.html#OWHxzgrTSLFxOaJ0.99>.

的社会现实。在众人欢呼全球化时代的到来并为之欢呼雀跃之时,《大宇》则向读者奉献出全球化的一个负面缩影,唤醒人们关注全球化进程中产业工人的境遇。小说《大宇》由戏剧发展而来,既有戏剧元素的震撼力,又有小说刻画人物和讲述故事的相对完整性,探讨问题时也更有其深入性,其主要特征体现在对"日常下"事物的描写和现实断片的虚构上。

二、"日常下"事物与现实的断片

法国评论家塞伏瓦兹称弗朗索瓦·邦为20世纪80年代工人文学的先锋作家,说他和其他同类作家一起,通过一系列工厂小说引领文学回归现实,引发对时代痛点和社会现实的关注。当然,弗朗索瓦·邦的小说对现实问题和工人题材的关注也引起评论界对其作品中现实主义本质的思考,如塞伏瓦兹就指出:"弗朗索瓦·邦作品中令人感兴趣的是:一方面质疑文学再现现实或某一种现实的能力,同时也质疑文学中现实的表现自身。"(Servoise)的确,弗朗索瓦·邦对现实有其独到的理解,他的作品以工厂、工人为题材,直面社会现实。《大宇》描写的是一系列真实的故事,面对手工劳作的工人世界的逐渐消失,以及失业工人的抗争、惶恐、无奈、无助、茫然等待直至最后的绝望等心理,这种书写体现了一种现实的张力。但是,弗朗索瓦·邦认为,文学并不局限于反映现实,他甚至拒绝使用"功能"一词来形容文学,而是借用贝克特的"如何是"来强调文学中"创作"的重要性。作家在《大宇》的第一章中这样写道:"'创作'不是'再现',文学批评常常将这个语义和词形上的变化对立、混淆,即使虚构旨在再现客观真实,'创作'还是虚构的实践。"(Bon 5)这就强调了虚构在再现现实中的地位。

法国学者勒布兰(Lebrun)指出,小说《大宇》的创作逐步脱离了原来的模式,表现出某种虚构和想象,显示出与古老现实主义者幻想的断裂。弗朗索瓦·邦通过《大宇》的创作,在当今有关虚构和真实之间关系的争论中,迈出了有决定意义的一步。在创作《大宇》时,作者首先收集资料,深入空旷的建筑内进行现场考察和探访;在与大宇工厂失业女工的访谈中,录下她们的讲话，用笔一丝不苟地记录下来：有确定的场所，确定的社会犯罪，有日期，有事实，有数据。盖封甚至将弗朗索瓦·邦在写作过程中开展的社会调查理解为某种向自然主义的回归，似乎一切都有据可寻，一切皆具真实性。（Gefen 16）然而，作者在一次访谈[①]中指出，《大宇》完全遵照真实情况叙述的内容只有两个章节，这两个章节标题的主体都是"致敬"，一个涉及微波炉工厂所在地维莱市的法国民主联盟工会的代表，另一个涉及隆维市法国总工会的一个女负责人。言下之意，小说其余部分或多或少都进行了虚构，正是在虚构的实践中，作者在探索如何以虚构的方式去表现真实。他不强调真实与虚构孰优孰劣，也没有将虚构和真实置于相互排斥的状态，他认为"需要以虚构强取真实，剖析真实，刮掉真实的表皮，当到极限之处，虚构转身背对真实，不再有引人注目之处。小说就在这样的快速交替运动中。他不断地努力摆脱这种运动，不断地在运动中重新创造……"（Lebrun）。作者正是在真实与虚构的交替回环中游走，使二者和谐齐鸣；真实和虚构交融创作出来的小说不仅仅能"见证"，更能"回忆"与"揭露"，具有启发性和力量，从而为那个正在消失的产业工人群体留下某些痕迹。

弗朗索瓦·邦虽然肯定了虚构在描写现实类小说中的地位，却并未放弃对真实性的追求。《大宇》中主要体现在作家对客观事物的关注，尤其是有关工人的一些貌似最无足轻重的事物。卡丹齐就指出，弗朗索瓦·邦通过一部部工厂作品，努力达成法国天才作家乔治·佩雷克（Georges Perec）昔日定下的要求。（Catinchi）佩雷克在文集《日常下》（*L'Infra-ordinaire*, 1989）的引言中如是说："报纸除了讲述日常之事，还是讲述日常之事。报纸令我厌倦，报纸不能给我带来任何东西。真正发生的事，我们经历的事，其他的，所有其他的，它到底在哪里？每天发生的事，每天到来的事，平庸之事，日常琐事，明了之事，普通之事，日常之事，日常下之事，深处之事，习惯之事，怎么去理解，怎么询问，怎样去描述？"（Perec）他强调应该质疑惯常的东西，习惯不断地思考，通过最为琐碎的问题询问我们周围的一切事物，探寻来源、特性和去

① 弗朗索瓦·邦在2004年1月18日接受法国《人道报》采访（*Parler pour?*, entretien de F. Bon avec Jean-Claude Lebrun, *L'Humanité*, le 27 août 2004, <http://www.humanite.fr/node/339902>）。

向。正是通过最为琐碎的问题,人们得以捕捉到"真实"。弗朗索瓦·邦正是抓住了传统文学不常关注的日常琐事,即佩雷克发现并称之为"日常下"的事物,在惯常小说要表现的东西之外探寻需要表现的东西。弗朗索瓦·邦曾说:"我想在纸上呈现工业区的圆形广场,一座大楼的楼梯,或者言说你所言之人在话语中沉默的气息和不同程度……"(*L'Express*, *Entretien Daewoo*)因为这就是工人真实而平凡的世界,工厂最普通的机器、车间、厂房,包括正在被拆除的工厂的厂标都是工人过去存在的见证,这就是工人在工厂倒闭甚至完全消失后无言、无奈的表现。如果说《大宇》是由观察、采访、讲述等断片构成的一个虚实相间的工人世界,那么其作品中最为细节,最为特别,最无足轻重的"日常下"的事物,通过作者的文字构建,成为作者追求真实的断片,这些断片反映了全球化进程中法国工厂和工人的现状。

三、访谈和戏剧与断片式现实

法国著名评论家维亚尔曾指出:"现实只能通过笔触,通过断片得以叙述,好像在叙述和交谈尚未组织好之前已然风化。可能生活本来就缺乏统一性和有意义的延续性,在独立句子骗取到的感觉中早已分解。"(Viart and Bruno 209)《大宇》的叙述者"我"回忆了自己2003年在洛林地区所做的调查,讲述如何收集资料,如何参观大宇的工厂,怎样与被集体解雇的工人进行交谈。作家在小说中讲述故事,通过重构工人记忆中的微小片段,来呈现一些地方、一些人物、一些话语,以"直面记忆的模糊"(Bon 9)。因此,小说的任务被重新定义为与正在逐渐变得模糊的记忆的一种"斗争"(Jérusalem 17),以及由此所采取的革新方法和技巧。

《大宇》虽然被注明为小说,但又在新的领域进行了探索:小说以访谈为主,读起来有点像报告文学,同时,作家将戏剧节选与访谈并置排列,形成访谈和戏剧两条重叠又互为补充的主线。其中访谈有二十二个章节,戏剧节选有十一个章节,这两条主线组成的章节占据小说的四分之三。剩下的四分之一章节是补充部分,加入了整个事件的报纸摘要,官方和工会相关言论的片段，对工厂、剧场、访谈场所的描写，还有交谈中叙述者的思考。以上所有的这些内容，被作家安排在小说的四十九个章节中，每个章节各附标题，但没有以数字进行排序，相对独立，编排上会给人一种杂乱无章的感觉。《大宇》确实也因为其断片式结构引起一些批评，然而恰恰是这些看似断片的章节，能让作者通过回忆，从访谈与戏剧的结合中抓取真人真事，达成作家在《大宇》中所希望的目标，即让小说来承载记忆。

访谈的运用是小说反映现实断片的独特手法。叙述者在大宇工厂关闭后的几个月之后，半年时间内三次前往工厂所在的洛林地区，参观被焚毁、搬迁或改为他用的工厂，对被解雇的工人进行采访，用录音机录下工人所说的话，用笔记下当时的场景和访谈对象的形象等相关信息。访谈对象主要是十四名女工，包括工会的两名女性成员。叙述者清楚地记录了所有的访谈时间和地点，甚至煞费苦心地将访谈的记录形式也记录下来，而对于访谈对象的姓名，仅保留名字和姓氏的第一个字母。对于采访对象的话语，叙述者采用了多种形式来转述，包括直接引语、间接引语、自由间接引语等形式，尤以直接引语为主要手段，另外还有大量的独白。访谈内容涉及工厂关闭前后工人斗争的故事，如罢工，占领工厂，暴力，非法关押企业领导，工会的斗争，被解雇女工的斗争，被解雇工人的生活悲剧等。另外，整部小说献给西尔薇娅，通过访谈，这个人物逐渐清晰起来。叙述者从对玛里兹（Maryse P.）的第一个访谈开始提及西尔薇娅，后者原本是工人抗争中的领导人，但她在2003年4月份已经自杀身亡。这位女性人物的名字反复出现在几乎所有的访谈中，小说也以这个女性形象和西尔薇娅的名字结束："在占领工厂失败后，我们再也没能去旅行。我看不到英国了，西尔薇娅多么想去英国旅行啊，但是西尔薇娅已经死了。敞开所有的问题，不要试图再现任何东西，只需要去调查。"（Bon 247）这里，再现真实的意图可见一斑。同时，十四个访谈对象也形成一种复合的叙事声音和多样化的聚焦，以表达不同人物的情感和个人性格，并且随着交谈的进行而变化：惊慌，愤慨，耻辱，抗拒，坚毅，忍让，沮丧，等等。讽刺性的话语展现了失业女工的悲惨境遇：在政府官员眼中，她们不过是"一种暂时的疾病，一种黄疸病，一种使人百爪挠心，但是需要忍耐一段时间才能过去的东西”（Bon 93）。她们感到自己已经被社会抛弃了，并很快会被社会遗忘，她们就是“多余的人”（Bon 228）。通过访谈，这些生活在苦难中的女工们讲出真话，让小说呈现出这样一批有血有肉的人物，从而使单个人物的典型性让位于失业工人群体的典型性，以突出工人群体形象的真实感和工厂倒闭事件的真实性。

戏剧的运用则是另一表现特色。弗朗索瓦·邦在与勒布兰的谈话中指出，“小说的主题，是要把戏剧组织起来，是文字向现实的回归”（*L'Humanité*），因为“当叙事成为构建戏剧的叙事时，它会讲述文字如何能够回归现实”（*L'Express*, *Entretien Daewoo*）。与访谈平行并置的还有戏剧片段，从第三章开始一直到第四十八章时断时续，总共有十一个，这些戏剧片段正是原戏剧《大宇》中的对白，因为“让演员特别是女演员来讲述工厂关闭和集体解聘事件造成的悲剧，就是要刻画她们的形象，就是要使模糊的记忆逐渐清晰起来”（Montfrans 186），因为相同的故事因此至少讲了两遍：访谈中一遍，戏剧中一遍。访谈平均分配在文本中各处，戏剧片段主要集中在第一部分和小说的最后三分之一处：第一部分有四个片段，最后部分由七个戏剧片段组成。在第一部分的前三个片段中，演员们回忆2003年初的示威行动。这是后卫部队似的斗争，但是工人们异常团结一致：接受挑战，组织活动抗议法梅镇关停工厂，在工厂内非法监禁一名企业领导，集体上访一名议员等。第一部分的最后一个戏剧片段出现在第十七章中，用于介绍演员。后面接上了与之相关的访谈，在第十七章和第三十二章之间形成一个停顿，整个叙事空间用于解释火灾和暴力相抗。从第三十二章开始又颠倒了过来：戏剧片段参考了先前的访谈，接着讲述工厂关停后的生活窘境，如失业如何影响夫妻间的关系，甚至导致离婚等等。在寻找新工作的过程中，这些女工们发现另外一种形式的社会伪善：“培训再就业的闹剧”，“孤独和失望削弱了生存力直至绝望自杀”，从此以后，她们失去了“待在一起的方式”。（Bon 195）关于戏剧手法，作者在与勒布兰的谈话中就说过：“这不是有关于某一问题的戏剧。我们需要一个从布莱希特的《教育戏剧》继承到闹剧四重奏，需要能笔直地测量这些语言的演员，并不是要表现见证，而是表现冲击力，表现那些为一个群体归纳出来的东西。不是真实的苦难，而是愤恨或者忍受之中的张力。”（*L'Humanité*）通过演员的声音，作者对政权当局和官员的虚伪嘴脸进行揭露和批判，同时对媒体避重就轻、粉饰工厂关闭给工人生活造成的影响等方面，也进行了无情的嘲讽。

此外，蒙弗朗认为，访谈与戏剧在《大宇》中的分布体现了一种灵巧的蒙太奇艺术。（Montfrans 188）尽管表面看来整个过程比较零乱，但作者还是或多或少地按照事件的时间顺序安排叙事。第三章中的第一个戏剧片段讲述了2002年工厂关闭纪念日活动。在最后第四十八章中回忆2003年2月至3月间大宇工厂的厂标从屋顶被拆卸下来的场景。这个场景也是促使作者创作小说的根源，这一点在第十五章中也提到了。依托某些场景的不断重复，以及在戏剧片段和访谈之间的不断跳转，让读者去不断寻找他认为已经看到过的片段。在这种情况下，更接近于原始现实的访谈和更具虚构性的戏剧片段相互融合，相互影响，形成反映全球化进程中社会问题的片断式现实。正如蒙弗朗所指出的，在小说《大宇》中，作家弗朗索瓦·邦通过将“真实的声音与戏剧的声音并列起来，保证了文本的话语真实，即使在芬什河谷不再有任何大宇工厂和被解雇工人的痕迹”（193）。

四、结语

《大宇》的卷首语引用了法国作家拉伯雷（Rabelais）的一句话：“世界上一半的人不知道另外一半人是怎样生存的。”（Bon 7）而弗朗索瓦·邦试图以文学的方式阐释社会学家皮埃尔·布迪厄（Pierre Bourdieu）在《世界的悲惨际遇》（*La Misère du monde*，1993）中的观点，让人们解读全球化浪潮对个体的裹挟，对于产业工人造成的可怕后果，从而了解产业工人的生存现状。对弗朗索瓦·邦而言，工厂最后的出口就是坟墓，而机器时代的落幕则意味着逐渐消逝的一个世界，即产业工人的世界，而作家的使命就是要揭露这些隐秘，通过写作将不可触摸、难以形容但却是基本事实的事物总体地呈现出来，通过独特的“自己的机制”来理解现实。通过真实断片与小说虚实的技巧、对“日常下”事物的刻画，以及访谈与戏剧的并置交融，使所有的真人真事重新组织在语句中，从日渐消失的记忆中拉回并结晶于文字之端，使小说成为与记忆作斗争的武器。

引用文献

Bon, François. *Daewoo*. roman, Paris: Fayard, 2004.

Catinchi, Philippe-Jean. *Le roman au travail*. le 10 Septembre 2004 <http://www.tierslivre.net/livres/DW/lemonde.html>.

Gefen, Alexandre. *Réalisme de François Bon*. dans Dominique Viart et Jean-Bernard Vray (dir.). *François Bon, éclats de réalité*. Université de Saint-Étienne, coll. *Lire au présent*, 2010.

Georges Perec / Interroger l'habituel. <http://remue.net/cont/perecinfraord.html>.

Jérusalem, Christine. *Tournage, ajustage et fraisage: copeaux de mémoire ouvrière dans Daewoo et Bilancourt de François Bon*. dans Dominique Viart et Jean-Bernard Vray (dir.). *François Bon, éclats de réalité*. Université de Saint-Étienne, coll. *Lire au présent*, 2010.

Lebrun, Jean-Claude. *Le roman autrement François Bon*. <http://www.humanite.fr/node/339901>.

L'Express. *Entretien Daewoo*. Par *Lire*, le 1 Septembre 2004 <http://www.lexpress.fr/culture/livre/italique-daewoo-italique_809347.html#OWHxzgrTSLFxOaJ0.99>.

---. *Extrait Daewoo*. Par *Lire*, le 1 Septembre 2004 <http://www.lexpress.fr/culture/livre/daewoo-francois-bon_809345.html#Kjtsr5yAOqIFB3WC.99>.

L'Humanité. *Parler pour?*. entretien de F. Bon avec Jean-Claude Lebrun. le 27 août 2004 <http://www.humanite.fr/node/339902>.

Montfrans, Manet van. *Faire face à l'effacement: voix du réel et voix du théâtre dans Daewoo*. dans Dominique Viart et Jean-Bernard Vray (dir.). *François*

Bon, éclats de réalité. Université de Saint-Étienne, coll. *Lire au présent*, 2010.

Perec, Georges. *Interroger l'habituel*. <http://remue.net/cont/perecinfraord.html>.

Servoise, Sylvie. *Parole d'écrivain et crise de la représentativité*. <http://www.revue-critique-de-fixxion-francaise-contemporaine.org/rcffc/article/view/fx06.05/718>.

Viart, Dominique. *François Bon, étude de l'œuvre*. Bordas, 2008.

---, et Jean-Bernard Vray, dir. *François Bon, éclats de réalité*. Université de Saint-Étienne, coll. *Lire au présent*, 2010.

---, et Vercier Bruno. *La littérature française au présent: Héritage, modernité, mutations*. Paris: Bords, 2005.

作者单位:南京大学外国语学院博士研究生 苏州大学外国语学院法文系

论“中国经验”的祛魅写作
——以波伏瓦、克里斯蒂娃为例

黄 荭

内容提要：1955年9月，存在主义“自由情侣”萨特和波伏瓦应中国对外文化协会之邀来新中国访问，回国后波伏瓦写了《长征：中国纪行》。1974年4月，克里斯蒂娃跟随由《原样》杂志社同仁组成的法国作家代表团来到文革中的中国，她创作的《中国妇女》于年底付梓。同样作为对共产主义理想和社会主义建设怀揣美好遐想的法国女权主义代表人物，波伏瓦和克里斯蒂娃都从亲历的“中国经验”中得到了第一手素材，而经由写作的沉淀和思考，两人都完成了对这个东方国度在理智和情感双重层面上的“祛魅”过程。今天，反观他者眼中的中国，衡量想象和经验之间的落差，或许我们可以窥探到历史深处曾经遗失的另一面幽微的“真实”。

关键词：波伏瓦　克里斯蒂娃　《长征：中国纪行》《中国妇女》　祛魅写作

一

1955年9月，存在主义最著名的“自由情侣”让-保尔·萨特（Jean-Paul Sartre）和西蒙娜·德·波伏瓦（Simone de Beauvoir）作为法国人民的友好使者应中国对外文化协会邀请来新中国，在为期六周的游历中，他们访问了北京、南京、上海、沈阳、杭州、广州……国庆节那天，他们还有幸应邀登上天安门观礼台。10月23日，《人道报》上刊登了记者保尔·提亚尔的专访《和让-保尔·萨特、西蒙娜·德·波伏瓦在京共度一晚》[①]。回法国后，萨特应《人民日报》之邀写了《我对新中国的观感》：“这个伟大的国家正不断地在转变。当我到达这里的时候，我那一些法国朋友从中国回到法国后所讲的情况已经不

① Cf. « Une soirée à Pékin avec Jean-Paul Sartre et Simone de Beauvoir », article-interview par Paul Tillard, *L'Humanité*, 23 octobre 1955.

再完全正确。等过了一星期，我再说的话，也不会是完全正确的了。"[①] 之后，萨特在12月1日和8日的《法兰西观察家》上发表了《我所见到的中国》[②]。而波伏瓦并不满足于"最肤浅和最仓促的观感"，回国后，她收集了大量有关中国的资料，结合自己的见闻，于1957年在伽利玛出版社发表了近五百页的《长征：中国纪行》一书，分为八章："北京的发展"、"农民"、"家庭"、"工业"、"文化"、"自卫斗争"、"十月一日"、"中国的城市"，从不同角度反映当时新中国政治、军事、经济、文化各方面的社会现实。同年3月17日，波伏瓦接受《洛桑论坛》记者皮埃尔·戴卡尔格的采访，发表《这就是我所见到的中国》，波伏瓦始终强调的是她眼中的"真实"。

1974年4月11日到5月3日，朱丽娅·克里斯蒂娃（Julia Kristeva）跟随由《原样》（*Tel Quel*）杂志社同仁罗兰·巴特（Roland Barthes）、菲利普·索莱尔斯（Philippe Sollers）、弗朗索瓦·瓦尔（François Wahl）、马瑟兰·普莱奈（Marcelin Pleynet）组成的法国作家代表团踏上遍地热火朝天"批林批孔"的中国。这是1971年10月25日中国恢复联合国合法席位后受官方邀请来华访问的第一批西方知识分子代表团。之所以选择"原样派"，绝非出于文学的考量，当时中国"一曲国际歌，八个样板戏"一统天下的工农兵文艺所关心的也绝非"原样派"标榜先锋的文学诉求：从"文本写作"出发，借苏联形式主义从超现实主义的茧困中金蝉脱壳。之所以选择"原样派"，更多是因为它在1968年法国"五月风暴"期间及稍后的种种激进的政治表现契合了当时中国政府"无产阶级文化大革命就是好"的宣传。中国的文革对于六七十年代法国左翼知识分子还有和红卫兵一样叫嚣着"造反有理"的巴黎索邦大学躁动的学生而言，与其说是切实可行的探索社会主义新模式的中国经验，毋宁说是对革命理想主义一厢情愿的浪漫想象。代表团回国后，罗兰·巴特和弗朗索瓦·瓦尔在《世界报》上发表了他们对中国的印象；是年秋天，《原样》杂志就此次访问出了一个专刊。

尽管1941年出生于保加利亚、1964年移民法国的朱丽娅·克里斯蒂娃口

---

① 见《人民日报》1955年11月2日，第三版。

② Cf. Jean-Paul Sartre, « La Chine que j' ai vue », *France-Observateur*, 1er et 8 décembre 1955.

口声声说她个人对中国的兴趣基本上是文化层面的，但她切入中国主题的方式依然是政治的。她来中国的目的很明确：学习中国文化，掌握中国社会主义的新颖之处。毛泽东在1968年发出的"妇女能顶半边天"的豪迈口号想必让克里斯蒂娃对中国妇女的解放运动滋生出许多美好的期许，正好她自己当时的研究也从形式主义和符号学转向了精神分析和女性主义，开始关注法国及欧洲的妇女状况，尤其是她们的性爱、她们的书写、她们的社会地位等等。因此克里斯蒂娃1974年来中国是带着法国"妇女出版社"的稿约而来，那本讨论中国女性的书——《中国妇女》（*Des Chinoises*）在她回国后如约写成，并于1974年底付梓。

二

今天重读这两部隔了数十年漫长岁月而显得有些时过境迁的书是否还有现实意义？如果说存在即理由，那么理由显然很充分：在西方和中国都曾受到过质疑，被认为有些地方措辞不当、政治上有点敏感甚至不正确的《长征：中国纪行》（*La Longue Marche: Essai sur la Chine*）在出版次年即被译成英文，多次再版，1969年该书在法国再版，2012年中译本（胡小跃译）由作家出版社出版；而克里斯蒂娃出访中国时由所激发的问题写出的纪实游记《中国妇女》于1977年被译成英文，2001年在法国再版，2010年中译本（赵靓译）由同济大学出版社出版。

但如果我们重返酝酿和创作这两本书的历史现场，结合当时的国际形势和思潮，探索两位女权主义者的心路历程，那么，这两本书给予我们的启示或许远大于这两本书的内容本身。波伏瓦是1955年9至10月第一批来中国访问的西方知识分子。当时正值冷战时期，她对周围朋友和法国报纸上揭露的在苏联和匈牙利发生的种种事件深感失望，尽管她在中国一路上的旅行也伴随着疑虑、困惑和被精心掩饰过的矛盾，但波伏瓦的《长征》首先还是一次通往新乐土的朝圣之旅。这一时期有很多西方知识分子在波伏瓦之前或之后，都曾一厢情愿地被新中国的神话所吸引，信奉这个冉冉升起的大国。而对于从苏联逃出来、对古拉格深恶痛绝的年轻保加利亚姑娘朱丽娅·克里斯蒂娃而言，一方面她会比她同时代的法国同仁对集权主义和个人的自由选择更加敏感和警惕，另一方面她一直在固执地思考：如果中国的共产主义和西方的共产主义、社会主义有所不同，那么中国的文化传统和民族历史是如何缔造这谜一样的"中国式道路"的？

为什么"伟大舵手毛主席"领导的新中国会成为西方知识界关注的焦点？波伏瓦和克里斯蒂娃是否都试图在这个东方新神话中寻找新材料以推进全球妇女解放事业，去解读那个几千年以来一直都沉默、隐忍、幽微的东方女性世界？抑或是"中国经验"让她们对韦伯（Max Weber）所谓的"理想类型"产生了一种先附魅后祛魅的迷思？应该说新中国的建立重新燃起法国知识分子对中华帝国的古老热望。中国再度进入西方的视野，"它代表了翻天覆地的、集体的巨变，让'革命'一词有了真正的意义"（Forest 272）。对一些人而言是好奇，对另一些人而言是狂热，当时亲中的整个法国左派知识分子阵营都在关注如火如荼进行社会主义建设的中国以及文化大革命时期的中国的各路消息。韦科尔（Vercors）、让-保尔·萨特、《原样》杂志编辑部、克洛德·鲁瓦（Claud Roy）……或者说用更泛的一个标签来称呼，这些"新中国的友人"或"新中国的同路人"看到中国人民走在社会主义崭新的康庄大道上。对这两位女权主义者而言，她们思考和关心的问题是：在共产主义制度下，女性生存状况是否会得到根本改变？这些变化又意味着什么？是一种进步还是一种新的压迫？在何种程度上"中国经验"能成为洞悉危机中的西方的一面明镜？正如朱丽娅·克里斯蒂娃在书中所说，"处在转变中的中国，是否将变成我们的希腊？"（克里斯蒂娃 8）

三

首先应该注意的是波伏瓦在《长征》中描写的中国并不是克里斯蒂娃在《中国妇女》中所解读的那个中国，而今天中国女性的形象和书中所写亦相去甚远。如果说波伏瓦的《长征》在我们今天看来是一个有些幼稚、自以为是、肤浅又面面俱到（因为作者努力要涉猎各个领域，试图“破解”一切）的文本，那是因为正处在社会主义建设中的中国为她呈现的不仅仅是那些充满异国情调的旖旎画面，同样也是让她思索突破的新材料，中国“成为”未来世界强国的历程就像如何“成为”女人这个问题一样令她着迷。“实地考察这样一场变革的开始，我觉得这是个很好的机会。我知道，这场变革是在经济与社会背景十分特殊的情况下进行的。中国在很大程度上依赖苏联，没有苏联，它就不可能建立自己的重工业。然后，它与别的人民民主国家又很不相同。尽管都是由共产党领导，中国的革命只完成了一半。资本主义、私有财产、投机、遗产还存在。这些东西将在非暴力的前提下逐步消失。我想中国与最终实现资本主义的国家不同，它与已经成功地实现社会主义的国家也有区别。它的真实面目是怎么样的？”（波伏瓦 2）波伏瓦似乎不能得到一个满意的答案。

朱丽娅·克里斯蒂娃在细读《长征》的时候批评波伏瓦太轻易就被“逐步和平地消灭资本主义的中国场景”给眩惑了，这一场景看似和苏联无产阶级专政的统治相去甚远。在克里斯蒂娃看来，波伏瓦以她作家的敏锐嗅觉已经觉察到中国在寻找可能的更好的世界的道路上出现的一些谬误，但她并不愿意去批判，有意忽略了“现实存在的压迫，尤其是个人屈服于一种长期受封建思想、小农意识和儒家传统熏陶的内化的、逆来顺受的压迫”①。中国在波伏瓦的眼里究其底还是积极的、充满希望的：“既非天堂，亦非可怕的蚁穴，而是一个非常人间的地方，在那里，人们刚刚挣脱了牛马般无望的循环，为建立一个人道的世界努力奋斗。”（Beauvoir quatrième de couverture）产生于神话（神化）中国背景下的这类作品，大多对中国做了理想化的误读。从某种意义上说，这类作品都不过是“一面镜子”，是“某个对异域他乡充满幻想的人凭自己的意愿虚构出来的乌托邦”（莫哈 244），波伏瓦和克里斯蒂娃也概莫能外。

和克里斯蒂娃不同，波伏瓦没修过中文系的本科，没正儿八经学过中文，也没接受过关于中国文化的“人类学”方面的训练。在中国这样广袤

① Cf. <http://www.kristeva.fr/beauvoir-en-chine.html>.

的国家旅行六个星期(而且每一天的活动都事先安排好,到处都有人陪同导游)根本不可能得出一个恰如其分的结论。波伏瓦对此的认识是清醒的,“缺乏对它的真正了解,尤其是不懂汉语所造成的障碍,我一点都没有掉以轻心”(波伏瓦 7)。于是我们的女哲学家满足于去呈现一种“显而易见的事实”,用自己的眼睛去看,走街串巷,如实地记录她所见的中国。“将来,人们可能会对这本书提出的主要批评之一,是它明天就会过时……但中国现在发生的故事太激动人心了,各个阶级都值得记录下来。”[①]从内容上看,这本书几乎讨论了关于中国的一切,颠覆了西方右翼对中国共产党的妖魔化舆论。在1992年中国社会科学出版社出版的李清安、金德全选编的《西蒙娜·德·波伏瓦研究》一书中,有吴岳添选译的《长征》片段并附了一小段介绍文字:“西蒙娜·德·波伏瓦在《长征》中高度赞扬了中国革命的胜利和社会主义建设的成就,以自己的切身体会有力地驳斥了帝国主义者诽谤中国的无耻谰言,充分表现了她对中国人民的诚挚感情和正直可敬的品格。与此同时,她以一个伟大作家特有的敏锐目光,善意地指出了她所觉察到的弊病和错误,这些远见在二十五年后的今天更是令人钦佩。”(李清安、金德全 360)虽然《长征》的出版在西方受到一片强烈的指责,但它的确给更多人提供了一个了解中国现实的窗口。如果说《长征》一书没有在西方世界引起重视,是因为它真诚地讴歌了新中国的社会主义建设,这和当时西方主流媒体格格不入;而这本书也迟迟没有进入中国读者的视野。

四

作为《原样》杂志的成员,朱丽娅·克里斯蒂娃身边簇拥了一批68分子和激进分子。《原样》杂志在1974年重申它的立场:“中国是我们这个时代关键的、历史性的问题。”[②]对菲利普·索莱尔斯和其他的“原样派”而言,最重

---

① Cf. « Voici la Chine telle que je l' ai vue », interviewé par Pierre Descargues, *Tribune de Lausanne*, 17 Mars 1957.

② Cf. « Editorial. Nouvelles contradictions, nouvelles luttes », *Tel Quel* 58, p. 4.

要的地平线是中国：毛主席的中国，道家的中国，文化大革命的中国，还有之后克里斯蒂娃填补了一笔女性色彩的中国。在1990年克里斯蒂娃的自传性小说《武士们》（*Les Samouraïs*）中，初到巴黎的保加利亚姑娘奥尔加（Olga）借宿在薇拉家中，"镜子映出她杏眼下面比平时更深的黑眼圈，在高高的颧骨上方，当她容颜消瘦时，黑眼圈就让她的一张鹅蛋脸变成了瓜子脸。疲惫越发让她有了东方人的模样：要不是她一头松鼠般褐色的头发和白里透出玫红的肤色，真会以为她是位中国姑娘"（Kristeva 27）。自恋的作者和眼尖的读者都明白：奥尔加是克里斯蒂娃的"镜像"，或者说，穿着"一袭长裙，模样还有几分中国风味"的克里斯蒂娃一踏上中国就走进了一个潜在的文本，成了一个被现实和虚构不停拉扯的似是而非的小说人物。年轻的朱丽娅的中国情结究其底是一种移情，她不得已抛舍了社会主义祖国保加利亚，在巴黎七大学中文（学了四年，学得很用心）并研究中国特色的社会主义，这在某种意义上为克里斯蒂娃提供了一点心理补偿，甚至一点死灰复燃的革命热望。

不过，有一点克里斯蒂娃做得很聪明，就是给自己设定了一个"主要观察目标"：周围真实的中国现代女性，一个她所熟悉的领域，因此从方法论的角度来看，是她可以操作并深入挖掘的主题。"因为在那个时期，不仅在纽约和巴黎兴起了女权运动，毛泽东本人也在'红卫兵'浪潮后发动了妇女运动浪潮，来反对党内的官僚主义。……我集中精力研究这个热门的现实主题。我曾经是保加利亚的流亡者，自认为是一个受害者，我不像那些西方资产阶级青年，受某种意识形态宣传的吸引和诱惑。在精神分析学和人类学之间，是人类的多元性让我着迷，如果说，宇宙是'阴'、'阳'和表意文字来书写和表达的话，在中国的经历刺激我去揭示这块土地上的权力，尤其是'社会主义'的权力呈现出来的另一种面貌。"（克里斯蒂娃 2）但是，心理分析的方法、人类学甚至符号学的方法都只能勉勉强强地去厘清、揭示、解读这一张对外国友人而言谜一样的中国脸。

回到法国后，同行的罗兰·巴特在《世界报》发表长文："我们希望有一些无法进入的东西让我们去进入。出于思辨的传统，我们都是些热衷于解读、阐释的主体：我们认定我们智力的任务一直都是发现意义。中国似乎在抵制交付这一意义,不是因为它在刻意掩藏,而是,更微妙的,因为(这一点并不像儒家传统)它解构了观念、主题、名称的建构;它和我们所拥有的知识的目标不同;它的语义场是混乱无序的;对意义鲁莽的提问反过来成了对意义的质疑;我们的知识变得虚幻……这是阐释学的终结。"(Barthes 1)对罗兰·巴特而言,绿茶是寡淡的,它展现的只是一个"不歇斯底里"的土地上宁静的"平淡",而不是任何一种政治意义的告白;中国并不能让他的写作得到"绽放",他的中国之旅最终只是三本作家生前未发表的流水账[①]。对马瑟兰·普莱奈而言,"我们摇撼知识之树,为了让答案掉下来,为了可以重新回到我们精神食粮的准则上来:一个被破解的秘密。但什么都没有掉下来。从某种意义上说,我们空手而返(除了政治上的答案以外)"(Pleynet 46—47)。对弗朗索瓦·瓦尔而言,"没有乌托邦的中国"[②]依然让他心存同情和好感,但他的笔下同样也流露出对新中国的顾虑和质疑。

1974年踏上古老而年轻的中国之前,克里斯蒂娃在头脑里显然已经构思好了一个理想的参照物(系)和研究框架并预先认同了它。她的知识储备是"来自这一边"的:第一部分"谁在说话?"、"性别战争"、"圣言的处女"、"在时间之外"和"不愿意存在的我"都在某种程度上显得和"中国妇女"格格不入;进入第二部分"中国母亲",克里斯蒂娃依然沉湎在资料(或者说是书本上的知识)的汪洋大海中,首先她给儒教贴上了"食女人者"的标签,这显然是受到当时"批林批孔"的影响,之后从班固谈到李清照,从武则天谈到李香君,从秋瑾谈到向警予,从女子参政谈到《婚姻法》,都流露出一种好学生交读书笔记的用功神气。只有"采访"一章(也就是不到全书五分之一的篇幅)可以算是克里斯蒂娃为此次中国之行所做的田野调查,但鉴于采访对象的选择和导游兼翻译的介入,这个调查也只反映了冰山浮出水面的一个小角。克里斯蒂娃最终在中国找到"性别差异的另一种经验"了吗?答案似乎并不那么肯定。

---

① 巴特的《中国游记》(*Carnets du Voyage en Chine*)于2009年由Christian Bourgois / Imec联合出版。

② Cf. François Wahl, « La chine sans utopie », *Le Monde*, 15, 16, 18, 19 juin 1974.

《中国妇女》的出版从某种意义上说见证了作家本人“中国想象”的幻灭：一方面表达了对过去的痴迷，另一方面陈述了对当前种种的失望。在克里斯蒂娃看来，就像在东欧国家那样，中国妇女被推向第一线。中国并没有因为她们是女性而特别重视她们，反而将她们视作补足用的劳动力。所有潜伏存在中国文化里的关于女性的身体、女性的性欲、母亲的角色等等议题都三缄其口，避而不谈。处在文化大革命意识形态下的中国，自由是奢侈品，也是危险品，这对经历过“禁止禁止”的“五月风暴”自由洗礼的克里斯蒂娃和代表团其他成员而言是无法接受的。就连代表团希望参观精神病院，了解中国医生如何处理精神健康问题，也被中方告之“中国并没有疯子！”到处碰壁之后，对自由的期待终于幻灭了，回到法国后，克里斯蒂娃放弃了中文和对中国的关注，从此彻底罢手不理。

断裂，第二次幻灭，中国经验埋葬了中国想象，如此三十年。然而，三十年后重读《中国妇女》，克里斯蒂娃承认：“在他者面前，在阅读面前，在相遇面前所产生的震惊，它并没有随着时间的流逝而衰退。越过那些主观兴趣比较明显的基本主题（比如母性、家庭和两性关系等），我希望读者能在这些思考的轨迹上减速并作停留。这些轨迹在我看来，远胜过我的个人经历，胜过我们这些‘1968年代人’的经历。”（克里斯蒂娃 3）

五

克里斯蒂娃曾经真诚地期盼1974年的中国之旅可以给她某种积极的答案，然而她预先设想好的问题虽然令人神往最终却悬而未决。在2001年波维尔出版社再版的《中国妇女》的序言“这就是中国”中，作家坦承：“这次中国之行使我对自己着手汉学研究的能力产生了困惑和怀疑，或者更进一步说，对真实地介绍中国世界这一可能性产生了怀疑；这一介绍可能就是一种博学的工作（一份多么值得称赞又多么艰辛的工作啊！），或者是以我们西方的标准来评价他国的现实，这个标准对他们作了一个美丽的投射。（唉，最简单的投射就是殖民主义的嗜好，这个投射仍然更可能存在于这个汉学的领域，而不是其他‘东方主义’的研究领域。）”（克里斯蒂娃 2）在钱林森看来，朱丽娅·克里斯蒂娃“将中国妇女、中国革命完全置于西方女性主义视线下，纳入精神分析学的框架中加以观照，发掘出她心目中的中国和妇女的‘异质性’、中国革命的特异性在于所谓的‘女性化’”（391）。这个视角固然新颖别致，却也容易一叶障目。

再回到中国，对克里斯蒂娃而言，竟是一本无厘头的侦探小说《拜占庭的谋杀》（*Meurtre à Byzance*，2004）。在这本充满了形而上学意味的书中，克里斯蒂娃虚构了一个中国反叛者的形象“小常”，化名“无限”。小常看不惯人世丑恶，他抱着净化者的愿望反叛自己的宗派、黑帮和腐败，但他最后屈服于自己的脆弱，受着精神病的百般折磨，沦为一个西方的连环杀手。荒诞和悲哀不在于世事无常和生命有限，而在于东西方遭遇后，自我和他者都意识到了彼此的存在，自我不能（或者说很难）融入他者，而自我和他者都在对峙中发生了变化。

“附魅”还是“祛魅”，抑或是“附魅”之后的“祛魅”？尽管波伏瓦和克里斯蒂娃在她们的中国之旅结束后很快都转移了视线，两位女权主义的先锋很快都对大西洋彼岸的政治和社会图景表现出极大的兴趣，但波伏瓦和克里斯蒂娃的“中国经验”已然见证了对遇见他者的好奇和渴望，一种想要刺破相异性和他性的密封球的尝试，因为这一尝试或许可以为建设多样化的世界提供新的突破口和新的契机。她们提出的问题还没有答案，她们的思考到今天依然有现实意义。在一个日益全球化的世界，“中国道路”何去何从是无数专家学者关心的问题。而面对今天处在危机中的世界，作为知识分子，我们要如何透过文化的多样性，去理解、去思考这一危机给我们带来的机遇和契机、危险和陷阱？从某种意义上说，我（他/她）们或多或少都遵循了弗朗索瓦·于连认识东西方的策略：迂回与进入。就像钱林森在《20世纪法国作家与中国》一书中所说的，“他者之梦，也许只是另一种形式的自我之梦，他者向我们揭示的也许正是我们自身的未知身份，是我们自身的相异性。他者吸引我们走出自我，也有可能帮助我们回归到自我，发现另一个自我”（钱林森等 43）。

引用文献

Barthes, Roland. « Alors, la Chine ». *Le Monde* (24 mai 1974).

Beauvoir, Simone de. *La Longue Marche: Essai sur la Chine*. Paris: Gallimard, 1957.

Forest, Philippe. *Histoire de Tel Quel, 1960-1982*. Paris: Seuil, 1995.

Kristeva, Julia. *Les Samouraïs*. Paris: Fayard, 1990.

Pleynet, Marcelin. *Le Voyage en Chine*. Paris: Christian Bourgois / Imec, 2009.

李清安、金德全选编:《西蒙娜·德·波伏瓦研究》,北京:中国社会科学出版社,1992年。

钱林森:《光自东方来——法国作家与中国文化》,银川:宁夏人民出版社,2004年。

钱林森等:《20世纪法国作家与中国》,南京:南京大学出版社,2001年。

让-马克·莫哈:《文化上的对话还是误解》,见乐黛云等编《文化传递与文化形象》,北京:北京大学出版社,1999年。

西蒙娜·德·波伏瓦:《长征:中国纪行》,胡小跃译,北京:作家出版社,2012年。

朱丽娅·克里斯蒂娃:《中国妇女》,赵靓译,上海:同济大学出版社,2010年。

作者单位:南京大学外国语学院法语系

论玛格丽特·德拉布尔后期小说叙事艺术的发展
——以《七姐妹》为中心

杨莉馨

内容提要：长篇小说《七姐妹》(2002)较为典型地体现了德拉布尔后期创作的艺术特征。作家聚焦于与自己同龄的老年女性的生活境遇与精神挣扎，以对弱势群体的关注而在当代小说创作中独树一帜。作家精心安排了七姐妹的意大利之旅与维吉尔《埃涅阿斯纪》的互文关系，不仅通过当代人物与远古英雄的呼应传递了历史的厚重感，更以独特的女性旅行书写凸显出映射女性生存现状与文化心理的珍贵价值。运用复杂多变的叙述视角，作家将七姐妹的旅行表现为与埃涅阿斯的漂泊同样具有意义的告别失败、掌握命运与凤凰涅槃的旅程。

关键词：玛格丽特·德拉布尔　《七姐妹》　叙事艺术

玛格丽特·德拉布尔(Margaret Drabble, 1939—)是当代英国最具影响力的作家之一。她于上世纪60年代步入文坛，在战后风起云涌的女权主义思潮与运动的滋养下，以表现知识女性在自我实现与家庭幸福间的两难困境而体现出鲜明的时代性，力作有《夏日鸟笼》(*A Summer Bird-Cage*, 1963)、《加里克年》(*The Garrick Year*, 1964)、《磨盘》(*The Millstone*, 1965)、《金色的耶路撒冷》(*Jerusalem the Golden*, 1967)、《瀑布》(*The Waterfall*, 1969)等。德拉布尔是一位创作力旺盛而不断开拓创新的作家，随着视野的开阔与技巧的圆熟，其作品大略以70年代末为界而体现出阶段性的差异。她于2002年推出的长篇小说《七姐妹》(*The Seven Sisters*)较为典型地体现出后期创作的艺术特征。现以此为例，从几个方面略加分析。

首先从选材方面来看，作家一方面延续了得心应手的女性题材，另一方面又以其独特性而显示出深挚的人道主义情怀。较之于男性作家，包括众多女作家笔下的女主角均貌美，至少是年轻的特征，德拉布尔聚焦于红颜已逝、失去了生育能力与部分女性性征，在男权世界中不复具有魅力与价值的老年女性，以对弱势群体的关注而在当代小说创作中独树一帜。

具体说来，德拉布尔笔下的女主人公常常具有鲜明的自我指涉性，即作家往往将自己的人生历练与精神成长赋予她的人物，反过来说，她笔下的人物亦伴随、见证了作家的生命体验，构成年龄逐渐增长而阅历不断丰富的长长的女性形象系列，用她本人的表述来说即是："作家几乎不可避免地会写一些跟自己年龄段相关的经历，以及当时心中的困扰。"（Firchow 120）由此，她的"经历"与"困扰"，亦是二战期间出生、60年代开始步入成人世界的整整一代知识女性的"经历"与"困扰"。其二十四岁时出版的处女作《夏日鸟笼》的主人公是以优异成绩毕业于牛津大学、刚刚步入社会的莎拉·贝内特；70年代之后，德拉布尔先后在《黄金国度》（*The Realms of Gold*, 1975）与《中年》（*The Middle Ground*, 1980）中表现了与作家年龄相仿的知识女性弗朗西丝与凯特人到中年的生活困境；在《光辉灿烂的道路》（*The Radiant Way*, 1987）中，德拉布尔塑造出撒切尔夫人统治时期头发灰白的中老年女性群像。到了《七姐妹》中，不仅塑造的人物形象更为丰富，作家更是聚焦于同龄的老年女性的生活境遇与精神挣扎，将这一在文学舞台上倍受冷落的群体推至聚光灯下。

《七姐妹》中的主人公坎迪达出生于上世纪40年代，由于遭到丈夫的背叛和女儿们的冷落，而由庄园与宴会的女主人沦落为伦敦西区一栋高层建筑内的寓居者，有着无用、自卑、被社会所抛弃的强烈羞耻感："羞耻是萦绕在我心头的一个词语。"（德拉布尔 6—7）老年女性的生存，可以说波澜不惊，用主人公的原话来说就是："我们处于人生的第三个阶段，依赖我们生活的人已经过世或者已经成年。"（德拉布尔 50）她们每日均要面对衰老、病痛、孤独与死亡的恐惧，但"我"还是勇敢地记下了每日的点点滴滴："我感到在这虚无缥缈之中存在着某种重要的东西，它代表着希望的缺失，不过，我认为在某些地方，希望也许会伴随着我。这种虚无缥缈是很有意义的。如果我沉浸其中，也许它就会变成别的什么东西。我置身于这如同茫茫大海的虚无之中，我希望在写作的时候能发现某些更实在的目的。我相信，一定有值得重视的人或事在遥远的海岸上等待着我。”（德拉布尔 3）在茫茫虚无中，日记写作成为主人公自我救赎、维护尊严、提升生命价值的基本手段。所以，小说主体部分由主人公记录自己的历史过往与当下生活的自述构成，中文版或许出于商业上的考虑而更名为略带暧昧的《空床日记》。

而在题材的具体处理方面，德拉布尔又由个体人物的描摹扩大而为群像的塑造，不仅使表现的社会生活面更为开阔与丰富，亦大大深化了主题。雷蒙德·威廉斯认为，20世纪以来，英国小说即分化为“社会小说”与“个人小说”两种不同的传统。“在社会的小说中可能有对一般生活，即集体的精确观察和描写；在个人的小说中可能有对人物，即构成集体的单位个体的精确观察和描写。”（瞿世镜 329）德拉布尔的创作道路似乎更多地体现为由“个人小说”向“社会小说”的发展，这应该与其社会生活面日益宽广、创作视野逐渐打开有关。早期创作中单打独斗、深陷各种困境与烦恼中的孤独女主人公多有出现，自《光辉灿烂的道路》开始，德拉布尔更多地表现女性间的凝聚力，表明自己作为“社会历史学家”的雄心，其作品亦渐可被看作时代女性特征的全景式记录。她在接受访谈时清晰表明了自己的这一努力：“虽然我不认为所有的作家都有义务去记录他们所生活的时代，但是在英语小说中这一直是个传统上乐此不疲的主题。这也接近我的主题。”（唐岫敏）《七姐妹》中，这一特色进一步获得发展。作为精通古希腊罗马文学的学者型作家，德拉布尔擅长从古典题材中汲取灵感。《象牙门》（*The Gates of Ivory*, 1991）的标题即源自荷马史诗的《奥德修纪》。《七姐妹》的标题亦取自希腊神话中阿特拉斯因反抗宙斯而被罚顶天，其七个女儿升天成为七姐妹星团的典故。作品中，随着情节的渐次展开，读者也慢慢认识了“维吉尔旅行团”的成员坎迪达和另外六名成员：首先是坎迪达中学时代的闺蜜朱莉娅·乔丹，这位多次离异的情色作家，我行我素、大胆恣肆而又才情过人；其次是坎迪达萨福克时代的邻居、唠叨刻薄的老处女萨莉；高雅睿智的杰罗尔德太太是一位诗人和热爱维吉尔的古典学者，正是她开设的维吉尔班启发了后来的埃涅阿斯之旅；另三位人物则分别是夜班学员、活跃能干的巴克利太太辛西娅，具有异国情调的电视台前职员阿奈和康奈尔大学研究生毕业的司机兼导游瓦莱里娅。伍尔夫曾在《一间自己的房间》中指出，小说史上少有将“两位女性描述为朋友的例子”（吴尔夫[1] 72），“她们的形象，总是在与男性的关系中得到展现。想想就让人奇怪的事，直到简·奥斯丁时代，此前小说中的所有出色女性，不仅是给另外一性来看，而且完全是从其与另外一性的关系角度来看的”（吴尔夫 72）。伍尔夫认为这一现象是男权意识有色眼镜下的产物，呼吁女性作家抒写更为真实而丰富的女性生活与女性关系。她自己是这样做的，德拉布尔亦继承了这一女性写作传统。《七姐妹》中，女性间的凝聚力所发挥的作用在坎迪达身上体现得尤为显著。她过去一直过着从中产之家的淑女到中产之家的主妇的生活，从未独立生活过一天，也从未有过工作经历：“我的一生是这么碌碌无为。我是个局外人，生活让我成为一个局外人。我从生活中退了出来，尽管我的生活从来没有遇到过什么困难，但是我却从生活中退了出来。”（德拉布尔 109）丈夫背叛后，她没有如人们所期待的那样默默忍受，而是选择孤独而有尊严地离开：“就像修女循着神的脚步进入修道院，我开始独居。我既感到恐惧，又感到希望。”（德拉布尔 45）刚搬来时她“在想在伦敦我真能认识四个人吗？”（德拉布尔 44）“第一天夜晚，当我到家时，我打开了酒瓶，自己斟了一杯，站在那里，从高高的窗户望出去。我打开收音机，找到了音乐节目。……第一天夜晚，我坐到那儿的时候，内心里满是一种强烈的莫名预感。我的命运没有成形、没有方向。”（德拉布尔 49—50）然而，她很快在同性友人那里收获了友情，受到朋友们独立与自由精神的感染，恢复了被人需要、受人欢迎的自信。如坎迪达在想到朱莉娅时这样写道：“我盼望她的电话，因为她的确以她自己的方式表现出奇特的可靠，甚至是可以依赖的。她是个道德败坏的女人，但是，她会站在我的一边，如果我需要有人站在我一边的话。她绝不会被打倒。”（德拉布尔 31）坎迪达的生活面由此渐渐打开：“突然间，我受挫的生活变得有滋有味起来。它变得很充实，萨莉

① 文中关于Woolf的中文译名是有所区别的。上海译文版的译名均用“伍尔夫”，国内通用译名也为“伍尔夫”；而人民文学出版社2003年出版的十本一套的“吴尔夫文集”，均使用了“吴尔夫”这个译名，所以此处尊重了原译名的使用，下同。特此说明。

来吃过午餐，我从她的来访中挺了过来。朱莉娅·乔丹目前在伦敦逗留，说下星期要来看望我。我的社交生活实在是太忙碌了，充满活力的活动激发了兴趣，一个接着一个。”（德拉布尔 52）她开始享受打破禁忌、突破角色禁锢的状态：“在过去的一两年之中，我做了许多从来没做过的事。”（德拉布尔 64）

回顾文学史，我们看到，易卜生写到了娜拉的出走，鲁迅也写到了子君的离家，但他们的主人公都是年轻女性，尚可结婚生子，或许尚有学习求职的希望，也就是说，她们是在传统男权世界中尚有利用价值的人，但德拉布尔却别开生面地写出了老年妇女开拓新生活的勇气：“我应当感到无能为力，但是我并没有这样。我感到比过去更加强有力了，比起我与那个好人安德鲁结婚的时候更加有力。安德鲁可是他那个阶层的栋梁，其他人仰慕的人物。那时我是他的新娘，一个他钟爱的人。另外，现在也比我三次成为妈妈、可以孕育小生命的时候更强有力了。我解释不了这种强有力的感觉。”（德拉布尔 51）而这其间，姐妹情谊起到了重要的支撑作用。到了作家于2004年创作的《红王妃》（*Red Queen*）中，女性间的共鸣甚至穿越了时空，体现为跨文化的三代人，即18世纪李氏王朝的红王妃、当代英国的知识女性霍利威尔博士，以及博士与来自中国的养女之间的彼此支撑，体现出更加鲜明的奇幻色彩。

其次，就主题呈现而言，德拉布尔关注女性生存困境的特征是前后一贯的，但在后期创作中则更为开阔、豁达并显示出乐观色彩。早期小说多写向往外部世界的知识女性面对婚姻与家庭牢笼的困惑、表现母爱与情爱的冲突，而这些背后又潜藏着在清教背景下成长的作家所感受到的清教道德和禁忌与人的情爱本能之间的对立，《夏日鸟笼》、《加里克年》、《磨盘》、《瀑布》等莫不如是。70年代中期的作品《黄金国度》中的中年主人公弗朗西丝则终于挺过了精神危机，事业与爱情均取得成功，小说亦摆脱了早期沮丧悲观的格调而拥有了美满的结尾。80年代的作品《中年》同样通过新闻记者凯特的故事，表现了知识妇女睿智与达观地应对人生挑战，摆脱信仰危机的心理过程。这些变化的出现或许既是作家本人第二次婚姻幸福美满的投射，亦与她事业成功和人生体验更为丰富，能够更为自信与练达地掌控生活有关。到了《七姐妹》中，德拉布尔集中探索的是老年女性摆脱困境、精神升华的途径。虽然和多丽丝·莱辛一样，德拉布尔曾经否认自己的作品属于女权主义写作，然而她在追求全社会的"权利、公正和拯救"的人道主义旗帜下对妇女生存的探索，依然发散出浓烈的女性主义气息。

在《七姐妹》中，女性的自我救赎主要通过以下几种途径得以实现：一是打破幽闭状态，通过学习不断获得自我提升。在德拉布尔的小说中，空间往往具有隐喻的意义。以窄小的内室、宫闱与病房等为代表的逼仄空间，暗示了主人公遭逢的诸多限制。《红王妃》中，幽禁思悼王子、令其窒息惊惧而死的米柜，令人震惊地成为与全球化的时代趋势直接对立的"幽闭恐惧症"的象征意象。在《七姐妹》中，坎迪达则通过星期四夜校维吉尔《埃涅阿斯纪》课程的学习延展了自己的生活空间："在我开始伦敦新生活的最初几个月，它是我孤独生活的支柱。这是一个绝好的班级，我特别喜爱这个班级，我是十分认真的学生。为什么我要加入这个班级呢？因为我认为它会使我结识到朋友，它也许会使我找到在往日生活中不曾了解过的朋友。"（德拉布尔 10）二是以写作摆脱失语与缄默，同时自我反思与认识他人。"现在，我已经有两天没有玩单人纸牌游戏了。我为自己感到庆幸。写作是一项很好的替代。"（德拉布尔 21）坎迪达反思了自己的更年期症状、对丈夫的冷落及性冷淡，认识到虽然安德鲁有错，但"并不会为了我的不足去责备安德鲁，我现在不责备他了"（德拉布尔 42）。三是适应环境并关心他人。为了战胜流逝的时间与逼仄的空间，坎迪达加入了健身俱乐部，并如社会工作者一般关怀与帮助病人，由此走出了顾影自怜的怨愤，认识到天下还有那么多比自己更不幸的人。

特别值得注意的是，小说重点表现了旅行的意义。爱读《埃涅阿斯纪》的坎迪达梦想前往意大利那不勒斯，"想在我上天堂之前去参观一下那片燃烧的土地"（德拉布尔 69）。"沿着埃涅阿斯的足迹旅行将会是妙不可言的。他从特洛伊的战火中毫发未损地走出来，放弃战死和被俘虏的部下，继续走他辉煌的无情之路。"（德拉布尔 110）从表层看来，维吉尔旅行团的故事仅仅构成小说的主干情节，德拉布尔作为古典学者，在故事中插入故事，融入希腊、罗马神话传说亦不足为奇，然而，在这部作品中，七姐妹的旅行和维吉尔

《埃涅阿斯纪》的互文关系是作家精心安排的结果，也就是说，小说通过当代人物与远古英雄的呼应不仅传递了历史的厚重感，更以女性旅行的主题实现了小说意义的延展。

具体说来，作为个体探索世界与自我认知的基本形式，旅行伴随着人类文明的发展进程，旅行书写呈现个体生命经验的功能因而不言而喻。但在男权世界及男性作家的笔下，奥德修斯与埃涅阿斯可以穿越现实与幽冥，浮士德能够纵贯古今，鲁滨逊、格列佛、以实玛利与马洛得以在神秘壮阔的海上历险，而简·奥斯丁和她的主人公们只能过着家居生活，艾米莉·勃朗特在荒野踯躅，艾米莉·迪金森更被称为"阿默斯特的女尼"。恰如孤女简·爱虽先后受到"红房子"、寄宿学校和桑菲尔德大厦的桎梏，却始终心怀对远方的激情和探索世界的模糊渴望一样，伍尔夫在《一间自己的房间》中也感叹："我想到给人拒之门外有多么不愉快；转念一想，给人关在门里可能更糟。"（吴尔夫 20）她认为，在女性参与公共事务的时机未臻成熟之际，旅行写作可以成为女性通过想象延展自我发展空间的有效手段。由此观之，德拉布尔的女性旅行书写，由于特殊的性别指涉而凸显出映射女性生存现状与文化心理的珍贵价值。在其后期创作中，《象牙门》已经表现出作家通过旅行寻求跨文化沟通的倾向。《七姐妹》中，坎迪达们重温远古的神话之旅，自北非迦太基渡海前往意大利寻访冥府、深入女预言家西比尔占卜命运的洞穴的复杂行程，实则也隐喻着女性的劫后重生，因为秉承神的旨意告别爱人而在西西里登陆，又历经艰险缔造了未来罗马国家的埃涅阿斯，其光荣使命正是特洛伊的浴火重生。就在姐妹们怀揣着对那片"燃烧的土地"的梦想之际，德拉布尔让坎迪达带领着读者重温了《埃涅阿斯纪》第六册中描摹金枝的美丽词句："一棵树立在那儿，/天后朱诺声称那是她的所有物，/浓密的树林，阴森的夜晚，/阻挡人们投向这棵幸福之树的目光。/它长了一个树枝，/看起来是多么奇妙，/双色的树皮、树叶，/都是令人眼花缭乱的黄金……/灿烂的暮色光辉透过那绿色的树叶照下，/如同长于冬青树上的，/那冰冷的槲寄生。"（德拉布尔 80）这根叩开冥府大门的金枝，代表的正是七姐妹把握自身命运的美好梦想。

为了呈现这一主题，小说以多种形式，在远古英雄的历险与维吉尔旅行团的朝圣之旅间建立起了内在联系：到达迦太基古国即今天的突尼斯的当晚，旅行团成员们便如履行仪式般重温了史诗。杰罗尔德太太“认为她们应该看看第四册二百五十九行到二百七十八行的部分，这部分描述了墨丘利去拜访在迦太基的埃涅阿斯。埃涅阿斯披着由金线缝制的华丽紫色斗篷，正忙于为城堡奠基，就在这时，墨丘利突然来拜访他，告诉他要记住他作为罗马和意大利创始人的使命。埃涅阿斯不应当在利比亚这豪华的东方乐土上消磨时光，他拥有一个更辉煌的未来”（德拉布尔 148）。此后，埃涅阿斯之行与七姐妹之游更如一暗一明两条线索平行发展：告别非洲前，她们上了史诗关于非洲的最后一部分内容的课程，重温了舵手佩林纳拉斯之死；在乘坐以希腊神话中的山中仙女阿瑞托莎的名字命名的渡轮穿越地中海时，七姐妹更是倚栏远眺，遥想当年英雄的行迹：“无情的埃涅阿斯在他动身到意大利去时，是否就是在这里回眸一望，凝视狄多自焚的熊熊大火？她诅咒了罗马和迦太基两城之间持久不去的仇恨，她拒绝在阴曹地府与他相见重归于好。埃涅阿斯是在夜间从迦太基偷偷动身的，但是，现在是下午，大白天，空气热烘烘的，悄无声息，偶尔有风。那将埃涅阿斯吹离正轨漂到西西里的西风并没有出现在这个港口，谁也弄不清在她们到了浩瀚的海面上后，等待她们的将是什么”（德拉布尔 170）。在阿佛纳斯湖畔，她们找到了维吉尔当年题词的石头，“庄严肃穆地站在那里，念着长方形基石上的话语”（德拉布尔 183）。德拉布尔还多次援引史诗中的原文，以与当下人物的活动交相辉映。如前述坎迪达遥想意大利之旅时脑海中自然跳出的关于金枝的描写；大家讨论行程时吟哦的第六册四百九十到四百九十四行，即表现埃涅阿斯在冥府遇见阿伽门农的部下，他们惊恐地离他而去，想嘶喊却喊不出声的诗句；还有来到北非的当夜，坎迪达在房间远眺大海时所想起的关于狄多女王的诗句。

通过上述诸多形式的呼应，作家将七姐妹的旅行表现为与英雄埃涅阿斯的漂泊同样具有意义的告别过去、实现梦想、掌握命运与凤凰涅槃的旅程。小说中写道：“狄多女王越过许多世纪从她的城堡里向她们行注目礼，因为她知道她们还记得她。”（德拉布尔 135）狄多作为命运的牺牲品古往今来一直是文人骚客悲情吟诵的对象，但如今的女性已经可以用多种方式将金枝握在自己的手中。到了《红王妃》中，作为王妃替身的当代知识女性霍利威尔博士的韩国之旅，更是实现了跨越生死、时空与文化樊篱，共享人类跨文化经验的当代意义。

第三方面，德拉布尔晚期创作的叙述技巧也在进一步发展。如果说按年代顺序编排而成的线性情节结构，是作家早期创作表现妇女人生经历的基本模式的话，大约从《中年》开始，德拉布尔的小说结构更加灵活多变，既继承了奥斯丁、贝内特等人的现实主义传统，又融入了现代主义乃至后现代主义的奇巧元素，故被戴维·洛奇戏称为“后现实主义”小说。在《光辉灿烂的道路》、《一种自然的好奇心》（*A Natural of Curiosity*, 1989）和《象牙门》这三部曲中，作家实验了不同人物视角频繁转换的叙述形式，努力营造一种令人目眩的不断变化的效果。

到了《七姐妹》中，现实主义的线性叙述逻辑更多体现在题为“意大利之旅”的第二章的第三人称叙述中。本章采取全知的多视角叙述，全面呈现七姐妹心理，塑造出个性迥异而又血肉丰满的人物群像。第一章“她的日记”则由坎迪达的一篇篇日记组成，前又有第三人称视角的一行行标注，是主人公以第一人称的口吻对自己在圣安妮的中学时代、在萨福克作为中学校长妻子的时代，以及在伦敦西区重建生活的弃妇时代所进行的回忆与记录，在多层次的叙述当中使得当下与过去交织，显示出时空交错的艺术特色。第三章题为“埃伦的说法”，是从坎迪达远在芬兰的次女埃伦的视角展开的第一人称叙述。乍一看去，读者会以为这是埃伦在母亲投河猝死后，通过研读母亲留在手提电脑上的日记和意大利记游文字，而对母亲的故事做出的回应与评论。埃伦对母亲叙述的很多细节均提出了质疑，甚至指认母亲有“撒谎”的嫌疑，一定程度上起到了对母亲的叙述建立起来的事实的解构作用。更令人费解的是，读者通过第一、第二章的叙述建立起来的印象与第三章之间似乎存有太大的差距，读者会难以理解与想象重建起生活信念的坎迪达怎么会突然选择了自杀。直到进入第四章“尾声”部分，通过文本细读，读者才恍然大悟，原来之前“埃伦的说法”并非真实，而是主人公模仿女儿的口吻进行的杜撰，是从女儿的立场所虚拟的对自己叙述的回应。读者方才明白，坎迪达的换位思考，代表的是摆脱隔膜、寻求沟通、恢复亲情与重建母女关系的努力。之前一章的猝死只是一种虚构，是为模仿女儿的语气想象女儿对自己日记的反应所做的必要准备。而只有存在这一前提，第四章中坎迪达前往芬兰探视女儿的行为才显得更为合理与可信。这样的结构设置不仅易于创造出悬念迭起、柳暗花明的艺术效果，埃伦与母亲之间的呼应似乎也体现出一种复调的意义。

而从叙述形式上看，第四章采取的是主人公以第一人称自述从意大利返回之后的生活与全知的第三人称客观化视角相交错的处理方式，灵活穿梭于坎迪达的心理世界与客观生活之间，以内外双层视角充分呈现人物获得新生后的喜悦。就在这一部分，读者得知：坎迪达前往芬兰参加了女儿的婚礼，了解了她的生活与工作，收获了友情与倾慕，又在计划一次新的中东之旅。她满意于自己快要担任外祖母的新角色："她不再断绝与他们的联系了。她盼望一次次前往芬兰，在那儿她将能够重操起羊毛编制活来。"（德拉布尔 248）"音乐在她的周围喜气洋洋地响了起来，她的情绪在音乐声的无垠空间里也变得越来越高了。"（德拉布尔 248）由此，作家再度为读者创设了一个充满希望的开放式结尾。

当然，小说也有败笔。正如伍尔夫在《一间自己的房间》中并未能够提出女性拥有独立的一间房间的有效与现实途径，而只是幸运地获得了来自姑妈的遗产一样，这部小说中从未自己挣过钱的"我"在困窘中却也同样有如空中降神一般获得了一笔遗产。体现在情节中，先是萨莉和朱莉娅的提议点燃了主人公对意大利的渴望；随后，她便意外地获得财产，能够满足游历世界的心愿。这样的安排当然一方面便于故事的推进，吸引读者，制造跌宕起伏的效果；另一方面却也容易落入俗套，陷入情节剧的窠臼。同样的戏剧性变化再度出现在波佐利，即意外的消息使得辛西娅不得不中断旅行，急奔回伦敦照顾受到歹徒袭击而重伤的丈夫。所以，小说第二章是以坎迪达独自前往库迈，探寻长生不死的女预言家西比尔传说中的洞穴，探问关于她命运的预言而结束的。小说似乎两次都由外力以推动情节进展，激起戏剧性波澜，但这一外力是否符合生活的逻辑却值得进一步推敲。

总体说来，由于德拉布尔至今仍然笔耕不辍，《七姐妹》这部小说在作家整体创作中的地位，乃至在当代英国小说发展史上的意义究竟若何，尚可留待读者的进一步评判与历史的沉淀。但其作为德拉布尔后期创作的重要作品，确实体现了作家在题材处理、主题呈现以及艺术技巧等方面不断拓展与深化的努力，有其可圈可点之处。

引用文献

Firchow, Peter, ed. "Margaret Drabble." *The Writer's Place: Interviews on the Literary Situation in Contemporary Britain.* Minneapolis: University of Minnesota Press, 1974.

弗吉尼亚·吴尔夫:《一间自己的房间》,贾辉丰译,北京:人民文学出版社,2003年。

玛格丽特·德拉布尔:《空床日记》,林之鹤译,海口:南海出版公司,2008年。

瞿世镜:《德拉布尔的现实主义小说》,陆建德主编,《现代主义之后:写实与实验》,北京:中国社会科学出版社,1997年。

唐岫敏:《我们都是历史的一部分,随着历史的变化而变化——英国作家玛格丽特·德拉布尔访谈》,《文艺报》2003年9月9日,第四版。

作者单位:南京师范大学文学院

超越二元对立的选择
——《灿烂千阳》中女性的自我身份建构之路

刘 岩

内容提要:《灿烂千阳》是美籍阿富汗裔小说家胡赛尼最重要的小说之一。因为该部小说,胡赛尼获得了2006年联合国人道主义奖,成为联合国难民署的亲善大使。在这部小说中,胡赛尼运用几对二元对立增强了小说的艺术效果。本文采用二元对立的手法分析这部小说的主题思想。从女主人公的梦想与现实的对立、性与爱的对抗,以及生存本能和死亡本能的对立入手,来解读这些二元对立项如何有助于反映女主人公的生存困境以及自我建构的历程。

关键词:《灿烂千阳》 二元对立 自我建构 超越

卡勒德·胡赛尼,美籍阿富汗裔作家,继《追风筝的人》后推出了第二部震撼所有读者心灵的作品《灿烂千阳》。作者曾经在一次采访中提到,当他在2003年重返喀布尔时,看到街上穿着传统布卡的女性以及她们衣衫褴褛的孩子向别人乞讨,那一刻,他很想知道"生命已将她们带往何处?她们会有怎样的梦想、希望与渴望?她们谈过恋爱吗?丈夫是怎样的人?在蔓延阿富汗三十年的战争岁月中,她们究竟失去了什么?"小说以阿富汗动荡不安的社会局势如圣战组织、军阀混战、塔利班专政等20世纪70年代到21世纪初阿富汗的重大社会政治事件为背景,讲述了在特殊历史境况下饱受压抑和迫害的阿富汗女性走向觉醒和抗争的故事。《迈阿密先驱报》评论道:"为了探寻已吞噬了阿富汗的暴力的根源,胡赛尼透过这些女性的生命片段为我们揭示了几许微弱的希望之光。"

二元对立的观点是由瑞士语言学家索绪尔在20世纪初提出来的,它可以用来进行文本分析。法国结构主义学者罗兰·巴特认为,只有通过找出文本中的代码或二元对立才能解释文本中隐藏的信息。本文通过对《灿烂千阳》中三对二元对立的剖析，揭示出苦难的阿富汗女性在自我身份建构之路上所付出的努力以及所取得的进展。阿富汗是一个政教合一的伊斯兰国家，父权制的力量根深蒂固。《灿烂千阳》中的三个女主人公娜娜、玛丽雅姆、莱拉在与命运作斗争的过程中勇敢地做出抉择，最终寻求到生命的真正意义和价值。对三位女性的刻画也表现出作者对于正在与压抑的生活处境、悲惨的命运作斗争的阿富汗女性的赞扬与鼓励。虽然阿富汗女性的自我身份建构之路荆棘丛生，但一旦超越梦想与现实、性与爱、生与死的二元对立，前景是充满光明和希望的。

一、梦想与现实的对立

在小说中，娜娜属于第一代阿富汗女性，她生育了第二代的玛丽雅姆，而玛丽雅姆与第三代的莱拉成为共事一夫的姐妹。娜娜的一生是一个痛苦追寻的过程，她经历了无数次的失望和挣扎，梦想一次又一次地落空。她在做富人扎里勒的女仆期间，被他奸污且有孕在身，但是却惨遭抛弃且被赶出城外离群索居，受到世人的歧视。这时，娜娜寄希望于她的铁匠父亲能为她教训扎里勒并讨回公道，但是父亲让她失望至极，不仅与她脱离关系而且远走他乡。她梦想着能够得到一个被人认可的妻子身份，而不仅仅是一个被家庭和社会所厌弃的未婚生子的妇女，然而希望渺茫。她在梦想与现实之间苦苦挣扎，最终寄希望于她的孩子，她希望自己的女儿学会看清女性的现实处境，学会爱惜、保护自己。

> “对扎里勒和他的妻子来说，我是一丛狗尾草，一丛艾蒿。你也是。当时你还没有出生呢。”
>
> “艾蒿是什么呀？”玛丽雅姆问。
>
> “杂草，”娜娜说，“就是人们拔起来扔掉的东西。”（胡赛尼 8）

在男权制社会，男性的主体意识不断增强，男性的特权被合理化，而女性的主体意识不断被削弱。女性饱受压抑和迫害，男性却受到推崇，社会道德规范强烈维护男性。女性在与男性的对抗中尊严和权利都被剥削至最低。西蒙娜·德·波伏瓦说："一个孤立、没有任何势力的女人，无法确定自己的地位，就不能给自己有所评价；她的自我有着无比的重要性，因为她无法攀援任何其他重要的事物。"（418）娜娜看清了扎里勒骨子里的虚伪，以及阿富汗上流社会人们的肮脏灵魂和堕落生活，明白卑贱的自己永远不可能被扎里勒接纳。她重新进行了自我认识，不可能再寄希望于其他人的帮助，也无法继续从前的生活模式。梦想的破裂使她强烈地想要改变自己的命运。她毅然独自抚养女儿玛丽雅姆，训诫她说："就像指南针总是指向北方一样，男人怪罪的手指总是指向女人。"（胡赛尼 7）"男人的心是一种狠毒的东西，玛丽雅姆。它不像母亲的子宫。它不会流血，它不会为了给你多点空间而扩张。"（胡赛尼 29）男性可以因为一时的欢愉或者对自己社会地位、名誉的保护，残酷无情地毁掉一个女性的一生；而女性却可以以坚韧的精神独自承受住生命中虽然难堪却珍贵的赐予。

当娜娜追求人格独立、自由、平等、尊严的梦想破灭，她以毁灭自己的生命向这个男权社会作了最后的控诉。娜娜的死也反映出她渴望自由、平等的意志与阿富汗吃人的男权制之间的冲突无法调和。作为娜娜的女儿，因为母亲一生没有得到父亲的认可，玛丽雅姆对自己的私生女身份异常愤怒、自卑，她的内心始终充满着焦虑感和不安全感。"哈拉米是一种人们不想要的东西，她，是一个不被法律承认的人，永远不能合法地享受其他人所拥有的东西，诸如爱情、亲人、家庭、认可，等等。"（胡赛尼 4）她梦想着得到父亲扎里勒的认可和爱，即使这样做会伤害爱她的母亲，因为当看到扎里勒亲昵地对待她的时候，她会感到自己"也能拥有生活所能给予的美好与慷慨"（胡赛尼 6）。可是在娜娜自杀后，当玛丽雅姆终于能与扎里勒一起生活时，她才真正感觉到梦想破灭所带来的痛楚，她受到了扎里勒家庭的歧视，并且十五岁的她很快被无情地嫁给了千里之外喀布尔的四十五岁丧妻丧子的中年鞋匠拉希德。玛丽雅姆所追求的父爱亲情并没有给她带来她所期盼的安全感和幸福感，反而是更深的焦虑和对未知前途的恐惧。在即将踏上千里之外的婚姻旅程时，她是悲哀的，愤怒的，充满着深深的屈辱的，她留下了“梦想破灭的眼泪”（胡赛尼 37）。

在小说的一开始，娜娜和玛丽雅姆母女之间存在着严重的对抗，但是在娜娜死后母女之间的隔阂终于烟消云散。玛丽雅姆为自己“曾经对母亲严厉的眼神、哭肿的双眼不理不闻而惭愧。娜娜早就警告过她，娜娜一直都是对的”（胡赛尼 37）。而这意味着玛丽雅姆的女性主体意识开始建立。母女之间对抗的消融意味着女儿逐渐正视并理解了母亲生存的困境，作为一个独立的主体，她开始思考、成长，而娜娜的部分期望开始在玛丽雅姆身上延伸。

二、性与爱的对立

“就两性的活动而言，性的角色决定由女人从事家务和照料孩子，而人类的其他业绩、事业和抱负却是男性的分内事。”（米利特 40）女性被社会所赋予的角色义务就是生育和操持家务，女性必须对父亲和丈夫无条件地遵从。身为男性的拉希德在家中占主导地位，而妻子玛丽雅姆在他眼里只是他的附属物，被他当作发泄性欲的对象和生育的工具。爱与性的对立也可以看成是精神和形体的分离。对于男性，他们追求的永远是性、生育、享受这样轻浮的东西，而女性会更多地考虑到责任、家庭和孩子这些深沉的东西。当《泰坦尼克号》的热潮席卷喀布尔时，玛丽雅姆和莱拉会在深夜挖出埋藏好的电视机，把这部电影看了十几遍，莱拉说：“每个人都想要杰克，这是这部电影这么流行的原因。每个人都希望杰克回来，拯救她们于水深火热之中。但是没有杰克，杰克不会回来，杰克已经死了。”（胡赛尼 309）

在性与爱的二元对立关系中，男人通常重性抑爱。拉希德视玛丽雅姆为生育“工具”，近乎病态地执着于妻子传宗接代的功能。当玛丽雅姆因七次流产再也无法生育后，拉希德开始残暴地虐待她。她绝望而卑微地喊出：“这么多年过去了，你都不肯把我当成妻子。”（胡赛尼 219）而拉希德毫无触动，他以施舍的口吻说：“女人需要丈夫。你没注意到所有的寡妇都睡在马路上吗？……在我看来，我应该得到一块奖牌。”（胡赛尼 220）随后，绝望的玛丽雅姆在莱拉不受欢迎的女儿阿兹莎身上，找到了睽违已久的爱的真谛，那是一种平等、尊重、重视以及温暖幸福的感觉。她把阿兹莎看成是她的“心灵之光”（胡赛尼 365）。她追悔莫及地想起母亲娜娜，她所做出的牺牲。娜娜本来可以把她送给别人，或者一次次地把她丢进阴沟，然后一走了之，但她没有。娜娜忍受了怀着一个哈拉米（私生子）的耻辱，用尽心血来抚养毫无感念之情的玛丽雅姆。她终于明白了母爱的伟大。拉希德的第二个妻子莱拉深爱着男友塔里克，即使被告知塔里克死了，也从没有放弃对他的爱，并努力地保全他的遗腹子阿兹莎。她和拉希德的小儿子是性的产物，因为她根本不爱拉希德。可是在拉希德死后，莱拉仍然满心爱意地对待孩子。可见，娜娜和莱拉彻底颠覆了男权社会对女人的界定，即女性要绝对顺从男性，依附于男性存活，没有任何主见。她们有力地反抗了男性的压抑，她们不是“被动的和被阉割的”，而是主动的和有“创造力的”。（格鲁兹 111）她们的爱可以由自己独立主宰和决定，可以不依附于男性而存在，生命的意义也不局限于爱情。

性与爱还体现在女性在家中的话语权上。男性在两性交往中是不要求对话的，在家庭中男性拥有绝对的控制权。婚后玛丽雅姆被拉希德强迫穿上具有侮辱性质的布卡后，变得很紧张，“而且她也讨厌那褶皱的布料总是不断地以令人窒息的方式盖住她的嘴巴”（胡赛尼 74）。斯皮瓦克指出，在男性权力话语中，第三世界妇女成为不在场的，无名的，不确定的空洞能指。（赵稀方 76）女性，天生被社会赋予了社会角色——生育和操持家务，同时在丈夫刻意营造的家庭氛围下，彻底陷入“失语”的沉默状态。“要容忍他和她说话的这种语气，承受他的指责、嘲弄和辱骂，忍受他把她当作一只家猫似的、视若无睹地从她身边走过，四年的婚姻生活之后，玛丽雅姆是一个心怀恐惧的女人。她害怕他反复无常的心情和暴烈的脾气，她也害怕他的专横、他的耳光和拳打脚踢。”（胡赛尼 101）拉希德认为话语权对于处于从属地位的妻子来说是可以忽略的；而玛丽雅姆在内心深处却有着卑微的希冀，希望能够平等地和丈夫对话，这也一定程度上展现了她内心对于自由的渴望。所以当知道丈夫要娶莱拉时，她鼓起勇气质问丈夫，她充满期待，希望丈夫能在她的质问下感到羞愧，做出解释，但拉希德“冷静地承认了，不动声色，令她勇气顿消”（胡赛尼 217）。舍弃了对话，男女之间是无法进行心灵沟通的，爱情当然也绝迹于他们的婚姻生活，“多年来，玛丽雅姆已经学会了横下一条心，忍受他的轻蔑和责骂、嘲弄和斥责，但她依然不能控制恐惧感”（胡赛尼 244）。在拉希德和玛丽雅姆的家里，丈夫对于话语权的控制，以及妻子对于话语权的渴望，体现了性与爱的对立；同时，也揭示了阿富汗父权制社会对女性的精神奴役。女性的话语权被男性严格地控制着，女性只能通过软弱的哭泣和早衰的容颜来替代言语的表达，但是这种做法是无法对男权社会有任何撼动的，正如扎里勒对被他抛弃的娜娜所说，“我无法忍受的东西有好几种，其中之一就是女人哭泣的声音，我很抱歉，我没有耐心听女人哭”（胡赛尼 61）。而年轻的玛丽雅姆在嫁给拉希德后因为遭受身体和精神的双重折磨，变得“脸皮松弛，因为劳累而生出了眼袋，嘴巴四周都是深深的皱纹”（胡赛尼 253）。拉希德没有任何的感念之情，反而厌倦了这样苍老的玛丽雅姆，用卑鄙的手段占有了更年轻貌美的莱拉，而玛丽雅姆彻底沦为了家庭保姆。

性与爱的二元对立使我们深切地感受到：在家庭中，丈夫作为支配者，妻子作为沉默者，二者之间根本没有任何情感上的交流。在阿富汗，战争的创伤和死亡的阴影阻止了女性寻找到生命中“杰克”的可能性，她们更无法冲破父权制社会的樊篱，与丈夫达到精神与肉体的统一。拉希德告诫莱拉说，玛丽雅姆不怎么说话，其实是一种“美德”（胡赛尼 226）。拉希德的话显示出他在家中对话语权的严格控制，以此树立他在家中不容置疑的权威。福柯认为，权力是影响和控制话语运动的最根本的因素，权力通过话语来实现，话语是权力的一种形式。（朱刚 261）女性只有获得属于自己的话语权，才能建立自己的主体地位，避免成为男权压迫下的牺牲品。莱拉的出现融化了玛丽雅姆内心冰封压抑、充满着死气的世界。拉希德的言语中总是充满了指责、嘲弄和辱骂，使她总是心怀恐惧；而莱拉却充满善意，笑容以对，玛丽雅姆从未感受到被如此地尊重，也从没有人可以和她这样无拘无束地谈心。在这种平等的交流中，“突然之间，在莱拉看来，她们——她，玛丽雅姆和阿兹莎——

的生活中共同的困苦就这样退却”（胡赛尼 305）。同为拉希德妻子的玛丽雅姆与莱拉在经历最开始的敌对之后，抛却虚幻的爱情，建立了珍贵的友情，坚定而又忠诚。她们会用眼神鼓励彼此，相互扶持，在星光点点的夜空下一起坐着喝一壶茶，吃几块饼干，让温情萦绕于心间。“玛丽雅姆慢慢适应了这种不无顾忌然而令人愉快的相处。她渴望和莱拉在院子里分享三杯茶，如今这已成了一个晚间仪式。”（胡赛尼 256）姐妹二人在几十年的相互扶持中打破了男性在家中的话语控制权，以深厚的姐妹之情超越了男女之间性与爱的二元对立。我们能够看到玛丽雅姆和莱拉对人生价值和美好品质的追求。人格的平等才是女性应该追求的东西，自由地支配自己的生活也是女性生命中的重点，女性应该在生活中找到除了男性爱情之外的其他感情如亲情、友情等，只有这样才能建立起自己的主体意识。

三、生存本能和死亡本能的对立

精神分析学创始人弗洛伊德在《超越快乐原则》中详细阐述了死亡本能和生存本能，生存本能和死亡本能同时存在于生命体中，在生命体存续过程中，两类本能始终对抗不休。生存本能是一种创造性的力量，而死亡本能是具有破坏性的，它向外转化为攻击侵略、施虐倾向，极端表现是杀人；向内表现为自我惩罚、受虐倾向，是自杀的诱因。

毫无疑问，对于所有人来说，自杀都是苦涩而又无奈的，但是它既可以是对人生苦难的逃遁，也可以是实现自我意志的方式。弗洛伊德认为死亡本能将会在某种程度上使个人获得真正的平静，摆脱焦虑和恐惧。胡赛尼为自己笔下的两位女主人公选择了死亡性结局，这无疑表现出作者以死亡的情境为背景对这个令人绝望、无比残酷和荒谬的不可饶恕的时代和社会进行深刻的揭露和控诉。女性卑微的力量注定要湮没在阿富汗充满暴力的世俗与宗教的洪流中，女人毕竟不可能完全摆脱客观生存环境的制约。娜娜与她的女儿玛丽雅姆的死亡看似表达了作者对于整个时代和个人困境的一定程度上的妥协，但事实并非如此。

虽然娜娜和玛丽雅姆生活在饱受战争之苦的阿富汗，但是她们并没有被世俗的恶浪击倒。娜娜逃离被包养的命运，用死亡证明自己的信念，指引女儿树立正确的女性价值观：女性的生存必然要有尊重、平等、自由相随。玛丽雅姆用孱弱的身躯抗争并最终杀死拉希德。她们悲剧性的死亡结局虽然使她们成为时代的牺牲品，但是她们却通过自己充满勇气的行为和自由的选择完成了女性自我价值的追寻和对时代悲剧的超越。“初看起来，以任何代价求取生存的意志似乎表明了生命力的顽强坚执。但是，它也可以被看成是不经任何怀疑和问询就顺从于坚持自己被指定的、成为习惯存在的身份的标记。相反，逃避生命最初看来可能像是胆小害怕，但是只要人被迫过着毫无尊严的生活，除了死亡的恐惧之外没有什么可以使人眷恋生活，那么追求死亡就可能是无畏无惧的。”（雅斯贝尔斯 78）如果女性不安于被操纵、被压制的纯客体地位，而努力成为主动抗争和争取的人，那么男性的主体地位就会被破坏，女性的颠覆力量就在于此。当玛丽雅姆高高举起杀人铁锹时，她突然想起“这是她第一次决定自己生活的轨迹。打定主意之后，玛丽雅姆把铁锹砸了下去。这一次，她使尽了浑身的力气”（胡赛尼 354）。沉寂在玛丽雅姆身上的女性意识全部觉醒，曾经在世人眼中极度卑贱的自己其实可以不必这么卑贱地活着，她的尊严和勇气使她奋起拯救自己和自己所爱的人。

玛丽雅姆在小说的最后勇敢地独自承担起杀死拉希德的重罪，无惧地走向死亡的道路。这种行为看似是个悲剧，其实她是把最大的光明与希望留给了莱拉和阿兹莎，正如她的母亲娜娜所做的那样。因为在专制的阿富汗社会，新方式的巨大突进最初注定要失败，女性的努力最初一定会被旧有的社会力量扼杀，注定暂时的失败，因为旧方式会摧毁一切英雄，“新方式随后的突破就不再是悲剧的了，它将获得成功”（雅斯贝尔斯 78）。胡赛尼选择主人公自杀性死亡的悲剧结局，揭露的是整个阿富汗时代命运的悲剧，奏响的却是女性英雄主义的赞歌，他对全体饱受灾难的阿富汗女性呐喊的是：“行动吧，勇敢地成为你自己！”正如《明尼阿波利斯星坛报》在评价《灿烂千阳》时写道：“它迫使我们思考：如果注定要面对惨淡的人生，我们将何去何从？”多年来玛丽雅姆一直在寻求一种安全感和归属感，决定自首前，她对莱拉说：

"我小时候所渴望的一切,你们都已经给了我。你和你的两个孩子已经让我感到如此地幸福。"(胡赛尼 364)当一切都尘埃落定时,获救的莱拉和爱人塔里克踏上了通往新生活的道路,当莱拉重返玛丽雅姆曾经生活的泥屋时,在那里她真切地感受到她如妈妈一样敬爱的人"藏在灵魂深处的品质,那是拉希德或者塔利班都将无法将之摧毁的信念",而最终这种东西将会成全"玛丽雅姆的解脱和莱拉的获救"。(胡赛尼 406)

四、结语

在玛丽雅姆即将赴死的时候,她希望"能够再次看见莱拉,希望能听到她爽朗的笑声,在星光点点的夜空下,再次和她坐下来喝一壶茶,吃几块饼干"(胡赛尼 376)。女性只有拥有独立自主的人格精神、思维和价值观,独立的经济地位,自由和独立的生活空间,寻找到生命中除了男性的爱情以外的其他感情如亲情和友情以及生活的意义,才能争取到与男性平等的地位。女性解放的道路虽然曲折,但最终将会在第三代和第四代女性莱拉和阿兹莎的身上得到实现。由此可见,阿富汗妇女一定能够通过不断努力,实现与男子的平等地位,在阿富汗的重建中发挥重要作用。正如本书的书名来自喀布尔一首著名的诗:"人们数不清她们的屋顶上有多少皎洁的明月,也数不清她的墙壁之后那一千个灿烂的太阳。"

娜娜为了亲情,玛丽雅姆为了亲情、友情勇敢地做出了自己的决定并承担起由此带来的一切后果。娜娜的死促使了玛丽雅姆的初步觉醒。与莱拉、阿兹莎的友情和亲情让她进一步意识到自己生活中的不完满性,并且勇敢地行动起来以求现状得以改变,在努力拼搏的过程中体味到自己生存的有限情境和自我实现的无限可能性。在经历了煎熬、痛苦、死亡时,"人可以通过自己主动的选择而肯定自己的存在意义"(雅斯贝尔斯 17)。娜娜和玛丽雅姆通过自己的选择不再受恐惧的缚困,不再受虚幻的爱情的摆布。玛丽雅姆、莱拉以及娜娜给了我们一个启示:女性要改变自己的命运,不能依赖男性的恩赐,而要靠自己的斗争来获得应有的价值和地位。在小说的结尾,玛丽雅姆完成了内在自我与外在自我的统一。我们仿佛又看到了三十年前那个内心充满希望和憧憬的玛丽雅姆。她为了莱拉与阿兹莎的幸福选择了死亡,但"玛丽雅姆就在莱拉自己心中,在那儿,她发出一千个太阳般灿烂的光芒"(胡赛尼 419)。阿富汗女性在特殊的历史情境下形成了独有的隐忍和坚韧的性格,超越了二元对立,我们更加真实地感受到她们的自我身份建构之路的艰辛,而阿富汗历史形成的人文内涵使这些女性充满了无穷的魅力。

引用文献

"An Interview with Khaled Hosseini." *Book Browse*. 2007. Retrieved 2 July 2013.

卡勒德·胡赛尼:《灿烂千阳》,李继宏译,上海:上海人民出版社,2007年。

凯特·米利特:《性的政治》,钟良明译,北京:社会科学文献出版社,2007年。

尚必武、刘爱萍编译:《卡勒德·胡赛尼访谈录》,《外国文学动态》2007年第5期,第10—11页。

西蒙娜·德·波伏瓦:《第二性》,桑竹影、南珊译,长沙:湖南文艺出版社,1986年。

雅斯贝尔斯:《悲剧的超越》,亦春译,北京:工人出版社,1988年。

伊丽莎白·格鲁兹:《性别颠覆:三位法国女权主义者》,艾伦和尤温出版社,1989年。

赵稀方:《后殖民理论》,北京:北京大学出版社,2006年。

朱刚:《二十世纪西方文艺批评理论》,上海:上海外语教育出版社,2001年。

作者单位:中国矿业大学徐海学院外语系

灾难叙事与认同书写
——以《雨日海豚》和《2011之神》为例

王奕红

内容提要:本论文以片山恭一的《雨日海豚》和川上弘美的《2011之神》这两部书写新世纪灾难的小说作品为例,针对两位日本作家的灾难书写表象及创作意识特征进行分析,探讨了作品将灾难叙事聚焦为自我认同书写、在废墟上开拓人生空间的文学价值内涵,以及对灾难背后的暴力机制书写呈现不足的某种保守性倾向,并从文化结构角度对其成因进行了分析。

关键词:灾难叙事　日本新世纪文学　《雨日海豚》　《2011之神》　认同书写

2001年的"9·11"事件和2011年"3·11"日本东北大地震及大地震后的核泄漏事故,尽管存在是否发生于本土这一场所上的差异,但在全球化已成为某种常识性思考背景的今天,对日本而言,时隔十年所发生的这两次事件无疑具有相似的灾难性质。那么,遭遇了这些具有特别象征意味的"天灾"或是"人祸"之后,日本文学将会如何书写相关事件,而在相关的写作当中,又能读出怎样的社会文化意涵,无疑是我们思考新世纪日本文学创作时需要面对的问题。

围绕这两次灾难事件,日本文学领域不乏各种形式的关注与书写,如"9·11"事件后利比英雄的《碎千碎万》、岛田雅彦的《燃尽的尤利西斯》,"3·11"大地震及核电事故后古井由吉的《孩子的行踪》、高桥源一郎的《恋爱的核电》等,均是灾难事件爆发后诞生的小说作品。高桥源一郎在"9·11"事件发生不久即受触动开始创作《同时多发[①]色情制作》,却在"3·11"事故发生后最终完成长篇《恋爱的核电》,将二者融进同一部小说。"3·11"之后

① "9·11"恐怖事件在日语中标记为"同时多発"(汉字)恐怖事件,此处作家特意引用了"同时多发"一词。

不久，日本出版了以《“9·11”流变的战争》为题的创作集，一年之后，文学杂志《文艺春秋》于2012年3月又推出特刊《“3·11”之后一年 百名作家谈》，颇具标志性的标题反映出日本文学界对两次灾难事件不同寻常的关心与思考。这两次灾难事件的特别之处在于，二者远非普通的火灾、洪水或是车祸可比，而可谓一种本质性灾难，与人类如何营建自身世界的作为“种”与“类”的生存、发展形态休戚相关。为此，本论文在涉及这两桩灾难的众多文学书写中，选择了片山恭一（1959— ）的《雨日海豚》（2004）和川上弘美（1958— ）的《2011之神》（2011）两个文本，试以这两部小说作品为例，将视点回溯到某种意义上位于新世纪灾难历程起点的“9·11”事件，再从“9·11”的灾难叙事跨度到“3·11”灾难叙事，以此来捕捉日本作家在书写灾难时可能存在的叙事倾向，并继而讨论日本新世纪文学的社会文化意涵问题。

从灾难书写的角度而言，《雨日海豚》或许无法纳入《碎千碎万》这样描述亲历灾难情境的典型灾难叙事范畴，但因为本文讨论的核心是本质性灾难的书写问题，故而特别聚焦于从哲学层面对人类生存抱有终极关心和思考的作家。《雨日海豚》的作者片山恭一毕业于农学专业，在此基础上曾经专司哲学，“读了从笛卡尔、莱布尼茨到结构主义的欧洲近现代哲学。也读了马克思。学士论文写的是马克思，硕士论文写的是恩格斯”[①]，对社会现实发展和个体的生存处境可以说都具有较深的理解与关注。在《雨日海豚》之前，片山恭一出版于2001年的小说《在世界中心呼唤爱》销售量高达三百五十万册，甚至超过了村上春树的《挪威的森林》，创下日本新世纪小说史上单行本销量最高的记录，再连同同名电影的票房收入，以及片中主题曲的碟片销量，形成了“三连霸”的盛况，可谓新世纪日本文学生产与消费的范例之一。该作品超乎寻常的畅销记录并不应当仅仅归结于销售策略的成功，可以说同作家对人类生存状态保持终极关心的写作视点也不无联系。这部以中学生的恋爱、青春与死亡为主要内容的小说在青涩的爱情故事之外，引人瞩目的还在于其哲思的厚重。而新世纪伊始“9·11”事件发生之后动笔的《雨日海

① 参见中译本《雨天的海豚们》（片山恭一著，林少华译，青岛出版社，2012年）一书前勒口的作者介绍部分。另，片山恭一回答媒体采访时也曾强调自己对人类生存等哲学问题的关心。

豚》,显然可以更集中地反映作家如何思考暴力与生命意义,表现人类本质性灾难的书写特征。注重哲思这一点从章节的命名意图中也可窥见一斑,如片山恭一在接受文艺春秋出版社编辑藤原理加采访时,曾说明“书中的第一章的题目叫《安吉拉丝的岸边》,听起来简直就像是高度抽象的哲学名词”(《片山恭一:纯文学圣殿的“海豚”》)。

而之所以选择《2011之神》,原因在于这是日本女作家川上弘美在“3・11”大地震及核事故发生后,对1993年发表的短篇小说《神》[①]的改写,其构思颇具匠心,在近乎完整地保留了《神》原本的叙事基础上,谨慎插入了部分“3・11”之后新的内容。作者为何不重新写一篇小说,而是采用这样一种改写的形式?原先日常性的文本空间在遭遇本质性的灾难之后,将会发生怎样的改变?作者又如何理解、体现这种改变?从思考日本新世纪文学的角度来说,虽然该作品对灾难本身的描摹并非重点,甚至就日常性的延续来说,只不过是一个插曲而已,然而这一以普通人基本生存面貌变容为切入点的创作,为思考灾难书写的可能性与意义提供了重要的参考视点。

基于以上的问题意识,本文选取了这两部值得探究的灾难叙事作品,针对两位作家的灾难书写表象及创作意识特征进行分析。本文的目的并非以个案推演普遍,讨论日本新世纪灾难叙事文学的一般性质,而是仅仅试图通过对有限个案及其背后蕴含的社会文化意涵的分析,加深对日本新世纪文学倾向的理解。

《雨日海豚》中的“9・11”书写

《雨日海豚》是一部小说集,由《安吉拉丝的岸边》、《雨日海豚》、《他们活着,我们死了》、《胜过千言万语》四个短篇构成,每篇独立成篇,但前篇里一闪而过的人物,或许就成了下一篇里的主角,彼此间似乎具有飘忽不定的连贯性;另一方面,也有中途冒出来随即杳然不见的角色,情节配置上也不乏零碎与散乱,似又喻示着作品同后现代主义文学特征的某种接近。是解构还是

① 《神》于1994年获得日本第一届帕斯卡短篇小说文学新人奖,相当于川上弘美的成名作。

建构？这种设置背后书写者的真实旨趣，还依赖于对文本的分析。

从灾难叙事的角度回溯《雨日海豚》的书写，可以发现小说中的“9·11”事件是一个由远景逐渐推近，继而又一点点淡化下去直至彻底消失的过程。《安吉拉丝的岸边》几乎没有“故事”，只是叙述者“他”和妻子“她”带着“或许是来自上天的精灵的声音，是肉眼看不见的精灵的形象化”①的婴儿三人，来到一处“已被海水淹没”的“沉睡着许多历史遗迹”的海角度假，当“他”晚上十点多回到宾馆，面前呈现的是一幅平常不过的图景：“他的妻倒在床上看电视。婴儿在旁边很舒坦地发出睡息。”“9·11”讯息的最先传递，便隐藏在这样一种对日常表象不无冷漠的认知方式当中：

> “大楼起火了。”她的语声透出困意……默默看了一会儿电视。两幢并立的超高层建筑物冒出黑烟。也好像是普通的楼宇火灾。风大概相当猛，烟几乎水平伸展。从远处拍摄的图像上面，看上去很像两根烟囱冒烟。场景说悠闲也未尝不可。也许消息没有进来，播音员几乎不说话。少有声音的图像给人以奇异的安静印象。（片山恭一 15）

直到“附近的人们大惊失色地跑来，烟云从后面紧追”时，小说中的人物才产生了些许真实感，“妻愕然低语”，发出“不得了！”的感叹，但现代消费社会因素浸淫下的两人却不约而同显示出同样的反应，“她似乎想的和他一样”，她觉得“活像好莱坞电影”，他“想起以巨额投资拍摄的浩劫场景。一种不可思议的既视感控制了他，他觉得自己好像已看过好几次一模一样的场景”。小说借助人物之口发出追问：“如果那些是虚构，那么这个是什么呢？……相似的东西很多很多，不知哪个是哪个。”此处的“9·11”介于现实与虚构之间，界限模糊，既是联结日常与超现实的纽带，反过来又成为促使人反思生与死的契机，叙述者由此明确地断言：“我们在现实世界中居住的日子，到昨天

---

① 本节中的小说引文均出自《雨天的海豚们》（片山恭一著，林少华译，青岛出版社，2012年），除少数整段引文标出页码外，余下恕不一一标出。

为止。”

《安吉拉丝的岸边》中真假莫辨、缺乏现实感的“9·11”事件，待到以海豚逃匿开篇的《雨日海豚》中，已经流转为在色情场所打工的几名女高中生百无聊赖的生活中点缀的风景：

> 有人从楼上掉下，啪嗒啪嗒，就好像附在树干上的蚂蚁被摇晃下来。那些紧紧趴在窗口的人，不知是热得受不了还是被烟呛晕了，一个接一个掉下来。尚未见过的、无意而又的确在内心深入知晓的事现在正变成现实。有个自己通过电视荧屏目睹此情此景。（片山恭一 51）

此处虽然也触及“悲剧转化为景观”（但汉松 67）的问题，但主旨并非对“官方叙事”的批判，强调的是个人自我的丧失。之所以如此无感，是因为“我自身几乎不参与我这个人的价值。对我来说，我是别人的事。我的实体又在哪里呢？”如同海豚失踪的隐喻所象征的，此处失落了自我的女孩子们已经丧失了对幸与不幸等生存意义的追寻能力，感受到的唯有无常的荒诞感，“一切都可笑又可悲”，“人不过是啪嗒啪嗒跌落的存在”。更重要的是，“被赋予野蛮暴力这一形式”的“野蛮暴力”本身，也因此失却了被追踪清算的可能性，而成为同样游走无痕的宿命式存在。

第三篇《他们活着，我们死了》，某种角度上可以看作是同“9·11”的一次最直接的交汇。名为JUSCO的“我”，其实就是前一篇小说里的超市店员，是在经历了橄榄球队员激烈搏杀的人生后受伤退队的，而当“我在电视上看见恐怖分子们劫机扎进大楼，惊讶得就好像球被对方一把抢走”之后，便“觉得再不能在超市里四平八稳地卖铁线蕨了”，于是改行当了一名专门护理老人的护理员，就此陷入对生与死、老与死的无限究问之中。如小说中所言，或许“再没有比体育选手更能真切痛感‘老’是怎么回事的了”。与前橄榄球队员这一颇具象征意义的对比设置相似，“9·11”的自杀式袭击也成为小说中生命与死亡的重要例证之一：

和自己年龄相仿的一伙家伙不惜粉身碎骨来诉求什么。对错另当别论，对于他们来说，活着便是如此狂热而剧烈的东西。我受到震动。有人没等活到三十岁就以自杀袭击这种形式粉身碎骨地死去。而另一方面，我们注定要活到接受护理的年龄。（片山恭一 89）

在此，"9·11"失去了至关重要的暴力内涵，而被书写者相对化为普通的生存方式之一。小说中JUSCO负责照顾的一个叫桥本的老人因脑中风常年卧床，但当太太患上老年痴呆症日趋严重后，桥本竟设法杀死太太后自杀身亡。对此JUSCO认为，"较之恐怖分子们，较之为自由和解放而战斗的士兵们，我觉得带着太太自行死去的桥本更了不起"，而且更进一步将"9·11"与小说中描述的其他几项死亡联系起来，认为"死和活着无关，其间有本质性阻隔和跨越。所以死很容易成为观念游戏。自杀式恐怖袭击也罢，网上自杀也罢，都是同一回事"。由此可见，"希望读者从中学会如何生存"[①]的书写者，就是通过这种对死亡方式的铺陈式选择，将"9·11"编制到了概念化的死亡方式序列中，化为差异性的可替代之物。

在最后一篇《胜过千言万语》中，已经不再出现直接的"9·11"意象，却以长崎遭遇原子弹"没能成佛的人的魂灵现在还游来荡去"的形式，描绘出另一幅变相的"9·11"图景。故事里女主人公多惠的丈夫雄一在一般人眼中是因过劳而死的模范，实际上却常常私下与情人偷欢，背叛了家庭和亲人。多惠百般恼恨，难以接受，后经灵媒提示前世里三人之间的母女与姐弟身份，才终于认同了新的自我。如果说《他们活着，我们死了》中的"9·11"事件虽然脱离了主人公直接的视线，却仍旧保持着精神上的凝视，那么终篇里未成佛魂灵的意义，可以说只在于为多惠一家最终救赎的实现营造心灵铺垫的空间。

至此，《雨日海豚》中作为灾难核心的"9·11"终于完成了文学化的轨迹，

① 片山恭一在接受的采访中，提到《雨日海豚》这部小说"讲述的是死亡的故事，但我希望读者从中学会如何生存"。见《片山恭一：纯文学圣殿的"海豚"》。

从轻描淡写地映入日常生活背景，最终化为隐约可见而内涵难以辨明的模糊记忆。从救赎的层面来说，自初始的漠然与震惊状态起，在经过怀疑、对峙、否定等种种尝试与努力之后，作品人物终于风过无痕地脱离了“9·11”的灾难世界。

《神》与《2011之神》

从成名作《神》开始，川上弘美曾以《踩蛇》(1996)、《老师的提包》(2001)等中短篇小说获得了包括芥川奖、泉镜花奖、谷崎润一郎奖在内的多种文学奖项，是日本当代颇具影响力的女作家。川上弘美的文体风格清淡澄明，疏密有度，又融合了日本古典文学的想象力，善于营造炽烈诡谲却又雅致内敛的小说世界。

《神》是一篇翻译成中文后只有约三千字的短篇小说，“我应熊的邀请和它一起出去散步”（川上弘美，《神灵》165），开篇第一句便昭示出不无奇异的童话色彩，小说讲述的就是女主人公“我”同这位搬家到附近的“颇具旧时代风范的熊”“一起散步或者说远足”的经过。带着某种原始古朴感的熊，却是一位彬彬有礼、温柔体贴的绅士，对顽皮孩子的宽容，对“我”的友好与照顾，在小河里抓鱼时那份判若两人的灵巧，分手时期望以熊的方式拥抱告别的忸怩神态等，均让阅读者感受到一种与普通人类相通却又不无差异的别样氛围。结束散步后分手时，熊说“愿熊的神灵的恩泽也降临到您的头上”，“我”则“回到房间，把鱼烤上，泡了个澡，临睡前写了一会儿日记”，并在完成了这些象征着日常性的生活细节之后，“试着想象了一番”“熊的神灵是什么样的”，由衷断定“今天是不错的一天”。“我”的平凡生活因为这个仿佛来自远古的熊先生的到来增添了欣喜和温暖，小说的诗意就流淌在同这样一位似熊非熊、似人又非人的访客之间普通而神奇的交流世界里。

如果说带着某种怀旧乡愁的《神》映射出了20世纪末安宁有序中不乏落寞倦怠的日本，那么《2011之神》则拥有一个截然不同的背景，在史无前例的自然灾难与人为暴行的洗劫下，日本面临的是一个沉痛得几近失语的世界。(土屋昌明)小说便诞生于这样的灾难背景之下。在作者眼中,灾难显然改变了生活,对比两篇小说,从中可以明显捕捉到灾难的痕迹与体验。

> 我应熊的邀请和它一起出去散步。我们要去河滩。河滩在步行大约二十分钟的地方。早春时节,为了看鹬我曾(罩上防护服)去过那里,可在炎热的季节里像今天这样(穿着普通的衣服,露出皮肤)带着便当去,却是("那件事"发生以来)头一次。(川上弘美,《2011之神》23)

> 通往河滩的路是一条沿着(原本是)水田的铺装好的路。(为了除掉土壤里的污染,几乎所有的水田都被挖起来了,亮闪闪的土堆成了垛。天这么热,干活的人们还是全副武装,身上裹着防护服,再戴上防尘口罩,还套着拉到了腰的长筒靴。"那件事"发生以后,沿水田的那条路有几年禁止任何人出入,地震引起的地裂一直豁在那里。不过,不久前已经完全铺好,所以这一带虽然距离"那件事"的中心这么近,还是有不少车子经过。)所有车都在我们前面放慢速度,缓缓地、远远地绕行而过。路上没有行人的踪影。
>
> ("我们没穿防护服,是不是绕开这条路?"听了我的话,熊含含糊糊地点了点头。
>
> "不过,今年上半年的辐射量已经设法降了下来,所以从累计辐射量上算,还有点富余,而且据今天的SPEEDI[①] 预测,这一带应该没有风过来的。"我狡辩似的说完,熊又含含糊糊地点了点头。)(川上弘美,《2011之神》26—27)

如引文所示,小说的发生地从《神》中不确定的某个城镇,一变而为震中附近的辐射地,即便是在事故发生的"几年"之后,人们依旧战战兢兢,难以

① SPEEDI为"System for Prediction of Environmental Emergency Dose Information"(日本"紧急时辐射影响迅速预测网络系统")的简称。

摆脱核辐射的阴影，而且曾经在河边逗熊的孩子们都已逃离，“如今这一带已经没有一个孩子了”。小说结尾，“我”同样“回到房间，把鱼烤上，泡了个澡”，但特别“仔细把身体和头发过过干净”。

> 我回到房间，把鱼烤上，泡了个澡（仔细把身体和头发过过干净），临睡前写了一会儿日记。（最后，我跟平时一样计算了一下总辐射量。今天的预估外部辐射量30μSv，内部辐射量19μSv，加上今年一开始到现在累计的预估外部辐射量2900μSv，预估内部辐射量1780μSv。）熊的神灵是什么样的呢？我试着想象了一番，却不得要领。今天是不错的一天。（川上弘美，《2011之神》36）

仅从文本而言，小说的叙事在看似平静的外表之下，添加了若干神经质的细节，如在小心翼翼测定完辐射量后，再回到熊的世界。然而，此时的“不得要领”显然已经失去了《神》文中含蓄幽深的遐想空间，而变身为乏力的事实叙述；原文承接日记写作语境而产生的一体感与游刃有余的节奏感也已不再，流露出几分局促与无助之感；最后为全篇点睛的终结句“今天是不错的一天”，也由此呈现出不自然的突兀痕迹。

如果作者就此以后现代主义的写作方式，来表达对日常剧烈变化的震惊之情，那或许更能够实现一种令人警醒的文学叙事效果，但这种可能性却在小说后记这一异常清晰的外文本纳入之后出现了危机。

> 我完全不是以居高临下的姿势，打算警告使用核能危险而写的，不如说是感觉日常虽然持续不断，但这一日常却可能会因某种意外而发生剧烈变化，对此满怀震惊之情而进行创作的。静静的愤怒自那时以来从未消失。当然，这一愤怒最终是面对自己发出的，因为造成今天这个日本的，不是别人，恰恰也有自己的一份。心怀愤怒，但即便如此我们还是淡淡地过着彼此的日常生活，再怎么逞能，也不会说“受够了”而放弃这种生活，因为无论何时，活着都是

巨大的喜悦。(川上弘美,《2011之神》44)

川上弘美以一名作家的敏锐,尝试对风险社会的来临予以文学角度的把握,同时面对荒芜的生活现状,表达了自身强烈的存在主义文学意识;但另一方面,作家的创作意图在此也呈现出一种断裂,"面对自己发出""愤怒"的主体之"我",已经明确意识到造成自己"愤怒"的原因,但却没有做出任何响应,而是快速过渡到对活着价值的肯定上。因而归根结底,作家所强调的只是通过作品表达一种"震惊之情"而已,一种"活着"的"巨大喜悦"因出现"意外"而产生"剧烈变化"的"震惊之情"。这一文学旨趣在川上弘美的创作中可谓一以贯之,如《老师的提包》中倾心恋慕老师的女主人公,一直固守着被爱的立场,纵使内心暗流涌动,却始终保持着彼此的距离,不愿主动逾越,而小说世界的精髓,便在这种无主体或曰安分守己的主体性内部展开。这样的文学定位与日本古典贵族文学的"物哀"(もののあはれ)理念不无相通,甚至包含《枕草子》中感叹四季风物变容的"清趣"(をかし)意识,只有在这种偏于审美意义的书写框架下,悖论般的"静静的愤怒"的逻辑才会顺理成章。如乌尔里希·贝克所言,"每日的食物和用品中所含毒物和污染物的名单越来越长。'可接受的值'所提供的屏障,似乎更适合瑞士奶酪的要求(孔越多越好),而不是公众的保护制度"(64),因而理当敏锐感知"风险"的作家最后将批判的视线投向了"自己"而非其他,显然值得我们深思。

创伤的消弭与暴力的不在

从灾难叙事的角度来看,前述《雨日海豚》与《2011之神》两部小说,虽然创作背景有所差异,但在某种意义上显然都可以列入本质性灾难叙事的范畴。对于新世纪里这两部篇幅、结构各不相同的小说,却不难从中读出某些相通的因素。

如前所述,《雨日海豚》中的"9·11"事件经历了一个视点上的变化过程,但介入小说整体叙事的逻辑,却可以说始终停留在一种背景式的渲染上。其根本原因在于，贯穿整个作品系列的主旨，其实是一个书写成长和认同的故事，这一点从几篇小说中人物姓名的变化上便可窥见一斑。《安吉拉丝的岸边》中只有“丈夫”、“妻子”、“婴儿”等最宽泛的指称，而《雨日海豚》里的叙述者“我”和处于相似生活处境的“女高中生”们已经分别有了“花子”、“真由子”等具体的名字，虽然名字本身平淡无奇，并无特色，但相比前一篇而言，可以说距离这个独一无二的“我”已经近了一步。《他们活着，我们死了》中的主人公JUSCO，与日本一家类似麦德龙、家乐福的大型连锁超市同名，是一个具有浓重消费社会意象的名字；作为现代社会里“孤独的人群”①的一员，他在以橄榄球拼搏、“9·11”、老年痴呆、自殒等为象征的生存、衰老、死亡之间的反复对比究问中探询生命的意义，同时也在茫茫宇宙中寻求自我的终极所在。《胜过千言万语》中的人物大都有名有姓，以女主人公佐伯多惠为代表，她在经历了最初的自我丧失后，开始质疑原先的自己和一切人生理念，最终却通过接受人生维度的拓展而获得新的自我认同。由此可见，贯穿整个小说集的隐性线索可以说就是创伤累累的现代日本人寻求自我认同的故事。他们如何克服荒谬日常的失重感，从湮没的记忆中找回失落的自己，重新树立积极生活的信心，显然是作者描摹的核心所在。从这个角度来说，作为一种灾难叙事，小说集《雨日海豚》为创伤后的日本人提供了疗愈与救赎的可能性。如同第一篇末尾在岸边已经死去的少女和记忆在信任与关爱下又终于复活一样，缺失信任与纽带感的伤痛不安在对记忆与认知的反省辨别之后得以重组，挖掘出不曾知晓的记忆与没有意识到的自己，从而完成了新的身份认同的建构，而这一契机便是通过灾难对日常性的截断来实现的。②

透过对新建认同的书写，《雨日海豚》从灾难的表象背后寻觅出救赎的契机，为荒漠的日常灌注了新的意义。但另一方面，如果说美国的“‘9·11’

---

① “孤独的人群”是大卫·理斯曼描述美国现代社会性格中“他人导向”特征的概念，笔者认为较为契合小说中JUSCO所面临的社会状况及个人生存处境。参见大卫·理斯曼等：《孤独的人群》，王崑、朱虹译，南京大学出版社，2002年。

② 伊藤氏贵援用高桥源一郎的文学操作系统（OS）论，认为针对日本新世纪文学的变化，在找到更好的新“OS”之前，“我”、同“内部世界”之间的距离、对该距离的处理方式等依然是评价的基轴。本文因篇幅所限，无法深入探讨，但借此审视《雨日海豚》，不乏参考意义。参见伊藤氏贵：《同“我”之间的距离——（21世纪）伊始十年的文学状况》，《文艺研究》，2011年，第31页。

小说代表了当代美国文学对新世纪恐怖主义袭击的回应,其人文关怀体现在本土性(locality)和全球性(globality)两轴,前者重在书写以纽约为提喻的都市悼歌,描摹普通人的灾难体验,后者则发散到历史和社会的全景,对全球化时代暴力、仇恨和恐怖的隐史和逻辑进行批判”(但汉松 72),那么《雨日海豚》的灾难叙事在“批判”隐史方面似乎缺乏更多的笔墨。不仅如此,小说中最终救赎的实现,是以主人公对既往自己的否定以及在此基础上建立起来的新型自我认同方式的接受为前提的,“多惠觉得自己身上似乎长眠着不曾知晓的记忆、一次也未曾存在过的记忆”,认识到“仅一个人活着好比发掘遥远的记忆。不断从自己身上找出他来,将成为今后活下去的定义”。由此一来,记忆与记忆的主体之间就形成了可以灵活嫁接的关系,换言之,一方面人物借助对记忆可能性的信任挖掘出了一个新的“自己”,发现“一旦获得了生的机会,那么生就不仅仅囿于此世,而且将往不同于过去、现在、未来这一时间轴的方向扩展”,反过来却也自然暴露出这一“自己”的脆弱虚幻。文中试图寻找出“唯独属于自己的‘另一个故事’”的表述,也就因此显露出无力感。

更进一步说,因为记忆与主体的脱离,小说中与“9·11”相关联的长崎魂灵,也就断裂了反思与记忆的路径,“二战”与原子弹的关系、受害与加害的区分等等,在此也都成为模糊难辨的普通记忆,失去了历史的真实内涵与厚度。换言之,在疗愈创伤的功能实现的背后,创伤的历史逻辑在此已成为可替代、可演绎,甚至于可以虚构、改写乃至彻底抹杀的相对性存在。

从疗愈目标的实现之下暴力主体的缺席来看,《2011之神》也表现出十分相似的写作定位。如前所述,作者放弃了对造成灾难结果的“愤怒”根源的追寻,因为活着的“巨大喜悦”而淡忘了原本极具现实感的一个个核辐射数值,发出了跟把玩《神》的温馨世界时同样的感叹,即“今天是不错的一天”。因此,纵使作者希冀表达对日常剧烈变化所产生的“震惊之情”,但在关于创作维度的说明中却谨慎地避开了同暴力体制基础的关联,同时在小说世界构筑的中途收回自我质疑的目光,不无刻意地重新沉浸于对日常生活的平静描摹之中。如果说《雨日海豚》中作为灾难根源的暴力历史被书写为促发自我思考的契机,而在成长的物语中又被转述为暧昧的背景,那么《2011之神》则试图通过对灾难肆虐后果的彻底物化以及施暴原由的置若罔闻,来维持传统日常性的延续。二者在直面灾难责任立场上的缺位,在自我认同的建构维度中历史视点的阙如,都十分近似。

仅从两位作家灾难叙事面貌的相似,并不能简单推演日本新世纪文学的整体性质,但在面对暴力主体时这种缺位与阙如的一致,某种意义上意味着一个共同的事实即文学的失语,这与前述美国文学中书写"暴力隐史"的灾难文学形成了显著的对照。进而言之,其中甚至映射出现代日本文学面对灾难与暴力的深层作用体制时的某种"灭亡"。(中上健次 325)柄谷行人针对吉本隆明与福柯的对谈《世界认识的方法》所做的分析,便可谓对该状况结构性成因的一种补充说明:

> 我认为其中表现出"理论层面上的差异",对吉本来说,法或者国家是"共同幻想"的一部分,而对福柯而言,所谓的法则是理性,或是语言……对日本人而言,法一直不过是表层的"猴戏"而已。比如,对于洛克希德事件的"违法",美国人是真心愤慨,可却想象不出会有为洛克希德事件愤愤不平的日本人。估计再怎么喧嚣一时,也很快就会淡忘的,因为会觉得反正就是当权者干了坏事。总而言之,支撑日本权力逻辑的并非"理性",而是一种只停留于表层的"共同幻想",是不会被转化为语言的逻辑。(柄谷行人 162—163)

此处将日本与欧美截然对置的话语方式虽然不免绝对化的嫌疑,但对把握日本社会特殊的权力逻辑具有一定的参考意义。对这种缺乏实体感的"共同幻想"式权力中心,柄谷行人联想到一种特殊形式的"东京审判"——"在吉本隆明和福柯的对谈中,我感觉到存在着一种可谓是哲学式讲述的'东京审判'"(柄谷行人 163)[①],这与日本另一位思想家丸山真男关于"天皇制下的无责任体系"的论述,形成了相互映照的关系:

---

① 此处柄谷行人所言的"东京审判"主要强调缺乏对天皇制责任体系的究问。

在政治结构内部极力回避主体的决断……大权中心主义……造成了一种非依靠元老重臣等超宪法的存在作媒介就无法使国家意志达到一元化的体制。这种现象也由于有一种行为方式在冥冥中发挥作用，即回避把决断主体（责任的归属）明确化，倾向于“互相依赖”的暧昧行为关系（如抬神舆所象征的那样！）的方式。……在此机制中，往往包含着跌入巨大的无责任体系的可能性。（丸山真男 40）

丸山真男从文化生成的角度反证出日本政治中回避权力主体的暧昧性，吉本隆明则从话语化的可能性层面揭示出日本人精神结构中主体意识的虚妄，为思考今日的日本文学状况提供了某种参照。虽然并不能以此断言日本文学的整体性质，但至少从本文所列举的两个个案来看，几位日本学者在二战之后对日本文化深层结构特征的反思不无合理性。真正的灾难写作应是一种“命运书写”而非简单的“传达”性写作[①]，这一点毋庸置疑，然而“命运”的辞典中如果缺乏暴力根源、责任主体等语汇，则令人难免担忧。

结语

在日本作家、东京大学教授松浦寿辉眼中，今后“21世纪的‘战后’文学将开始”（土屋昌明）。松浦认为“3·11”震灾是跌落谷底后的复兴，预示着日本社会的变革，他期待能够出现从正面承受后果的作家，就像二战日本“垮台”后的大冈升平、野间宏、梅崎春生等作家那样。（土屋昌明）日本现代文学史上，这些“战后派”作家均具有显著的存在主义文学倾向[②]，他们的文学

① 支宇针对中国的灾难写作现状，提出了“命运书写”概念，认为“真正的命运书写要求写作从理念传达或情感抒发转换成命运之声的应和”；而“将写作视为一种工具论的符号学过程，将写作的目的看作是对某种政治理念或思想情感的表达与传递”的，只是一种“传达”性的写作。参见支宇：《灾难写作的危机与灾难文学意义空间的拓展》，《中华文化论坛》2009年第1期，第64页。

② 本多秋五认为，“（日本）（第二次世界大战）战后文学的第二个特点，就是所谓的存在主义倾向”。参见本多秋五：《物语战后文学史》，新潮社，1977年，第771页。

关注战争责任、主体性等主题，努力在战后的废墟上讴歌真正的光明。通过前文对《雨日海豚》和《2011之神》两部小说中灾难叙事的分析，同样可以把握二者在疗愈创伤、书写认同方面显著的存在主义文学特色。面对毁灭性的巨大灾难，书写者积极地创造或是维护生命意义，体现出值得肯定的文学价值；然而，同"战后派"作家不一样的是，对于造成灾难的暴力机制与责任意识，则或是于构建故事的过程中无意识地失却，或是缺乏主动叩问的勇气甚至兴趣，表现出一定程度的消极状态。如此现状反映出日本新世纪灾难文学在文化结构上存在某种依然如故的保守性。对日本新世纪文学来说，真正的"新"或许在于对难以言说的主体的艰难言说。

引用文献

《片山恭一:纯文学圣殿的“海豚”》,《新京报》2004年4月30日。<http://learning.sohu.com/2004/04/30/15/article220011528.shtml>.

本多秋五:《物语战后文学史》,新潮社,1977年。

柄谷行人:《反文学论》,东京:讲谈社,1991年。

川上弘美:《神灵》,周瑛译,《译林》2004年第6期,第165—167页。

---:《2011之神》,东京:讲谈社,2011年。

大卫·理斯曼等:《孤独的人群》,王崑、朱虹译,南京:南京大学出版社,2002年。

但汉松:《“9·11”小说的两种叙事维度:以〈坠落的人〉和〈转吧,这伟大的世界〉为例》,《当代外国文学》2011年第2期,第66—73页。

片山恭一:《雨天的海豚们》,林少华译,青岛:青岛出版社,2012年。

土屋昌明:《震灾以后的日本小说家和新文学》,《人民政协报》2012年8月6日。<http://www.chinawriter.com.cn>.

丸山真男:《日本的思想》,区建英、刘岳兵译,北京:三联书店,2009年。

乌尔里希·贝克:《风险社会》,何博闻译,南京:译林出版社,2004年。

伊藤氏贵:《同“我”之间的距离——(21世纪)伊始十年的文学状况》,《文艺研究》,明治大学文艺研究会,2011年,第23—41页。

支宇:《灾难写作的危机与灾难文学意义空间的拓展》,《中华文化论坛》2009年第1期,第58—64页。

中上健次:《作为性的国家》(后记),见吉本隆明著《共同幻想论》,东京:角川文库,1982年,第315—332页。

作者单位:南京大学外国语学院日语系

后记

国家社会科学基金重大项目“战后世界进程与外国文学进程研究”课题组为推进项目研究，于2013年8月在扬州举办“全球化·多样性·新趋势：当代外国文学研究”学术研讨会，近四十位从事当代外国文学研究的专家学者汇聚一堂，进行较为深入的切磋交流。本次研讨会以世纪之交的外国文学为讨论对象，重点议题包括全球化与当代外国文学、生态、性别与族裔书写、外国文学批评理论、21世纪外国文学发展趋势等。我们从会议论文中选择二十七篇论文结集出版，内容具有一定的代表性，既有理论层面对文学的思考，也有具体的文本分析，涉及英、美、俄、法、德、日、韩、秘鲁、加拿大等国家的文学，体现了多样性。本书同时作为国家社会科学基金重大项目“战后世界进程与外国文学进程研究”的阶段性成果，记载了课题组开展项目研究的工作和收获。

王守仁

2014年3月于南京大学